박상우

화성

Published by MINUMSA

Mars
Copyright © 2005 by Park Sangwoo
All rights reserved.
Printed in Seoul, Korea.

For information address Minumsa Publishing Co.
506 Shinsa-dong, Gangnam-gu, 135-887.
www.minumsa.com

First Edition, 2005

ISBN 89-374-2025-2(04810)

오늘의 작가총서 25

박상우

화성

민음사

차례

말무리반도 · 9

마천야록 · 83

매미는 이제 이곳에 살지 않는다 · 173

내 마음의 옥탑방 · 261

화성 · 311

작품 해설 삶과 운명의 수평적 길찾기 / 김성수 · 363
작가 연보 · 381

우주알 詩

몇백 년, 펄과 늪과 두엄 더미에 영혼을 묻어두었다. 때가 되면 만나게 되리라. 때가 운명이 되고, 운명이 인생의 비밀을 풀어주었다. 알고도 살고, 모르고도 산다는 것.

"빛이 있는 한 갈 수 있지만, 갈 수 있다고 무작정 가지는 말거라."

마음을 인도하는 별.

"여기에 이정표 하나 박고 영혼의 오라(aura)를 느껴라. 가질 수 있는 건 아무것도 없으니 온전한 건 오직 느낌뿐. 기념비에 입 맞추고 서쪽으로 떠나라. 여기까지였으니 다시 여기서부터 아닌가."

저물녘이 아름다운 집, 석가헌(夕佳軒)을 향하여.

2005년 10월 3일
박상우

말무리반도

서울을 떠나 진부령을 넘어갈 때까지 네 시간 가까이 운전을 하는 동안 나는 단 한 번도 주행을 멈추지 않았다. 서울을 벗어나 경춘국도로 접어든 직후부터 빈번하게 나타나기 시작한 도로 휴게소는 56번 도로, 44번 도로, 46번 도로를 따라 대각으로 북상하는 동안 심심찮게 눈앞을 스쳐가곤 했다. 차량 통행이 워낙 뜸한 도로라 어디서든 쉬고자 한다면 도로 가장자리에 차를 세우고 잠시 휴식을 취할 수도 있을 터였다. 하지만 진부령으로 올라가는 동안 나의 감정 상태는 피로에 반해 더욱 경직되어 가고 있었다. 진부령 스키장 표지판이 보이는 곳이 아마도 영마루이지 싶었는데, 아니나 다르랴 싶게 거기서부터 오르막길과 전혀 다른 급경사 커브길이 시작돼 휴식이고 나발이고 마음부터 지레 곤두박질치게 만들었다. 트렁크에 넣어둔 화구(畵具) 상자가 극심한 경사와 커브 때문에 차가 한쪽으로 쏠릴 때마다 귀에 거슬릴 정도로 덜그럭거리는 소리를 냈다.

왜 싣고 왔나.

좌우로 연방 핸들을 돌리고 브레이크를 밟아대면서도 나의 정신은 기실 화구 상자에 집중돼 있었다. '화구=화근'이라는, 아주 오래전부터 나의 뇌리에 각인되어 온 미묘한 등식 때문이었는지도 모를 일이었다. 차가 한쪽으로 쏠릴 때마다 제멋대로 덜그럭거리는 소리를 내는 그것이 화구 상자가 아니라 자동차에서 나는 소리, 자동차에서 나는 소리가 아니라 나 자신의 내부에서 밀려나오는 조악스러운 해체의 소음일지도 모른다는 자괴심에 그때 이미 나는 단단히 사로잡혀 있었다. 그래서 진부령을 절반쯤 내려왔을 때 두어 번, 운명을 하늘에 맡기고 도박을 하는 심정으로 나는 반대편 차선으로 넘어가 경사진 급커브를 돌아버렸다. 관광버스라거나 탱크로리 차량 같은 것, 그런 걸 기대하며 한껏 긴장하고 커브를 돌던 단 몇 초 동안은 화구 상자의 덜그럭거리는 소리, 아니 나 자신의 내부에서 밀려나오는 해체의 소음 같은 걸 전혀 들을 수 없었다. 하지만 목숨을 담보로 한 도박의 짜릿한 몰아경에도 불구하고 내가 어느 쪽에다 승부수를 두고 있었는지 나는 전혀 알아차릴 수 없었다. 죽음과 삶, 어느 쪽에다 나는 패를 던지고 싶어 한 것일까.

진부령을 다 내려와 도로가 갑작스럽게 넓어지는 지점에서 나는 비로소 차를 세웠다. 맑은 물이 제법 기운차게 흘러내리는 우측의 계곡과 좌측의 암반 절벽 사이에 짙은 그늘이 드리워져 있었다. 도로 우측의 공지에다 주차를 하고 처음으로 운전석에서 벗어나 다소 멍한 눈빛으로 계곡물을 내려다보았다. 암반 절벽 때문에 내가 선 도로에는 짙은 그늘이 드리워져 있었지만 바닥이 들여다보일 정도로 맑은 계곡물은 여전히 양광의 범주에 속한 채 지줄대듯 완만한 경사를 따라 흘러내리고 있었다.

 양손으로 허리를 짚고 몇 차례 목을 움직인 뒤에 나는 담배를 피워 물었다. 그리고 고개를 돌리고 구름 한 점 없이 맑은 오월의 하늘과 무성한 녹음이 조성해 내는 가슴 저린 풍경의 세계를 조망했다. 네 시간 가까이 운전을 하는 동안 고의적으로 도외시했던 푸르른 산과 들과 촌락과 하늘과 햇살이 문득문득 되살아나 내가 바라보는 풍경 위에 날카롭게 겹쳤다. 내가 겪어온 삶에도 남모르게 누적된 회한은 많았던 모양, 난생처음 접해 보는 낯선 풍경의 세계에 홀로 서 있자 지상의 모든 불행이 모조리 내게서 비롯된 것 같다는 섬뜩한 생각까지 들었다.

 ─진부령 계곡 유원지에서 이십 분쯤 더 달리다 보면 좌측으로 거대한 송전탑이 나타날 거야.

 현석의 말을 떠올리며 나는 주변을 살폈다. 그는 송전탑이 나타나는 지점부터 서행하며 '금강산 건봉사 입구'라고 쓰인 녹색 바탕의 철제 안내판을 찾아보라고 했다. 하지만 찾아보고 자시고 할 건덕지도 없이 그것은 송전탑과 동시에, 그러니까 대각으로 일직선을 이룬 원근 구도의 첫 번째 정물처럼 단박 시선을 사로잡았다. 그래서인가, 지난 몇 시간 동안의 팽팽하던 긴장감이 무르녹듯 잦아들어 일시에 온몸을 나른하게 만들었다.

 나는 안내판이 지시하는 곳으로 접어들기 위해 반대편 차선을 가로질러 길이가 1미터쯤 되는 짧은 다리를 건넜다. '금강산 건봉사 입구'라는 안내표지는 교각도 없는 다리 바로 옆에 세워져 있었고, 그것을 지나치자 다시 좌측으로 길이 꺾어지며 협소한 비포장도로가 나타났다. 줄곧 논을 끼고 곧게 뻗어나간 비포장도로는 차량 한 대가 다니면 적당할 너비라서 마주 오는 차량이라도 있을라치면 아슬아슬한 교차 묘기를 부려야 할 듯싶었다.

오월 중순, 하오 5시경.

한적한 비포장도로를 따라 서행하며 나는 우측의 논과 그 건너편 야산, 그리고 야산자락에 띄엄띄엄 자리 잡은 몇 채의 농가를 눈에 담았다. 사람의 모습이라곤 보이지 않는 오롯한 풍경의 세계가 낯선 이방인의 진입을 잠잠하게 지켜보고 있는 것 같았다. 하지만 비포장도로의 중간쯤에서 내가 차를 세운 건 정적의 늪에 깊이 가라앉아 있는 듯한 마을의 정경 때문이 아니라 전방, 늦은 하오의 잔광을 역으로 받으며 광량에 따라 서로 다른 색상으로 떠오른 감동적인 산경(山景) 때문이었다. 똑같은 광량을 받고 있음에도 불구하고 원근에 따라 완연하게 다른 색상으로 떠오른 그것들은 얼추 헤아려보아도 열 가지가 훨씬 넘을 듯싶었다. 그리고 심오한 빛으로 가라앉아 있는 가장 뒤쪽의 수려한 산세(山勢)는 앞쪽으로 중첩된 높고 낮은 산 전체를 감싸 안으며 그윽한 풍모를 과시하고 있었다. 산고곡심(山高谷深), 산이 높고 골짜기가 깊다는 걸 절로 느끼게 하는 자연의 위세가 그 가마득한 풍경 속에는 깃들어 있었다. 저 헤아리기 어려운 골짜기의 어디쯤엔가 금강산 건봉사가 자리 잡고 있을 거라고, 마치 사찰을 찾아 길을 떠나온 사람처럼 나는 막막한 감동에 젖은 채 한숨을 내쉬었다.

—너, 금강산 건봉사라는 사찰 아냐?

닷새 전, 자신의 별장 열쇠를 내게 건네며 현석은 물었다. 그가 별장을 소유하고 있다는 것 이외에 그것이 어디에 있으며 그 주변에 어떤 명소가 있는지에 대해 전혀 아는 게 없던 나로서는 묵묵부답, 도리 없이 그의 다음 말을 기다릴 수밖에 없었다.

 ―비포장도로이긴 하지만 별장에서 차로 올라가면 이십 분이면 족해. 원래의 금강산 건봉사 자리는 민통선 북쪽에 들어 있고 그것도 육이오 때 거의 모두 불에 타버려 지금 자리로 옮겨 지었는데, 그 절 입구에 가면 증축할 때 쓰고 남은 굵직굵직한 소나무 토막들이 엄청 많이 쌓여 있어. 지금의 건봉사야 왕년에 비하면 정말 보잘것없지만 적멸보궁까지 한 바퀴 둘러보고 계곡에 발을 담그고 앉아 있으면 내가 살던 서울이 어딘가 싶어진다구. 내 말은, 거길 떠날 때 차 트렁크에다 소나무 토막을 정도껏 실어오라는 거야. 그걸로 밤에 별장 마당에다 모닥불을 피우고 앉아 있으면 부처님의 은덕이 따로 없다는 생각이 절로 들 거다. 여자라도 하나 달고 가면 극락이 바로 거기라는 생각이 들 텐데…… 네놈 처지나 꼴상을 보아하니 그런 건 아예 꿈도 못 꾸겠구나.

 어둡게 가라앉은 내 표정을 읽고 나서 현석은 육이오 전의 금강산 건봉사, 그것이 설악산의 신흥사와 백담사, 양양군의 낙산사 같은 절들을 말사(末寺)로 거느렸을 정도로 어마어마한 규모를 과시한 사찰이었다는 얘기를 덧붙였다. 얘기의 흐름이 본의 아니게 내 신상 쪽으로 돌려진 걸 제 스스로 차단하겠다는 속내 때문이었을 것이다. 삶의 맥락을 잃어버리고 아무 곳에나, 그야말로 조용하기만 하다면 지옥에라도 가고 싶다며 별장 사용을 부탁하러 나타난 나에게 금강산 건봉사가 일제 강점기에는 해마다 육칠천 섬의 쌀을 거두어들이고 백 명이 넘는 승려가 있었을 만큼 규모가 컸었다는 얘기를 들려준 이유——그것이 불교나 역사에 대한 그의 해박한 지식과 관심을 반영하는 건 결코 아닐 터였다.

1킬로미터 남짓한 좁은 비포장도로가 두 갈래로 나뉘는 지점에서 나는 차를 세웠다. 거기, 현석이 말한 대로 붉은 벽돌로 만들어진 자그마한 버스 정류장이 있었다. 내가 가야 할 길이 금강산 건봉사로 이어진 좌측이 아니라 우측, 이제 막 모내기를 끝낸 듯한 무논을 가로지른 좁은 농로(農路)라는 걸 알면서도 나는 왠지 모르게 망설이는 기분이 되어 주변을 살폈다. 논을 중심으로 타원형으로 에워싸인 산자락 밑에 띄엄띄엄 떨어진 가옥들이 눈에 띄긴 했지만 한눈에도 촌락의 유형과는 거리가 먼 것 같았다. 아무튼 모두 합해 스무 채나 될까 말까 한 그 동네가 내 목적지라는 사실을 확인하고 나서도 나는 왠지 모를 마음의 저어함에 선뜻 핸들을 꺾을 수 없었다.

바다윗말.

행정 지명이 해상리(海上里)인 그곳을 주민들은 그렇게 부른다고 현석은 전했다. 술을 마셔서 기억이 정확하진 않지만 그 말을 듣던 순간 나는 바다와 인접한 마을이 아니라 바다 위에 둥실둥실 떠 있는 신비스러운 마을을 상상했다. 동화적인 상상력이 필요한 시간이 아니었음에도 불구하고 내 멋대로 가상의 마을 하나를 만들어낸 것이었다. 그처럼 터무니없는 상상력의 이면, 거기에 어쩌면 나의 발악적인 현실도피 심리가 똬리를 틀고 있는지도 모를 일이었다. 아무리 취중이라지만 바다에 인접한 마을이 아니라 바다 위에 떠 있는 마을이라니!

무논 사이로 열린 좁은 농로를 건너가자 길은 다시 두 갈래로 나뉘어 야산자락을 끼고 서로 다른 방향으로 돌아가고 있었다. 거기서 잠시 차를 세우고 나는 현석이 그려준 약도를 글로브 박스에서 꺼내보았다. 그러고 나서 우측, 차량 한 대가 아슬아슬하게 진입할 만한 길로 접어들었다. 좌측에는 오래전부터 사람이 살지 않은 듯 낡은 기왓장 사이로 푸릇푸릇 잡초가 돋아난 폐가가 한 채 있었고, 그 마당 한가운데에는 무슨 이유 때문인지 의도적으로 짓뭉개 버린 듯한 우물터가 남아 있었다. 시멘트와 돌을 섞어 올렸던 원통형의 에움막이 흉하게 으깨어져 그리 높지 않은 우물 둔덕은 물론 그 주변에까지 제멋대로 널브러져 있었다. 집 주변에 무성하게 자라난 잡초와 오랫동안 방치해 둔 퇴비 더미, 문틀에서 떨어져 내린 문짝과 찢어진 창호지 따위들이 집 뒤쪽의 야산을 배경으로 하고 있어서인지 밝은 날빛 속에서도 한껏 음산한 느낌을 자아냈다.

폐가를 지나 왼쪽으로 꺾어지자 길의 너비가 차량의 몸체와 거의 맞먹을 정도로 협소한 샛길이 나타났다. 산자락과 산자락 사이로 길이 열린 것까지는 좋았는데 왼편에 논으로 흘러나가는 깊은 도랑이 있어 자칫하면 바퀴가 도랑으로 내려앉기 십상일 것 같았다. 하지만 조심하면 얼마든지 들어갈 수 있다던 현석의 말이 생각나 좌우를 살피며 한껏 서행했다. 산으로 에워싸인 골의 중심부로 들어가는 것 같다는 생각이 들었지만 예상과 달리 그 협소한 길은 백여 미터쯤 이어지다가 거짓말처럼 뚝 끊어져 버렸다. 하지만 오죽(烏竹)이 무성한 숲을 이룬 왼쪽으로 다시 샛길이 이어진 걸 발견하고 나는 안도의 한숨을 내쉬었다. 핸들을 좌측으로 한껏 꺾고 나서야 비로소 발견한 것인데, 거기 움푹 꺼진 샛길 바로 옆에도 둥근 나무 덮개를 얹어놓은 우물이 하나 있었다. 어쨌거나 대나무숲 사이로 난 샛길로 접어들자 비로소 경사진 전방에 주홍빛 기와가 얹힌 별장의 일부분이 산뜻하게 시야로 밀려들었다. 까탈스럽게까지 느껴지던 모든 길들이 결국 거기, 야산 속에 숨어 있는 은거지 같은 별장에서 완전히 끊어진 것이었다.

바다 근처의 별장.

그래, 현석에게 별장 키를 건네받은 다음 날부터 내가 꿈꾸어 온 것은 오직 바다뿐이었다. 그날 술을 마시고 부풀렸던 턱없는 동화적 세계로서의 바다가 아니라 열린 출구로서의 바다, 아니면 그것을 내 스스로 예감하거나 구상할 수 있는 원점으로서의 바다를 나는 갈망하고 있었다. 그래서 십 년 가까이 임대했던 사무실 겸 작업실을 부동산에 내놓고 자질구레한 비품과 화구를 박스에 담아 한쪽 구석에다 차곡차곡 쌓아 올리면서도 나는 감정적인 함몰을 가까스로 모면할 수 있었다.

바다로 가면 어떤 식으로든 길이 열릴 거야.

그날 밤, 짐을 다 꾸려놓고 나는 작업실 한쪽 구석에 웅크리고 앉아 세 병의 소주를 마셨다. 내가 걸터앉은 간이침대와 길쭉한 작업대, 그리고 벽 쪽으로 쌓아 올린 박스들이 십 년 세월 끝에 남겨진 것의 전부라고 생각하니 술이 절로 목을 타넘어 가는 것 같았다. 그곳에서 밤낮 가리지 않고 일에 몰두하며 청춘을 날려버렸건만 이제 그 공간에 덩그러니 남겨진 것이라곤 꿈을 상실해 버린 한 인간과 폐기 처분해야 할 소모품들이 고작일 뿐이었다. 그 공간에서 십 년 세월을 버티며 꿈을 지탱해 온 대가로 이제는 나 자신까지 폐기 처분의 대상이 되어버린 건가. 되새겨 보니 가슴속에서 검은 숯 덩어리들이 버석거리는 것 같았다. 버석거리는 게 아니라 그것들에 불씨가 옮겨 붙어 틱틱탁탁 소리를 내며 벌겋게 달아오르는 것 같았다.

―지난 열 달 동안 당신이 집을 나가 사무실에서 지냈던 것과 달라질 건 아무것도 없어요. 이렇게 법적으로 정리된 것보다 훨씬 오래전부터 우리는 실질적으로 정리된 거예요. 보람이가 보고 싶으면 아무 때나 집에 와서 보고 가세요. 나도 일자리를 얻게 될 테니 낮엔 언제나 친정엄마가 집에 있을 거예요. 나하고 마주칠 염려도 없으니 부담 같은 건 조금도 가질 필요 없어요. 그리고 우리가 어떻게 살아갈지, 그런 건 전혀 신경 쓰지 않아도 돼요. 어차피 이젠 서로 다른 인생을 살아가야 하니까 아이를 짐스럽게 생각할 필요도 없어요. 아이나 어른이나 저마다 타고난 팔자대로 살아가는 거라면, 차라리 냉정하게 정을 끊어버리는 게 현명한 처사일지도 모르니까요.

법원에서 이혼 수속을 끝내던 날, 아내 미강은 부근의 커피숍에서 마치 준비한 원고를 읽어나가듯 냉랭한 표정으로 말을 쏟아놓았다. 하지만 아침부터 취해 있었기 때문에 나는 한세상 저쪽에서 들려오는 아련한 북소리를 듣기라도 하듯 사뭇 몽롱한 표정으로 앉아 있었다. 그녀의 말이 시사하는 바가 무엇인지를 못 알아듣거나 그것이 기막히게 들려서 그런 태도를 취한 건 결코 아니었다. 나는 현실의 바깥에 앉아 있고 그녀는 현실의 중심부에 앉아 있는 것 같다는 이질감. 그녀의 표현을 빌리자면 이미 다른 팔자의 공간에서 서로를 바라보고 있는 것 같다는 아득한 거리감이 느껴져서 그런 것이었다.

―십 년이 지나긴 했지만 어쨌거나 이제 다시 원점으로 되돌아가게 됐으니 당신으로서도 억울할 건 없을 거예요. 당신이 그토록 원하던 꿈을 실현할 수 있게 됐으니 나나 친정식구들을 원망하지도 마세요. 일이 꼬이고 운이 나빠서 그랬던 거지 당신을 일부러 괴롭히고 싶어 한 사람은 아무도 없어요. 그리고 그건 어느 누구보다도 당신이 더 잘 알 거예요. 그러니 당신도 하루빨리 마음 정리하고 다시 십 년 전으로 돌아가도록 하세요. 헤어진 사람일지라도 못되는 것보다 잘되는 게 훨씬 나으니까요.

미강의 말을 듣고 나서 나는 손을 들어 이마를 짚었다. 십 년 전, 원점, 꿈…… 내가 과연 십 년 전의 그 자리로 회귀한 것인가 하는 데 대한 일종의 정신적 멀미 때문이었다. 결혼하기 전처럼 외형상으로는 다시 혼자가 되었지만 아무리 생각해 봐도 그 지점은 내가 출발한 원점이 아닌 것 같았다. 설령 순환 구조를 이루며 다시 원점으로 되돌아오는 일순(一巡)의 과정이 있었다 해도 십 년 세월의 시차가 확인시켜 준 것은 불행하게도 현실과 의지가 극단적으로 어긋나 버린 한 사내의 초췌한 몰골일 뿐이었다. 그러므로 나는 원점으로 회귀한 것이 아니고 또한 과거로 환원한 것도 아니었다. 원귀처럼 떠도는 꿈이 아니라 꿈의 원귀가 되어 십 년 세월을 살아왔다면 꿈이거나 원귀이거나 한심하기로는 피차일반일 수밖에 없었다.

―아직도 해야 할 말이 남았나?

컵에 남겨진 냉수를 마저 마시고 나서 나는 몽롱한 어조로 미강에게 물었다. 나의 말에 다소 당황한 표정을 짓긴 했지만 그녀는 이내 머리를 좌우로 흔들며 자리에서 일어날 채비를 했다. 그녀가 가방을 들고 상체를 움직이자 차단되어 있던 빛살이 튕기듯 밀려들어 눈앞을 아뜩하게 만들었다. 반쯤 자리에서 일어서다 말고 나는 깊은 현기를 느끼며 도로 자리에 주저앉고 말았다. 잠시 사이를 두었다가, 손으로 이마를 짚은 채 탁자를 내려다보며 나는 혼잣말처럼 중얼거렸다.

―먼저 가.

현기가 가시길 기다리며 잠시 눈을 감고 있는 동안 또각또각, 미강의 구둣발 소리가 나로부터 빠르게 멀어져 가기 시작했다. 십 년 전이 아니라 십 년 이후, 원점이 아니라 미래를 향해 점 찍듯 명쾌하게 걸어가는 소리였다.

무슨 악다구니인가.

멀어져 가면서도 여전히 명쾌한 타인의 발소리를 향해 나의 내면에서 터무니없는 아우성이 소용돌이치기 시작했다. 어쩌자고 세상은 이렇게 화창하고 어쩌자고 봄꽃은 제멋대로 피어나는 건가. 어쩌자고 나는 어제도 나이고 어쩌자고 나는 내일도 나일 수밖에 없는 건가. 어쩌자고!

가야 할 노정(路程)을 갑작스럽게 망각해 버린 사람처럼 나는 당황스러운 표정으로 마당 한가운데 서 있었다. 호젓한 별장 앞마당이 아니라 무성하게 자라난 잡초밭에 서서 여기가 어딘가, 목적지를 잘못 찾아온 사람처럼 정신없이 사방을 두리번거렸다. 아무리 생각해 봐도 그곳은 내가 염두에 두던 도피처가 아닌 것 같았고, 아무리 생각해 봐도 그곳은 내가 머물러야 할 은신처가 아닌 것 같았다. 적벽돌로 처리된 벽면과 주홍빛 지붕, 마당 쪽으로 난 커다란 창유리가 건물의 외관을 은근히 돋보이게 했지만 그런 것과 아무런 상관도 없이 나의 마음은 그곳을 정처로 받아들이지 못한 채 산만하게 부유하고 있었다.

바다는 어디 있는가.

뒤늦게 기만당한 걸 깨달은 사람처럼 노기 어린 표정으로 나는 다시 한번 주변을 둘러보았다. 잡초 무성한 마당 한쪽에 서 있는 감나무 한 그루를 제외하고 주변을 에워싼 것은 온통 잡목 일색이었다. 별장 터 자체가 산자락을 파 들어간 지점이라 무성한 뒷산 떡갈나무 잎새들이 별장의 지붕에까지 느긋하게 내려앉아 있었다. 그것을 올려다보며 나는 비로소 바다, 그것과 전혀 무관한 장소에 내가 서 있다는 걸 알 수 있었다. 뿐만 아니라 서울을 떠나 예까지 오는 동안 단 한 번도 바다를 보지 못했다는 것 또한 기억해 낼 수 있었다. 가락재, 느랏재, 미시령, 진부령 따위의 산세를 타고 와 결국 전망 없는 산속에 속수무책으로 파묻히게 된 것이었다.

—난 거기 일 년에 한 번 정도밖에 안 가. 작년에도 단풍철에 한번 다녀오곤 내내 비워뒀는데, 마땅히 관리하고 자시고 할 건덕지도 없어. 근데 말야, 내가 맨 처음에 그 터를 보러 갔을 때 아주 이상한 느낌을 받았다는 거 아냐? 속초에 사는 당고모의 소개로 거길 갔는데, 그곳으로 들어서는 순간 아주 이상한 인력 같은 게 단박 발목을 휘어 감는 느낌이 드는 거야. 마치 그 땅을 사지 않으면 내 신상에 무슨 불상사가 생겨나기라도 할 것처럼 강렬한 흡인력 같은

게 느껴지더란 말이지. 그래서 에라 모르겠다, 청정 지역이니까 통일이 되면 땅값이라도 올라가겠지 싶어서 터를 사고 별장을 지은 거야. 그러니까 명당자리인 줄 알고 가서 조용히 수양이나 하고 와라. 맘에 들면 아예 거기서 살아도 괜찮아.

별장 내부는 방 한 칸과 화장실을 별도로 빼고 나머지를 전부 거실 공간에 할애했기 때문에 밖에서 예상했던 것보다 훨씬 넓게 보였다. 밝은 보랏빛 커튼을 걷고 나는 마당 쪽으로 난 창문부터 열었다. 그러고 나서 침구가 들어 있는 방과 화장실을 들여다보고 주방을 살펴보았다. 플러그를 빼둔 냉장고 안에는 작년 가을에 사다 둔 것인 듯한 국산 양주 한 병과 빈 양념통 몇 개가 들어 있었다. 뿐만 아니라 싱크대 안에는 반쯤 남은 라면 박스와 일회용 은박접시, 종이컵, 나무젓가락 따위들이 수북하게 들어 있었다. 모기향과 양초, 물파스 같은 것도 있었다. 조리대 한쪽 옆에는 냄비, 그릇, 프라이팬, 밥그릇 따위가 크기의 역순으로 쌓아 올려져 있었고, 개수대 앞에는 식기 세척제와 수세미까지 얹혀 있었다.

흠, 하는 표정을 지으며 나는 가스 테이블의 점화 레버를 돌려보았다. 좁쌀만큼 작은 불꽃이 푸르게 튀었지만 점화는 되지 않았다. 다시 한번 반복하자 그제서야 막힌 구멍이 뚫리듯 몇 개의 홈에서 푸른 불꽃이 고개를 내밀고 이어 둥근 왕관 모양의 불꽃이 전체적으로 살아났다. 수도꼭지를 돌리자 처음에는 퍼퍽 하는 헛바람 소리를 내뿜다가 이윽고 시원스런 물줄기가 터졌다. 벽에 부착된 기름보일러의 조절 장치는 점화 상태를 유지하고 있었는데, 비워두는 동안을 위해 실내온도를 항상 십오 도 정도에 맞춰놔야 할 필요가 있다는 게 현석의 설명이었다. 그러면 바닥에서 온기가 느껴질 정

도는 아니지만 혹한기의 동파나 장마철의 습기 따위는 걱정하지 않
아도 된다는 것이었다. 이곳에 며칠이나 머물게 될지 모르겠지만
보일러 조절 장치는 내가 전혀 손을 댈 필요가 없다는 얘기가 되는
셈이었다. 혹 마음이 춥다면 몰라도 지금은 오월이 아닌가.

 아무렇든 내가 지난 십 개월 동안 자취의 공간으로 삼았던 '예림
기획'의 작업실에 비하면 여긴 호텔급이라는 생각을 하며 나는 열
어둔 창 옆에 놓인 소파로 가 앉았다. 창이 낮아서 소파에 몸을 묻
은 채 조금만 고개를 돌려도 마당과 오죽 숲이 동시에 내다보일 정
도였다. 건너편 야산에는 희디흰 아카시아꽃이 만개해 가을 강으로
번져나가는 잔물결처럼 느리게 흐느적거리고 있었다. 그때 호르르
륵 소리를 내며 검은 새 한 마리가 마당을 가로질러 맞은편 야산 쪽
으로 빨랫줄 같은 선을 그리며 날아갔다. 그제서야 작지만 수다한
새소리가 저물녘의 숲 속에서 밀려나와 남기가 배어드는 허공에다
자수처럼 현란한 성문(聲紋)을 아로새기고 있다는 걸 알 수 있었다.
이 세상의 모든 저녁 풍경은 얼마나 다르고 또한 각별한가.

 날이 완전히 저물 때까지 나는 소파에 망연한 표정으로 앉아 있
었다. 몇 가지의 옷과 세면도구를 챙겨 온 가방도 풀지 않고 화구
상자는 아예 차 트렁크에서 꺼내지도 않은 채였다. 그렇게 소리 없
이 날이 저물고 어스름이 사물의 경계를 지워나가는 걸 나는 소파
에 몸을 묻은 채 묵묵히 지켜보았다. 하늘이 잉크빛일 때 주변의 숲
은 먹보랏빛으로 가라앉고, 하늘이 먹보랏빛일 때 주변의 나무들은
이미 온전한 먹빛을 담뿍 머금고 있었다. 세상의 여백이 지워지는
광경은 참혹하리만큼 적막했지만 내가 어둠의 일부가 되어 함께 침
잠하고 있다는 자각은 의외로 마음을 편안하게 만들었다. 은결든

가슴, 어느 한구석에 어둠에 대한 두려움이 남아 있으랴.

날이 완전히 저물자 더 이상 밖이 내다보이지 않았다. 밖은 물론 실내에도 빈틈없이 어둠이 들어차 아무것도 식별할 수 없을 정도였다. 이렇게 온전한 어둠을 경험한 게 언제였던가. 기억의 암층에서도 비견할 만한 어둠은 선뜻 떠오르지 않았다. 하지만 먹물바다와 같은 어둠 속에서도 나는 무수한 생명감을 느낄 수 있었다. 낮은 수런거림이나 은밀한 속삭임으로 감지되는 그것들에게서 이질감이 아니라 친근감이 전해지는 게 외려 이상하게 느껴질 정도였다.

느낌이 소리로 변하고, 소리가 감촉으로 변하는 낯선 시간 속에서 나는 참으로 오랜만에 오감이 만개하는 걸 느낄 수 있었다. 그리하여 숲에서 밀려오는 낮은 수런거림, 무논에서 들려오는 아련한 개구리 울음소리, 잊을 만하면 한 번씩 허공으로 솟아오르는 밤새 울음소리를 나는 청각이 아니라 온몸으로 듣기 시작했다. 하지만 그 모든 생명의 소리를 전체적으로 감싸 안는 건 물론 나 자신까지도 부드럽게 감싸 안는 오직 한 가지 소리에 대해서만은 끝내 확신을 가질 수 없어 마음이 다시금 산만해지기 시작했다.

바다가 보이지 않는 바다윗말.

내장을 송두리째 훑어나가는 듯한 소리의 정체를 알아차리기도 전, 흑요석 같은 어둠의 저편으로부터 아주 기이한 빛이 살아나기 시작했다. 선(線)이 아니라 면(面)으로 살아나 슬금슬금 점유지를 넓혀나가는 그것이 나의 눈에는 한없이 낯설고 무한정 신비스럽게 보였다. 광목처럼 희끄무레하게 보이는가 하면 사금가루처럼 노르스름하게 보이고, 언뜻 건조하게 보이는가 하면 속 깊은 곳에 물기를 담뿍 머금고 있는 것처럼 보이기도 했다. 하지만 더욱 놀라운 것은 빛의 점진적인 이동이 아니라 내가 의아스러워하던 소리였다. 그것이 은밀한 빛의 움직임에 실려 함께 움직이고 있었다. 소리가 빛에 실려 오고 있다는 걸 알아차리고 나는 퍼뜩 자세를 고쳐 앉았다. 등줄기로 서늘한 냉기가 밀려들고 그것이 온몸으로 번져나가 나도 모르게 푸릇푸릇한 소름이 살갗으로 돋아나기 시작했다.

달빛에 젖은 파도 소리!

금방이라도 누군가 어둠 속에서 걸어나와 자박자박 마른 흙을 밟으며 내게 다가올 것 같았다. 지은 죄 없다고 아무리 뇌까려도 멈추지 않고 그림자처럼 내 앞으로 다가와 우뚝 걸음을 멈출 것 같았다. 그리고 내 가슴에다 슬그머니 손을 밀어 넣고 한껏 절박하게 파닥이는 검붉은 심장을 끄집어낼 것 같았다. 심장이 아니라면 늑골, 늑골이 아니라면 쓸개라도 뽑아내 가차 없이 잡초 무성한 마당에 패대기를 칠 것 같았다. 그러고는 이목구비가 지워진 얼굴을 내 면전으로 들이밀고 흐으, 한없이 음산한 공명음으로 이런 물음을 던질 것 같았다.

―너의 원점이 어디냐?

*

따가운 햇살이 눈꺼풀을 연해 찔러대는 걸 견디다 못해 나는 한껏 인상을 찌푸리며 눈을 떴다. 눈을 뜨자마자 창으로 넘어오는 돋을볕에 붉은 기운이 감도는 것 같다는 생각을 얼핏 했는데 막상 몸을 일으키고 밖을 내다보니 붉은 기운은 어디에서도 찾아볼 수 없었다. 밤사이 내린 이슬을 담뿍 머금어서인가, 각광처럼 비스듬하게 쏟아져 내리는 햇살을 받고 선 마당의 잡초들은 더욱 칠칠하게 보였다. 세계가 완전히 뒤바뀐 것 같다는 생각을 하며 나는 멍한 표정으로 마당과 감나무와 오죽 숲과 건너편 야산을 내다보았다. 가슴이 시릴 정도로 푸르고 맑은 기운에 휩싸인 세상, 아무리 눈을 씻고 내다봐도 어제의 잔혼은 어디에도 남아 있지 않았다.

아, 언제나 이렇듯 다른 세상에서 깨어날 수 있다면!

지난밤의 기억을 되새기며 나는 찬찬히 실내를 둘러보았다. 어두워진 뒤에도 실내의 불을 밝히지 않고 있다가 푹신한 황갈색 소파에서 그대로 잠이 들었다는 걸 알 수 있었다. 탁자 위에는 빈 양주병과 재떨이, 담뱃갑과 라이터가 놓여 있었다. 냉장고에 들어 있던 양주를 꺼내온 게 몇 시였는지 기억할 수 없지만 적막한 산중으로 한없이 신비롭게 흐르는 달빛을 내다보며 술을 병째 홀짝거리다 그대로 잠이 들어버린 모양이었다. 술보다 달빛에 훨씬 깊이 취했던 걸 반영하기라도 하듯 아직도 몸의 일부에 서늘한 기운이 남아 지난밤의 신비를 연연하게 자극하는 것 같았다.

나는 거실에다 훌훌 옷을 벗어던지고 곧장 욕실로 들어갔다. 샤워기를 한껏 세게 틀어놓고 욕실 전체를 물로 씻어 내린 다음 뼛골이 저릴 정도로 차디찬 냉수를 온몸에다 뿌려대기 시작했다. 옆구리의 어디쯤에선가, 가슴의 어디쯤에선가, 아니면 뇌리의 어디쯤에

선가, 죽었던 세포가 다시 살아나듯 아릿아릿한 자극감이 느껴졌다. 습기에 젖은 몸으로 힘겹게 눈을 뜨던 작업실, 세상만사가 이를 데 없이 구차스럽게 느껴지던 어제까지의 아침과는 확연하게 다른 신선함이 온몸으로 번져나가는 것 같았다. 하지만 그런 와중에서도 내가 지금 머무르고 있는 곳, 내 인생이 부유하는 낯선 공간에 대한 이방감이 오래된 체념의 뿌리를 건드리는 것 같아 마음을 다잡아먹지 않을 수 없었다. 다만 낯선 곳에서 눈을 떴을 뿐인데, 그것으로 묵정밭 같아진 가슴에 또다시 희망을 파종하면 어쩌나.

샤워를 끝낸 뒤에 나는 서둘러 마당으로 나가 맨손으로 잡초를 뽑기 시작했다. 어제 오후, 이곳에 당도한 직후부터 눈에 거슬리기 시작한 그것들을 말끔히 뽑아내고 나면 한결 마음이 편해질 것 같았다. 어쩌면 그것들이 내 마음의 정황을 닮아 있는 것 같아 내린 결정이었는지도 모를 일이었다. 하지만 잡초를 맨손으로 뽑는 일은 생각처럼 쉽지 않았다. 키가 훤칠하게 자라난 것들은 쑥쑥 뿌리째 뽑혀 올라왔지만 지면에 착 들러붙은 것들은 뿌리가 옆으로 퍼져서인지 뜻대로 뽑히지 않았다. 끈질긴 저항력을 보이며 내가 당기는 대로 끊어지기만 할 뿐, 손가락으로 땅을 후벼 파도 그것들은 좀체 끝을 드러내지 않았다.

뿌리를 뽑는다는 것.

지난 십 년, 나 자신이 잡초처럼 척박한 땅에다 뿌리를 내리고 살아왔으니 손놀림이 모지락스러워지는 것도 무리는 아닐 터였다. 잡초가 아니라 가슴에 응어리진 자기혐오를 뽑아내고 있는 건지도 모를 일이었다. 내 스스로 뿌리를 내렸으나 내 스스로 거두지 못한 끈질긴 비관과 절망의 뿌리. 그것들은 지금 내 영혼의 어느 암층에까지 뻗어나가 있을까.

스물일곱에서 서른일곱 사이.

언뜻언뜻, 푸른 잡초 사이로 기억의 그늘이 살아나기 시작했다. 그늘진 세계의 한구석에서 스스로 빛에 대한 저항력을 포기해 버리고 그것의 뿌리가 썩어 문드러지길 갈망했던 모진 병력(病歷)의 세월. 하지만 그것은 내가 미강과 서둘러 결혼을 했기 때문도 아니고, 그녀의 오빠가 사업에 실패하고 내가 장모까지 모셔야 하는 생활고에 시달렸기 때문도 아니고, 원하는 그림이 아니라 그리기 싫은 상업화를 그렸기 때문도 아니고, 경제적인 문제로 순수한 창작 욕구를 상실했기 때문도 아니었다. 꿈은 여건에 침해를 받을 수 있지만 여건이 꿈을 말살시킬 수 있다는 건 지나친 피해망상일 뿐이었다. 삶에 절망해 버린 자에게 무슨 꿈이 남겨질 수 있겠는가.

나로 하여금 '예림기획'을 인수하게 만든 건 미강의 오빠였다. 하지만 그가 처음부터 나의 인생과 꿈을 말살시키기 위해 그런 권유를 한 건 결코 아니었다. 사업에 실패하고 부정수표 단속법으로 교도소까지 다녀온 그로서는 아마도 자신이 모셔야 할 장모를 내가 모시고 있다는 사실을 몹시 미안하게 생각했을 터였다. 뿐만 아니라 군복무를 끝낸 직후, 미대 졸업반으로 자신의 여동생과 결혼한 나의 앞날이 몹시 불투명해 보였기 때문에 그런 권유를 했을 가능성도 있을 터였다. 미대를 졸업했다고 번듯한 직장이 얻어지는 것도 아니고 곧바로 유명한 화가가 되는 것도 아니었으니 나도 그 무렵에는 호구지책의 방도가 막막해 밤마다 잠을 설치지 않을 수 없었다. 예술이 속세를 등진 혈거인들의 전유물이 아니라면 우선은 먹고살아야 한다는 걸 지상 과제로 받아들이지 않을 수 없었으니까.

아무렇든 평생 그림만 그리며 생애를 일관하겠다던 나의 꿈은 초장부터 샛길로 접어들기 시작했다. 미강과의 갑작스런 결혼도 건축업을 하던 그녀 오빠의 사업 실패와 부도에서 기인한 것이었지만 내가 건물의 투시도나 조감도를 그리게 된 것도 또한 그녀 오빠의 권유에서 비롯된 것이었다. 그러니 미강보다도 그와 나 사이에 훨씬 뿌리 깊은 악연의 고리가 숨어 있었는지도 모를 일이었다. 보증금 몇백만 원을 마련해 '예림기획'을 인수했을 때, 그는 개업 기념이라며 나에게 몇 통의 명함을 만들어다 주었다. 우스꽝스럽게도 거기에는 '건축미술 연구소 예림기획/소장 이윤수/TOTAL INTERIOR PERSPECTIVE'라는 내용이 그럴듯하게 인쇄돼 있었다. 그것을 들여다보며 이게 무슨 '구멍가게 회장님' 식의 과장이냐고 실소를 터뜨렸지만 만약 미래를 예견할 수 있는 능력이 있었다면 실소가 아니라 그 자리에서 단박 자결을 했을지도 모를 일이었다. 사소한 명함 한 장에도 십 년 세월의 비밀을 아로새길 수 있는 게 운명이라면 아무것도 모른 채 그것을 받아들여야 하는 인간의 무지와 어리석음은 대체 무엇으로 구제받을 수 있을까.

정신없이 뽑아낸 한 무더기의 잡초를 나는 마당 가장자리에 오롯이 서 있는 감나무 밑으로 옮겨놓았다. 한 시간 넘게 햇살 속에 앉아 있었던 탓에 공기는 청량했지만 등판과 겨드랑이에는 어느덧 땀이 배어나 있었다. 안으로 들어와 다시 한 번 샤워를 하고 옷을 갈아입었다. 내가 가방에 챙겨온 옷이라고 해봤자 작업복 겸해서 늘상 입고 다니던 낡은 청바지와 헐렁한 남방 몇 벌이 고작이었다.

하지만 그것들을 갈아입고 욕실의 거울 앞에 서자 마치 새로 사서 처음 입어보는 옷인 양 전혀 다른 느낌으로 고개를 갸웃하게 만들었다. 뿐만 아니라 코발트그린의 남방과 빛바랜 청바지를 입고 젖은 머리로 서 있는 나 자신도 어제까지의 나와는 판이한 느낌으로 미묘한 생기를 회복하고 있었다. 사실이 아니라 일종의 착시 현상이라고 해도 그 순간 나를 에워싸고 있는 주변의 모든 것들이 그것을 전혀 의심하지 못하게 만들었다.

서른일곱.

십 년 동안 꿈만 꾸다 깨어나 현실을 턱없이 낯설어하는 사람처럼 나는 거울 속의 나와 기억 속의 나와 현실 속의 나 사이에서 미묘한 이질감을 느꼈다. 하지만 그중의 어느 존재감도 아직은 내 것이 아닌 양 어설프고 부정확하고 또한 부석합한 느낌이 들었다. 그래서 무슨 상관이란 말인가, 하고 중얼거리고 나서 나는 욕실에서 나와 밖으로 나갈 채비를 했다. 어제와 오늘 사이, 바다윗말에 와 있음에도 불구하고 아직 바다를 발견하지 못했다는 게 마음에 걸렸다. 지난밤 달빛에 은은하게 실려 오던 파도 소리로 미루어 짐작건대 바다는 그리 멀지 않은 곳에 있을 것 같았다. 오월의 눈부신 바다를 떠올리자 기분이 한결 가볍고 상쾌해졌다.

차를 몰고 별장을 빠져나와 폐가를 지나고 농로를 건너 버스 정류장에서 왼쪽으로 방향을 꺾었다. 어제 들어왔던 길로 다시 나가기 위해서였는데, 그건 바다가 금강산 건봉사로 들어가는 산속 어디쯤에 숨어 있지는 않을 거라는 짐작 때문이었다. 논을 끼고 이어진 1킬로미터 정도의 좁은 비포장도로를 빠져나가고, 거기서 다시

46번 도로를 타고 나가 산세가 끊기는 지점쯤에 이르면 바다가 나타날 것 같았다.

비포장도로로 접어들자마자 순간적인 빛살 하나가 전방에서 튀어 올랐다. 버스 정류장에서 왼쪽으로 핸들을 꺾자마자, 그러니까 에어컨 스위치를 누르고 컨트롤 패널과 송풍 속도를 조절하고 난 직후였다. 햇살에 반사되면서 물체의 형상이 순간적으로 지워진 건가?

나는 브레이크 페달을 밟고 일직선으로 뻗어나간 비포장도로를 내다보았다. 햇살을 받아 하얗게 빛이 바랜 듯한 좁은 길, 오륙백 미터쯤 전방에서 희디흰 물체 하나가 움직이고 있었다. 하지만 그것이 흰옷을 입은 사람의 움직임이라는 걸 알아차리곤 다소 실없는 기분이 되어 나는 다시 차를 움직이기 시작했다.

서행하는 동안 나의 시선은 줄곧 흰옷을 입은 사람의 움직임에 고정되어 있었다. 한없이 투명한 햇살 속으로 등을 보이고 걸어가는 모습에서 왠지 모를 권태로움, 아니면 내면에 깃든 나른한 정서 같은 게 느껴졌다. 곧이어 나는 대상이 여자라는 것과 왠지 모르게 걸음걸이가 불안정해 보인다는 사실을 동시에 알아차릴 수 있었다. 엔진 소음이 들릴 텐데도 그녀는 뒤돌아보지 않고 좁은 길 우측으로 조금 비켜서서 계속 걸음을 옮겨놓았다. 어떤 반사적인 느낌 같은 것에 사로잡혀 나는 그녀 바로 옆에다 차를 세우고 조수석 윈도를 내렸다.

"바깥쪽으로 나가실 건가요?"

"……."

나의 물음에 아무런 대답도 하지 않고 그녀는 물끄러미 나를 들여다보았다. 스물넷이나 다섯? 한없이 투명한 햇살에 노출된 그녀의 뺨에는 다소 발그레한 기운이 떠올라 있었지만 머리를 뒤로 넘겨 이마까지 드러난 갸름한 얼굴에는 잡티 한 점 박혀 있지 않았다. 맑고 선연한 피부에서 솟아오르는 수련한 기운 때문인가, 화장기라곤 없는 민낯이었음에도 불구하고 그녀의 얼굴은 이를 데 없이 단아해 보였다. 뿐만 아니라 뚜렷한 윤곽선과 결정적인 힘을 느끼게 하는 하나하나의 이목구비가 바라보는 나를 단박 무력하게 만들었다. 적막감이 느껴질 정도로 한갓진 시골길, 이렇게 절대적인 미감을 느끼게 하는 여자가 혼자 다리를 절며 걸어간다? 그제야 나는 그녀 옆에 내가 차를 세우게 된 심리적 배경을 이해할 수 있었다.

"어차피 나가는 길인데…… 괜찮으시다면 타세요."
조심스럽게, 그러나 조금 웃어 보이며 나는 권했다.
"어디로 가시죠?"
열린 윈도 쪽으로 한 발 가까이 다가서며 그녀가 물었다.
"바다를 찾아가는 중이에요. 바다로 가는 길을 알려주시면 저에게도 도움이 될 텐데……."
"바다로 가는 길을 찾는다구요?"
되묻고 나서 그녀는 희디흰 치아를 드러내고 활짝 웃어 보였다. 그러고는 비로소 안심한 표정으로 도어를 열고 안으로 들어와 앉았다.
"내 말이 우습게 들렸나요?"
내렸던 윈도를 올리고 브레이크 페달에서 발을 떼며 나는 물었다.
"아뇨. 바다는 저 산모롱이만 돌아가면 나타나거든요. 그래서 웃은 거예요. 바다를 지척에 두고 찾으시니까…… 근데, 서울에서 오셨나요?"
　문득 생각난 것처럼 내 쪽으로 고개를 돌리고 그녀는 물었다.
　"네, 어제 왔죠."
　"그럼 건봉사에서 나오시는 길이겠네요? 이 길로 오가는 외지 차들은 거의 다 그러니까요."
　"아뇨, 아니에요. 건봉사가 아니라 저쪽 건너편 산속에서 나오는 길이에요."
　짧은 다리가 있는 곳, 그러니까 금강산 건봉사 안내 표지판이 세워진 곳에서 차를 멈추고 나는 내가 빠져나온 건너편 야산 쪽을 가리켰다. 그러자 그녀가 잠시 사이를 두었다가 이상하다는 어조로 다시 입을 열었다.
　"그쪽이라면…… 왼편이 아니고 오른편을 말하는 건가요?"
　"그래요. 거기 마당에 우물을 메워버린 폐가가 있는 곳에서 다시 안쪽으로 더 들어가요."
　"아……."
　무슨 이유 때문인가, 포장도로로 진입할 때 그녀의 입에서 깊은 탄성이 흘러나왔다. 내가 놀란 표정으로 돌아보자 두 눈을 동그랗게 뜨고 그녀가 다시 물었다.
　"거기, 그 대나무 숲 속의 별장을 말씀하시는 거죠?"
　"그래요. 어제 오후에 그곳에 왔는데 아직 바다를 보지 못했어요. 근데 어디로 가는 거죠?"
　좌우를 살피고 도로의 건너편 차선으로 진입하고 난 뒤, 문득 그녀의 행선지를 알아야 할 것 같다는 생각이 들어 나는 물었다.
　"저는 간성으로 가요. 차로 가면 한 오 분쯤 걸리는데, 여기서 가장 가까운 읍거리예요."

"아, 그럼 잘됐군요. 저도 몇 가지 필요한 것들을 사야 하거든요."

산모롱이를 돌자 곧이어 군경 검문소가 있는 삼거리가 나타났다. 그러자 그녀가 저기요, 하고 전방의 어디쯤인가를 향해 손가락질을 해 보였다. 재빨리 그녀를 돌아보고 나서 나는 그녀의 손가락이 지시하는 방향을 내다보았다. 거기, 검문소를 지나 직진하는 도로의 우측으로 감파르족족한 바다가 펼쳐져 있었다. 하지만 검문소에서 우측으로 꺾어져야 한다고 그녀가 내게 일러주었기 때문에 바다는 이내 시야에서 사라져버리고 말았다. 언뜻 바다의 손톱을 본 것 같다는 생각이 들 정도로 아쉬운 풍경이었다. 하지만 우측으로 차를 꺾어 경사진 도로를 타고 올라 제법 긴 다리로 진입하자 좀 전의 그 바다가 훨씬 드넓게 왼쪽에서 떠올랐다. 마을 아래쪽으로 십분 정도의 거리에 있는 바다. 그제야 '바다윗말'이란 마을 이름을 이해할 수 있을 것 같았다. 하지만 다리를 건너자마자 바다는 주변의 구조물에 가려 다시 자취를 감춰버리고 말았다.

"별장에는 혼자 오신 건가요?"
다리를 건너 내리막길을 달릴 때 그녀가 다시 물었다.
"네, 혼자요."

혼자라는 사실, 그것이 때 아닌 깨달음처럼 서늘하게 가슴을 훑었다. 절대적 혼자. 그래, 지금 갑작스럽게 혼자가 된 게 아니라 아주 오래전부터 나는 혼자였다. 꿈을 유보한 이후, 지난 십 년 동안 내가 마음에 빗장을 지르고 철저하게 혼자 살아왔다는 걸 어찌 부정할 수 있으랴.

"아, 전 이쯤에서 내려주세요."

다리를 건너 이삼 분쯤 달린 뒤, 자신이 내릴 지점을 까맣게 잊고 있었던 것처럼 그녀는 갑작스럽게 입을 열었다. 도로가 왼쪽으로 휘어들어 간 지점에서부터 읍거리가 시작되고 있었다. 그녀가 가리킨 곳은 거의 초입에 해당하는 지점으로 좌측에는 군청 건물이 있고 그 주변에는 자잘한 단층 상가 건물들이 즐비하게 늘어서 있었다. 우측 방향 지시등을 켜고 차를 도로 가장자리에다 세우자 그녀가 다시 입을 열었다.

"여긴 읍거리라고 해도 아무것도 볼 게 없어요. 너무 작고 썰렁하거든요."

나는 말없이 그녀를 돌아보았다. 순간적으로 어떤 망설임 같은 게 느껴진 때문이었다. 하지만 묵연하게 전방을 내다보는 그녀의 옆얼굴에서 알 수 없는 나른함 같은 게 읽혀 얼른 고개를 돌리고 말았다. 그녀는 중얼거리듯 고맙다고 말하고 나서 차분한 동작으로 도어를 열고 밖으로 나갔다. 잠시 그녀의 동작을 지켜보았지만 허리를 약간 굽혀 인사를 하고 그녀는 곧이어 인도로 올라서 버렸다.

차를 도로 중심으로 진입시키고 나서 실내 후면경을 들여다보았다. 좀 전의 망설임이 묘한 여운이 되어 마음을 불편하게 했다. 그녀가 거기, 인도에 서서 망연한 표정으로 멀어져 가는 내 차를 주시하고 있었다.

무슨 말을 나는 망설였던 것일까.

뒤로 쏠리는 미묘한 마음을 애써 다스리며 나는 천천히 읍거리를 관통했다. 하지만 도로 좌우로 즐비하게 늘어선 상가 건물들은 불과 오륙백 미터 정도에서 허망하게 끝나버렸다. 마지막 지점의 버스 정류장을 지나치자 갑작스럽게 앞이 훤하게 열리며 속초로 나가는 도로가 나타났다.

나는 차를 돌려 읍거리를 반대 방향에서 거슬러 올라가기 시작했다. 좌우 단선 도로의 가장자리에 노상 주차된 차량들, 인도와 연한 자잘한 상점과 대리점, 긴장감 없는 얼굴로 느릿하게 길을 오가는 사람들이 무한정 쏟아지는 오월의 햇살을 받으며 졸음에 겨운 듯한 풍경을 조성하고 있었다.

차를 노상 주차장에 주차시킨 뒤, 나는 부근의 슈퍼마켓으로 들어갔다. 그곳에서 통조림과 인스턴트 식품, 몇 가지의 캔 음료와 그래뉼 커피, 계란 등을 샀다. 계산을 하면서 제과점의 위치를 물었더니 저기요, 하고 주인여자가 길 건너편을 손가락으로 가리켰다. 지난 열 달 동안의 악식에도 불구하고 별장에서 손수 밥을 지어 먹을 자신이 없었다. 적어도 작업실에서 기식할 때처럼 라면을 주식으로 삼지 않을 수만 있다면 먹거리에 대해서는 그다지 신경을 쓰지 않아도 될 터였다. 며칠이나 머물게 될지 모르겠지만 라면만 아니라면 다른 건 아무래도 상관없었다. 밥이나 국, 아니면 찌개 같은 게 정 먹고 싶으면 다시 읍거리로 나와 사먹으면 그만 아닌가.

부근의 허름한 식당으로 들어가 아침 겸 점심으로 물냉면 한 그릇을 먹었다. 별장으로 돌아가는 길, 버스 정류장 앞에서 잠시 차를 세웠다. 몇 초 동안 망설이다가 직진, 깊은 산속 어딘가에 자리 잡고 있을 사찰을 찾아가 보기로 했다. 버스 정류장을 지나쳐 20미터쯤 위로 올라가자 좁은 비포장도로 양옆에 두 채의 집이 마주 보고 있었다. 지나치면서 힐끗 확인해 보니 좌측은 가정집이고 우측은 유리문이 달린 구멍가게였다. 주변에 마을이 형성돼 있는 것도 아닌데 누구를 위한 구멍가게인가. 건너편 야산 기슭에 산재한 몇 채의 가옥과 건봉사를 오가는 신도나 관광객을 대상으로 한 것일 수도 있겠다는 생각이 들기도 했지만 도무지 수지 타산이 맞지 않을 것 같았다. 하지만 삼사 분쯤 더 달리고 난 뒤 도로와 연한 군부대의 블록 담장을 발견하고 나서야 나는 비로소 구멍가게에 관한 의구심을 해소할 수 있었다. 세상에 수지 타산을 무시한 장사가 어디 있으랴.

금강산 건봉사 가는 길은 거친 도로 상태로 인해 험로를 주파하는 자동차 경주를 연상케 했다. 산허리를 질러 깎거나 산자락을 파들어간 좁고 거친 도로는 오르막과 내리막의 연속이었고 노면에는 유난스레 돌이 많아 회전하는 타이어에 튕겨 오른 자갈들이 심심찮게 차량의 하체를 때렸다. 그러면서 산세는 빠르게 깊어지고 사방을 에워싼 녹음은 봇물처럼 도로를 압박해 들어왔다. 뿐만 아니라 지대가 높은 곳에는 전시를 대비한 도로 차단용 콘크리트 구조물이 세워져 있었고 구조물 곳곳에는 발파할 때 폭약을 밀어 넣기 위한 것인 듯 여러 개의 구멍이 뚫려 있었다. 그쯤에 이르자 비로소 긴장감이 감도는 지점, 내가 군사분계선 가까운 곳에 와 있다는 걸 실감할 수 있었다. 아니나 다르랴 싶게 가팔진 경사길을 내려가자마자 포연에 그을린 듯한 고사목 뒤쪽으로 '남방한계선'이라고 쓰인 커다란 표지판이 나타났다.

고사목을 사이에 두고 길은 두 갈래로 나뉘었다. 왼쪽으로 난 샛길로 접어들어 이삼 분쯤 올라가자 비로소 널찍한 공지와 함께 사찰의 모습이 드러났다. 넓은 공지는 주차장인 듯 봉고차 한 대와 은색 중형차 한 대가 주차돼 있었다. 사찰은 그 공지보다 이삼 미터쯤 높은 곳에 디귿 자를 오른쪽으로 뒤집어 놓은 듯한 구도로 자리 잡고 있었다. 그런데 어찌된 셈인지 사찰 건물에는 단청이 되어 있지 않았다. 차에서 내려 주변을 둘러보니 현석이 말한 자투리 나무 더미가 거적에 씌워진 채 우측 산자락을 차지하고 있었다.

사찰은 바깥쪽뿐 아니라 안쪽에도 단청이 되어 있지 않았다. 그래서인가, 마당으로 접어들어 둘러보니 사찰의 규모감에도 불구하고 왠지 모르게 어설픈 느낌이 들었다. 갓 올린 듯한 기와와 속살빛을 그대로 드러낸 소나무 기둥, 선방의 깨끗한 창호지 따위들이 깊고 수려한 산세와 전혀 조화를 이루지 못하고 있었다. 현석의 말을 들은 이후, 과거의 번성이나 세월의 풍상을 떠올릴 수 있는 사찰을 기대했는데 의외라는 생각이 들었다. 나는 문이 열린 대웅전으로도 올라가 보지 않고 허전한 심사가 되어 사찰 맞은편을 건너다보았다. 마당 아래쪽으로 내려가 화강암으로 만들어진 돌다리를 건너가자 절터 자리였던 듯한 흔적이 잡초 속에 남아 있고, 그 앞쪽으로 '南無阿彌陀佛'이라고 쓰인 높다란 돌 솟대가 세워져 있었다. 그리고 200여 미터쯤 전방, 우측 산발치에 작고 아담한 별도의 법당이 오롯이 세워져 있는 게 눈에 띄었다.

적멸보궁(寂滅寶宮)

천천히 오솔길을 따라 올라가 다소 긴장된 눈빛으로 현판을 올려다보았다. 잠시 망설이다가 서늘한 산바람이 밀려나오는 법당 안으로 들어섰다. 번뇌의 경계를 떠나고 생명이 함께 없어져 무위적정(無爲寂靜)해진다는 공간에는 정말 불상이 모셔져 있지 않았다. 하지만 그곳은 돌다리 저쪽의 본채와 달리 새뜻하게 단청이 되어 있었을 뿐만 아니라 뭔지 모를 집중력으로 내부가 가득 들어차 있는 것 같았다. 그것이 적멸이라면, 적멸이란 얼마나 가슴 벅찬 공허를 의미하는 것이랴.

좁은 마당에는 작은 석등이 세워져 있었다. 법당 우측의 추녀 밑에는 풍경(風磬)이 매달려 청량하면서도 그윽한 소리를 밀어내고 있었다. 아무도 없는 그 공간, 법당 맞은편의 마루에 앉아 나는 뜻없는 시선으로 좁게 열린 허공을 올려다보았다. 과거의 풀숲에서 떼뱀처럼 밀려나오는 서늘한 기억에도 불구하고 지난했던 세월의 허물이 허공으로 떠올라 한없이 가벼운 망사(網紗)로 직조되는 것 같았다. 이렇듯 적멸한 공간에서라면 이루지 못한 꿈인들 허망할 게 무어랴.

세월의 수레바퀴에 실려간 꿈은 이제 아쉬움의 대상이 아니었다. 필요한 것은 적멸이 아니라 소멸, 그리고 또 다른 길을 향한 준비이거나 출발일 뿐이었다. 그러므로 십 년 세월 저쪽, 꿈과 무관한 길을 떠나던 시절의 기억은 부정이나 타파의 대상이 될 수 없었다. 그것이 원하는 길은 아니었지만 어쨌거나 그 시절의 나를 부정하고 지금의 나를 인정할 수는 없는 법이었다. 원하는 길을 가기 위해 원치 않는 길을 에돌아가는 것. 그것을 통해 오히려 강화되거나 견고해질 수 있는 게 꿈이라면 지금의 나를 무슨 말로 변명할 수 있으랴.

꿈을 위해 꿈을 잠재우는 과정.

생활 형편이 나아질 때까지 한 삼 년 죽어라고 돈을 번 뒤에 나의 길을 가겠다는 생각으로 나는 이를 악물고 '예림기획'의 소장 노릇에 최선을 다했다. 주문이 아무리 밀려도 마다하지 않았고, 납품 일자를 어기지 않기 위해 며칠씩 집에도 못 들어가고 밤샘 작업을 하기도 했다. 뿐만 아니라 기존의 투시도나 조감도들이 지니고 있는 판에 박은 듯한 도식성을 탈피하기 위해 독자적인 변화를 가미하기도 했다. 주문업계의 반응과 평판이 괜찮아지면서 작업량은 더욱 늘어났고 급기야는 손이 달려 사람을 쓰기 시작했다. 설계도를 들여다보며 라면을 먹고, 붓질을 해가며 담배를 피우고, 어떤 때는 꿈에서도 주문 날짜에 쫓기는 나를 만나기도 했다. 한번 발을 담그기 시작하면 두 번 다시 헤어나기 힘든 거대한 늪지대로 나 자신이 빨려 들어가고 있다는 걸 그때는 전혀 자각하지 못한 것이었다.

거짓말처럼 삼 년이 흘러갔다. 이십오 평 아파트 한 채를 마련하는 데 드는 금액을 맞추고 나서 생각해 보자는 미강의 권유 한마디에 다시 이 년이란 시간이 흘러갔다. 하지만 더 이상 이사를 다니지 않을 수 있게 되었다고 해서 뚝, 하던 일을 하루아침에 팽개치고 내가 원하는 일을 할 수 있게 되었다면 나는 세상이 꿈꾸는 자의 것이라는 말을 믿었을지도 모른다. 세상이 꿈꾸는 자의 것이라는 말은 세상이 결코 꿈꾸는 자의 것이 될 수 없다는 걸 역으로 반영하는 말일 뿐이었다. 만약 꿈꾸는 자의 것으로 만들고 싶다면 꿈을 보장받기 위해 음험한 뒷거래에 눈을 떠야 할 터였다. 그런 걸 미강은 이미 오래전부터 터득하고 있었던 모양 호구지책이라는 먹성 좋은 괴물의 아가리에다 여분의 돈을 물려놓지 않으면 아무것도 할 수 없다는 사실을 회유하듯 일깨우며 또다시 나의 손목을 부여잡았다.

―한 삼 년만 더 하고 손을 놔요. 이 세상에서 나만큼 당신 꿈을 잘 알고 있는 사람이 누가 또 있겠어요? 어느 정도 목돈이 손에 잡히면 그때부턴 내가 나서서 뭔가를 해볼게요. 당신은 한적한 전원에다가 농가 주택 같은 걸 사서 작업실로 개조하고 거기서 그리고 싶은 그림만 그리면 되는 거예요. 당신은 나를 야속하다고 원망할지 모르겠지만 지금으로서는 당신이 일에서 손을 떼봤자 우리 가족 몇 달도 버티기 어려워요. 내가 나서서 뭔가를 할래도 우선은 손에 쥔 게 있어야지요. 당신이 하고 싶어 하는 일은 어차피 평생을 두고 해야 하는 거니까 한 번 더 속는 셈 치고 삼 년만 참아줘요, 네?

미강의 말에는 틀린 구석이 하나도 없었다. 무작정 손을 놓고 어쩌겠다는 것인가. 그럴 때마다 나는 무인도로 표류해 온 속수무책의 한 가족을 떠올리며 막막한 눈빛으로 주변을 두리번거리곤 했다. 가족이 표류해 온 게 아니라 표류하는 섬에 갇혀 터무니없는 기적을 기다리고 있는 것이나 아닌지. 갈 길은 먼데 어느덧 날 저물어버리니 가슴에 꿈을 품었다는 죄로 스스로 영어(囹圄)의 몸이 되는 형국이었다. 꿈이 사면초가를 만들면 꿈을 허물면 그만 아닌가.

태양 광선의 스펙트럼처럼 탄생하는 화가들.

대학 동기들 중에는 이미 국전과 공모전으로 화단에 얼굴을 내밀거나 프랑스, 이태리 등지로 유학을 다녀온 인물들이 있었다. 뿐만 아니라 개인전으로 화려하게 주목을 받거나 미술 평론가들의 호평을 받으며 평판이 자자해지는 면면들도 있었다. 하지만 나는 '예림기획'을 인수한 뒤로 대학 동기를 만난 적이 없었다. 나중에는 미술계 소식을 접하는 게 두려워 신문까지 끊어버리고 말았다. 오직 한 사람, 고등학교 동창 현석을 일 년에 몇 번 만나는 게 고작이었다. 그야말로 친구도 동기도 없는 산간벽지의 독학생 같은 처지가 되어버리고 만 것이었다. 하지만 현석은 그때 이미 의자 제조업체를 아버지로부터 물려받아 여유만만한 삼십 대 중반을 보내고 있었다. 그러니 나와는 달라도 한참 다른 처지였다. 실현하지 못한 꿈을 가슴에 품고 강박적 사고를 지닌 인물로 변해 버린 나, 자본주의적 삶의 여건에 걸맞게 골프나 땅 투기, 해외여행 같은 것에 지대한 관심을 쏟는 그. 우리는 건성으로 만나도 어차피 물과 기름일 수밖에 없었고, 물과 기름일 수밖에 없었기 때문에 오히려 서로를 덜 부담스러워할 수 있었다. 어차피 진실은 없었으니까.

이래저래 심신이 주눅 들 무렵부터 설상가상 건설업계에 불황이 밀어닥치기 시작했다. 주문량이 줄어든 거야 당연한 결과라고 할 수 있었지만 동일 업종 간의 수주 경쟁까지 야기돼 투시도나 조감도 하나 그려주고 받는 가격에도 덤핑이 생겨나기 시작했다. 한창때 일곱 명씩이나 되던 직원이 주문량의 감소에 비례해 차츰 줄어들더니 나중에는 잔심부름하는 여직원 하나만 달랑 남았다. 하지만 그때 이미 나는 돌아가는 일의 정황을 강 건너 불구경하듯 수수방관하고 있었다. 주문량이 현격하게 줄어들어도 단 한 푼도 단가를 낮추지 않았고, 온다 간다 말 한마디 없이 일손이 빠져나가도 그들의 빈자리에 아쉬운 눈길 한번 주지 않았다.

갈 데로 가고, 될 대로 돼라.

시간이 나면 그것이 오전이었건 오후였건 나는 인근의 시장 바닥으로 들어가 혼자 낮술을 마시곤 했다. 모든 것이 허물어진 뒤였으므로 예전과 같은 조바심도 느껴지지 않았다. 어느덧 미강이 연장한 삼 년이 다 되어가고 있었기 때문이 아니라 내 마음이 이미 오래전에 '예림기획'을 떠나 있었기 때문이었다. 무슨 낙으로 팔 년을 버텨왔던가. 스물일곱에서 더 이상 나이를 먹지 못한 사람, 아니면 인생의 팔 년을 공생애로 날려버린 사람처럼 나는 생경한 눈빛으로 세상의 풍물을 새롭게 뇌리에 각인하기 시작했다. 팔 년이 의미하는 게 나에게는 눈멀고 귀먹은 세월 이외에 다른 아무것도 아니었기 때문이었다.

팔 년 세월을 마감하던 그해 가을, 내 인생의 가지 끝에서 위태롭게 대롱거리던 마지막 꿈의 잎새가 떨어졌다. 내가 견뎌온 게 다만 잎새의 조락뿐인 줄 알았는데, 저주스럽게도 마지막 잎새가 떨어진 뒤에야 나는 비로소 그것이 말라비틀어진 고사목에 매달려 있었다는 걸 알게 되었다. 모든 것이 끝나버린 뒤, 그러니까 그때는 내가 여축한 돈뿐 아니라 은행에 저당 잡힌 아파트까지 경매에 붙여질 위기에 처해 있을 때였다. 더 이상 숨길 수 없는 지경에 이르러서야 비로소 미강은 자신이 오빠와 함께 도모했던 일의 내막을 마지못해 나에게 털어놓았다.

—지난 오월, 시내 중심가에 목 좋은 호프집이 났다고 오빠가 찾아왔어요. 거긴 오빠가 자주 다니던 곳이라서 장사가 얼마나 잘되는지도 훤히 알고 있다고 했고⋯⋯ 나도 미심쩍어서 오빠를 따라가 봤는데 정말 장사가 잘되는 곳이었어요. 당신은 내가 바보 같은 짓을 했다고 할지도 모르겠지만 내가 오빠에게 넘어간 것도 따지고

보면 당신을 위해 나도 이젠 뭔가를 해야겠다는 생각이 앞섰기 때문이었어요. 가겟세가 엄청 비싸서 모아둔 돈과 아파트를 저당하고 은행에서 대출받은 돈을 합해도 턱없이 부족했어요. 하지만 동업을 하겠다던 오빠 친구가 발을 빼지만 않았어도 이렇게 앉은 채로 돈을 날리는 일은 일어나지 않았을 거예요. 오빠만 해도 우리가 엄마를 모시니까 자기가 나서서 집안을 일으켜야겠다고 생각한 거지 그게 어디 자기 한 몸 편해지자고 생각한 일이겠어요? 당신에겐 정말 미안한 일이지만…… 기왕 일이 이렇게 된 거 그저 팔자려니 생각하고 조용히 넘어가요. 우리에겐 그래도 밥줄이 남아 있잖아요.

당신이 말하는 밥줄이 뭐냐고, 그것이 무엇을 의미하는지를 모르겠어서 나는 정박아 같은 표정으로 미강에게 물었다. 그러자 잠시 사이를 두었다가, 다소 어이가 없다는 표정으로 그녀는 대답했다.

―당신, 정말 몰라서 묻는 거예요? 우리에게 남겨진 게 예림기획뿐인데, 그걸 발판으로 다시 시작해야지 달리 무슨 방도가 있겠어요?

그래, 달리 방도가 없었으니 앉은 자리가 곧 지옥일 수밖에 없었다. 아파트를 급매로 처리하고, 그것으로 은행 대출금을 정리하고, 남은 돈으로 방 두 칸짜리 월셋집을 얻어 이사를 하는 변화가 연이어졌다. 하지만 그때부터 시작된 또 다른 양태의 삶에 대해서는 어느 누구도 적응의 몸짓을 보이려 하지 않았다. 아이는 아이대로 짜증을 부리고, 미강은 미강대로 밖으로 겉돌고, 나는 나대로 마음에 빗장을 질러버린 것이었다. 미강은 일자리를 알아봐야겠다며 밖으로 나돌아쳤지만 그것이 나의 질타나 원망에서 비롯된 건 결코 아니었다. 그녀가 자신의 오빠와 함께 도모했던 일에 대해 나는 그로부터 일 년이 넘도록 일언반구로도 내 감정을 표현하지 않았다. 표현하기 싫어서가 아니라 할 말이 없었기 때문이었다. 설령 할 말이 있었다 해도 그때 이미 나는 말하는 방식을 망각하고 있었다. 말을 떠올릴 때마다 송장 속에 들어찬 수렴(水簾)처럼 가슴속이 흥건해지고, 그러면 떠올랐던 말이 기억의 어느 언저리에도 들러붙지 못한 채 고스란히 녹아버리곤 했다. 작년 여름, 내 얼굴을 마주 대하지 못하는 늙은 장모가 부담스러워 작업실로 거처를 옮길 때에도 나는 말이 아니라 메모로 나의 의사표시를 대신했다. 아무리 기를 써봐도 입이 떨어지지 않아 어쩔 수 없이 한마디 말을 종이에 적어 미강에게 건넨 것이었다.

—나, 이제 작업실에서 살게.

오후 4시경, 나는 현석이 일러준 대로 차 트렁크에다 굵직한 소나무 몇 토막을 싣고 건봉사를 떠났다. 밤에 마당에다 모닥불을 피워놓고 앉아 술이나 한잔 해야겠다는 생각을 했던 것인데, 건봉사를 떠나 한참을 달린 뒤에야 비로소 간성 읍내에서 아주 중요한 것 한 가지를 구입하지 않았다는 사실을 알아차렸다.

술.

다른 건 몰라도 그것만은 필요하다는 생각으로 나는 다시 간성 읍내로 나갈 작정을 했다. 하지만 다음 순간, 천만다행스럽게도 올라오는 길에 보았던 구멍가게가 떠올라 절로 한숨이 나왔다. 술 익는 구멍가게라면 몰라도 술 팔지 않는 구멍가게는 어디에도 없을 터였다.

이윽고 차를 세우고 내려보니 구멍가게는 지나갈 때 얼핏 보았던 것보다 훨씬 낡고 퇴락한 외관을 드러내고 있었다. 낮은 슬레이트 지붕과 앞쪽으로 다소 기울어진 듯한 시멘트 벽, 심지어는 미닫이 식으로 만들어진 유리문 위에까지 백분(白粉)을 바른 듯 뽀얗게 흙먼지가 뒤덮여 있었다. 간판도 없는 가게 안으로 유리문을 열고 들어서자 두어 평이나 될까 말까 한 공간, 빵과 과자류를 올려놓은 선반과 진열대가 어지럽게 시야로 밀려들었다. 왼편에 작은 방문이 하나 있었지만 아무도 문을 열고 내다보지 않아 나는 허리를 조금 굽히고 방문 아래쪽의 유리를 들여다보았다. 십육절지 두 장 크기만 한 유리 안쪽, 짙게 그늘진 방바닥에 희디흰 손 하나가 놓여 있었다. 손등이 방바닥에 닿아 있는 걸로 보아 누군가 누워 있는 것 같았다. 하지만 그것이 아무런 움직임을 보이지 않아 다소 섬뜩하다는 생각이 들었다.

"아무도 안 계신가요?"

방문을 향해 내가 묻자 손이 사라지며 안에서 부스럭거리는 기척이 들렸다. 곧이어 방문이 열렸는데 막상 거기서 얼굴을 내민 흰 손의 주인을 보고 나서 나는 벙그렇게 입을 벌리고 말았다. 옹색한 방 안을 배경으로 모습을 드러낸 여자의 얼굴에서는 이상한 광채가 뿜어져 나오는 것 같았다. 그리고 그것이 나의 의식으로 스며들어 이내 정신이 몽롱해지는 것 같았다. 하지만 무심하게 얼굴을 내민 여자의 눈망울에도 역시 놀라는 기색이 가득 들어차 만개한 꽃처럼 동공이 활짝 열렸다. 이해할 수 없는 힘에 짓눌린 듯한 목소리로 나는 간신히 입을 열었다.

"여기 사시나 보군요."
"……어떻게 여길?"
"아, 건봉사에 갔다 오는 길인데…… 여기가 집이라는 건 정말 모르고 들어왔어요. 소주를 몇 병 사갈까 해서요."

그녀는 엉거주춤하게 서 있던 자세에서 벗어나 슬리퍼를 신고 밖으로 나섰다. 처음 햇살 속에서 보았을 때보다 옹색한 배경 속에서 있는 지금의 그녀에게서 훨씬 깊고 구체적인 미감이 느껴지는 것 같아 나는 관찰자와 같은 눈빛으로 그녀를 훔쳐보았다. 그녀는 진열대 옆에 놓인 궤짝에서 소주 한 병을 꺼냈고, 그것을 지켜보던 나는 그제야 한 병이 아니라 세 병이라는 말을 덧붙였다.

"여기, 혼자 사시는 건가요?"
비닐봉지에 담긴 소주를 건네받고 돈을 내밀며 나는 물었다.
"아뇨. 엄마하고 아버지는 밭에 일하러 가셨어요. 지금은 한창 바쁠 때거든요."

거스름돈을 내밀며 그녀는 조금 웃어 보였다. 하지만 요원한 꿈을 좇다가 갑작스럽게 현실로 되돌아온 사람처럼 어설픈 웃음에도 불구하고 그녀의 눈망울에는 알 수 없는 여백이 떠올라 있었다. 그래서인가, 더 이상 해야 할 말이 없었음에도 불구하고 나는 선뜻 가게를 빠져나가지 못했다. 그때 어색한 침묵이 부담스럽다는 표정으로 그녀가 내 손에 들린 소주로 눈길을 돌렸다.

"그 소주, 혼자 다 드실 건가요?"
"이거요? 이건 그냥 만일의 경우를 대비해서 비축해 두려구요.

별장이 너무 후미진 곳에 있어서 밤이면 좀 무섭기도 하구요. 어쨌거나 제가 다 마시게 되겠죠 뭐."

가볍게 그녀에게 눈인사를 건넨 뒤에 나는 곧장 등을 돌렸다. 밖으로 나서서 유리문을 닫아주려고 하자 그냥 놔두세요, 하며 그녀가 유리문 앞으로 한 발 다가섰다. 소주가 담긴 비닐봉지를 뒷좌석에다 던져놓고 내가 마악 운전석 문을 열었을 때, 얼핏 그녀의 목소리가 들리는 것 같아 나는 재빨리 뒤를 돌아보았다. 유리문과 유리문 사이, 내가 빠져나온 공간은 여전히 열려 있었지만 그녀는 보이지 않았다.

밤의 정령들이 춤추는 시간.

어둠이 내리고도 한참이 너 지난 뒤부터 나는 별장 마당에다 모닥불을 피워놓고 앉아 소주를 마시기 시작했다. 낮 동안의 이른 더위에 비해 밤에는 스산하다 싶을 정도로 기온이 낮았다. 하지만 가늘면서도 끈덕지게 너울거리는 불꽃이 내 주변에다 부드러운 박막을 형성하는 것 같아 한결 마음이 편안했다. 지난 열 달, '예림기획'의 작업실에서 경험하던 어둠과는 비교도 할 수 없을 정도의 무한 공간감을 나는 만끽했다. 심신이 자연스럽게 각성된 때문인가, 두 병의 소주를 비웠음에도 좀체 취기가 느껴지지 않았다. 다만 혼자라는 상태가 나도 모르게 주변을 의식하게 만들었다. 교교한 달빛과 숲의 수런거림, 간간이 어둠을 찔러대는 밤새 울음소리가 살갗으로 아리게 스며드는 것 같았다.

'예림기획'에서 기거한 지난 열 달은 빛과 어둠, 그리고 꿈이 난

투극을 벌인 시간이었다. 꿈을 갈망하면서도 그것을 증오하고, 어둠에 젖어 살면서도 그것을 혐오하고, 눈부신 빛의 세계를 그리워하면서도 그것을 두려워하는 이율배반적인 은거의 시간. 그래서 밤이 되면 중얼중얼, 나는 술에 취한 채 낡은 책의 한 구절을 저주의 주문처럼 읊어대곤 했다.

—밤이 다가온다. 밤과 더불어 내게 낯익은 유령들이 깨어 일어난다. 그래서 나는 무섭다. 해가 저물 때, 내가 잠들려 할 때, 그리고 잠에서 깨어날 때, 이렇게 나는 하루에 세 번 무섭다. 내가 획득했다고 여겼던 것이 나를 저버리는 세 번…… 허공을 향하여 문을 열어놓는 저 순간들이 나는 무섭다. 짙어가는 어둠이 그대의 목을 조일 때, 잠이 그대를 돌처럼 굳어지게 할 때, 한밤중에 그대가 나는 무엇인가 하고 결산해 볼 때.

가물거리는 불꽃, 은연한 취기 속으로 또다시 지난밤과 같은 환각이 찾아왔다. 달빛에 젖은 파도 소리, 내가 예감할 수 없는 누군가의 존재감…… 퍼뜩 두 눈을 부릅뜨고 고개를 돌리자 자박자박, 누군가 검푸른 오죽 숲을 돌아 별장으로 이어진 샛길로 접어드는 게 보였다. 온몸에 깊은 전류가 퍼져나가는 걸 느끼며 나는 반사적으로 몸을 일으켰다.

누군가, 어둠에 스며든 푸르스름한 달빛을 받으며 길이 끝나는 별장 마당을 향해 조심스럽게 다가오고 있었다. 하지만 그 걸음걸이는 일정한 간격을 유지하면서도 어딘가 모르게 불안정해 보였다. 서릿발 같은 긴장감을 느끼며 나는 꼼짝 않고 서 있었다.

"미안해요…… 놀라셨죠?"
"밤길인데…… 내가 뭔가에 홀린 줄 알았어요."
"예상했던 대로 혼자 술을 드시는군요. 이거요…… 드시라고 가져왔어요."

손에 흰 종이봉지를 들고 내 앞까지 다가온 그녀가 조심스러운 눈빛으로 나를 보았다. 소주병과 종이컵을 내려다보고 나서 그녀는 손에 든 종이봉지를 내게 내밀었다. 그것을 건네받아 접은 윗부분을 열자 고소한 냄새와 함께 바스락거리는 소리가 났다. 뿐만 아니라 봉지에서 따뜻한 온기까지 느껴져 나는 고개를 갸웃하며 내용물 하나를 꺼내 들었다. 각질처럼 딱딱한 감촉. 미역인가? 내가 그것을 입에 넣고 조금 깨물자 그녀가 다시 입을 열었다.

"다시마 튀김인데…… 방금 튀겨온 거라서 술안주 하면 좋을 거예요."
"달밤의 다시마 튀김이라…… 정말 감동적인 맛이로군요."

모처럼 환하게 웃으며 나는 그녀를 보았다. 그러고는 앉으라고, 모닥불 옆에 만들어두었던 내 자리를 그녀에게 권하고 다시 마당 가장자리로 가 벽돌 한 장을 들고 왔다. 서서 볼 때는 푸르고 서늘한 기운에 젖어 있었으나 모닥불 옆에 앉은 그녀의 안면에는 어느새 다감한 홍빛이 가득 번져 있었다. 나는 별장 안으로 들어가 다시 한 병의 소주와 종이컵을 들고 나왔다. 하지만 종이컵을 건네기 전, 다소 미심쩍은 표정으로 그녀에게 물었다.

"소주를 마실 수 있나요?"

말무리반도 51

"가끔…… 혼자 마셔요."

"혼자, 어디서 마시죠?"

"밤에 부모님이 잠들면…… 가게에 있는 소주 한 병을 꺼내 들고 혼자 밖으로 나와요. 집 주변에서 마실 때도 있지만…… 대부분은 이쪽으로 건너와서 마셔요."

"이쪽이라뇨? 이 별장 마당으로 와서 술을 마신다는 건가요?"

"자주 둘러보고 가긴 했지만 여기서 술을 마신 적은 없어요. 이곳으로 들어오는 길 옆에 있는 폐가…… 그게 원래 우리 집이었어요. 지금은 외지인에게 팔렸지만 재작년 가을까지 거기 살았었거든요. 그래서 마음이 심란해지면 밤에 이쪽으로 건너와 그 집 우물터에 앉아서 혼자 소주를 마시곤 해요."

"그 집에 살 때가 좋았었나 보죠?"

"아뇨. 꼭 그런 건 아네요. 그냥 거기 앉아 있으면 마음이 편안해지는 것 같아서요. 그리고……."

말을 멈추고 그녀는 잠시 허공을 올려다보았다. 그러다 문득 생각난 것처럼 손에 든 종이컵을 입으로 가져갔다. 내가 다시 술병을 내밀자 습기를 머금은 듯한 눈빛으로 그녀는 물끄러미 나를 바라보았다. 이윽고 빈 종이컵을 내밀어 술을 받은 뒤, 그녀는 자신이 하던 말을 거두고 엉뚱한 질문을 내게 했다.

"이런 곳에 왜 혼자 오셨나요?"

잠시 당황한 표정으로 나는 너울거리는 불꽃을 들여다보았다. 하지만 컵에 담긴 술을 비우고 나자 왜일까, 그것이 무엇이 되었건 그녀에게 뭔가를 말하고 싶다는 욕구가 은근히 눈을 뜨기 시작했다. 혼자인 상태, 그것에 대한 자각을 무르녹게 하는 그녀의 존재감 때문인가.

"인생이 극도로 불투명하게 느껴질 때가 있죠. 내가 살아온 이유와 살아갈 이유, 그런 것에 아무런 확신도 가질 수 없을 때…… 그러니까 혼자인 게 당연하고 혼자일 수밖에 없는 시간 같은 거요. 아마 나는 지금 그런 시간을 지나가고 있는 것 같아요. 같이 올 사람이 아무도 없었으니까요."

그럼 결혼은 하지 않았느냐고, 나의 말을 듣고 나서 잠시 머뭇거리다 그녀는 물었다. 그래서 했었다고, 하지만 지금은 모든 게 끝장나 버렸다고, 다른 사람의 인생사를 말하듯 나는 중얼거렸다. 그러고 나서 꿈에 대해, 그러니까 그녀가 묻지도 않은 부분에 대해 자복하듯 모든 걸 털어놓기 시작했다. 십 년 전의 꿈, 십 년 동안의 삶, 그리고 원점 아닌 원점으로의 회귀…… 내가 그리고 싶어 하던 대상으로서의 세상에 꿈을 빼앗기고 이제는 나 자신이 꿈의 허물로 남아 세상으로부터 멀어져 가고 있다는 말을 하고 나서야 나는 비로소 말을 맺었다. 고개를 들고 그녀를 보자 그녀는 내 말이 아니라 자신의 생각에 깊이 침잠한 표정으로 물끄러미 불꽃을 들여다보고 있었다. 그러다가 문득 고개를 들고 어떤 비의가 담긴 듯한 눈빛으로 나를 보았다.

"혹시 말무리반도를 보신 적 있나요?"

*

눈을 떴을 때 나는 옷을 입은 채 거실 바닥에 누워 있었다. 기억이 끊긴 건가, 잠시 당황스러운 기분이 들어 누운 채로 지난밤의 일들을 정리해 보았다. 지난밤의 일들은 비교적 명료하게, 그리고 생생하게 기억에 남아 있었다. 다만 한 가지, 그녀에게 나 자신에 관한 말을 지나치게 많이 늘어놓은 것 같다는 때늦은 자괴심은 기분을 몹시 찜찜하게 만들었다. 그녀도 소주를 몇 잔 나누어 마시긴 했지만 아무리 그렇다고 해도 교분이 있는 사이도 아닌데 무슨 신세 타령이란 말인가!

자정 무렵, 그녀를 버스 정류장 앞까지 배웅해 주고 돌아온 기억을 되살리고 나서 나는 굼뜨게 몸을 일으켰다. 거실 바닥에서 잠이 든 과정이 기억에 남아 있지 않은 걸 보면 그녀를 배웅하고 돌아와 갑작스럽게 긴장이 풀린 게 아닌가 싶었다. 소파에 앉아 마당을 내다보니 지난밤의 잔해가 꿈이 아니었다는 걸 입증하듯 고스란히 남아 있었다. 빈 소주병들과 종이컵, 벽돌과 벽돌 사이에 놓인 다시마 튀김 봉지, 그리고 타다 남은 나무토막과 희뿌연 잿더미…… 하지만 지난밤의 잔흔 위로도 햇살은 눈부시게 쏟아지고 있었다. 뿐만 아니라 주변을 에워싼 푸르른 녹음과 상쾌한 대기, 구름 한 점 없는 하늘이 평화로운 조화를 이루며 이 아침은 어제와 또 다른 날빛으로 팽팽하게 부풀어 오르고 있었다.

오, 빛이 만들어내는 무한한 시각의 변화!

눈을 가늘게 뜨고 나는 원근으로 내다보이는 풍경의 세계를 관망하기 시작했다. 멀고 가까운 풍경을 감각적으로 단순화시키고, 그 안에서 자연스럽게 부각되는 대각과 수평과 수직의 구도를 분류해 냈다. 그리고 다양한 구도 사이에서 이루어지는 순간적이거나 점진적인 빛의 변화를 주시하기 시작했다. 빛에 의한 시각의 변화를 감지하고, 그것이 인상으로 각인되고, 그것이 다시 감각을 자극하는 지극히 짧은 동안에 이 세계는 나의 오감 속에서 고스란히 해체되고 또한 재구성되었다. 빛의 찰나적인 진동과 파장 속에서 순간적으로 강조되거나 덧없이 스러지는 것들의 무궁무진한 향연은 얼마나 신비로운가.

빛의 변화가 만들어내는 감각적인 화폭 위로 선명한 영감이 떠오르기 시작했다. 프리즘의 분광(分光)에 휩싸인 한 여자의 강렬한 인상과 그것을 부각시켜 주기 위해 보색으로 떠오르는 배경의 세계! 눈을 감아도 그것은 지워지지 않았고, 다시 떠봐도 그것은 지워지지 않았다. 그래서 아무런 반감도 느끼지 못한 채 나는 마음의 각인을 고스란히 수용할 수 있었다.

이게 얼마 만인가.

나도 모르게 깊은 한숨이 터져나왔다. 꿈을 갈망하면서도 그것을 증오하고, 어둠에 젖어 살면서도 그것을 혐오하고, 눈부신 빛의 세계를 그리워하면서도 그것을 두려워하는 이율배반적인 은거의 시간…… '예림기획'의 작업실에서 내가 갈망하고 두려워하던 것들의 실체가 비로소 확연해지는 것 같았다.

―정오에 버스 정류장 앞에 서 있을게요. 잊지 마세요.

샤워를 하기 위해 옷을 벗을 때, 지난밤 그녀와 했던 약속이 문득 되살아났다. 약속이 아니라 말무리반도라는 곳, 그녀가 나에게 꼭 보여주고 싶다던 장소가 은근히 궁금해지기 시작한 것이었다. 내가 살아온 내력을 듣고 나서 문득 그녀가 무슨 이유 때문에 그곳을 아느냐고 나에게 물었는지 모를 일이었다. 서른일곱 해를 살아오며 나는 단 한 번도 이 방면으로 와본 적이 없었기 때문에 말무리반도라는 지명에 대해서는 선입견 같은 것도 없었다. 하지만 내가 모르는 게 어디 그것뿐이랴. 나에 관한 얘기는 지난밤에 원 없이 풀어냈지만 그녀에 관해 내가 알게 된 건 스물일곱이라는 나이와 이주희라는 이름이 고작일 뿐이었다. 그럼에도 불구하고 이 아침, 또 다른 나의 하루가 그녀에 대한 강렬한 존재감에서 출발하고 있다는 사실이 그저 놀라울 따름이었다.

눈부신 정오의 세계.

내가 버스 정류장에 당도했을 때 그녀는 구조물 안쪽의 목제 장의자에 앉아서 나를 기다리고 있었다. 밝게 물이 바랜 청바지와 짙고 산뜻한 남빛의 반팔 남방을 입고 다소곳하게 앉아 있다가 팔짝 뛰듯이 그녀는 조수석 문을 열고 안으로 들어왔다. 버스를 기다리는 사람이 아무도 없었지만 좁은 동네라서 그런 모양이라고 생각하며 나는 그녀에게 빙그레 웃음을 지어 보였다. 그러자 그녀가 고개를 갸웃하며 나를 보았다.

"내 차림새가 이상해요?"
"아뇨. 그래서 웃은 게 아니에요. 그냥 반갑고 멋쩍어서요."
"반가운 건 이해하겠는데…… 멋쩍다는 건 뭐예요?"

"지난밤 혹시 실수라도 하지 않았나, 그런 게 걱정돼서요."

나의 말을 듣고 나서야 비로소 안심이 된다는 듯 그녀는 등받이에다 편안하게 등을 기댔다. 46번 도로로 진입했다가 곧이어 7번 국도로 진입, 그녀가 일러주는 대로 검문소에서 직진하자 바다를 끼고 달리는 시원스런 도로가 이어지기 시작했다. 뿐만 아니라 오 분이나 십 분 간격으로 한 번씩 해수욕장임을 알리는 안내표지가 도로 우측으로 심심찮게 나타나곤 했다. 반암, 거진, 송지호, 화진포, 현내를 지나치는 동안 나는 눈앞에 펼쳐지는 가슴 저린 풍경의 세계를 보고 연해 탄성을 내질렀고, 그것이 신기한 듯 그녀는 그 일대에 대해 자신이 알고 있는 다양한 얘기를 내게 들려주었다. 그 일대가 고성군이지만 진짜 고성읍은 북한에 있다는 이야기, 휴전선에 가까운 지역이라서 북한이 고향인 실향민이 전체 인구의 반 이상이나 된다는 이야기, 화진포 주변에 무리 지어 피어나는 해당화와 이승만·김일성의 별장 이야기, 그리고 북쪽에서 불어오는 세차고 건조한 '금강내기'라는 바람에 관한 이야기 등등.

아무렇든 좌우로 펼쳐지는 눈부신 풍경의 세계에 매료당해 나는 정신을 차릴 수 없을 지경이었다. 하지만 그런 와중에도 목적지가 어디냐고, 말무리반도라는 게 대체 어디에 있는 것이냐고, 퀴즈의 정답을 한시라도 빨리 알고 싶어 하는 학동처럼 나는 그녀에게 묻지 않을 수 없었다. 그러자 아주 짧게, 담담한 표정으로 전방을 내다보며 그녀는 이렇게 대답했다.

"이 길이 끝나는 곳, 그러니까 더 이상 길이 없는 곳까지 가야 해요."

삼십 분 정도 달리고 나서야 나는 비로소 그녀의 목적지를 알아차렸다. 통일 전망대로 가는 길이라는 안내 표지판이 중간중간 세워져 있었지만 출입증을 발급하는 통제구역 안으로 들어서고 나서도 나는 그녀가 목적한 곳이 통일 전망대 같은 곳은 아닐 거라는 기대감을 좀체 떨쳐버리지 못했다. 하지만 출입증을 차량의 전면 유리에 부착하고 민간인 통제구역 안으로 들어서고 난 뒤로는 될 대로 돼라는 심정으로 가속페달을 밟아버렸다.

전시를 위한 도로 차단용 구조물을 지나 언덕길을 내려가자 우측으로 짙은 녹청의 바다와 코발트빛 하늘이 터지듯 펼쳐졌다. 완만한 해안선을 따라 이어진 백사장과 키 작은 해송, 그리고 한가로운 몸짓으로 비상하거나 하강하는 몇 마리의 갈매기가 조성하는 평화로운 풍경의 세계는 지나치게 투명해서 오히려 냉랭하게 보였다. 대상과 주체 사이의 불순물을 제거한 뒤에 드러나는 까발려진 풍경, 혹은 섬뜩한 날것의 잔혹한 아름다움 같은 것.

길이 끝나는 지점이 목적지라는 말을 하고 난 뒤부터 그녀는 더 이상 입을 열지 않았다. 경사진 커브길을 올라가자 곧이어 전망대 주차장이 나타나고 지금까지 이어지던 도로는 그 넓은 공지에서 갑작스럽게 끝나버리고 말았다. 그녀는 차에서 내려 가팔진 계단을 올라가는 동안에도 계속 입을 열지 않았다. 그녀가 몹시 힘들어하는 것 같아 중간쯤에서 잠시 쉬어가자는 말을 했지만 막무가내, 그녀는 들은 척도 하지 않고 끈덕지게 경사진 계단을 올라갔다. 불편한 다리를 이끌고, 바로 그 불편한 다리 때문에 걸어서 하늘까지 오르려는 사람처럼.

힘들게 계단을 올라가자 비로소 흰빛으로 도장된 전망대 건물이 나타났다. 좌측에는 기념품 판매장과 음료수, 핫도그, 햄버거 따위를 파는 매점이 있었지만 그녀는 주변으로 전혀 시선을 주지 않고 곧장 전망대 건물로 들어갔다. 2층으로 된 전망대 건물 아래층에 마련된 북한관도 거치지 않고 내처 2층까지 올라가 버렸다. 거기에 올라서자 비로소 북쪽, 금강산에서 흘러내린 산세가 짙푸른 동해로 흘러내린 장엄한 풍광을 한눈에 볼 수 있었다. 좌측의 금강산은 가마푸르레한 기운에 휩싸여 별다른 감흥을 불러일으키지 않았지만 우측으로 펼쳐진 바다는 전혀 다른 감동으로 나에게 다가왔다. 둥글게 궁굴려진 듯한 해원(海原)은 세상 밖으로 무한 확장되고 있었고, 그 위세를 감당하기 어려운 듯 하늘은 병풍처럼 펼쳐져 부드럽게 해면을 어루만지고 있었다. 또한 그곳에는 무수한 빛의 입자가 파종되어 찬란하면서도 변화무쌍한 화폭을 과시하고 있었다.

내가 바다 쪽으로 돌아서 있는 동안 그녀는 그늘진 안내관 안으로 들어갔다. 평일이라서인가, 전망대로 올라온 사람들은 십여 명도 안 되는 것 같았다. 그녀는 객석 중간쯤에 앉아 북쪽 바다를 응시하고 있었다. 안내관 앞쪽에는 유리관에 담긴 금강산 모형도와 북쪽 지형도가 세워져 있었다. 얼핏 그녀의 시선이 가 닿은 곳을 가늠하고 나서 나는 지형도 앞으로 다가갔다. 바다를 끼고 오른쪽으로 활처럼 휜 백사장, 좌측에서 바다 쪽으로 흘러내린 금강산 자락, 그리고 자잘하게 바다 위에 떠 있는 몇 개의 섬이 축소된 형상으로 그림 속에 담겨 있었다. 구선봉, 감호, 송도, 현종암, 복선암, 부처바위, 사공바위, 위추도, 해만물상…… 그리고 말무리반도!

순간, 나는 반사적으로 등을 돌리고 그녀를 보았다. 그녀의 시선이 가 닿은 곳이 말무리반도일 거라는 생각이 번개처럼 뇌리를 스쳤다. 그녀가 주시하는 방면으로 고개를 돌리자 거기, 금강산 일만이천 봉이 바다로 흘러내린 마지막 지점에 말무리반도가 떠 있었다. 나는 잠잠한 눈빛으로 전방을 내다보았다. 전망대 아래쪽에서부터 시작된 철책은 군사분계선 앞까지 뻗어나가 있었지만 바다로부터 오는 파도는 말무리반도가 있는 곳으로부터 전망대 밑까지 자유자재로 들락거리고 있었다. 그때 등 뒤에서 그녀의 음성이 들렸다.

"나가서 망원경으로 보세요. 그러면 이렇게 보는 것과 다른 뭔가가 보일 거예요."

나는 그녀를 따라 안내관 밖으로 나가 대형 관망경들이 일렬로 세워진 차양 아래로 들어갔다. 그러고는 그녀가 시키는 대로 오백원짜리 주화를 넣고 좌측에서 우측으로 관망경을 움직여 나가기 시작했다. 지형도에 그려진 그림이나 육안으로 보던 것과는 비교도 할 수 없을 정도로 사실적인 풍경이 밀려들자 왠지 모르게 가슴이 선뜩해지는 것 같았다. 모든 산은 바다로 뻗어나가고 싶어 한다! 왼편의 즐비한 봉우리에서 구선봉을 지나 금강산 자락이 동해로 빠져드는 지점에 이르자 나도 모르게 심장의 박동이 빨라지기 시작했다. 이윽고 말무리반도에 이르렀을 때, 바다 한가운데서 산 울음소리가 들리는 것 같았다.

"말무리반도, 무슨 뜻인지 아시겠어요?"

전망대를 뒤로하고 다시 가팔진 계단을 내려갈 때 비로소 그녀가 내게 물었다. 하지만 모르겠다고, 고개를 가로저으며 다소 멍한 눈빛으로 나는 그녀를 보았다. 그러자 그녀가 뜻을 풀어주었다.

"그건 말이 무리를 지어 달리는 형상을 하고 있다고 해서 붙여진 이름이에요. 보면서 그런 생각 안 들었어요?"
"말이⋯⋯ 무리를 지어 달리는 형상?"

한 번도 상상해 보지 못한 낯선 이미지를 떠올리며 나는 중얼거렸다. 속 깊은 산 울음소리가 되살아나고, 그것이 곧이어 세찬 말 울음소리로 변하는 것 같았다. 푸른 해원을 향해 갈기를 휘날리며 달리는 말무리⋯⋯ 해면을 짓이기는 우렁찬 말발굽과 거기서 튀어오르는 희디흰 포말을 떠올리자 왠지 모르게 혈관이 불끈거리는 것 같았다. 그리고 지금 이 순간 내 주변을 에워싼 모든 것이 정지해 말무리반도에 관한 인상이 영원히 뇌리에 각인될 것 같다는 섬뜩한 예감이 들었다.

돌아오는 차 안에서 그녀는 말무리반도 주변의 섬과 산과 호(湖)에 얽힌 전설을 내게 들려주었다. 금강산 줄기가 바다로 접어드는 지점에 있는 구선봉은 일만 이천 봉의 동쪽 끝 봉우리인데 거기에는 아홉 신선이 바둑을 두었다는 전설이 얽혀 있고, 구선봉 아래쪽으로 물이 고인 감호는 저 유명한 '나무꾼과 선녀'의 전설을 잉태한 곳이라는 이야기 등등. 그녀는 이런저런 얘기를 들려주다 혹시 금강산 옥녀봉에 얽힌 전설을 아느냐고 나에게 물었다. 그래서 옥녀봉에 얽힌 전설은커녕 옥녀라는 이름을 지닌 여자도 만나본 적이 없다고 나는 고개를 가로저었다. 그러자 금강산의 아름다움에 매료된 옥녀라는 선녀가 자신의 왼쪽 젖가슴을 떼어내 만든 게 바로 옥녀봉이라는 얘기를 들려주었다. 그리고 나서 다소 머쓱한 표정으로 나를 보았다. 전방을 내다보며 나는 혼잣말처럼 중얼거렸다.

"그렇게 중요한 걸 아무 곳에나 떼어놓다니…… 정말 한심한 선녀로군."

그녀와 나는 반암 해수욕장이라는 안내표지가 붙어 있는 마을로 접어들어 점심 식사를 했다. 그녀는 회덮밥을 먹고 나는 그녀가 권해 주는 대로 시원하고 얼큰한 오징어 물회를 먹었다. 식사를 끝내고 바다 쪽으로 나가자 꽤 먼 지점까지 바닥이 들여다보이는 얕은 바다가 부드러운 옥빛으로 펼쳐져 있었다. 아직 비철이라서 사람은 아무도 없었지만 밀려왔다 밀려나가는 파도를 보자 문득 맨발로 백사장을 걷고 싶다는 생각이 들었다. 하지만 신발을 벗고 그냥 바닷가에 앉아 있고 싶다고 그녀가 말했으므로 나는 그녀의 의사를 존중해 주었다.

"내가 왜 말무리반도를 보여드리고 싶어 했는지 아세요?"
발등을 넘어온 파도가 슬그머니 발가락 사이로 빠져나가는 걸 내려다보며 그녀가 물었다.
"글쎄, 막막하기가 바다와 같은 물음이라서……."
"특별한 이유라고 할 수는 없겠지만 지난밤에 꿈 얘기를 듣고 문득 그런 생각을 떠올린 거예요. 십 년 동안이나 자신이 그리고 싶어 한 그림을 그리지 못했다는 거…… 엉뚱한 얘기처럼 들릴지 모르겠지만 우리 아버지는 실향민이에요. 고향이 통천인데, 거기도 원래는 고성군이었대요."
"그러니까 말무리반도는 아버지가……."

뭔가 맥락이 잡히는 것 같아 나는 그녀를 돌아보았다. 하지만 그녀는 힘없는 표정으로 머리를 가로저었다.
"아니에요. 아버지와 말무리반도는 아무런 상관도 없어요. 내가 초등학교 5학년 때 이곳으로 이사 오기 전까지 우리는 삼척에서 살았어요. 그리고 내가 태어난 건 포항이고 아버지와 엄마가 결혼을 한 곳은 부산이래요. 거꾸로 거슬러 올라와 보면 아버지는 부산에서 시작해 포항과 삼척을 거쳐 마지막으로 이곳에 정착한 거예요. 부산에서 여기까지 올라오는 데 꼬박 삼십 년 세월이 걸린 셈이지만…… 지금도 아버지는 꿈을 포기하지 않고 있어요. 포기하지 않았기 때문에 깊은 침묵으로, 마치 세상에 등을 돌린 것 같은 표정으로 나날을 보내고 있어요. 모진 세월 속에서도 꿈의 끝자락을 끝끝내 놓지 않으려는 걸 보면 사람의 꿈은 정말 끈질긴 건가 봐요."
"그럼 말무리반도는 뭐죠?"
햇살에 찔려 눈을 가늘게 뜨고 나는 그녀를 보았다.
"그건…… 아버지 꿈이 아니고 제 꿈이에요. 고등학교를 졸업하던 해부터 지금까지 내 꿈은 줄곧 말무리반도에 머물고 있어요. 아니 머무는 게 아니라 내 꿈이 자라는 방향으로 그것은 뻗어나가고 있어요. 내가 바다 건너를 꿈꾸면 말무리반도는 거기까지 뻗어나가고, 내가 실의에 빠져 있으면 말무리반도는 신음 소리를 내요. 또 다른 내 몸처럼…… 말무리반도는 나와 같이 숨 쉬고, 나와 같이 아파하고, 나와 같이 꿈을 꾸는 것 같아요. 난 그걸 느낄 수 있어요."

말을 하고 나서 왜일까, 그녀는 갑작스럽게 밝은 표정이 되어 자리에서 일어났다. 그러고는 이제 그만 가요, 하고 나를 내려다보았다. 그래서 나는 자리에서 일어나 엉덩이를 털며 그것이 가장 궁금하다는 표정으로 이렇게 물었다.

"그럼 말무리반도는 지금 어떤 꿈을 꾸고 있죠?"
"아, 그거요? 그건 말할 수 없어요. 비밀이니까요."

반암에서 바다윗말까지는 십 분 정도의 거리였지만 그 짧은 동안에 그녀와 나는 제법 많은 말을 주고받았다. 지난밤 모닥불 옆에 앉아 있던 나의 모습이 만화영화의 주인공을 떠올리게 했다거나, 다시마 튀김의 맛이 어땠는지 솔직히 말해 달라거나, 자신이 가장 잘 만드는 음식은 산채 비빔밥이라거나, 금강산 건봉사까지 가서 불이문(不二門)은 못 보고 나무만 훔쳐왔으니 부처님이 노하셨을 거라는 이야기 등등. 아무렇든 그녀는 기분이 무척 좋아진 것 같았고 나로서도 그것을 나쁘게 받아들여야 할 이유가 없어 자연스럽게 마음을 열었다. 이 세상에서 가장 아름다운 것, 그것이 자연스러운 것이라는 게 나의 주관이었으니 어색할 게 전혀 없었던 것이다.

"별장에 소주 다 떨어졌죠?"
바다윗말로 접어들자 그녀가 물었다.
"그러잖아도 은근히 걱정을 하고 있었는데…… 아직 시간이 많으니까 버스 정류장 앞에다 주희 씨 내려주고 나 혼자 간성읍에 다녀오죠 뭐."
염려할 것 없다는 표정으로 나는 말했다. 그러자 단박, 그럴 줄 알았다는 듯 그녀가 경쾌하게 말했다.
"아뇨. 그러지 말고 그냥 별장으로 가세요. 술은 제가 밤에 가져 갈게요. 아셨죠?"

별장으로 돌아온 직후부터 나는 아무것도 하지 않고 조용히 소파에 몸을 묻고 앉아 있었다. 말무리반도라거나 그녀 아버지의 꿈,

혹은 그녀에 대한 나의 감정이 광선의 변화와 비슷해서 차분한 내적 부화의 시간이 필요할 것 같았다. 하지만 한 가지, 그녀의 인상을 내 안에다 각인시키고 싶다는 욕망만은 유보하고 싶지 않았다. 그래서 잠잠한 눈빛으로 하오의 풍경을 내다보며 한 인물의 형태를 결정하는 유일한 선(線)을 찾기 위해 정신을 집중했다. 하지만 아침과 달리 그녀에 대한 인상은 깊은 모호함 속으로 가라앉아 있었다. 프리즘의 분광에 휩싸인 듯한 강렬한 인상은 되살아나지 않았고, 그것을 부각시키는 데 필요한 보색의 배경도 떠오르지 않았다. 그녀를 향한 내면의 파장에도 불구하고 나를 에워싸는 깊은 모호함이 버거워 나는 우울한 심사가 되어버리고 말았다. 명멸하는 빛과 유연한 터치로 화폭을 채우고 싶다던 아침의 열정은 얼마나 부질없는 것이었던가.

뉘앙스가 사라진 세계.

어둠이 내린 직후, 나는 마당으로 나가 차 트렁크를 열어보았다. 그리고 오던 날부터 그곳에 처박혀 있던 화구 상자를 물끄러미 들여다보았다. 묘한 망설임이 손을 근질거리게 만들었으나 그것이 위태로운 도발 심리에 불과하다는 생각이 들자 나도 모르게 깊은 한숨이 밀려나왔다. 하지만 그 순간 내 뒤쪽의 어느 시공에선가 아련한 울음소리가 들리는 것 같아 나는 재빨리 뒤를 돌아보았다. 아직 붉은 기운이 남아 있는 서쪽 하늘 너머, 이미 먹빛으로 물들어 버린 북쪽 하늘 너머, 어디에선가 속으로 깊이깊이 삼키는 듯 미묘한 울음소리가 들리는 것 같았다. 한동안 그것을 감지하며 나는 석상처럼 서 있었다.

―너의 원점이 어디냐?

바다 쪽에서 밀려온 먹장구름과 보름달이 숨바꼭질을 하는 밤 10시경 그녀는 별장으로 건너왔다. 그때 나는 불을 밝히지 않은 어둠 속에 앉아 창밖을 내다보고 있었다. 마당 한가운데서 걸음을 멈추고 그녀는 말없이 창을 주시했다. 내가 보이지 않으리라는 걸 알면서도 나는 묵묵히 그녀를 지켜보았다. 하지만 다음 순간, 내가 보이지 않는다면 어째서 꼼짝을 않고 서 있는 걸까 하는 의구심이 뇌리를 스쳐갔다. 그때 먹장구름에 가렸던 달이 모습을 드러내며 그녀의 전신이 푸른 월광 속으로 떠올랐다. 하지만 그녀는 여전히 한자리에 붙박여 있었다. 안 되겠다 싶어 나는 소파에서 일어나 출입문을 열고 마당으로 나갔다.

"내 모습이 보이지 않던가요?"
젖은 바람기를 느끼며 나는 그녀 앞으로 다가갔다.
"아뇨. 처음부터 거기 앉아 계신 걸 알고 있었어요."
고개를 들고 그녀는 물끄러미 나를 쳐다보았다.
"그런데 왜 가만히 있었죠?"
"그건⋯⋯ 왠지 모르게 나를 가만히 있게 만든다는 걸 느꼈기 때문이에요."
"둘이 교감을 했었나 보군요. 그게 맞다면 정말 신기한 일이네요."
무슨 화장수인가, 그녀에게서 밀려나오는 라일락 향내를 맡으며 나는 고개를 갸웃했다.
"가끔은요, 내가 사람의 마음을 참 잘 읽는 것 같다는 생각이 들 때가 있어요. 나를 가르친 어떤 선생님은 내가 책을 너무 많이 읽어서 상상력이 비현실적으로 변한 것 같다는 말을 했지만 책을 많이 안 읽었으면 사람의 마음을 훨씬 더 잘 읽게 되었을 거예요. 책에서 얻은 지식이 상상력을 방해할 때가 많으니까요."
 "그래요? 그럼 주희 씨 앞에서는 생각을 함부로 하지 말아야겠군요."

 멋쩍게 웃어 보이고 나서 나는 그녀에게 들어가자는 말을 했다. 안으로 들어가 내가 불을 밝히려 하자 그냥요, 그냥 두세요, 하고 그녀는 소파 앞에서 다급한 목소리로 나를 제지했다. 알았다고 대답하고 나서 나는 싱크대에서 종이컵 두 개를 가져와 그녀 앞에 마주 앉았다.

 "불을 켜지 말라고 해서 이상하게 생각하셨나요?"
 비닐봉지에 담아 온 소주를 꺼내 마개를 열고 그것을 두 개의 종이컵에 따르며 그녀가 물었다. 비닐봉시에는 구운 오징어 두 마리가 들어 있었다.
 "벌써 내 마음을 읽은 모양이죠?"
 "그냥, 어둠 속에 앉아 있는 게 훨씬 편하게 느껴질 때가 있어요. 그리고 이 동네 사람들은 어둠에 아주 익숙해요. 집도 몇 채 없고, 젊은 사람들도 별로 없고…… 그래서 해만 저물면 다들 잠자리에 들거든요."
 "정말 이상한 동화의 나라 같네요. 사람도 별로 없고, 마을이 항상 깊은 정적 속에 가라앉아 깊은 잠을 자는 것 같으니…… 신기해요."
 "잠을 자는 것 같긴 하지만 동화의 나라는 아니에요. 겉으론 자는 척해도 속으론 아무도 맘 편히 잠들지 못하니까요."
 술잔을 비우고 나서 그녀는 창밖을 내다보았다.
 "주희 씨도 그런가요?"

"……."

먹보랏빛으로 변한 바깥으로 시선을 돌린 채 그녀는 나의 물음에 대답하지 않았다. 그러다가 문득 내 쪽으로 시선을 돌리고 물었다.

"스물일곱은 무엇을 할 수 있는 나이죠?"

"글쎄요, 무엇을 할 수 있다거나 무엇을 해야 한다고 정해져 있는 건 아니니까…… 그냥 원하는 일을 하면 되겠죠."

"원하는 일을 할 수 없을 때는요?"

"……."

"원하는 일을 할 수 없을 땐 삶을 포기해야 하는 건가요?"

"그런 질문을 왜…… 하는 거죠?"

"……."

"말해 봐요."

"겁이 나서 그래요. 스물일곱에 우물에 몸을 던진 언니 생각도 나고……."

잠깐 모습을 드러냈던 달이 다시 구름에 가리어지자 어둠 속에서 그녀가 술을 마시는 소리가 들렸다. 갑자기 주변에서 스산한 기운이 느껴졌다. 그녀의 언니가 몸을 던졌다는 우물이 내가 본 우물일 거라고 단정하자 나도 모르게 등골이 서늘해졌다. 밤에 그곳으로 건너와 가끔 술을 마시곤 한다는 그녀의 얘기까지 되살아나자 오소소 살갗에 소름이 돋는 것 같았다. 깊은 밤, 사람이 빠져 죽은 우물가에 홀로 앉아 술을 마시는 여자를 상상해 보라.

"우리 언니는 스물일곱 되던 해 여름에 우물에 몸을 던졌어요. 스물일곱이 될 때까지 우리 언니는 서울 구경 한번 못 하고…… 중학교 졸업한 뒤로 농사일만 거들다가 우물로 들어가 버린 거예요.

하지만 언니가 자살한 이유를 아는 사람은 오직 두 사람, 아버지와 나뿐이에요. 자기 꿈에 사로잡힌 사람의 무관심이 얼마나 끔찍스러운 건지 아세요?"
"꿈 없는 자기 인생에 언니가 지레 지쳐버린 거군요."
"언니가 지친 게 아니라 아버지의 꿈이 너무 모질었던 거예요. 언니가 이유도 없이 자살한 거라고 사람들은 말하지만…… 나는 언니가 아버지의 모진 무관심 속에서 제대로 피지도 못하고 말라 죽었다는 걸 알아요. 아버지는 우리 자매가 아니라 북쪽에 두고 온 아들…… 그래요, 단 한 번도 내색하진 않았지만 그 깊은 침묵 속에 숨겨진 게 뭔지를 나는 알고 있어요. 그래서 벙어리처럼 말을 잃고 살아가는 아버지가 날이 갈수록 무서워져요. 내 다리가 이렇게 된 것도 죽을 테면 죽고 살 테면 살라고 방구석에 밀쳐둔 아버지의 무관심 때문이었는데…… 내 나이 어느덧 스물일곱이 됐어요. 고등학교도 졸업하게 해주고 언니처럼 농사일을 시키시는 않지만…… 내가 언니와 아무것도 다를 게 없는 인생을 살아가고 있다는 생각을 하면…… 그래요, 그런 생각이 드는 밤엔 우물 속에서 언니가 나를 부르는 것 같아서 소주병을 손에 들고 나도 모르게 이곳으로 건너오곤 해요."

그녀의 말을 듣는 동안 나는 내내 담배를 피웠다. 너무 가혹한 얘기를 들었기 때문인가, 술을 마셔도 도무지 취기가 오르지 않았다. 바다 쪽에서 몰려온 먹장구름에 달은 완전히 묻혀버리고 숲을 휩쓰는 바람 소리만 공허하게 귓전으로 밀려들었다. 하지만 어둠 속에서도 그녀의 존재감은 뚜렷하게 살아 올라 그녀를 위무하지 못하는 나 자신을 몹시 난처하게 만들었다. 꿈이 꿈을 낳고 꿈이 꿈을 고사시키는 인생의 파노라마──십 년 동안 꿈을 잃고 산 내가 그것에 관해 무슨 말을 할 수 있겠는가.

 자정 무렵, 나는 그녀를 건너편 버스 정류장 앞까지 데려다 주었다. 하지만 거기까지 가는 동안 그녀와 나는 아무 말도 주고받지 않았다. 뿐만 아니라 버스 정류장 앞에서 헤어질 때에도 별다른 약속을 주고받지 않았다. 그녀를 배웅하고 다시 별장으로 돌아오는 길, 폐가를 지나칠 무렵에 나는 고의적으로 그쪽으로 고개를 돌리지 않았다. 나 자신을 잔약하기 짝이 없는 인간이라고 힐난하면서도 고사당한 타인의 꿈을 동정하거나 위로하기 위해 가던 길을 멈출 만한 용기는 도무지 생겨나질 않았다.

 별장으로 돌아와 나는 거실 바닥에다 이부자리를 깔았다. 방에서 자려 했지만 창에 닿아 흔들리는 나뭇잎이 정신을 어지럽게 만들어 잠자리를 바꾸지 않을 수 없었다. 하지만 거실에서도 좀체 잠이 오지 않았다. 그래서 다시 일어나 그녀가 가져왔던 세 병의 소주 중 남은 한 병을 마저 마시기 시작했다. 잔에 따를 것도 없이 병째 마시기 시작했는데, 짧은 동안 반병쯤 비우자 비로소 마음이 누그러지는 것 같았다. 그리고 그때부터 내가 그녀에게 뭔가 실수를 한 것 같다는 때늦은 후회가 엄습하기 시작했다. 그녀를 보내지 말았어야 했는데⋯⋯ 마땅히 감지했어야 할 어떤 기미를 내가 놓쳤다는 생각에 머리를 쥐어뜯고 싶은 심정이었다.

 왜 보냈나.

 순간, 온몸에 소름이 돋았다. 나는 반사적으로 자리에서 일어났다. 아⋯⋯ 다⋯⋯ 가요? 바람 소리 속에서 알 수 없는 분절음이 튀어 올랐다. 곧이어 안쪽으로 닫아걸고 커튼까지 내린 거실 창유리를 두들기는 소리가 났다. 나는 단걸음에 창유리 앞으로 다가갔지만 선뜻 그것을 열지 못하고 커튼 사이로 조심스럽게 밖을 내다보았다. 누군가, 창유리 밖에 서서 오도카니 위를 올려다보는 사람이 있었다.

오, 하느님 맙소사!

나는 자물쇠를 풀고 유리문을 열었다. 허리를 굽히고 그녀의 양쪽 겨드랑이에다 손을 집어넣은 뒤 어깨와 팔에 동시에 힘을 주었다. 그러자 그녀가 거뜬하게 창틀 위로 들어 올려졌다. 그녀를 소파에 앉힌 뒤 창문을 걸고, 그런 뒤에 다시 그녀를 안아 들고 거실 한가운데로 갔다. 아무 말도 하지 않고 그녀를 거기 누이고, 아무 말도 하지 않고 나는 그녀의 옷을 벗기기 시작했다. 이제 또다시 어떤 기미를 놓쳐서는 안 된다는 조바심, 그리고 나의 원점이 너무 아득하게 느껴진 때문이었다.

*

아침에 눈을 떴을 때 그녀는 내 옆에 없었다. 그녀 대신 세찬 빗소리가 사방을 가득 채우고 있었다. 무슨 일이 일어났던 것일까. 잠시 멍한 눈빛으로 나는 허공을 올려다보았다. 꿈처럼 믿기 어려운 일이 일어났음에도 불구하고 기억은 놀랍도록 생생했다. 하지만 그 생생한 현실감이 지난밤 그녀와 내가 맺은 육체관계에서 비롯된 게 아니라는 걸 알아차리고 나는 현실에 등을 돌리고 싶어 하는 사람처럼 슬그머니 모로 돌아누웠다. 그녀의 마지막 말이 뇌리에서 되살아나 세찬 빗소리처럼 지상을 쉼 없이 두들겨대는 것 같았다.

―제발, 여길 떠날 때 날 데려가 주세요. 난 언니처럼 우물 속으로 들어가고 싶지 않아요. 당신이 내 아버지처럼 자신의 꿈을 어금니에 앙다물고 사는 사람만 아니라면 난 아무래도 상관없어요. 어떤 일이 있어도 당신에게 방해가 되지 않을 테니 제발, 여길 떠날 때 날 데려가 주세요.

육체를 나눈 뒤, 내 가슴에 얼굴을 묻고 그녀는 절박한 어조로 애원했다. 그리고 지금 당장 대답하지 않아도 된다고, 마음에 결정이 내려지면 자신을 찾아와 달라는 말까지 덧붙였다. 그 뒤의 어느 순간인가 나는 잠이 들었을 것이고, 그 뒤의 어느 순간인가 그녀는 집으로 돌아갔을 터였다. 언니를 우물 속으로 밀어 넣은 예전의 집을 지나, 자신을 우물 속으로 밀어 넣을지도 모를 지금의 집을 향해.

굼뜨게 자리에서 일어나 커튼을 걷어보니 세상은 잿빛이었다. 무수한 사선을 그리며 쏟아지는 빗줄기에 녹음이 난타당하고 주변 공간은 원근을 가릴 것 없이 전체적으로 흐릿했다. 어떤 사물도 제 모습을 선명하게 드러내지 못하는 흐린 풍경의 세계를 내다보며 나는 그녀를 생각했다. 나에게는 더 이상 뒤로 물러설 여지가 남아 있지 않았다.

―제발, 여길 떠날 때 날 데려가 주세요!

오전 11시경, 앞을 분간하기 어려울 정도로 세찬 폭우가 쏟아지는 세상으로 나는 차를 몰고 나갔다. 와이퍼를 최대한 빠르게 작동시켜도 빗물은 순식간에 전면 유리를 덮어버리고, 차체를 두들겨대는 빗소리만으로도 정신이 멍멍해질 지경이었다. 하지만 무심한 표정으로 나는 46번 도로를 벗어나 7번 국도를 타고 속초 방면으로 무작정 달리기 시작했다. 공현, 송지호, 아야진, 삼포, 죽왕, 송암을 거쳐 백도에 이르렀을 때 나는 7번 국도를 버리고 갑작스럽게 우측 산길로 접어들었다. 그리고 십오 분쯤 뒤에 466번 도로로 접어들어 내처 가파른 산세를 타고 올라 미시령 휴게소에까지 이르렀다.

―난 언니처럼 우물 속으로 들어가고 싶지 않아요!

미시령 휴게소에서 커피를 마시며 십오 분쯤 머무른 뒤 나는 오던 길을 되돌아가기 시작했다. 그리고 학사평, 이목, 척산 온천을 거쳐 462번 도로를 타고 설악산 국립공원 입구까지 갔다. 차를 세우고 매점으로 들어가 담배를 사고 라면을 먹었다. 비는 그때까지 여전히 지랄스럽게 내리고 있었고, 가무스름한 날빛은 종말적인 분위기를 조장하고 있었다. 라면을 먹고 담배를 피운 뒤 다시 출발, 462번 도로를 타고 물치까지 나와 7번 국도로 진입했다. 그리고 그곳에서부터 계속 북상, 속초를 지나고 청간정을 지나 다시금 간성 방면으로 달리기 시작했다.

―당신이 내 아버지처럼 자신의 꿈을 어금니에 앙다물고 사는 사람만 아니라면 난 아무래도 상관없어요. 어떤 일이 있어도 당신에게 방해가 되지 않을 테니 제발, 여길 떠날 때 날 데려가 주세요!

간성읍을 지나고 삼거리 검문소에서 우측으로 진입, 나는 어제

낮에 그녀와 함께 간 길을 달리기 시작했다. 어제가 아니라 다른 생애로 거슬러 올라가는 듯한 기분이 들었다. 반암, 거진, 화진포, 현내를 지나 통일안보공원에서 출입증을 발급받아 다시 전망대로 올라갔다. 하지만 말무리반도, 그것은 쏟아지는 빗줄기가 아니라 자욱한 해무에 가려 흔적도 찾아볼 수 없었다. 어제 눈부신 햇살 속에서 내가 봤던 것들이 거대한 환영이었나. 이미 젖을 대로 젖은 몸으로 나는 사방을 둘러보았다. 하지만 그 어느 곳에서도 푸른 해원을 향해 말이 무리 지어 달리는 형상은 찾아볼 수 없었다.

길은 어디로 열려 있는가.

저물 무렵, 나는 하루 전에 그녀와 함께 점심 식사를 한 반암 해수욕장으로 접어들었다. 그리고 바로 그 횟집, 그녀와 마주 앉아 식사를 하던 자리에서 혼자 바다를 내다보며 소주를 마시기 시작했다. 부드러운 옥빛으로 빛나던 바다는 검푸른 빛으로 굼실거리고 있었고, 그녀의 발등을 간질이던 파도는 성난 기세로 세차게 몸을 뒤틀어 대고 있었다. 길 없는 길을 헤맨 뒤끝처럼 모든 게 허랑하게 여겨져 나는 쓰디쓴 소주를 거푸 입 안으로 털어넣었다.

―제발, 여길 떠날 때 나를 데려가 주세요!
―제발, 여길 떠날 때 나를 데려가 주세요!

그녀의 꿈이 아니라 나의 꿈이 미친 듯 요동질치는 게 느껴졌다. 꿈이 어디에 있다고 꿈처럼 애원하는가. 깊고 어두운 내면에서 나의 꿈이 그녀의 꿈을 비웃는 소리가 들렸다. 그녀의 꿈이 나의 꿈을 힐난하는 소리도 들렸다. 술을 좀 더 마시자 그녀 아버지의 꿈, 그녀 언니의 꿈, 이제는 남이 되어버린 미강의 꿈, 세상의 모든 꿈이 한데 뒤엉겨 거대한 해일을 만들어내는 것 같았다. 꿈이 꿈을 낳고 꿈이 꿈을 고사시키는 꿈의 소용돌이 속에서 나의 꿈은 흔적도 찾아볼 수 없었다.

말무리반도는 어디 있는가.

별장으로 돌아오자마자 나는 거실에다 자리를 펴고 누웠다. 깊은 한기를 느끼며 허공을 올려다보자 지난밤 온전히 젖은 몸으로 나를 받아들이던 그녀의 체온이 내 몸에서 고스란히 되살아나는 것 같았다. 안으로 연소하기 위해 몸부림치던 나와 달리 밖으로 끊임없이 자신을 내치고 싶어 하던 그녀의 몸부림은 얼마나 치열하고 격렬했던가. 그녀의 몸 안에서 나는 흐르는 듯한 대기, 반사하는 빛, 신기루처럼 분산되는 강렬한 빛을 느낄 수 있었다. 그리고 그것만으로도 내 절박한 정신의 여백에서 그녀가 해바라기처럼 강렬하게 피어날 수 있을 거라고 확신했다. 그녀 육신의 불구와 내 마음의 불구, 그것만으로도 서로에게 위로가 되고 또한 위안이 될 수 있다고 단정한 것이었다.

자연스러운 사실주의는 얼마나 아름다운가.

자연은 서로 난폭하게 대립하는 색깔들로 넘쳐흐르지만 끝끝내 그 조화를 잃지 않는다는 생각을 하며 나는 조용히 눈을 감았다. 그리고 부는 바람 소리에 행여 다른 소리가 섞이지 않을까, 예사롭지 않은 소리가 들릴 때마다 신경을 곤두세우곤 했다. 하지만 자신의 말을 지키기나 하려는 듯 그녀는 자정이 지날 때까지 끝내 별장으로 건너오지 않았다.

*

 끝 간 데 없이 푸르게 뻗어나간 해원을 향해 나는 고개를 들었다. 장엄한 풍화와 침식의 세월이 나의 배경이 되고 남북으로 뻗은 대단층(大斷層)의 기복이 수직과 수평을 잠재우는 곳으로 지상의 모든 태양 광선이 집중되고 있었다. 삶의 굴곡을 암시하듯 천태만상의 자태를 드러내던 기봉(奇峰)과 암주(岩柱)와 암대(岩臺)와 단애(斷崖)가 해양으로 잦아들자 비로소 변화무쌍하고 조밀하던 풍화와 침식의 세월이 세상만사의 대미를 장식하는 것 같았다.

 태양 광선의 스펙트럼에 휩싸인 눈부신 대양을 내다보며 나는 심호흡을 했다. 빨강과 노랑과 파랑의 원색적인 마찰이 눈을 아리게 했지만 거기서 다시 초록과 보라와 주황이 잉태되는 과정은 참으로 신비로웠다. 꿈으로 색이 잉태되고 또한 색이 꿈을 잉태하듯 원색의 주변으로 찬연한 보색이 떠오르고 있었다. 그리고 거기서 휘황한 색상의 화관(花冠)이 떠오르고, 그것에서 다시 분산되는 빛의 신기루를 볼 수 있었다. 그리하여 집약적인 빛의 세계 속으로 찬연하게 떠오르는 말은 오직 한 가지, 원시적인 인상에 끈질기게 집착하려는 인간의 의지를 부추기는 말뿐이었다. 꿈꾸는 세상을 위하여, 세상은 언제나 꿈꾸는 자의 것이라는 말.

 해풍이 감미롭게 이마를 어루만질 때 나는 고개를 돌리고 그녀를 보았다. 그녀의 얼굴은 선연한 빛으로 물들어 있었고, 그녀의 온몸은 날카로운 반사광의 명멸에 의해 은빛 비늘처럼 번뜩이고 있었다. 하지만 꿈에 의해 꿈이 고사당하고, 꿈에 의해 꿈이 궁지로 몰리는 세계에 안녕을 고하기 직전의 정적 속에는 한껏 팽팽한 긴장감이 배어 있었다. 이윽고 전방에서 세찬 말 울음소리가 들리고 곧이어 흰 갈기를 늘어뜨린 백마의 머리가 부력을 받은 듯 허공으로 치솟아 올랐다. 그리고 미처 그녀의 손을 잡을 겨를도 없이 파파팍, 세차게 수면을 박차며 한 떼의 말무리가 해원으로 달려나가기 시작했다.

―눈을 떠!

말발굽의 굉음을 들으며 나는 안간힘을 다해 그녀에게 소리쳤다. 하지만 안타깝게도 나의 말은 그녀에게 전해지지 않았고, 수평이 기우는 듯한 느낌 때문에 나는 더 이상 그녀에게 집중할 수 없었다. 엄청난 가속력 때문에 중심을 잃으면 그대로 말발굽에 짓이겨질 것 같았다. 그래서 앞만 보고 날려야 한다고, 이제는 그녀가 아니라 나 자신의 중심을 유지하기 위해 안간힘을 다하지 않을 수 없었다. 엄청난 가속력 때문인가, 찬연하던 빛의 변화가 스러지고 이제는 검붉은 기류만 불길하게 명멸할 뿐이었다.

누가 이 말무리를 멈추랴.

꿈에서 깬 뒤에도 한동안 속도감이 스러지지 않았다. 말무리가 되어 바다를 달리는 꿈이라니, 정말 별스럽다는 생각을 하며 나는 창가로 가 커튼을 열어보았다. 세차게 쏟아지던 빗줄기는 눈에 띄게 가늘어졌지만 지난밤을 휩쓸고 간 비바람의 광기로 마당은 난장이 되어 있었다. 마당 곳곳에 떼주검처럼 뒤엉켜 있는 나뭇잎과 잔가지들을 내다보며 나는 길게 한숨을 내쉬었다.

"그래, 어쩌면 내가 찾던 원점이 저런 것인지도 모르지. 엉망인 것, 처음부터 질서가 없었던 것."

입에서 나도 모를 말들이 흘러나왔다. 버려야 할 것은 꿈이 아니라 원점이 있을 것이라는 믿음, 그리고 그것이 빛의 세계에 내재돼 있을 거라는 터무니없는 고정관념이었다. 그래서 빛이 없는 세계를 비관하고, 빛이 없는 세계에서 나는 절망했었는지도 모를 일이었다. 절망적인 상황에 내가 던져진 게 아니라 내 스스로 절망의 주체가 되어 빛과 무관한 삶을 고수했었는지도 모를 일.

무엇을 망설이나.

다소 초조한 마음이 되어 나는 실내를 서성거리기 시작했다. 그녀를 처음 만나던 순간부터 내가 의도적으로 그녀의 인상을 조작했던 건 아닐까 하고 생각하자 비로소 자기 꿈을 위해 몸부림치는 한 여자의 애원이 절실하고 절박하게 되새겨졌다. 그리고 그녀와 내가 서로를 향해 안타깝게 손짓하는 과정으로 지난 며칠이 지나갔다는 걸 솔직하게 시인할 수 있었다. 그러니까 어제의 극심했던 갈등과 망설임, 그리고 선택에 대한 중압감은 그녀에게서 비롯된 게 아니라 나 자신의 내부에서 일어난 처절한 욕망의 난투극일 터였다.

빛을 향한, 빛에 의한, 빛의 욕망.

비가 그친 오후 3시경, 나는 마음을 정리하고 별장을 나섰다. 폐가를 지나고 농로를 건너 버스 정류장에서 그녀의 집이 있는 방면으로 올라가는 동안 나는 중심을 잃고 자주 휘청거렸다. 하루 동안의 세찬 빗줄기에 비포장도로의 곳곳이 패어나가고 검붉은 흙탕물이 고여 있었다. 하지만 멀고 가까운 산세는 맑은 날보다 더욱 새뜻한 자태로 떠올라 는적거리는 골안개와 극적인 대비를 이루고 있었다.

구멍가게 유리문을 밀고 안으로 들어서자 퀴퀴한 곰팡내가 후각을 자극했다. 언뜻 꿈에 한이 맺힌 사람들의 생무덤 같다는 생각이 뇌리를 스쳐갔다. 그녀를 처음 만나던 날과 같은 정감은 어느 구석에서도 느껴지지 않았다. 정감 대신 끈덕지고 모진 꿈이 똬리를 틀고 앉은 곳, 그래서 가녀린 꿈이 궁지로 내몰리는 끔찍스러운 악연의 터전으로 되새겨질 뿐이었다. 하지만 나는 입구에 서서 차분하게 방문이 열리길 기다렸다.

누구인가.

이윽고 방문이 열리고 거기서 얼굴을 내민 사람은 그녀가 아니었다. 얼굴이 검게 그을고 양미간에 깊은 골이 팬 칠순 노인이 선뜩한 눈빛으로 나를 올려다보았다. 나는 당황한 표정으로 주머니를 뒤져 간신히 지폐 한 장을 꺼내 들고 얼결에 담배 한 갑을 달라고 했다. 그러자 가타부타 말 한마디 없이 고집스런 표정으로 영감은 방 입구에 쌓여 있던 몇 종류의 담배들 중 내가 찾는 것을 슬그머니 집어내 깡마른 손과 함께 내게 내밀었다. 영감이 나무로 만든 돈통을 열고 거스름돈을 헤아릴 때 나는 재빨리 방 안을 훑어보았다. 어둑신한 방 안은 그리 넓어 보이지 않았고 맞은편 벽 쪽으로 미닫이문이 하나 더 달려 있었다. 그녀인가, 미닫이문 바깥쪽에서 간간이 그릇을 맞부딪는 소리가 들려왔다.

"이쪽으로는 하루에 몇 번이나 버스가 오갑니까?"

달리 방도가 없겠다는 생각이 들어 나는 제법 큰 목소리로 영감에게 물었다. 의도적으로, 그러니까 그녀가 부엌에 있다고 해도 충분히 들을 만한 목소리로 말을 한 것이었다. 하지만 영감은 아무런 대꾸도 없이 마치 귀머거리 같은 표정으로 슬그머니 문을 닫아버렸다. 어이없는 반응에 놀라 잠시 서 있다가 이럴 수도 저럴 수도 없는 심정이 되어 나는 가게를 빠져나왔다. 그러고는 허청허청 온몸이 나른해지는 걸 느끼며 오던 길을 되돌아가기 시작했다. 하지만 이삼 미터쯤 걸어갔을 때 뒤쪽에서 가게문 열리는 소리가 들려 나는 재빨리 등을 돌렸다.

아.

얼굴이 붉게 상기된 그녀가 유리문 밖으로 나서 다급하게 내 쪽으로 걸어오고 있었다. 이마 위로 흘러내린 머리카락을 걷어 올리지도 못한 채 내 앞으로 다가왔을 때, 그녀의 두 눈에는 눈물이 그렁그렁 고여 있었다. 너무 반가워 그녀를 와락 부둥켜안고 싶었지만 지나치게 긴장한 탓에 미리 준비해 두었던 대사만 건조하게 튀어 나갔다.

"자정에 떠날 거요. 준비하고 버스 정류장 앞으로 나와요."

밤 11시가 될 때까지 나는 풍경의 구석구석에서 안개 입자가 밀려나오는 걸 지켜보았다. 땅에서 피어오르는 것 같아 시선을 고정시키면 슬그머니 허공에서 내려앉는 것 같고, 허공에서 내려앉는 것 같아 고개를 들면 숲이나 산에서 밀려나오는 것 같고, 숲이나 산에서 밀려나오는 것 같아 주변을 두리번거리면 바다 쪽에서 치밀어 오르는 것 같은 미묘한 입자들의 움직임. 그것을 지켜보며 나는 어둠을 맞았다. 하지만 어둠이 내린 뒤부터 그것들의 움직임에 규모감이 생겨나는 것 같아 턱없이 마음이 조급해지기 시작했다. 그래서 정신없이 가방을 챙겨 트렁크에 처박고 서둘러 별장을 빠져나왔다.

뒤돌아보지 말고 떠나라.

전조등을 밝히고 밖으로 나오자 세상은 어느덧 짙은 안개의 점령지로 변해 있었다. 한 치 앞도 분간하기 어려운 길을 헤치고 버스 정류장 앞에 당도했을 때는 고작 11시 10분밖에 되어 있지 않았다. 나는 막막한 심정으로 그녀가 걸어오게 될 방향을 내다보며 담배를 피웠다. 내가 빠져나가야 할 방향을 내다보며 다시 한 대의 담배를 피웠다. 하지만 안개 속에서 흐름을 잃어버린 것처럼 시간은 한껏 더디 흐르며 나를 초조하게 만들었다.

11시 30분.

더 이상 견딜 수 없는 심정이 되어 나는 운전석 문을 열고 바깥으로 나섰다. 산과 바다와 지상에서 다투어 피어오른 안개가 지상의 모든 윤곽선을 지워버린 공간에 서자 문득 내가 깊고 깊은 환상 속에 갇혀 있는 것 같다는 생각이 들었다. 뿐만 아니라 지난 며칠 동안 내가 경험한 모든 일들이 말짱 허구의 세계에서 일어난 일인 것 같다는 생각까지 들었다. 사물의 윤곽선뿐 아니라 현실과 환상의 경계까지 고스란히 무너져 버린 세상. 그녀와 만나기로 약속한 버스 정류장 앞이 환상과 현실의 마지막 접경지대인 것 같다는 자각이 아뜩하게 뇌리를 스쳐갔다. 그녀가 아니라 오랫동안 갈망해 오던 본래의 나를 만나야 하는 장소…… 여기가 원점이 아닐까.

원점.

그래, 거기가 바로 원점이라는 생각을 하며 나는 다시 차에 올랐다. 그리고 시동을 걸고 전조등을 밝히며 아주 먼 밤길을 떠날 준비를 했다. 다시 한번 나를 찾아가는 길, 그것이 짙은 안개에 파묻혀 있다고 해도 이제 더 이상 빛에 대한 갈망으로 중심을 잃을 필요는 없었다. 길을 헤쳐나가다 보면 어느 지점에선가 어둠과 안개가 걷히고 다시금 빛과 조우할 수 있을 터였다. 그리고 그때가 되면 내가 경험했던 모든 것, 그것들에 뚜렷한 윤곽선이 생겨 붓을 쥔 손에 나도 모르게 힘이 들어갈 터였다. 그러면 그때 그리리라, 빛 속에서 찬란하게 명멸하던 꿈의 뉘앙스! 짙은 농무 속으로 힘차게 떠오르는 말무리에 초점을 고정시키고, 그것이 마치 길라잡이라도 되는 양 나는 조심스럽게 바다윗말을 빠져나가기 시작했다.

오, 아름다운 말무리반도!

마천야록

폭설이 내린 29일 오전 7시경, 서울 송파구 마천동 갈보리교회 마당에 눈에 덮인 채 숨겨 있는 윤 모(26, 여) 양을 이 교회 신도인 김 모(57, 여) 씨가 새벽 기도를 마치고 나오다 발견, 경찰에 신고했다. 경찰은 숨진 윤 양이 교회 뒤쪽의 다세대주택 2층에 여동생과 함께 세 들어 사는 룸살롱 접대부라는 사실을 확인하고 사인을 규명 중이다. 일단 술에 만취한 채 동사했을 가능성이 높은 것으로 보이나 얼굴에 말라붙은 코피와 멍 등으로 미루어 다른 의혹의 소지도 있어 보인다. 경찰은 우범자들의 소행일 가능성도 배제하지 않고 인근 주민을 상대로 목격자를 찾고 있다.

(서울=연합뉴스 오영도 기자)

1 내 영혼에는 붉은 도장이 찍혀 있다
남상필 / 36세 / 인터넷 쇼핑몰 상무이사

그날 일어났던 일에 대해 말하기 전에 나의 인간적 배경에 대해 먼저 말하고 싶다. 배경을 말한다고 해서 무엇이 달라질까만 앞뒤 맥락도 없이 그날 있었던 일만 얘기하면 문제가 더욱 모호해질 것 같기 때문이다. 무슨 파렴치한 변명을 늘어놓기 위해 이런 너스레를 떠는가, 혹자는 나를 오해할지도 모르겠다. 하지만 부디 이것만은 알아주기 바란다. 내가 나의 인간적 배경을 말하고 싶어 하는 건 오히려 세인들의 이해를 받고 싶지 않기 때문이다. 다시 말해 내가 행한 일에 대해 더욱 욕먹고 더욱 질타당하고 싶기 때문이다. 그러니 나의 인간적 배경을 듣고 난 뒤에 팔뚝을 걷어붙이거나 발길질을 해대도 늦지는 않으리라. 당신들 내키는 대로 나를 씹고, 때리고, 까고, 짓이겨 다오. 피 흘리지 않고서야 이 팔매질 같은 인생을 무슨 수로 견디랴.

아침에 눈을 뜰 때마다 나는 죽음에 대한 공포를 느낀다. 몸이 깨어나는 동안, 속 깊은 현기증과 함께 심한 헛구역질이 치밀곤 한다. 자포자기하듯 씨발, 이렇게 살면 뭐 하나, 잠에서 깨어나는 게 원망스러울 때가 많다. 하지만 나는 마누라 등쌀에 아픈 내색도 하지 못한다. 내가 조금이라도 아픈 기색을 보이면 막무가내로 병원으로 가자며 핏대를 올리기 때문이다. 그녀의 악다구니는 연극 대사처럼 매번 똑같다.

"네 몸 네가 잘못 건사해서 너 죽는 건 문제도 아냐. 문제는 지금껏 너 하나 쳐다보고 살아온 한솔이랑 나야. 벌어놓은 돈이 있어,

물려줄 재산이 있어? 죽고 싶으면 대책이나 마련해 놓고 죽어. 알 겠어?"

나는 마누라와 싸우지 않는다. 부부 싸움이란 것도 상대방에 대한 애정과 삶에 대한 의욕이 있을 때 하는 것이다. 그녀와 나는 캠퍼스 커플이었다. 물론 연애 시절에는 지금의 그녀를 도저히 상상할 수 없었다. 차라리 골뱅이가 새가 된다는 얘기를 믿는 게 낫지. 하지만 상상할 수 없는 일이 버젓이 현실이 되는 게 인생이다. 그래서 마누라에게 호되게 당하고 베란다에 서서 담배를 피울 때마다 나는 머리를 절레절레 흔들곤 한다. 씨발, 무슨 인생이 이렇게 좆같은가.

하지만 나는 입이 열 개라도 할 말이 없는 인간이다. 내 나이 서른여섯에 남겨진 거라곤 삶에 대한 좌절감뿐이시만 나도 시인할 건 시인할 줄 아는 놈이다. 사업한답시고 적잖은 아버지 재산을 내가 다 말아먹고 나 때문에 막냇동생은 대학 진학도 못했다. 뿐만 아니라 강남의 육십 평형대 아파트에 살던 부모님은 신도시의 이십 평형대 전세 아파트로 나앉았다.

부모님의 희생으로 한때 나는 잘나가는 일식집 사장 노릇도 하고, 파티 전문 카페의 사장 노릇도 하고, 룸 가라오케의 사장 노릇도 했다. 정말 꿈같은 세월이었다. 하지만 그 세월 동안 나의 몸과 마음은 황무지가 되어버리고 말았다. 솔직히 말해 사업을 한 게 아니라 사업 자금을 모조리 유흥비로 탕진했다고 하는 게 옳을 것이다. 술, 여자, 도박…… 말하긴 싫지만 간혹 마약을 한 적도 있다. 그렇게 여러 해를 보냈으니 몸이 무쇠라도 감당할 재간이 없으리라.

아무려나 나의 개차반 같았던 이력은 더 이상 입에 담고 싶지 않다. 나 같은 인간은 처음부터 사업 같은 걸 하지 말았어야 했다는 원론적인 후회만 못처럼 아프게 가슴에 박혀 있을 뿐이다. 그저 고교 시절부터 심혈을 기울이던 검도 도장이나 차려서 몸과 마음을 수련하며 살았으면 더없이 좋았을 인생. 신도시의 이십 평형대 아파트로 이사 가던 날, 칠순의 아버지는 두 눈에 눈물을 글썽이며 내게 이렇게 말했다.

"돈을 탕진한 대가로 네가 사람이 된다면 난 더 이상 바랄 게 없다."

사람이 된다면, 하고 아버지는 가정법으로 말했다. 하지만 칠순 노인네의 가정법은 끝내 현실이 되지 못하고 말았다. 자조적으로 하는 말이 아니라 나는 정말 사람이 되고 싶은 마음이 없다. 그냥 이렇게 망가진 채로 버티다가 어느 날 갑자기 맥없이 고꾸라져 주변 사람들로부터 온갖 험담과 악담을 들으며 지상을 떠나고 싶을 뿐이다. 갑자기 과거를 반성하고 사람 행세한답시고 주변 사람들을 놀라게 하거나 그들을 불편하게 만들고 싶지 않은 것이다. 나 같은 놈이 있어야 그들의 삶이 더욱 싱싱하고 더욱 건강해지지 않겠는가.

내가 석구를 만난 건 불행 중 다행이고 다행 중 불행이다. 만나지 않아도 불행하고 만나도 불행한 기이한 인연이 더러 있는 것이다. 작년 가을, 녀석이 나에게 전화를 걸어오지 않았다면 그로부터 며칠 뒤에 나는 자살을 감행했을 것이다. 사업 실패와 장기간의 실업 생활, 아내와 아이에 대한 스트레스, 부모님에 대한 죄책감이 나도 모르게 우울증으로 깊어져 하루하루 풍전등화와 같은 나날을 보내고 있을 무렵이었다. 쥐약과 소주를 마시고 콱 죽어버려야겠다는 결심을 굳히고 있을 때, 불행인지 다행인지 녀석에게서 전화가 걸려왔다. 대학을 졸업한 이후 처음 걸려온 전화였다.

"야, 너 개털 됐다며?"

녀석은 이미 주변의 친구들에게 전해 들어 나의 좌절과 실패를 상세하게 알고 있었다. 아주 고소하다는 어투로 녀석은 비아냥거렸다. 일테면 복수혈전 같은 거였다. 나는 이런 씨발 자식이 있나, 하고 울컥 울화가 치밀었다. 하지만 한순간 뒤, 빙벽 같은 현실이 내 뒤통수를 후려쳤다. 병신새끼, 넌 개털이야!

치사한 얘기지만 나는 마누라가 마음에 걸렸다. 대학 시절 석구가 그녀를 좋아했다는 건 같은 과 동기들이 모두 아는 사실이다. 그녀가 나에게 넘어왔을 때 녀석이 머리 깎고 해병대 자원입대했다는 것도 또한 공공연한 사실이다. 때문에 진해에서 근무하는 녀석을 친구 여럿이 면회 갈 때도 나는 가지 않았다. 하지만 면회 다녀온 동기들이 내게 전해 주었다.

"야, 석구가 이경이 잊으려고 특공대 자원했다더라."

나에게 있어 인생은 정말 삼류 드라마 같은 것이다. 만약 인간의 운명을 주관하는 신이 있다면 퍼큐, 퍼큐 하고 하루 종일 욕을 해주고 싶을 지경이다. 제발 드라마 좀 유치하게 쓰지 말라고 말이다. 나는 가만히 두어도 자멸할 놈인데 나 같은 놈에게 석구까지 등장시켜 잔혹하게 코를 꿰게 만드는 신의 악의를 도대체 어떤 식으로 해석해야 좋을지 모르겠다. 신의 심성은 악의가 반이고 선의가 반이라고 나는 믿는다. 악의 없는 선의도 똥이고, 선의 없는 악의도 똥이라는 걸 깨달은 결과이다. 석구를 통해 나는 마누라와 아이의 생계를 해결했다. 하지만 그 대가로 나는 그 인간의 노예가 되고 말았다.

인터넷 명품 쇼핑몰 나르시스.

석구는 대한민국 여성들의 허세를 공략해 돈을 번 놈이다. 인터넷 세상이 녀석의 인간성과 기막히게 맞아떨어진 셈이다. 녀석은 하드웨어보다 소프트웨어가 발달한 편이라 잔머리 굴리는 데에는 저승사자도 속아 넘어갈 지경이다. 그만큼 비정하다는 뜻이기도 하다. 잔머리를 굴리는 인간들은 항상 마음에 방패를 품고 있다는 것. 요컨대 녀석은 방패가 아니라 창의 역할을 수행할 인간이 필요했던 것이고 그 적임자로 나를 선택하는 잔머리를 굴렸던 것이다. 아마 잔머리 역사상 그토록 기막히고 절묘하고 비정한 선택은 두 번 다시 없을 것이다. 회사도 살리고 복수도 할 수 있는 일거양득의 선택.

석구는 나에게 상무이사라는 직함을 주었다. 인터넷 명품 쇼핑몰 나르시스는 동종의 온라인 쇼핑몰 중에서는 가장 먼저 설립돼 매출이 상당한 회사였다. 명품이라면 사족을 못 쓰는 한국 여성들을 상대로 원가의 몇 배에 달하는 정가를 붙여놔도 매출은 날로 늘어만 갔다. 신상품 수입에 있어 기민한 민첩성과 상품의 다양성만 확보하면 일 년 내내 호황을 누릴 수 있는 장사이기도 했다.

나는 속내를 드러내지 않고 석구의 회사에 근무했다. 간단히 말해 내가 개털이라는 걸 인정한 결과였다. 직함이 상무이사였지만 나는 녀석의 개인비서나 별반 다를 바 없었다. 녀석은 이혼하고 혼자 살고 있었기 때문에 생활이 매우 불규칙했다. 술도 자주 마시고 외박도 잦은 편이었다. 나는 날마다 오전 9시경에 출근해서 간부회의를 주재하고 상품의 입출고 상황과 영업 실적을 체크했다. 그러다가 정오 무렵에 녀석이 출근하면 사장실로 올라가 이것저것 필요한 회사 상황을 보고했다. 녀석은 지난밤의 향연을 생각하는 표정으로 듣는 둥 마는 둥 멍하니 앉아 있기 일쑤였다. 간혹 원두커피를 내리라거나 콜라 같은 음료수를 사다 달라고 할 때도 있었다. 나는 말없이 커피를 내리고 말없이 콜라를 사다 주었다. 내가 개털이고 내가 예전에 녀석에게 뿌린 씨앗이 있으니 말없이 거둘 수밖에 없었다. 그 대가로 마누라와 자식을 먹여 살릴 수 있으니 그나마 다행이 아닌가.

석구가 나에게 맡기는 일이 점점 많아졌다. 심지어 나는 녀석이 처마신 룸살롱 술값을 갚으러 갈 때도 있었고, 녀석이 사귀는 갓 스물 정도의 계집애가 사는 오피스텔에 선물을 가져다주러 갈 때도 있었다. 뿐만 아니라 술 마시고 택시 기사 이빨을 부러뜨린 사건을 합의하러 다니기도 했다. 갓 스물 정도의 계집애 오피스텔에서 자고 나에게 전화를 걸어 편의점에서 양말과 팬티를 사다 달라고 한 적도 있었다. 그런 것 정도야, 하고 나는 속으로 녀석을 비웃었다. 비웃은 게 아니라 나의 인내심을 스스로 대견해했다. 마누라 생일에 녀석이 집으로 샤넬 향수를 배달(대학 시절에 알았던 생일을 지금껏 잊지 않고 있다가 향수를 선물하는 끔찍스러운 기억력!)한 것도 나는 참았다. 회사 망년회 자리에 기혼자들은 아내를 동반하라는 의도적인 지시를 내렸을 때도 나는 참았다. 뿐만 아니라 회식 석상에서 마누라에게 묘한 미소와 눈빛을 보내고 이차 석상에서 손을 잡고 춤 한번 추자는 추태를 부린 것도 나는 참았다. 내가 참지 못하면 녀석을 죽여야 하고, 녀석을 죽이지 못하면 내가 참아야 하니까.

나라는 인간의 배경은 극심한 환경오염을 떠올리게 한다. 생명체가 살 수 없을 정도로 오염이 심각한 생태계에 기형적으로 살아남은 느낌…… 정말 더럽고 구역질 난다. 살아 있는 게 죽느니만 못하다는 말이 떠오른다. 하지만 종말적으로 오염된 생태계의 중심에 내가 서 있다는 자각은 언제든 나의 두 눈을 부릅뜨게 만든다. 그래, 핏발 선 두 눈을 부릅뜨고 나는 뭇사람들에게 주먹질과 발길질을 당하고 싶다. 살이 찢어지고 피 흘리며 죽는 한이 있더라도 터럭만큼도 동정 받고 싶지 않다. 더럽게, 아주 더럽게, 지금보다 더욱 오염되어서 재앙처럼 죽는 게 나의 소원이기 때문이다. 내가 나를 죽이는 방법이 그것 말고 달리 뭐가 있겠는가.

이제 문제의 그날에 대해 얘기해야겠다. 아침에 눈을 떴을 때 마누라가 자다 봉창 두들기듯 나의 어깨를 흔들며 이번 주일부터 함께 성당에 가자고 했다. 내가 사업에 거듭 실패하고 대책 없이 돌아칠 때 그녀는 종교를 위안으로 삼고 견뎠다. 물론 나는 그것을 이해했다. 나 같은 놈하고 사는 데 뭔가 믿는 구석이라도 있어야 하지 않겠나 하는 생각이 들어서였다. 때문에 그녀가 성당 나가는 것에 대해 가타부타 참견하지 않았다. 하지만 나에게까지 종교를 강요한다면 얘기가 달라질 수밖에 없었다. 나는 핏발 선 눈을 치뜨고 마누라를 노려보았다.

"성당은 왜?"
"마리아 수녀님이 당신 데려오래. 데려와서 회개시키래. 그래야 건강도 좋아지고 하는 일도 잘 풀릴 거래."
"씨발, 수녀가 이젠 점도 보냐?"
"병신아, 그래야 우리가 산다잖아! 회개하고 성령을 받아야 모든 게 잘된다는데 왜 그걸 마다해? 네가 뭐 하나 변변하게 한 게 있다고 그것마저 거부하냐구!"

그날은 아침부터 재수가 없는 날이었다. 광신도가 되어버린 마누라의 악다구니를 피해 나는 아침도 먹지 않고 출근했다. 그런데 이건 또 무슨 변괴인가. 쓰레기차 피하다 똥차에 치여 죽는다더니, 회사엔 눈에서 술이 뚝뚝 떨어지는 석구가 나와 앉아 독사 같은 표정으로 나를 기다리고 있었다. 나는 순간적으로 이런 씨발, 세상에 종말이 오려나, 왜 이렇게 인간들이 한꺼번에 미쳐 날뛰지? 하고 녀석을 쳐다보았다. 그러자 녀석이 자기 테이블에 놓여 있던 제품 목록을 내게 집어던지며 미친놈처럼 악을 써대기 시작했다.

"야, 씨발놈아! 너 내 말이 말 같지 않아? 지난주에 이 물건 인수 계약서 체결하라고 했는데 아직도 뭉기적거리는 이유가 뭐야! 너 여기서 골통 죽이며 나하고 한번 해보겠다는 거야?"
"그건 일부러 처리하지 않았다. 꼭 필요한 일이라면 나를 설득해봐. 불법을 사주하면서 설명도 안 해주겠다는 거냐?"
"그래, 그렇게 요구하면 내가 아주 간단히 말해 주마. 불법도 법이다. 됐냐?"
"제대로 말해라. 안 그럼 안 한다."

나는 회사에 입사한 이후 처음으로 석구의 요구를 거부했다. 그러자 녀석이 입 언저리를 일그러뜨리며 잠시 나를 노려보았다. 나는 눈도 깜짝하지 않고 녀석을 마주 보았다. 녀석이 끙 소리를 내며 의자의 등받이에 머리를 얹었다. 그리고 허공을 향해 헛, 하는 소리를 낸 뒤 혼잣말을 하듯 이렇게 중얼거렸다.

"이유는 없다. 싫으면 회사 관둬라."

도리 없겠다는 심정으로 나는 녀석에게 도장을 달라고 했다. 하지만 녀석은 나의 도장과 나의 명의로 계약을 체결하라고 싸늘한 표정으로 말했다. 그 순간 나는 녀석이 나를 끝장내려 한다는 직감에 사로잡혔다. 잠시 나는 지옥의 문 앞에서 고뇌했다. 하지만 지옥의 문 앞에 서서도 나의 인간적 조건은 달라지지 않았다. 인간적 배경이 달라지지 않으니 조건이 달라질 리 만무했다. 그 순간에도 나는 여전히 개털이었던 것이다.

그날 오후, 나는 장안동의 한 창고 건물을 방문했다. 거기서 루이뷔통, 프라다, 구찌, 페라가모, 버버리, 베르사체, 로베르타, 셀린느, 스와로브스키, 랄프 로렌, 아르마니, 까르띠에 등등의 명품 상표가 부착된 이천여 점의 물건들을 확인했다. 핸드백, 구두, 스카프, 시계, 바지, 재킷 등등의 샘플은 이미 회사에서 받아본 뒤였으므로 품목과 물량만 확인하면 되는 절차였다.

가짜 명품 밀거래.

그날 밤, 나는 논현동의 한 모텔 객실에서 사십 대 초반쯤으로 보이는 조 사장이라는 인물을 만나 계약을 체결했다. 준비해 간 수표를 선불로 주고 나머지 대금은 물품 인수 시에 전액 현찰로 지불한다는 조건으로 계약서를 쓰고 도장을 찍었다. 회사 명의가 인쇄된 정식 계약서가 아니라 백지에 계약 내역을 적고 조 사장과 내가 계약자로 도장을 찍고 서명을 한 것이었다. 나중에 문제가 된다 해도 사장인 석구가 발뺌하면 내가 덤터기를 써야 하는 어처구니없는 계약이었다. 눈 가리고 아웅하듯 사장 모르게 상무이사가 전횡했다고 버티면 계약 당사자가 처벌되는 게 실정법 아닌가.

계약이 끝난 뒤 조 사장은 자신이 한잔 사겠다며 나를 룸살롱으로 이끌었다. 그는 사십 대 초반인데도 세상 풍파에 꽤나 닳고 닳은 인간처럼 야무지고 약삭빠르게 행동했다. 하기야 가짜 명품을 만들어 밀거래를 하며 세상을 살아갈 정도이니 불법을 호흡하며 사는 인간이라고 해도 과언이 아닐 터였다. 지하 룸살롱 계단을 내려가며 그는 나의 굳은 표정을 꿰뚫어 보는 듯한 말까지 했다. 밀거래가 적발되면 매입 및 판매업자는 구속, 납품업자는 불구속이 보통이라며 사장에게 사후 처리나 보상을 미리 부탁해 두라는 말까지 했다. 내가 계단에서 우뚝 걸음을 멈추자 하하, 농담이요, 농담, 뭘 그런 걸 가지고 쫀쫀하게, 하며 나의 팔을 잡아끌었다. 불법을 불알처럼 달고 다니는 놈이 멀쩡한 사람 어르고 뺨 치는 격 아닌가.

'반(盤)'이라는 지하 룸살롱은 조 사장의 단골인 모양 마담과 지배인이 룸으로 들어와 유난스레 반겼다. 돈깨나 쓴다 이거겠지 하는 심정으로 나는 돌아가는 정황을 지켜보았다. 술과 안주가 날라져 오고 곧이어 아가씨들이 룸으로 들어왔다. 그런데 어찌된 셈인지 여섯 명이 한꺼번에 우르르 몰려 들어와 출입문 입구에 일렬횡

대로 늘어섰다. 그게 무엇을 하는 작태인지 나는 쉽사리 알아차릴 수 있었다. 노예시장처럼 여자들을 세워놓고 마음에 드는 인물은 골라내고 마음에 들지 않는 인물은 솎아내는 순서.

조 사장은 자신이 먼저 한 명을 고르더니 나보고 뜸 들이지 말고 찍으라고 했다. 찍지 말아야 할 도장을 찍어 마음이 찜찜한데 이번에는 여자를 찍으라니 정말 어처구니가 없다는 생각이 들었다. 그래서 알아서 찍어주쇼, 하고 덤덤한 표정으로 말했다. 그러자 조 사장 왈, 아니 이년들이 맘에 안 들어서 그러는 거라면 지금 말해요, 당장 내보내고 다른 애들 보내라고 하지 뭐, 하고 심각한 표정으로 나를 보았다. 나는 조 사장이라는 인물이 보통 막가파가 아닌 것 같다는 생각을 하며 도리 없이 오른쪽 끝에 검정 니트를 입고 서 있는 여자를 손가락으로 가리켰다. 머리가 길고 고개를 반쯤 숙인 여자였는데 언뜻 보기에 나이는 이십 대 중반쯤 돼 보였다. 직감적으로 내가 그녀를 선택한 건 다른 여자들의 철딱서니 없는 표정(꼴같잖은 인간들에게 간택당하기 위해 일렬로 늘어서 있는 상황에서도 그녀들은 뭐가 좋은지 연신 키득거리고 있었다.)에 비해 그녀는 왠지 모르게 우울해 보인 때문이었다. 하지만 고르고 나서 피식, 나는 내 자신을 향해 실소했다. 그녀의 우울한 표정에서 언뜻 나를 엿본 것 같다는 생각이 들어서였다. 젠장, 사람이기를 포기해야 하는 술자리에서 동병상련은 따져 뭣 하나.

술을 마시는 대부분의 대한민국 남성들은 사회적 자폐증을 지니고 있다. 그들은 맨정신인 상태를 견디기 힘들어하고 대화의 과정을 인내하기 힘들어한다. 그것을 허물기 위해 허둥지둥 폭탄주를 돌리고 단 두서너 잔 만에 천하제일의 의리파가 되고 사나이 중의 사나이로 돌변한다. 맨정신일 때는 눈도 마주 보지 못하고 대화의 소재도 찾아내지 못해 전전긍긍하는 인간들이 어디서 그렇게 광적인 마초 근성들을 이끌어내는지 모를 일이다. 조 사장과 나, 그리고 술만 마시면 다른 사람이 되어버리는 당신들 모두.

조 사장과 나는 자폐증 환자들처럼 술을 마셨다. 몇 차례 폭탄주가 돌고 난 뒤 나는 비로소 가짜 명품 밀거래 계약서에 도장을 찍었다는 정신적 부담감에서 홀연히 벗어날 수 있었다. 도장뿐 아니라 나를 방패로 삼고자 한 석구, 성당으로 가자며 나를 들볶아 대던 마누라까지 모조리 망각할 수 있었다. 망각이 극에 달할 때 현실은 놀라운 질감을 얻는다. 나는 문득 옆에 앉은 여자를 돌아보았다. 놀랍도록 차분한 얼굴로 그녀는 앉아 있었다. 초장에 언뜻 이름을 들었던 것 같은데 전혀 기억이 나지 않았다. 하지만 마시고 죽자는 판에 이름 따위가 무슨 소용이랴.

"뭐, 불편한 거 있으세요?"
"살아 있다는 게 마냥 불편하지. 넌 사는 게 재밌냐?"
"저도 불편해요."
"그럼 동병상련인가?"
"아뇨, 오빠는 나하곤 달라 보여요."
"뭐가 달라?"
"오빠는 마음속으로 뭔가를 자학하며 사는 분 같아요."
"넌?"
"난 더 이상 자학할 것도 없어요. 다 닳아버려서요."
"그럼 내가 너보다 더 희망적이라는 거냐?"
"희망이 있다면 그럴지도 모르죠."

"하지만 희망은 없다는 얘기로구나."
"없는 걸 만들어야 하니까 사는 게 예술이죠."
"후, 너도 겉늙은 모양이로구나. 난 서른여섯이지만 정신적으로는 삼천육백 살쯤 된 것 같다."
"그럼 난 이천오백 살? 아니 이백오십 살만 할래요. 그런 건 많다고 좋은 게 아니잖아요."
"그래, 많다고 좋은 게 아니지. 아직도 한창 구김살 없이 놀아야 할 나이에 마음에 웬 주름이 이리도 많은가 모르겠다."
"힘내세요. 살다 보면 좋은 날이 오겠죠 뭐."
"야, 그런 말 내 앞에서 하지 마. 난 그 따위 알량한 희망의 언사를 가장 경멸해. 차라리 절망과 액운이 가득한 인생, 그래서 항상 줄 위에 아슬아슬하게 서 있는 듯한 기분으로 살다 죽고 싶어. 좆같은 인생, 희망은 무슨 얼어 뒈질!"

그때부터 나는 자학적으로 몇 잔의 양주를 더 마셨다. 천장의 조명등과 벽등이 흔들리며 깊은 현기증이 느껴졌다. 하지만 나는 두 눈을 부릅뜨고 중심을 잡았다. 조 사장이 마담을 부르고 지배인을 불러 뭐라고 말을 하는 장면이 언뜻언뜻 보이다 사라졌다. 다음 장면은 붉은 카펫이 깔린 카운터 앞, 내 옆에 앉았던 여자가 지배인에게 뭔가 애원하는 듯한 장면이 언뜻 보였다. 누군가 나의 팔을 부축하고 계단을 올라갈 때 등 뒤에서 철썩하고 따귀를 때리는 소리가 들렸다. 굴리라면 굴려, 씨발년아!

눈을 떴을 때 나는 붉은 방에 혼자 앉아 있었다. 내가 거기 왜 혼자 앉아 있는지 전후 맥락을 알 수 없었다. 기억상실인가, 깊은 불안감이 엄습했다. 기억의 실마리를 찾기 위해 연신 주변을 두리번거렸다. 12시 15분. 주머니를 뒤져보자 재킷 안주머니에 계약서가 들어 있었다. 그것을 실마리 삼아 나는 비로소 그때까지의 기억을 되살려 낼 수 있었다. 누군가 만취한 나를 모텔 방까지 부축해 준 모양이었다. 시간이 얼마 경과되지 않은 것으로 미루어 깜빡 잠들었다 깨어난 것 같았다. 취기가 다시 살아나 속이 울렁거리기 시작했다.

여기가 어딘가.

나는 의자에서 일어나 방 안을 어슬렁거리기 시작했다. 창가로 가 장막처럼 무겁고 두꺼운 커튼을 걷어보았지만 다른 건물의 벽면에 가려 아무것도 내다보이지 않았다. 호흡이 점점 빨라지고 가슴이 답답해져 걸음을 옮기기도 힘들었다. 벽을 짚고 서서 심호흡을 하다가 도로 의자로 가 앉았다. 주머니에서 다시 한번 계약서를 꺼내보았다. 내 도장과 서명이 돌이킬 수 없는 죄악의 근거, 치명적인 형벌의 근거처럼 보여 미칠 것 같았다. 마누라와 아이의 얼굴까지 떠오르자 나도 모르게 분노가 치밀기 시작했다. 누군가 옆에 있다면 야수처럼 달려들어 목을 졸라버리고 싶을 지경이었다. 도장에 찍혀, 도장에 찍혀, 하는 말이 악마의 주문처럼 연해 뇌리에서 맴돌았다. 똑똑, 그때 누군가 방문을 노크했다.

"아, 늦어서 죄송합니다. 다른 건 조 사장님이 다 해결했으니 편히 쉬다 가세요."

출입문 앞에 룸살롱 지배인이 서 있었다. 혼자가 아니었다. 지배인 뒤에 한 여자가 고개를 모로 돌리고 서 있었다. 룸살롱에서 내 옆에 앉았던 여자였다. 검은 롱코트를 걸치고 있어 전혀 다른 사람처럼 보였다. 순간, 나의 뇌리에서 불꽃이 튀었다. 굴리라면 굴려, 씨발년아! 나는 본능적으로 모든 일의 정황을 알아차렸다. 여자의 거부, 지배인의 강압, 그리고 늦은 방문이 하나의 고리로 연결되는 것 같았다. 여자를 방 안으로 밀어 넣고 지배인은 허리 굽혀 인사하고 돌아갔다.

방문을 걸며 나는 안도의 한숨을 내쉬었다. 내가 혼자가 아니라는 사실, 내 속에서 여전히 분노의 힘이 느껴진다는 사실, 그리고 아직 밤이라는 사실에 대하여. 내 안에서 악마가 저주의 주문을 외는 것 같았다. 도장에 찍혀, 도장에 찍혀…… 아주 가학적인 힘이 느껴져 온몸의 근육이 욱신거리기 시작했다. 방문을 걸고 등을 돌리자 여자가 참담한 표정으로 무릎을 꿇고 나의 다리를 잡았다.

"오빠, 나 사정 좀 봐주면 안 돼요?"
"무슨 사정?"
"나, 지금 좀 보내주세요. 오빠가 싫어서 이러는 거 아니니까 오해하지 마시고, 제발 내 사정 좀 봐주세요."
"그래, 말을 해봐. 무슨 사정?"
"제발 이유는 묻지 마세요. 나중에 오빠가 정 원하신다면 따로 만나 잘게요. 오늘 밤은 제발 그냥 좀 보내주세요. 네?"
"안 돼."

여자가 무릎을 꿇은 자세로 나를 올려다보았다. 순간, 그녀의 표정에 깃들어 있던 무수한 감정의 기운을 마주할 자신이 없어 나는 고개를 돌리고 말았다. 절망, 슬픔, 체념, 원망, 저주 따위의 온갖 나쁜 기운이 그녀의 표정에는 다 떠올라 있는 것 같았다. 하지만 그것 때문에 나는 더욱 분노했다. 왠지 그녀가 나를 무시하고 기만하는 것 같다는 생각이 들었다. 뿐만 아니라 가증스러운 연기로 나를 희롱하고 있는 것 같다는 생각까지 들었다. 도장에 찍혀, 도장에 찍혀…… 나는 석구를 생각하며 그녀에게 개소리 말고 빨리 옷이나 벗으라고 소리쳤다. 성당에 나가자던 마누라를 떠올리며 씨발년, 하고 욕까지 했다.

"너, 내가 그렇게 우습게 보이니?"
"오빠, 내 이름이나 기억해요?"

몸을 일으키며 여자가 싸늘한 표정으로 물었다. 그녀의 물음에서 힐난과 비웃음이 느껴졌다. 어떻게 이름도 모르는 여자와 아무런 감정도 없이 섹스를 할 수 있는가. 그녀가 나를 짐승만도 못한 인간으로 치부하는 것 같았다. 이름 같은 건 알고 싶지도 않아, 하고 나는 말을 짓씹어 뱉었다. 그녀가 허공을 올려다보며 아주 길게 한숨을 내쉬었다. 다시 한 번 손목시계를 보고 나서 그녀는 검은 롱코트의 단추를 풀기 시작했다. 도장에 찍혀, 도장에 찍혀…… 나는 두 눈을 부릅뜨고 허물 벗는 그녀를 노려보았다. 다 닳아버려서 자학할 건더기도 없다는 년.

내가 행위 하는 동안 여자는 시체처럼 누워 있었다. 당연히 행위가 되지 않았다. 안 되잖아요, 하고 그녀가 몸을 일으켰다. 나는 모멸감을 느끼며 그녀의 뺨을 후려쳤다. 그녀가 무릎을 세우고 나를 노려보았다. 나는 그녀의 어깨를 밀어 뒤로 자빠뜨리며 내가 못하면 너도 못 가, 알았어? 하고 소리쳤다. 그 순간 큭, 하고 그녀가 울음을 터뜨렸다.

 여자가 우는 동안 나는 다시 행위를 했다. 당연히 이번에도 행위는 성사되지 않았다. 문제는 술, 아무리 기를 써봐도 행위가 성사되지 않으리라는 걸 나는 이미 알고 있었다. 하지만 내가 감당할 수 없는 분노가 두려워 나는 그녀를 끝끝내 포기할 수 없었다. 그녀에게 집중하는 것, 그것이 내가 지상에서 찾아낼 수 있는 마지막 구원이었으니까.

 이제 나의 얘기를 정리해야 할 시간이 왔다. 솔직히 말해 나는 여자가 언제 모텔 방을 빠져나갔는지 알지 못한다. 내가 온갖 변태적인 행위를 다 하고, 온갖 욕설을 다 퍼붓고, 온갖 가학적인 짓을 다 했다는 걸 부정하려는 게 아니다. 인간이 인간에게 가할 수 있는 모든 육체적 고통을 나는 그녀에게 다 주었다. 때리고, 욕하고, 행위하며 나는 그녀를 짓이겼다. 그녀가 나빠서가 아니라 나의 인간적 배경과 조건이 달라지지 않았기 때문이다. 도장에 찍혀, 도장에 찍혀…… 나도 어쩔 수가 없었다. 나를 위해서는 그렇게 할 수밖에 없었고, 그렇게 하는 것이 나를 위해 필요한 일이라고 생각했다. 인생이란 게 어차피 팔매질 같은 거 아닌가.

 이제 더 이상 할 말이 없다. 나의 팔매질에 그녀가 맞았다고 해도 나로서는 어쩔 수가 없다. 하지만 그것이 의도된 행위가 아니었다는 것만은 분명하게 알아주기 바란다. 순수한 팔매질에는 애초부터 과녁이 없기 때문이다. 만약 그것에 누군가 맞았다면 맞은 놈의 재수에 옴이 붙었기 때문일 터이다. 봐라, 내 영혼에 붉은 도장이 찍힌 것과 하등 다를 바 없는 것이다. 나의 행위를 미화하거나 덧칠

할 생각일랑 터럭만큼도 없다. 그러니 나를 동정하는 위선적인 자비 같은 건 지나가는 개에게나 던져주어라.

지금까지 말한 모든 것이 사실이다. 더 이상 망설이지 말고 나를 심판하라. 나의 말이 사실이라고 해도 당신들은 나를 처단할 것이고, 나의 말이 사실이 아니라고 해도 당신들은 나를 처단할 것이다. 당신들이 내부에 숨기고 있는 무엇인가를 내가 노골적으로 드러내고 있기 때문이다. 설마 그것이 두려워 지금껏 내가 했던 얘기를 모조리 부정하라고 권유하지는 않을 거라고 믿는다. 세상이 아무리 갈 데까지 갔다고 해도 나 같은 놈도 진실이 뭔지는 알고 산다. 진실이 뭔지 알면서도 악하게 사는 것이다. 그러니 살이 찢어지고 피 흘리며 죽는 한이 있더라도 나는 세상과 타협하지 않을 것이다. 더럽게, 아주 더럽게, 지금보다 더욱 오염되어서 재앙처럼 죽으면 내가 했던 모든 말이 진실이 될 것이다. 불행하게도 내가 진실이 되면 당신들이 거짓이 될 것이다.

내가 지금 소설 쓰는 줄 아나?

2 만약 내가 세상에 태어나지 않았더라면
정아영 / 23세 / 룸살롱 접대부

혹시 '신경쇠약'이라는 인디밴드 이름 들어보신 적 있나요?

물론 들어보신 적 없겠죠. 아마 인디밴드가 뭔지 모르시는 분들도 많을 거예요. 나도 잘 모르기는 마찬가지인데, 내 경험을 바탕으로 말하자면 '홍대 앞 클럽밴드'라고 해야 할 거예요. 홍대 앞의 클럽에서 활동하던 밴드들이 이제 하나의 부류로 자리 잡게 된 것인데, 개중에는 클럽 펑크의 일인자인 크라잉 너트처럼 성공한 밴드도 더러 있죠. 하지만 저예산으로 활동하는 비주류 밴드들이라 대부분 열악한 악조건 속에서 고군분투하죠. '신경쇠약'도 역시 그중의 하나로 전혀 이름 없는 무명밴드인데 앞으로도 유명밴드가 될 일은 결코 없을 거예요. 밴드 이름이 그 모양이니 유명해질 턱이 있나, 하고 혀를 차실 분이 계실지도 모르겠네요. 하지만 그 판에서 활동하는 밴드 이름은 대부분 그래요. 한마디로 골 때리죠. 허벅지, 오르가즘 부라더스, 삼청교육대, 볼빨간, 새봄에 핀 딸기꽃, 갱톨릭, 비닐, 스푼, 미선이 등등.

난 희망 없는 인디밴드 '신경쇠약'의 팬이죠. 하지만 인디 콘서트 같은 데 몰려가서 겅중겅중 뛰며 끼악끼악 까마귀 같은 소리나 질러대는 단순한 팬은 아니에요. 밴드가 해체될 날을 손꼽아 기다리는 변태적인 팬이라면 이해하시려나. 난 '신경쇠약'이 해체되면 '가스배달'이라는 인디밴드가 탄생할 거라는 극비 사항도 알고 있어요. 천기를 누설하는 격이지만 그건 엄연히 사실이에요. 팀원들이 한심하다며 날마다 해체를 꿈꾸는 밴드의 일원을 내가 알고 있기 때문이죠. 그 자식은 정말 '신경쇠약'이나 '가스배달'보다 '치사빤쓰고무줄'이라는 밴드를 결성하는 게 훨씬 나을 거예요. '삐삐롱스타킹'도 있었는데 안 될 게 뭐가 있겠어요. 아무튼 '신경쇠약'에서 기타를 치는 오이군이 나와 동거하는 인간이죠.

오, 이, 군.

오이군이 제일 싫어하는 오이군이라는 이름에 대해 잠시 말할게요. 한자로 쓰면 吳利軍, '이로운 군인'이 되라는 뜻으로 이군의 아버지가 지었다는군요. 인디밴드 결성하기 전, 그러니까 신촌 유흥업소에서 아르바이트할 때는 개나 소나 다 이군아, 이군아 하고 그의 이름을 불렀대요. 성씨만 알면 당연히 김 군, 정 군, 박 군이 되는 게 그 바닥 생리였으니 굳이 이름을 말하고 자시고 할 필요도 없었다는 거죠.

그럼 이군의 아버지 오 씨는 왜 첫아들의 이름을 그렇게 지었을까요. 거기에도 가슴 아픈 사연이 있다더군요. 이군의 아버지는 고등학교를 졸업하던 해부터 구국간성이 되겠다는 포부를 지니고 이태 연속 육군사관학교에 응시했대요. 하지만 시골에서 날리게 공부를 잘했음에도 불구하고 계속 미역국을 먹었다더군요. 시험 성적으로 미루어보면 도무지 낙방해야 할 사유가 없는데 무슨 곡절인가. 아버지는 간곡한 어조로 청와대, 국방부, 육군본부 등등에 탄원서를 내고 낙방 사유를 알려달라고 했대요. 자신의 성적으로는 도무지 떨어질 이유가 없다, 왜 떨어졌는가, 이유를 밝혀라. 그랬더니 개인 서신으로 낙방 사유를 알려왔대요. 일차 필기시험에는 합격했지만 이차 신체검사에서 비중격 만곡증이라는 해괴망측한 사유 때문에 낙방했다고 말이죠. 비중격 만곡증이 도대체 뭐냐구요? 육군사관학교는 지상에서 근무하는 군인——흔히 육군을 땅개라고 하잖아요——을 양성하는 곳이기 때문에 달리기를 중시하는데 콧구멍 속에 이상이 있으면 호흡에 곤란이 있다고 해서 무조건 낙방시킨다는 거죠. 요컨대 이군의 아버지는 콧구멍 속이 반듯하지 못하고 한쪽으로 휘거나 튀어나와서 시험에 떨어졌다는 거예요. 정말 웃기죠.

아무튼 불효막심한 이군은 되라는 군인은 안 되고 음습한 지하에서 깨갱거리는 인디밴드가 돼서 나와 같이 동거하고 있어요. 한마디로 말해 이로운 군인 노릇을 못하고 사는 셈이죠. 이군이 정말 군인처럼 보일 때는 나하고 섹스할 때, 그리고 나하고 싸워서 머리 끝까지 화가 치밀 때뿐이에요. 정말 화가 나면 옷장이나 싱크대 같은 데 들어가서 전쟁을 하는 군인처럼 몸을 숨기고 안 나오는 거죠. 난 화가 나면 오이군을 가지군이라고 불러요. 하지만 그 정도는 약과죠. 진짜 화가 날 때, 예를 들어 이 새끼하고 더 이상 못 살겠구나 하는 생각이 들면 남이군, 하고 불러요. 우리가 남이가? 그래, 남이군. 그런 상황이 되면 짐 싸고 미련 없이 찢어지는 거죠 뭐. 이미 두어 번 그런 적이 있었어요. 하지만 질기고 더러운 정 때문에 다시 들러붙어 지금도 여전히 바퀴벌레처럼 지지고 볶으며 살고 있죠.

이군의 휴대폰 번호는 01×-240-5288이에요. 자신이 원해서 부여받은 번호를 입에 올리며 그는 때마다 자기 오이가 팔팔하다고 자랑해요. 그가 걸어온 전화를 받으면 나, 팔팔한 오이, 하고 말하는 거죠. 오이가 성기를 상징한다나 어쨌다나. 아무튼 나는 그놈의 팔팔한 오이 때문에 무진장 속을 썩고 살죠. 밴드 한답시고 돌아치면 가는 곳마다 골 빈 기집애들이 몰려와 끼악끼악, 오빠! 하면서 난리 블루스 친다는 거 안 봐도 다 알고 있어요. 나도 그런 장소에서 이군을 만났으니 두말할 필요 없죠. 곱살스럽게 생긴 자식이 머리까지 뒤로 묶고 기타를 쳐대면 끼악끼악 기집애들이 까마귀 같은 소리를 내며 오줌을 질질 싸는 거예요. 그렇게 난리를 쳐대니 그놈이 팔팔한 오이를 닥치는 대로 휘두르며 여자들을 마구 무찌르고 다니는 거죠. 5288 군번을 지닌 이 대책 없는 군바리새끼를 도대체 어쩌면 좋을까요.

이군과 나는 동갑내기예요. 이군은 중학교 중퇴, 나는 고등학교 중퇴. 둘 다 가출 출신이라 살아온 이력은 엇비슷해요. 한마디로 말해 어둠의 자식으로 밤의 세계를 살아온 거죠. 어둠을 일용할 양식으로 삼고 살아온 아이들은 과거 같은 거 별로 중요시하지 않아요. 아프고, 무겁고, 숨 막히는 상처가 대부분이기 때문이죠. 처음 한동안은 만나는 아이들의 얘기에 귀를 기울이기도 했는데 좀 지나고 나니까 그 얘기가 그 얘기 같아서 듣고 싶지 않더군요. 다 부모 잘못 만나고 자기 팔자 더러워서 어둠의 자식이 됐다는 얘기 일색이죠. 사업에 실패한 아버지, 공부하라고 들들 볶는 부모, 애초부터 째지게 가난한 부모, 사기당한 아버지, 해고당한 아버지, 술 마시는 아버지, 바람피우는 엄마, 피 터지게 싸우는 부부, 술만 마시면 자식 때리는 아버지, 자식 꼬집고 쥐어뜯는 엄마, 가출한 엄마, 과부촌에 나가는 엄마, 유부남과 바람피우다 철창신세 진 엄마, 영계하고 원조 교제하다 구속된 아버지 등등…… 등장인물들이 너무 뻔해서 듣고 자시고 할 필요도 없어요. 한마디로 말해 어른들은 다 밥맛이다, 하면 끝나는 거죠 뭐.

이군은 중학교 중퇴하고 가출해서 밑바닥부터 기었어요. 사람 죽이는 거 말고는 안 해본 일이 없을 거예요. 그나마 귀염성 있고 곱살하게 생겨서 잘 풀린 셈이죠. 농담이 아니라 가출 세계에서도 생긴 게 많은 걸 좌우해요. 덜 배고프고 덜 고생하려면 기본적으로 생긴 게 있어야 한다는 거죠. 이군도 나 같은 애 만나 용돈 받아 쓰며 사니까 잘 풀린 거 아닌가요? 이런 세계에서는 외로울 때 등 비빌 상대가 있다는 게 아주 큰 위안이 되죠. 그래서 빠순이나 호스티스 노릇 하면서도 애인을 사귀고 싶어 해요. 돈 뜯기고 얻어터지면서도 그러는 거예요. 왜 그러냐고 물으면 아주 간단히 대답할 수 있죠. 외로우니까.

일찌감치 공부를 때려치워서 그렇지 이군은 머리가 참 좋아요. 기타도 혼자 배우고 작사 작곡도 혼자 배웠어요. 그 바닥에서는 나름대로 인정받는 거죠. 말수도 적고 아주 느리게 움직이기 때문에 분위기에 습기가 깔려 있는 것 같지만 나는 그런 게 오히려 매력이라고 생각해요. 잘난 체하지 않고 여자로 하여금 모성 본능을 느끼게 하잖아요. 근데 알고 보니 나만 그렇게 생각하는 게 아니에요. 이 세상에 널린 대부분의 기집애들이 이군에게서 그런 걸 느낀다는 게 정말 심각한 문제라는 거죠.

요즘 이군과 나는 모든 게 아슬아슬해요. 어쩌면 요즘이 아니라 아주 오래전부터 시작된 문제인지도 모르죠. 헤어질 때가 돼서 이러나, 은근히 불안할 때가 참 많아요. 이 년 전 이군을 만나 동거 시작할 때, 만약 헤어질 일이 생기면 함께 자살한다는 각서까지 썼는데 왜 이런지 모르겠어요. 요즘은 공연이 잦은 것도 아닌데 며칠에 한 번씩 집에 들어와요. 집에 들어오는 횟수가 날이 갈수록 줄어드는 거죠. 콘서트 준비하느라 정신없이 연습할 때도 요즘 같지는 않았어요. 하지만 집에 들어오고 안 들어오는 건 문제도 아니에요. 이군의 마음이 이미 콩밭에 가 있다는 게 훨씬 심각한 문제니까요.

지난주에도 나는 이군과 대판 싸웠어요. 정말 목숨을 걸고 싸웠죠. 이군이 자기 기타를 박살 내버렸으니 어느 정도인지 알겠죠. 하지만 난 물러설 수 없었어요. 세상에 태어나서 그렇게 비참한 배신감을 느껴본 적은 한 번도 없었으니까요. 난 다른 건 다 용서해도 배신은 절대 용서 못해요. 그것만 아니었다면 가출도 하지 않았을 거예요. 그런데 다른 사람도 아니고 이군이 날 배신하다니 그걸 어떻게 참고 견딜 수 있겠어요.

이군과 대판 싸우던 날, 난 새로 2시경에 룸살롱 영업을 마치고 집에 돌아왔죠. 이군이 나흘 만에 집에 들어와 자고 있더군요. 가만히 보니 술을 마시고 곯아떨어진 것 같았어요. 누군가와 통화를 하다가 잠들었는지 손에 휴대폰을 쥐고 있었어요. 나는 옷도 벗지 않고 물끄러미 자고 있는 이군의 얼굴을 들여다보았죠. 얼굴이 초췌하고 창백해 보였어요. 며칠째 면도를 하지 못했는지 수염도 많이 자라 있었죠. 왠지 측은하고 가엾다는 생각이 들었어요. 그 인생이나 나나 불쌍하긴 매일반이었으니까요.

그날은 룸살롱 영업 끝나고 이차까지 나갔다 온 터라 기분이 더 울적했어요. 동거하는 남자가 있는데 돈을 벌기 위해 몸을 팔아야 한다는 게 정신적으로 쉬운 일은 아니잖아요. 그런 여자 심정을 이해할 수 있나요? 몸을 팔지 않으면 돈이 없어서 당장 집세도 못 내고 생필품도 살 수 없는데 어쩌겠어요. 이군이 나에게 건네받는 용돈도 모두 내가 몸을 굴려서 번 돈이죠. 어처구니없지만 그것이 인생이고 황당무계하지만 그것이 현실이에요. 그렇게 살면 안 된다, 올바른 길을 가라, 착하게 살아라 따위 지나가는 개도 코웃음 칠 훈계는 내 앞에서 하지도 마세요. 미안하지만 그런 거짓 가르침의 세계는 이미 어린 시절에 다 졸업했으니까요. 적어도 난 리얼한 인생에서는 박사 학위 이상의 소유자예요. 이제는 훈계하는 인간들의 속내까지 훤하게 들여다볼 수 있으니까 말이죠.

울적한 기분으로 나는 자고 있는 이군의 옷을 벗겼죠. 그리고 손에 들려 있던 휴대폰을 들어 탁자에 올려두었죠. 문득 이상한 직감이 뇌리를 스쳐 휴대폰을 열었죠. 배터리가 완전히 방전돼 있더군요. 그래서 충전기에 꽂아두고 샤워를 했죠. 샤워를 하고 나와 휴대폰을 다시 열어보았죠. 문자 메시지 보관함을 열어 저장된 메시지를 읽고 음성사서함까지 열어 저장된 녹음을 들었죠. 정말 가관이더군요. 나는 도대체 이 특공대 같은 군바리새끼가 지난 나흘 동안 세상에 나가 몇 명의 여자들을 무찌르고 돌아왔는지 감을 잡을 수가 없었어요.

―오빠, 전화 좀 해줘. 외로워.
―나 지금 오빠하고 찍은 쌩포르노 보고 있당.
―저녁때 가게로 들러줘. 보고 싶어.
―왜 이렇게 전화가 안 돼? 바람났니?
―개펄 보고 싶다. 용유도 가자.
―오빠, 사라진 라이터 찾아놨어. 전화해.
―주말까지 전화 안 해주면 나 자살할 거야.
―나쁜 놈, 넌 사람도 아냐. 개새끼!
―오빠, 같이 자고 싶다. 오늘 밤에 들러줘. 꼭!
―내일 내 생일이야. 롯데월드 가고 싶다.
―사랑해! 사랑해! 사랑해!

내가 집을 나온 건 고등학교 2학년 여름방학 때였죠. 아버지와 엄마가 성격 차이를 내세워 이혼한 지 이 년이 지난 뒤였어요. 이혼하고 일 년 이 개월이 지난 뒤에 아버지는 재혼하더군요. 그래, 그럴 수도 있겠구나 하고 참았죠. 하지만 진짜 문제는 스물여덟의 처녀가 새엄마라는 이름으로 우리 집에 들어온 뒤부터 생겨나기 시작했죠. 난 새엄마로 들어온 여자가 미쳤다고 생각했어요. 처녀의 몸으로 마흔아홉씩이나 된 남자와 결혼을 했으니 그걸 어떻게 제정신이라고 하겠어요. 하지만 얼마 지나지 않아 나는 아버지와 그녀 사이에 숨겨져 있던 놀라운 내막을 알게 됐어요. 그녀가 아버지 회사의 직원이었다는 것, 이미 아버지와 엄마가 이혼하기 훨씬 전부터 은밀한 관계를 지속해 오고 있었다는 걸 알게 된 거죠. 그녀의 앨범에는 아버지와 곳곳에서 찍은 사진들이 가득 들어차 있었어요. 정부였던 여자가 아버지의 정식 아내가 되었다는 걸 알게 된 거죠. 그날 밤 난 가방 하나만 싸 들고 미련 없이 집을 나와버렸죠. 한지붕 밑에 얼굴 맞대고 살면서 더럽고 치사한 배신감에 시달리기 싫었기 때문이에요. 도대체 그런 걸 왜 견뎌야 하죠?

이군이 나에게 준 충격은 아버지에게서 느꼈던 배신감과는 비교도 되지 않았어요. 나도 내 성격을 알기 때문에 참으려 했지만 달리 어떻게 할 방도가 없더군요. 그래서 아무 생각 없이 옷장에서 스카프를 꺼내 목을 조르기 시작했어요. 죽어라, 여자만 조지고 돌아다니는 천인공노할 군바리새끼야! 정신이 맑아지며 키득키득 나도 모르게 웃음이 터져 나왔죠. 하지만 목이 조여들자 자고 있던 군바리가 갑자기 눈을 떴어요. 두 눈을 얼마나 크게 부릅뜨던지 나도 모르게 손을 놓고 말았어요. 황소 눈알만 하게 두 눈을 부릅뜬 군바리가 튀듯이 일어나더니 다짜고짜 내 뺨을 후려쳤어요. 나는 힘없이 침대에서 방바닥으로 나가떨어졌죠.

이군이 침대에서 뛰어 내려와 출입문 옆에 세워둔 자신의 기타를 집어 들더군요. 순간적으로 판단하건대 그것으로 날 내려칠 기세였어요. 나는 반사적으로 몸을 날려 미친 군바리새끼의 허벅지를 물어버렸죠. 순간, 기타가 방바닥으로 내리꽂히며 쿠당, 티우웅 하는 소리를 내며 박살이 났어요. 내가 벌떡 몸을 일으키며 발악하듯 소리쳤죠.

"개새끼야, 네가 사람이라면 어떻게 나한테 이럴 수 있어!"
"그래, 나 사람이 아니다! 어쩔래?"
"개새끼야, 눈깔까진 년들 닥치는 대로 잡아먹고 다니니까 살맛 나니?"
"넌 입이 열 개라도 나한테 할 말 없어. 아가리 닥쳐!"
"내가 왜 너한테 할 말이 없니? 내가 너한테 할 말 없으면 도대체 어떤 년이 너한테 할 말 있어!"
"너 말고도 많으니까 걱정하지 마! 이젠 나도 정말 지긋지긋해!"
"개새끼야, 이제 나한테 빨아먹을 거 다 빨아먹었다 그거니?"
"웃기네, 창녀 같은 년!"

그 장면에서 나는 완전히 돌아버렸어요. 그다음 순간부터는 뭐가 어떻게 돌아갔는지 하나도 모르겠어요. 정말 기억나는 게 아무것도 없었으니까요. 새벽 4시경에 정신을 차렸을 때 내 옆에는 소진 언니가 앉아 있었죠. 물수건으로 코피가 말라붙은 내 얼굴을 닦아주며 언니는 혼자 울고 있었어요. 그래서 언니, 왜 우는 거야? 하고 내가 물었죠. 그러자 언니가 왜들 이렇게 사니, 왜들...... 하며 말끝을 흐렸어요. 누군 뭐 이렇게 살고 싶어서 사나, 입을 실룩이며 나는 눈을 감아버렸죠. 내가 언니에게 울며 전화를 걸었다는데 도무지 기억이 나지 않았어요. 이군이 집을 뛰쳐나간 뒤 양주를 병째 벌컥거리며 소진 언니에게 전화를 걸다가 정신을 잃은 것 같았는데...... 기억에 남아 있는 것이라곤 오직 이군의 말 한마디뿐이었어요. 웃기네, 창녀 같은 년!

소진 언니는 이 년 전까지 나와 같이 살았어요. 그러니까 내가 이군을 만나 동거를 시작하면서 언니와 헤어지게 된 거죠. 이군을 만난 뒤에 나는 다른 룸살롱으로 일자리를 옮겼지만 언니와는 자주 연락을 하며 지내요. 왜냐하면 언니는 내가 이 세상에서 만난 인간들 중에 가장 진실하고 따뜻한 사람이니까요. 여자라고 말하지 않고 그냥 '사람'이라고 말하고 싶어요. 작년 겨울에 언니 아버지가 돌아가신 뒤부터 마천동에 방을 얻어 여동생과 함께 살고 있죠. 언젠가 극장 매표원을 하는 여동생에게 대학 입시 준비를 하라고 해도 도무지 말을 안 듣는다며 눈물을 글썽이던 언니의 표정을 잊을 수가 없어요. 나에게도 저런 언니가 있다면…… 마음속으로 언니의 동생을 얼마나 부러워했는지 몰라요.

소진 언니는 내가 이군과 대판 싸운 다음 날 오후까지 내 옆에 있어주었어요. 전복을 사다가 죽을 쑤어 주고, 죽을 먹는 동안 이군과 화해하라고 여러 번 타이르기도 했어요. 언니의 말을 듣고 생각해 보니 내가 너무 심했다는 생각이 들기도 했죠. 하지만 나도 자존심이 있다며 버티는 시늉을 했어요. 어느 순간, 나는 죽을 먹다 말고 물끄러미 언니의 얼굴을 바라보았어요. 언니의 심성과 스물여섯이라는 나이가 도무지 맞아떨어지지 않는 것 같다는 생각이 들어서였죠. 스물여섯이 아니라 이백육십 살쯤 된 사람처럼 느껴졌어요. 나는 멍한 표정으로 물었죠.

"언니는 왜 언니 얘기를 안 해?"
"무슨 얘기?"

"언니는 살아오면서 상처도 없었어?"
"무슨 말을 하는 거야."
"갑자기 언니의 인생 전체가 상처였을지도 모른다는 생각이 들어서 그래."
"몸조리 잘해. 그만 갈게."

나의 말을 듣고 나서 언니는 자리에서 일어났어요. 말을 잘못했다는 걸 알았지만 언니는 어차피 가려던 참이었다고 말했죠. 하지만 검푸른 멍처럼 언니의 얼굴에 떠오르던 어두운 그림자를 나는 분명하게 읽어낼 수 있었어요. 언니의 아픈 곳을 건드린 것 같다는 미안함은 있었지만 나의 말이 틀린 것 같다는 생각은 들지 않았죠. 언니의 인생 전체가 상처였을지도 모른다는 생각 말예요.

며칠 동안 나는 룸살롱 일을 하지 않았어요. 마음이 정리되지 않아서 아무 일도 하고 싶지 않았거든요. 하지만 이군에게서는 아무런 연락도 오지 않았어요. 기다리다 못해 내가 먼저 전화를 걸었더니 휴대폰이 아예 꺼져 있더군요. 나쁜 새끼, 오이가 부러져 죽을 새끼, 나는 연신 욕을 해대며 옷을 차려입고 외출을 했어요. 홍대 앞과 대학로, 연습실이 있는 성북동…… 이군이 갈 만한 곳은 다 뒤지고 다녔죠. 간신히 '신경쇠약' 멤버 하나를 만날 수 있었는데 그 자식은 사람 염장 지르는 소리만 하더군요.

"이군이 신경쇠약 걸렸나 봐. 여자가 무섭다며 도망 다니고 있어."
"누가 무서워서 도망 다닌다는 거야?"
"형, 그렇게 여자를 좋아하더니 이제는 세상 여자가 다 무섭대."
"도대체 쫓아다니는 년이 누구냐구."

"너!"

갈 만한 데를 다 찾아다녔지만 난 끝내 이군을 만나지 못했어요. 어쩌면 이것이 마지막일지도 모르겠구나 하는 생각이 들더군요. 정말 기분이 비참했어요. 세상 살아갈 힘이 모조리 빠져나가는 것 같았어요. 마음 독하게 먹고 세상 살아왔다고 생각했는데…… 나에게 그렇게 나약한 구석이 있는 줄 처음 알았어요. 그러니까 이군이 더욱 보고 싶어 미칠 것 같더라구요. 이제 다시 만나게 되면 어떤 경우에도 싸우지 않고 죽는 날까지 행복하게 해주겠다는 말을 하고 싶었어요. 하지만 이군이 나타나지 않으면 어쩌나, 불안해서 견딜 수가 없었어요. 다음 날부터 룸살롱 일을 나갔지만 도무지 집중을 할 수 없었죠. 혹시 이군에게서 전화가 걸려오면 어쩌나, 휴대폰을 진동으로 설정해 팬티 속에 넣고 앉아 있기도 했어요. 그런 심정 이해할 수 있나요?

문제의 그날 밤, 난 손님 테이블에 들어가 있었어요. 구청 공무원과 건설업자가 술을 마시는 자리였죠. 보아하니 건설업자가 공무원에게 뇌물을 먹이고 접대를 하는 자리 같았어요. 난 공무원 옆자리에 앉아 술시중을 들고 있었는데 그 인간의 손이 뱀처럼 이곳저곳을 기어 다녀서 죽는 줄 알았죠. 내 팬티 속에 휴대폰이 들어 있는데 그 인간의 손이 자꾸만 그곳으로 다가오잖아요. 반질거리는 대머리를 후려치며 정신이 번쩍 나게 욕을 해주고 싶었지만 어금니를 악물고 참았죠. 씹새야, 여기가 구청인 줄 아니?

소진 언니의 전화를 받은 건 팬티에서 휴대폰을 꺼낸 뒤였어요. 술자리가 끝난 뒤 건설업자가 나더러 파트너와 함께 이차를 나가라지 뭐예요. 이제나저제나 이군에게서 전화가 걸려오지 않을까 기다리다가 12시가 넘자 자포자기 심정이 되어 에라 모르겠다, 돈이나 벌자 하는 심정이 되더군요. 결국 이차를 나가 팬티에서 휴대폰을 꺼냈죠. 하지만 밥맛 떨어지는 인간들하고 이차 나갈 때마다 써먹는 수법을 썼죠. 오빠, 나 샤워하고 올 테니 냉장고에 있는 맥주 꺼내 마시고 있어, 하면 십중팔구는 샤워하는 동안 곯아떨어져 버리니까요.

나는 느긋하게 시간을 끌며 샤워를 했어요. 잠이 들었나 안 들었나, 욕실에서 나오기 전에 살그머니 문을 열고 밖을 내다보았죠. 그런데 이게 무슨 터미네이터인가요. 개기름 번질거리는 얼굴의 뇌물 공무원이 알몸으로 의자에 앉아 만면에 웃음을 짓고 있었어요. 빨리 자기에게 와 안기라는 시늉으로 양팔을 벌리고는 어여 온나, 어여, 그러는 거예요. 우 씨팔, 정말 되는 일이 없네, 인상을 쓰며 밖으로 나갔죠. 그리곤 곧장 침대로 가 몸을 눕히고 빨랑 해요, 하고 김 빼기 작전에 들어갔죠. 심성이 나약한 인간들은 여자가 불친절하게 굴면 오이가 죽어버린다는 거, 오이팔팔한테 들어서 잘 알고 있거든요. 하지만 이 빌어먹을 뇌물 공무원은 그런 게 도무지 통하지 않았어요. 나를 뇌물로 착각하는 건가, 세상만사를 뇌물로 보는 건가. 그 인간은 입가에 침을 질질 흘리며 야금야금 나를 먹어치웠어요. 아, 와 이래 존노…… 니도 존나?

다시 샤워를 하고 있을 때 전화가 걸려왔어요. 샤워하는 동안 이군이 전화할지도 모른다는 생각에 휴대폰을 들고 욕실로 들어간 거죠. 하지만 전화를 걸어온 사람은 이군이 아니라 소진 언니였어요. 이 시각에 언니가 전화를 하다니, 문득 이상하다는 생각이 들었죠.

내가 먼저 전화를 거는 경우는 많아도 언니가 먼저 걸어오는 경우는 거의 없었거든요. 그래서 샤워기를 끄고 내가 물었죠.

"언니 왜?"
"너 지금 어디 있니?"
"논현동."
"잘됐구나. 그럼 지금 나 좀 만나줄래?"
"왜 그러는데?"
"같이 좀 있어줘."

나는 뭔가 안 좋은 일이 있나 보다 하는 생각을 하며 부랴부랴 씻고 약속 장소로 나갔어요. 언니가 일하는 룸살롱도 논현동이라서 약속 장소인 모텔 앞까지는 걸어갈 만한 거리였죠. 그런데 밖으로 나가자 펑펑 흰 눈이 쏟아지고 있더군요. 한참 전부터 내리기 시작한 모양 지면에도 꽤 많이 쌓여 있었어요. 눈을 보자 기분이 무작정 좋아지기 시작했어요. 하지만 약속 장소로 가 언니 얼굴을 보자 더 이상 기분을 낼 만한 상황이 아니라는 걸 알았죠. 언니는 혼자 서서 울고 있었어요. 왜 우냐고 아무리 물어도 대답도 안 하고 그냥 눈물만 줄줄 흘리고 서 있는 거예요. 안 되겠다 싶어 룸살롱 영업 끝내고 가끔 가는 포장마차로 언니를 데려갔죠. 따뜻한 국물과 소주를 시켰는데 소주가 나오자마자 언니가 거푸거푸 잔을 비우기 시작했어요. 술을 잘 마시는 체질도 아니면서 왜 이래, 하고 내가 언니의 손목을 잡고 만류했죠. 그랬더니 아영아, 오늘은 특별한 날이니까 날 한 번만 용서해 줘, 알겠니? 하고 눈물이 흘러내리는 얼굴로 한없이 맑게 나를 보았어요. 그 표정을 보자 더 이상 아무런 만류도 할 수가 없더군요. 나는 조용히 언니 손목을 놓아주었죠.

포장마차에 앉아 있는 동안 소진 언니는 소주를 세 병이나 비웠어요. 나도 몇 잔 마시긴 했지만 거의 언니 혼자 다 마셨어요. 근데 술을 마시는 동안 언니가 아주 이상한 짓을 했어요. 자기 앞에 다른 소주잔 하나를 채워놓고 자기 잔을 들 때마다 한 번씩 그 잔에다 건배를 했거든요. 언니 도대체 뭐 하는 짓이야, 하고 물었더니 히, 그냥…… 하고 백치 같은 표정으로 코맹맹이 소리를 했어요. 정말 알 수 없는 일이었죠.

눈발은 점점 더 굵어져 포장마차 안에 앉아 있으려니 주홍빛 천막에 거뭇거뭇한 눈 그림자가 연해 빗금을 그으며 떨어졌어요. 언니는 더 이상 눈물을 흘리지 않았지만 넋이 나간 사람처럼 멍한 표정으로 앉아 있었죠. 나는 그때부터 술이 당겨 다시 한 병의 소주를 시켜 마시기 시작했어요. 혀가 꼬부라진 소리로 그때 비로소 언니가 입을 열더군요.

"아영아, 네가 지난번에 내게 물었던 거 있지."
"뭐?"
"내가 살아온 인생 전체가 상처 같다는 말."
"그래, 생각나. 근데 갑자기 그건 왜?"
"내가 정말 그렇게 보이니?"
"그래, 그날은 그랬다니까."
"그럼 그런 건 죽는 날까지 지워지지 않겠지?"
"안 지워지면 어때. 만들고 싶어서 만든 것도 아닌데."
"그래, 그런 건 팔자인가 봐. 죄를 먹고 살아야 하는 팔자 말야."
"언니가 무슨 죄를 져? 세상이 언니한테 죄짓는 거지."
"오늘이 무슨 날인지 아니?"

"몰라. 언니 앞에 놓인 술잔하고 무슨 상관이라도 있어?"

"오늘이 아버지 기일이야. 아니, 열두 시가 지났으니까 이젠 어제로구나. 첫 번째 기일인데…… 내가 지금 뭘 하고 있는 건지 모르겠다."

그때부터 언니는 다시 술을 마시고 다시 울기 시작했어요. 나도 왠지 가슴이 답답해서 거푸 잔을 비우기 시작했죠. 그러던 어느 순간 언니가 고개를 떨구더군요. 안 되겠다 싶어 서둘러 계산을 하고 언니를 부축했어요. 몸이 늘어지는 걸로 보아 아무래도 내가 함께 택시를 타고 마천동까지 가야겠다는 생각을 했죠. 데려다 주고 돌아오거나 언니네 집에서 자고 오거나, 아무튼 이군이 집을 나간 뒤부터 난 과부나 다를 바 없었으니까요.

나는 언니와 함께 택시를 타고 마천동으로 가사고 했어요. 오십대 중반쯤으로 보이는 아저씨가 언니와 나를 돌아보며 느물거리는 웃음을 짓더군요. 나는 언니의 머리를 내 어깨에 기대게 하고 눈발이 날리는 허공을 올려다보았어요. 적어도 그때까지는 문제될 게 아무것도 없었던 거죠. 그런데 택시가 잠실역을 지나고 송파구청 앞을 지날 때 갑자기 내 휴대폰 벨이 울리기 시작했어요. 이게 뭔가, 나는 술이 확 깨는 표정으로 휴대폰을 들여다보았죠. 그토록 애타게 기다리던 이군의 전화…… 하느님 감사합니다, 하느님 감사합니다, 나도 모르게 왈칵 눈물이 쏟아질 것 같았어요.

나는 정신없이 휴대폰 플립을 열었죠. 술에 잔뜩 취한 이군이 훌쩍훌쩍 우는 소리로 미안하다는 말부터 꺼내더군요. 그리고 내가 보고 싶다고, 보고 싶어 미치겠다고, 지금 당장 만나지 못하면 손목의 동맥을 끊고 자살할 거라고 말했죠. 그래서 지금 어디 있는 거냐고 나도 울먹이며 물었죠. 그랬더니 논현동 집에서 날 기다리고 있다는 거예요. 지금 당장 오라고, 오지 않으면 자기가 무슨 짓을 저지를지 모른다는 이군의 말에 나는 그만 눈이 뒤집히고 말았죠.

"지금 당장 달려갈게, 기다려. 바보, 병신, 머저리 같은 놈아!"

나는 택시 기사에게 차를 세워달라고 말했죠. 그리고 소진 언니의 어깨를 흔들며 언니, 이군이야, 이군! 언니 혼자 갈 수 있겠어? 하고 흥분한 어조로 물었어요. 그랬더니 아주 조금 고개를 끄덕이며 응, 응 하고 대꾸를 하더군요. 나는 택시 기사에게 삼만 원을 집어주며 집까지 잘 좀 데려다 주라고 말했죠. 삼만 원에 눈이 휘둥그레진 기사가 네, 네, 걱정 맙쇼, 알아서 모시겠슴다, 하며 연신 머리를 조아렸어요. 나는 택시에서 내려 도로 반대편으로 미친 듯 무단횡단을 했죠. 눈발이 흩날리는 세상, 내가 알지 못하는 불행이 잘게 부서져 온 세상을 뒤덮어 오는데도 나는 아무것도 알아차리지 못한 거예요. 어떻게 인간이 그렇게 무책임하고 이기적이고 단순할 수가 있는 거죠?

나는 죽는 날까지 '만약'이라는 말의 저주에서 벗어나지 못할 거예요. 앉으나 서나 자나 깨나 만약, 만약, 만약…… 이미 지나간 일들을 아직 일어나지 않은 일들로 가정하느라 나의 뇌는 지쳐가고 있어요. 지쳐가는 게 아니라 미쳐가고 있는 건지도 모르죠. 만약 그날 밤 내가 소진 언니를 집까지 데려다 주었더라면, 만약 그날 밤 이군이 내게 전화를 걸어오지 않았더라면, 만약 그날 밤 내가 구청 공무원하고 이차를 나가지 않았더라면, 만약 그날 밤 내가 욕실로 들어갈 때 휴대폰을 가져가지 않았더라면, 만약 그날 밤 소진 언니가 폭음을 하지 못하게 했더라면, 만약 내가 소진 언니라는 사람을 모르고 살았더라면…… 아, 만약 내가 세상에 태어나지 않았더라면!

3 지존은 울지 않는다
노정석 / 38세 / 경찰

나는 항상 유혹에 시달리며 산다. 경찰공무원이 유혹이라니, 말도 되지 않을 소리라고 언성을 높일 사람들이 많을 것이다. 그래, 경찰이 아닌 사람들 입장에서는 그렇게 나올 게 뻔하다. 그런 사람들은 이 세상에 딱 두 부류의 인간들이 있다고 생각할 것이다. 경찰인 사람과 경찰이 아닌 사람.

내가 말하려는 문제의 핵심은 유혹이다. 유혹은 사람을 현혹되게 만드는 것이다. 요컨대 유혹 앞에 경찰이냐 아니냐는 문제가 되지 않는다는 것이다. 유혹은 세상에 사람이 있기 때문에 생겨난 것이다. 사람이 없다면 당연히 유혹도 없을 것이다. 유혹은 사람들 속에서 생겨나고 사람들 속에서 번식하는 은밀한 음지식물 같은 것이다. 그것이 양지식물처럼 노골적으로 번성하면 세상은 멸망할 것이다.

유혹의 종류는 수도 없이 많다. 세분해서 들여다보면 이 지상에 존재하는 인간의 숫자만큼 많을 것이다. 사람마다 다른 유혹에 시달리고, 사람마다 유혹에 반응하는 정도가 다르기 때문이다. 하지만 유혹이라는 것을 인간의 바깥에 있는 것으로 생각하면 얘기가 안 된다. 그것은 안에 있는 동시에 바깥에 있는 것이다. 모든 사람은 유혹에 시달리는 존재인 동시에 유혹하는 주체이다. 사람이 만들고 사람이 시달리는 것—그것이 곧 유혹의 정체이다.

이제 나를 시달리게 만드는 유혹에 대해 말해야겠다. 혹자는 여자나 돈, 뇌물 따위를 생각할지도 모른다. 실제로 경찰 세계에서 그런 일이 심심찮게 일어나니까 변명하고 싶은 생각은 없다. 경찰도 사람이니까 별짓 다 한다고 생각하면 된다. 그들도 저마다의 유혹에 시달리며 산다는 증거일 터이다. 문제를 일으킨 사람들은 자신들이 만들어낸 유혹에 스스로 넘어간 부류일 뿐이다. 그런 짓을 하지 않았다고 해서 그런 짓에 대해 초연한 건 아니라는 뜻이다. 유혹을 억압하고 있는 사람, 유혹을 숨기고 있는 사람, 유혹을 꿈꾸고 있는 사람, 유혹을 후회하고 있는 사람, 유혹을 두려워하고 있는 사람⋯⋯ 인생을 산다는 것은 곧 유혹과 관계하고 있다는 뜻이 아닌가.

나를 시달리게 만드는 유혹은 돈이나 여자나 뇌물 같은 게 아니다. 그것이 나를 더욱 우울하고 불행하게 만든다. 차라리 그런 것이라면 한두 번 경험해 보고 정리하면 그만이니까. 나를 시달리게 만드는 유혹은 실천하기가 너무 힘든 것이라서 문제가 많다. 문제가 많은 게 아니라 때마다 나를 미치게 만든다. 자기 마음속에 악마가 산다고 생각하는 사람들은 대부분 자기 유혹의 정도가 너무 커서 실천 가능성이 없는 경우, 그래서 유혹이 자기 속에서 일으키는 분열적 망상에 시달리는 사람들일 터이다.

나는 아주 오래전부터 지존(至尊)의 유혹에 시달려왔다. 지존이란 더없이 존귀하다는 뜻이다. 임금을 높이어 이를 때도 지존이라는 말을 쓴다. '지존무상'이라는 암흑가의 홍콩 영화도 있었다. 지존의 의미가 차츰 일반화되고 있다는 증거이다. 결정적으로 보편화된 것은 지존파가 등장한 이후부터일 것이다. 1994년, 전남 영광군 불갑면 금계리 아파트 지하실에 '살인공장'을 차려놓고 살인을 밥 먹듯 저지른 희대의 살인집단 지존파 말이다. 검거된 뒤에 스물일곱 살의 두목은 이렇게 말했다.

"돈 많다고 거들먹거리는 놈들이 싫었다. 압구정동 야타족들, 돈 없는 사람들을 무시하는 인간들은 다 죽이고 싶었다. 시작도 못하고 여기서 끝난 게 안타깝다. 개인적인 원한은 없지만 사회에 복수하기 위해서다. 우리가 그들을 살해한 것이 아니라 불공평한 우리 사회가 호의호식하며 살아온 자들에게 내리는 벌이다."

지존파는 일 년여 동안 전국을 무대로 납치 살인극을 벌여 5명을 살해하고 증거인멸을 위해 시체를 암매장하거나 소각한 엽기석인 살인 범죄집단이다. 그들은 '돈 많은 자들은 저주한다.', '돈 많은 자들로부터 10억 원을 강취한다.', '조직을 배반한 자는 죽인다.'는 등의 행동 강령을 만들고 지리산에 입산해 일주일간 물만 먹으며 지옥훈련을 했다. 뿐만 아니라 밤늦게 길 가던 이십 대 여인을 납치해 차례로 성폭행하고 목 졸라 살해한 뒤 담력을 키우기 위해 인육까지 먹으며 살인 예행연습까지 감행한 인간 도살자들이었다. 그들이 거처하며 엽기적인 살인 행각을 일삼던 아지트에는 잔인한 고문과 살인행위를 위한 감금시설, 시체를 태우기 위한 소각장까지 갖춰져 있었다. 아지트가 공개되었을 때 시체 소각장에는 유골 2구가 그대로 남아 있었다.

불우한 가정 출신으로 정상적인 교육을 못 받아 고교 중퇴 이하의 학력이 고작인 그들은 공사판을 전전하다 1993년 7월 포커판에서 만나 범죄단체를 결성했다. 그리고 일 년여 동안 피비린내 나는 지존생활을 하다 검거, 1995년 11월 2일 서울구치소에서 사형에 처해졌다. 사형에 처해진 6명의 나이는 21세, 21세, 23세, 23세, 24세, 27세.

지존파가 검거되었을 때 세상은 경악했다. 언론은 유례를 찾아보기 힘든 이 살인집단에 대해 앞 다투어 보도했고 텔레비전은 그들과의 인터뷰를 여과 없이 방영했다. 나는 그 사건이 보도되는 동안 근원을 알 수 없는 묘한 흥분 상태에 사로잡혀 있었다. 나만 그런가, 은근히 표정 관리를 하며 주변 인물들을 관찰해 보았다. 언론은 극단적으로 경악하는 포즈를 보였지만 개개인들은 흥미진진한 드라마를 볼 때처럼 묘한 집중력을 드러냈다. 심지어는 지존파의 행동을 이해한다고 말하는 사람들까지 있었다. 하지만 그런 거야 가지지 못한 자들과 가진 자들이 숙명적으로 대립할 수밖에 없는 자본주의의 속성이라고 치고 간과하자.

내가 관심을 가졌던 부분은 지존, 더없이 존귀한 존재의식이었다. 나는 형장의 이슬로 사라진 지존파가 과연 그런 의식을 경험했을까 하는 게 너무나 궁금했다. 신문 방송의 선정적인 보도보다는 심층적으로 그들이 겪었을 의식의 세계에 나도 모르게 관심이 쏠렸던 것이다. 인간의 탈을 쓰고 어떻게 그런 짓을 할 수 있느냐고 사람들은 말했다. 그래, 그 표현이 옳다고 나는 생각했다. 지존파는 인간의 탈을 벗어 던진 인간들이었다. 인간을 인간답지 못하게 만드는 탈, 인간을 인간 이상으로 고양되지 못하게 만드는 탈—그것을 벗어 던진 그들의 인간의식은 과연 무엇을 경험했던 것일까.

결국 나에게 남겨진 마지막 단어는 지존이었다. 단어가 아니라 유혹으로 그것이 태를 바꾼 것이었다. 더없이 존귀한 존재의식— 그것은 온갖 인간적인 억압에서 벗어난 의식, 아무것에도 구애받지 않는 불멸의 해방의식일 터였다. 살아 있는 동안에는 도무지 경험할 수 없는 의식, 인간의 탈을 벗어 던져야만 비로소 느낄 수 있는 의식. 나는 온전한 나를 경험하고 싶다는 유혹에 날마다 시달렸다. 날마다 지지고 볶고, 눌리고, 치이고, 끼이고, 깔리고, 짓밟히며 사느라 도무지 나를 지존으로 느낄 겨를이 없었으니까.

나는 범죄자를 볼 때마다 묘한 스릴을 느끼곤 한다. 저 사람이 저지른 범죄에 대한 유혹이 내 속에도 있구나 하는 걸 확인하기 때문이다. 반은 동일시하고 반은 경원시하는 것이다. 절반의 범죄자와 절반의 경찰관이 내 속에서 동거하고 있는 형국이다. 언젠가 그 절반의 균형이 허물어지면 용서받기 힘든 범죄자가 되거나 지금보다 훨씬 성실한 경찰관이 될 것이다. 가장 고통스러운 것은 지금처럼 절반의 균형을 유지하며 아슬아슬하게 살아야 하는 것이다. 균형을 유지하고 사는 것도 힘든데 유혹에 시달리게 만드는 일이 수시로 발생하니 미치고 팔짝 뛸 노릇이 아닌가.

팔 개월 전, 아내가 가출했다. 왜 집을 나갔는가, 나는 아직도 이유를 모르고 있다. 내가 사는 아파트 단지에서 비교적 친하게 지냈던 여자들도 하나같이 이유를 모르겠다고 말했다. 어쩌면 알면서도 쉬쉬하는 건지도 모른다. 그런 것을 정식으로 수사할 수도 없는 노릇 아닌가.

초등학교 4학년인 아들은 노모가 키운다. 노모의 나이, 어느덧 칠순이 가까워온다. 허리가 굽은 노인네가 때마다 아이 밥 챙겨 먹이고 뒤치다꺼리하느라 몰골이 말이 아니다. 그것을 지켜보고 있노라면 나도 모르게 지존파가 된다. 집 나간 여편네, 지구 끝까지라도 쫓아가서 갈가리 찢어 죽이고 싶다. 만약 다른 놈과 눈이 맞아 집을 나간 거라면 그놈도 같이 죽여야 마땅할 것이다. 하지만 모든 걸 간단히 해결할 수 있는 더 좋은 방법도 있다. 늙은 노모와 아이를 권총으로 쏴 죽이고 그 자리에서 나도 자살하는 것이다. 그것이 내가 그들에게 베풀 수 있는 마지막 사랑일지도 모른다. 방치하는 것이 오히려 죄가 아닌가.

이 년쯤 전부터 아내는 집 밖으로 나돌기 시작했다. 집 밖이라고 해봤자 같은 아파트 단지 주부들과 어울려 잡담하며 노는 것이라 별달리 신경을 쓰지 않았다. 모여서 차 마셨다, 모여서 칼국수 먹으러 갔다, 모여서 영화 보러 갔다, 모여서 생맥주 한잔 했다, 모여서 쇼핑하러 갔다…… 나중에는 집 안에 있는 것보다 모여서 움직이는 것이 주업인 사람처럼 변했다. 하지만 나는 통제하지 못했다. 통제하고 다스릴 만한 지존이 없었기 때문이다. 지존도 없는 놈이 자존은 내세워 무엇 하랴.

나는 근속 승진으로 십오 년 만에 경장이 된 사람이다. 말단 순경 다음이 경장이다. 경찰에 투신한 이래 살인강도나 주요 수배자 검거를 한 적도 없고, 그런 것으로 특별 승진을 한 적도 없다. 학구파적인 성향이 있어서 경찰 행정 발전에 특별한 공로를 인정받을 만한 논문을 만들어낸 적도 없다. 그저 주어진 일에 매달리고 경찰 신분으로 지켜야 할 일을 지키고 살면 되는 줄 알았을 뿐이다. 하지만 세상은 그게 아니었다. 공부에 능력이 있는 사람들은 순경 근무이 년 만에 덜컥 경장 시험에 합격하고, 근무 성적이 우수한 사람들은 어딜 가나 상관에게 밉보이지 않는 교묘한 기술들을 발휘했다. 상납 받아 상납해라, 그것이 이 바닥에서 너를 살아남게 할 것이다——혀를 차며 나를 훈계한 선배도 있었다. 하지만 나는 아무것도 하지 못했다. 하지 못한 게 아니라 하지 않은 것이다. 오직 지존의 유혹에 시달리며 사는 인간이 되었을 뿐.

나는 요즘 침묵하며 사는 방법을 익히고 있다. 침묵하는 동안은 마음이 편하기 때문이다. 말을 하지 않고 내면으로 침잠하면 유혹의 파장에 나의 의식을 맞출 수 있다. 경찰이 어떻게 말을 하지 않고 사는가, 의아하게 생각할 사람도 있을 것이다. 하지만 그것도 별 문제가 없다. 함께 근무하는 사람들에게 찍히면 된다. 저 인간은 원래 그러니까, 하고 사람들이 접어버리게 만들면 그만인 것이다. 내가 근무하는 파출소 직원들은 이미 나를 접어버린 눈치들이다. 그래서 요즘은 지존의식에 초점을 맞추기가 훨씬 수월하다.

파출소는 삼교대 근무를 한다. 갑부는 09시부터 21시까지, 을부는 21시부터 09시까지, 병부는 09시부터 21시까지 12시간씩 교대 근무를 하는 것이다. 소장을 제외한 18명이 근무인원이라 6명씩 교대 근무를 한다. 6명이 12시간씩 교대로 근무하며 5만여 명이 넘는 관할구역 주민과 잠재적으로 대치하고 있는 것이다. 2명은 파출소에 근무하고, 2명은 도보 순찰을 하고, 2명은 차량 순찰을 한다. 빈촌이라 음주 폭력, 가정 폭력, 취객 행패가 압도적으로 많다. 만약 관할구역에서 네다섯 건의 사고가 동시에 터지면 대응 불능 상태에 빠져버리게 될 것이다. 그나마 다행인 것은 출동 거리가 비교적 짧고 범위가 좁다는 것이다.

근무하는 동안 나는 권총을 자주 매만진다. 그것이 나의 위안이고 위악이기 때문이다. 좀 더 그럴듯하게 말하자면 그것이 나의 화두이고 명상이기 때문이다. 총기 분해를 하고 소제를 하는 것도 아니다. 차가운 38구경의 총열과 손잡이, 방아쇠를 만지면 나도 모르게 마음이 편안해진다. 편안해지는 게 아니라 지존의식이 생겨나는 것이다. 집을 나간 아내, 꼴같잖은 인간들, 모두모두 가증스럽고 우습게 여겨진다. 거짓과 위선에 찌들 대로 찌든 쓰레기 같은 인간들도 내가 권총을 겨누기만 하면 살려달라고 손이 발이 되도록 빌고 또 빌 것이다. 나는 상상한다, 고로 나는 존재하는 것이다.

얼마 전, 근무시간에 근무지를 이탈한 적이 있었다. 어쩌면 지존의식이 현실로 튀어나올 수도 있을 만한 상황이었다. 아내가 집에 전화를 걸어 아이와 통화를 했다는 노모의 전화를 받은 때문이었다. 통화만 한 게 아니라 전화를 받고 나서 아이가 집을 나갔다는 것이었다. 오후 4시경, 나는 함께 근무하던 박 경사에게 보고도 하지 않고 허리에 권총을 찬 채 정신없이 파출소를 빠져나왔다.

집이 있는 오금동까지 택시를 타고 갔다. 아파트 단지 입구의 상가 건물 앞에서 내려 휴대폰으로 집에 전화를 걸자 노모가 한없이 상심한 어조로 아직 아이가 안 들어왔다고 했다. 그때부터 나는 눈을 부릅뜨고 주변을 수색하기 시작했다. 피자가게, 치킨집, 중국집, 아이스크림 전문점, 김밥집, 돈까스 전문점, 심지어는 도서 대여점과 서점까지 뒤졌다. 심장의 박동이 빨라지고 다리가 후들거렸으나 허리에 찬 권총을 의식하며 간신히 버텼다. 하지만 아파트 단지 주변을 이리저리 뛰어다니며 살펴도 아이는 좀체 눈에 띄지 않았다. 어쩌면 아내가 아이를 데려간 것인지도 모르겠다는 생각까지 들었다. 나는 더욱 견딜 수 없는 심정이 되어 허리에 차고 있던 권총을 꺼내 손에 들고 단지 건너편 타운을 정신없이 뛰어다니기 시작했다. 그래, 내 눈앞에 나타나기만 해라, 제발! 나는 눈을 번득이며 사방을 두리번거렸다. 지나가던 사람들이 놀라 비켜서며 불안한 눈빛으로 나를 돌아보았다.

아이가 집으로 돌아온 것은 두 시간 정도 지난 뒤였다. 노모가 전화를 걸어 아이를 바꿔주었다. 나는 분노가 극에 달해 권총을 손에 든 채 집으로 달려갔다. 거실 바닥에 브랜드 운동화, 오리털 잠바와 모직바지, 폴로 티셔츠 따위가 놓여 있었다. 노모와 아이가 잔뜩 긴장한 표정으로 거실에 서 있었다. 나는 구두를 벗고 거실로 올라서자마자 아이의 머리통에 권총을 겨누고 포효하듯 소리쳤다.

"병신 같은 새끼야, 너 거지야?"
아이가 굵은 눈물방울을 떨구며 머리를 가로저었다.
"거지가 아닌데 왜 저런 걸 받아 들고 와! 널 버리고 간 여자야, 그 여자는 더 이상 네 엄마가 아니란 말야! 알겠어?"
아이는 고개를 떨군 채 아무런 대꾸도 하지 못했다.
"그 여자가 찾아오면 아빠한테 무조건 전화해! 그걸 어기면 이 권총으로 너, 할머니, 나, 다 같이 죽는다! 알겠어?"
아이는 고개를 숙인 채 계속 눈물을 떨구며 고개를 끄덕였다.
"지존의식을 지니고 살아! 그게 없으면 버러지보다 못한 인간 취급을 받는다! 네가 죽기 싫으면 네가 먼저 죽여! 함부로 덤비지 못하게 가차 없이 처단하란 말야!"

그로부터 사흘 뒤, 그러니까 문제의 그날 오후에 나는 한 통의 전화를 받았다. 102동에 사는 한우 엄마였다. 비번 휴식을 끝내고 밤 9시까지 출근을 해야 하는 날이었다. 집 나간 아내와 가장 절친하게 지낸 여자라 나는 그녀에 대해서도 별로 감정이 좋지 않았다.

"오늘 쉬시는 날인가요?"
"아뇨. 밤 9시까지 출근해야 합니다."
"그럼 지금 4시니까 출근시간까지는 시간이 좀 있네요."
"무슨 일이죠?"
"뵙고 상의드릴 말씀이 좀 있어서요. 사거리 모퉁이에 있는 모란 커피숍 아시죠? 5시에 거기서 뵐게요."

여자는 일방적으로 자신의 용건을 말하고 전화를 끊었다. 그 순간, 나는 권총이 없다는 사실을 사뭇 안타깝게 생각했다. 왜 그랬는지 모르겠지만 이제는 항상 권총을 지니고 있어야겠다는 생각에 사로잡힌 것이었다. 나의 위안이자 위악인 그것, 나의 화두이자 명상인 그것. 날이 갈수록 인간들이 나를 우습게 대하는 것 같고, 지존의식을 발휘해야 할 상황이 언제 발생할지 모르겠다는 우려감 때문이었다.

개인적으로 소지할 수 있는 권총을 한 자루 마련해야겠다는 생각을 하며 나는 약속 장소로 나갔다. 여자는 짙은 화장을 하고 가장 구석진 창가 자리에 앉아 있었다. 오후의 나른한 햇살이 창으로 밀려들어 여자와 탁자를 덮고 있었다. 덕지덕지 바른 분가루처럼 게저분해 보이는 잔광이었다. 나는 그녀 맞은편, 햇살이 들지 않는 커튼 옆자리에 바투 붙어 앉았다. 커피를 주문하고, 주문한 커피가 날라져 온 뒤에도 그녀는 쉽사리 용건을 꺼내지 않았다. 커피를 한 모금 마시고 나서 내가 먼저 입을 열었다.

"석준 엄마에 관한 얘긴가요?"
"네, 그래요. 쉬운 얘기가 아니라서 말문이 열리질 않네요."
"편하게 얘기하세요. 인간 취급 안 한 지 오래됐으니까."
"며칠 전, 석준 엄마가 이 동네 다녀간 건 알고 계시죠?"
"알고 있죠. 나도 잡으러 다녔으니까요."
"잡아서 어쩌려구요?"
"그건 한우 엄마하고 상관없는 일 아닌가요?"
"아무리 석준 엄마가 잘못했다고 해도…… 그래도 그동안 같이 살아온 정이 있는데 석준 아빠가 너그럽게 생각하셔야죠."
"너그럽게?"
"그래요. 어차피 이렇게 된 일, 좋은 게 좋은 거잖아요. 마지막까지 서로를 힘들게 할 필요가 뭐가 있겠어요. 기왕지사 갈라져야 할 인연이라면 서로 잘되길 바라는 게 인간의 도리가 아닌가요?"
"미안하지만 도리를 저버린 건 석준 엄마죠. 그런데 무슨 이유로 내 앞에서 도리 얘기를 꺼내는 겁니까?"
"특별한 이유가 있어서 하는 말은 아니에요. 그저 서로 잘되길 빌라는 거죠. 석준 엄마도 그러고 싶다고 했으니까요."
"그럼 그 여자가 석준이 만나러 온 날 한우 엄마도 만나고 갔다는 건가요?"
"여기서 만나 한 시간 정도 얘기했어요."
"그래서 날 만나거든 인간의 도리를 지켜달라고 부탁하던가요?"
"아뇨. 부탁은 그런 게 아니었어요. 사실은 그것 때문에 만나자고 한 건데…… 막상 석준 아빠를 보니까 말을 꺼내기가 힘드네요."
"난 그 여자가 무슨 짓을 했다고 해도 놀라지 않습니다. 그렇게 집을 뛰쳐나가 가족들에게 엄청난 충격을 줬는데 더 이상 놀라고 말고 할 게 뭐가 있겠어요. 배려하는 게 오히려 우스꽝스러우니까 그냥 편하게 얘기하세요."

"석준 엄마한테 남자가 있다고 해도요?"

"당연히 있겠죠. 남자 없이 집 나가는 여자 봤나요? 구십 프로 이상은 남자 때문에 집을 나가는 거죠. 남자 없이 집을 나가는 여자도 결국 새로운 남자를 만나기 위해 집을 나가는 거라구요. 경찰밥 먹으면 그런 거 절로 알게 됩니다."

"그런 걸 알면서도 석준 엄마에게 왜 그리 무심했나요?"

"내가 무심해서 다른 남자를 만났다는 건가요? 지나가는 개도 웃을 소리는 하지도 마세요. 간통죄로 잡혀온 년들 하나같이 입만 벌리면 남편의 무관심 때문에 바람을 피우게 됐다고 말하죠. 제 밑구멍이 근질거려서 자발적으로 바람피운 거라고 솔직히 말하는 년은 단 한 년도 못 봤습니다. 무슨 말인지 알겠어요?"

"석준 아빠, 정말 무서운 분이네요."

"그래요, 세상이 날 이렇게 무섭게 만들었죠. 그래서 난 지존의식을 지니고 살려고 합니다. 내가 천한 대접을 받지 않으려면 달리 방법이 없잖아요."

"지존…… 의식? 그게 뭐죠?"

"남에게 밟히기 전에 내가 먼저 밟는다. 지존파도 모르나요?"

"경찰인 분이 어떻게…… 좋아요, 그럼 가감 없이 석준 엄마 부탁만 전해 드릴게요. 석준 엄마는 어차피 자신이 먼저 집을 나갔으니까 다른 건 원치 않는대요. 잘못을 빌고 싶다거나 다시 집으로 들어오고 싶다는 말은 꺼낼 수도 없으니까…… 그냥 이혼 수속이나 밟아달라더군요. 실제로 더 이상 결혼생활을 할 수 없게 됐으니 서류상으로도 깨끗이 정리를 했으면 좋겠다는 거죠."

"하, 그것 보세요. 처음부터 끝까지 자기가 하고 싶은 대로 다 하겠다는 거 아닌가요. 집도 제멋대로 나가, 이혼도 제멋대로 요구해…… 그럼 나와 석준이는 도대체 뭐죠? 제까짓 게 뭔데 나와 석준이를 이렇게 함부로 대하냐구요."

"그럼 어떻게 하시려구요?"

"당연히 그 여자를 만나서 해결해야죠. 이렇게 중간에 사람을 세워 도대체 뭘 어쩌겠다는 겁니까. 나와 석준이가 그 여자한테 한없이 천하게 대접받았으니 지존의식으로 보답을 해야죠. 아마 상상도 할 수 없는 보답을 받게 될 겁니다. 이혼 수속? 훗, 미안하지만 그런 건 저승에 가서나 하라고 하세요."

그날 저녁 6시경, 나는 남의 일에 감초처럼 끼어든 한심한 여자와 헤어졌다. 병신 같은 게 처먹고 할 일 없으면 낮잠이나 자빠져 잘 것이지 왜 남의 일에 끼어들어 감 놔라 배 놔라 꼴값을 떠나. 다시 한 번 나의 위안이자 위악, 나의 화두이자 명상인 권총이 아쉽게 여겨졌다. 기회가 되면 저런 인간들도 지존의식으로 엄히 다스려야 할 것이다. 나는 울화를 삭히며 일식집으로 들어가 우동 정식과 청주 한 병을 주문했다.

문제의 그날 밤, 자정이 지난 뒤부터 눈이 내리기 시작했다. 나는 도보 순찰을 끝내고 새벽 2시경부터 차 순경과 함께 소내(所內) 근무를 시작했다. 순찰차는 가정 폭력 신고를 받고 출동한 뒤였고 도보 순찰자들은 단란주점에서 들어온 소란 신고를 받고 이동 중인 상황이었다. 차 순경이 근무일지를 쓰고 있을 때 나는 차분한 표정으로 권총을 만지작거리고 있었다. 당연히 나는 침묵했고 차 순경도 나에게 말을 걸지 않았다. 저녁 무렵 반주로 청주 한 병을 마셔서인가, 눈이 내리는 밤에 권총을 어루만지자 묘한 느낌이 들었다. 총알이 장전된 권총의 총열은 세상을 향해 발기한 성기가 아닌가.

차 순경이 저건 또 뭐야, 하는 말에 나는 성적 상상력에서 깨어났다. 출입문 밖에 택시 한 대가 정차하고 기사가 운전석에서 나와 뒷문을 열고 늘어진 여자 하나를 이끌어내 파출소로 안고 들어왔다. 완전히 늘어져 팔과 다리가 허공에서 제멋대로 흔들거리고 있었다. 오십 줄의 기사는 여자를 피의자들이 앉는 소파에 내려놓고 숨을 헐떡이며 아, 정말 힘들어 못해 먹겠네, 하고 투덜거렸다. 차 순경이 물었다.

"아저씨, 저 여자 뭐예요?"
"뭐긴 뭐요. 완전히 맛이 간 고주망태지. 논현동에서 탔는데 여기까지 오는 동안 완전히 곯아떨어져 버렸어. 이 동네가 집이라는데 도무지 깨어나질 못하니 도리가 없잖소. 택시비는 친구한테 받았으니까 깰 때쯤 다시 데리러 오리다. 지금은 나도 영업을 해야 하니까 여기서 좀 보호해 주쇼."

기사가 나가자 차 순경이 에이, 씨발! 하고 자리에서 일어나며 투덜거렸다. 곧이어 파출소 출입문이 열리고 맨발에 내복만 입은 사십 줄의 깡마른 사내가 비틀거리며 안으로 들어왔다. 몸을 가누지 못할 정도로 만취한 몰골이었다. 그때 도보 순찰팀이 무전 보고를 했다.

"단란주점 신고 처리. 특별한 폭력이나 기물 파괴가 없고 술값은 이미 계산이 끝난 상태라 상황을 종료한다, 오버."

내가 무전을 접수하는 동안 맨발의 남자는 몸을 흔들거리며 소파로 가 앉았다. 택시 기사가 안고 들어온 여자 옆이었다. 차 순경이 무슨 일이냐고 다가가자 씨발놈아, 너는 뭐야? 하고 욕을 해대며 바닥에다 침을 뱉었다. 그러고 나서 담배 줘, 담배 없어? 하고 차 순경을 올려다보며 혀 꼬부라진 소리를 했다. 인근 주민의 술주정이야 이미 익숙한 풍경이라 나는 눈길도 주지 않았다. 사내가 발악하듯 고래고래 소리를 질러댔다.

"씨발놈들아, 내 마누라 잡아와! 1997년에 칠성슈퍼 사장 놈하고 눈 맞아 달아난 내 마누라 잡아오란 말야! 그런 년들은 사형을 시켜야 해. 가랑이를 찢어 죽여야 하는데 왜 안 잡아들여…… 에이 씨팔, 이건 또 뭐야!"

사내가 느닷없이 소파에 누운 여자의 얼굴을 주먹으로 후려쳤다. 차 순경이 사내의 손을 잡자 어, 그래, 이젠 경찰이 사람을 치는구나, 사람을 쳐, 하며 때려보라는 듯 얼굴을 들이올렸다. 아, 이거 미치겠네, 하며 차 순경이 사내를 잡고 구조를 요청하는 표정으로 나를 돌아보았다. 나는 권총을 허리에 차고 소파가 있는 곳으로 걸어가 다짜고짜 사내의 머리통을 후려쳤다. 그러자 사내가 길길이 날뛰며 개새끼, 너 날 때렸어, 경찰이 사람을 쳤다 이거지, 하며 사지를 버둥거렸다. 여자를 숙직실로 옮기세요, 하고 차 순경이 소리쳤다.

나는 여자를 안고 파출소 공간과 분리된 건물 뒤쪽의 무기고로 들어갔다. 무기고 뒤편에 예전에 사용하던 숙직실이 있었다. 방바닥에 깔린 삼단 매트리스 위에 여자를 눕히는 순간 아주 이상한 느낌이 나를 사로잡았다. 전류처럼 저릿저릿한 기운이 아랫도리에서 느껴진 때문이었다. 고개를 숙이고 나는 길게 한숨을 내쉬었다. 기막히게도 나의 성기가 한껏 부풀어 폭발 일보 직전의 상태가 되어 있었다. 너무 오래 여자에 굶주린 때문인가, 권총을 만지며 성적 상상을 한 때문인가.

밖에서 차 순경이 티격태격하는 소리를 들으며 나는 여자를 내려다보았다. 술에 취해 완전히 의식을 잃은 상태를 확인하자 나도 모르게 근육이 긴장했다. 성적 흥분이 아니라 분노 때문이었다. 분노가 아니라 지존의식이 살아나 냉혹한 처단을 주문하는 것 같았다. 의식을 잃은 여자의 얼굴에서 나는 집을 뛰쳐나간 년, 자식을 버리고 도망간 년, 남편을 버리고 도망간 년, 늙은 시어머니를 버리고 도망간 년의 얼굴을 보았다. 도망간 마누라를 잡아오라며 여자를 후려친 사내와 내가 동일한 심성에 사로잡혀 있다는 사실, 이 세상 모든 여자의 얼굴이 애초부터 하나였다는 깨달음에 나는 소스라치게 놀라고 말았다. 더럽고 천박한 것들, 천박하고 더러운 것들…… 권총을 꺼내 총열을 사타구니에 처박고 싶다는 충동이 솟구쳐 나도 모르게 부르르 몸서리가 쳐졌다.

밖으로 나오자 차 순경이 사내의 팔을 잡아끌며 출입문 근처로 가고 있었다. 나를 보자 사내가 다시 발광하기 시작했다. 씹새끼, 넌 오늘 날 때렸으니까 내일 당장 파면이야, 파면! 너 내가 누군지 알아? 사내는 기를 쓰고 버둥거렸다. 나는 한없이 침잠한 눈빛으로 사내와 차 순경을 지켜보았다. 차 순경이 집까지 데려다 주고 오겠다며 완력으로 사내를 끌었다. 저기 언덕 위에 있는 포장마차 옆이 집이래요, 하고 차 순경이 출입문을 밀며 묻지도 않은 말을 했다.

파출소 입구에서 미끄러져 둘이 함께 눈 위를 나뒹구는 걸 보면서도 나는 꼼짝 않고 서서 그들을 지켜보았다. 눈이 내려 어둠을 덮는 밤, 침묵하며 바라보기에 더없이 성스러운 풍경이었다.

차 순경과 사내가 사라진 뒤에도 나는 꼼짝 않고 서 있었다. 그때 이미 나는 내가 아니었다. 쓰레기 같은 인간들과 멱살잡이나 벌이는 한심한 경찰관이 아니라 냉혹한 의식을 지닌 지존으로 바뀌어 있었다. 더 이상 권총 같은 것에 의존하지 않아도 되는 절대적 존재, 내 자신이 그때 이미 하나의 총이 되어 있었다. 위안과 위악, 화두와 명상, 불멸과 자유가 온전히 하나 되는 눈물겨운 순간—성스러운 세상에 등을 돌리고 나는 여자가 누워 있는 숙직실을 향해 조용히 걸음을 옮기기 시작했다.

지존의 새벽.

4 달려라, 노래하는 꽃마차
방인철 / 55세 / 택시 기사

젊은 날 내 별명이 뭐였는지 아쇼?

지금 젊은 시절의 별명 같은 걸 말해야 할 때가 아니란 건 물론 알고 있소이다. 하지만 나라는 인간을 모르면 얘기를 풀어가기가 어려울 것 같아서 꺼내는 것이니 속는 셈 치고 한번 들어주시구려. 설마하니 이런 정황에 내가 딴청이야 부리겠소. 나는 손님이 가자는 곳으로 차를 모는 사람이지 차가 어떤 원리로 굴러가는지에 대해서는 설명할 수 없는 사람이오. 그러니 나한테 너무 어려운 걸 주문하지 말아달라, 이런 말씀이외다. 그런 것에 대해서는 내가 아는 것도 없고 또한 알아야 할 이유도 없으니까 말이오.

한 가지 덧붙이자면, 나는 세상을 즐겁게 살다 죽자는 생각을 지니고 있는 사람이외다. 좀 더 솔직히 까놓고 말해 즐겁게 사는 게 아니라 즐기며 살자! 젠장, 사람이 살면 얼마나 살겠다고 날마다 지지고 볶으며 발광을 떠냐, 아침마다 나에게 주문을 걸듯 되풀이하는 말이오. 간단히 말해 난 골치 아픈 걸 체질적으로 싫어하는 사람이외다. 지나온 인생을 그렇게 살았고 남겨진 인생을 또한 그렇게 살고자 하는 거요. 그러니 심각하고 골치 아픈 쪽으로 나를 몰아붙일 생각일랑 당최 하지 마소. 문제의 본질을 모른다고 욕하거나 무식하다고 손가락질해도 할 수 없는 일이오. 난 유식한 척하며 골치 아프게 사는 것보다 무식한 척하며 즐겁게 사는 게 훨씬 좋으니까 말이오.

하던 얘기 계속하자면, 젊은 날 나에게는 '노래하는 꽃마차'라는 별명이 붙어 있었소이다. 그거야 말하나 마나 내가 노래를 잘 불렀기 때문이오. 이십 대 시절에는 전국노래자랑에 나가 주말 장원, 월말 장원도 해보고 연말 결선에 나가 입선도 해봤소이다. 그때 내가 즐겨 불렀던 노래가 차중락의 곡들이었는데, 그건 나의 성대에서 울려나오는 바이브레이션이 그 가수와 대단히 흡사한 때문이었소. 난이도가 높아 일반인들은 쉽게 따라 부르기 힘든 노래를 내가 기막히게 부를라치면 듣는 사람들이 벙긋 입을 벌리고 질질 침을 흘리는 표정으로 나를 쳐다보곤 했소. 그런데 왜 가수가 되지 않았느냐?

내 경험을 바탕으로 말하자면 가수는 하늘에서 내려주는 천직이
외다. 아무리 노래를 잘 불러도 가수가 될 팔자는 타고난다는 것이
오. 가수가 될 놈은 중국집 주방장을 하거나 목욕탕 때밀이를 하다
가도 운명의 힘에 의해 어느 날 갑자기 가수가 된다는 얘기가 아니
고 달리 뭐겠소. 가수만 되는 게 아니라 엄청난 인기와 돈까지 누리
게 되는 거요. 물론 다 그렇게 되는 건 아니지만 하늘에서 내린 가
수들은 대부분 그렇게 탄생합디다. 내가 굳이 누구누구라고 거론하
지 않아도 알 만한 사람들은 다 알 거요. 밑바닥 인생으로 살다가
어느 날 갑자기 팔자가 달라져 버린 가수들 말이오.

물론 나도 스물아홉까지는 기를 쓰고 가수가 되려고 했소. 아직
팔자를 모를 때였으니 당연히 그럴 수밖에 없었던 거요. 꼴같잖은
작곡가 놈들에게 없는 살림 퍼다 주느라 부모 속 꽤나 썩였소. 논밭
팔아치우고 집까지 저당 잡혔지만 결국 음반 한 장 못 내고 연습만
지치도록 하다 좆쳐버리고 만 거요. 난 그때 내가 여자였더라면 얼
마나 좋았을까 하고 날마다 남자인 내 자신을 후회하곤 했었소. 잘
나가는 작곡가에게 돈도 주고 몸도 주면 훨씬 승부가 빨리 나지 않
을까 하는 생각을 했던 거요. 물론 여자가 아니라 인어가 된다 해도
하늘에서 내린 팔자가 아니면 가수가 되기 힘들고, 설령 가수가 된
다 해도 정상을 밟기 힘들다는 걸 모르고 있었기 때문에 그런 생각
에 시달렸던 것이오.

서른 살 되던 해 봄부터 나는 택시 기사 노릇을 하기 시작했소.
어떻게든 먹고살아야 할 절박한 처지에 놓여 있었기 때문에 달리
선택의 여지가 없었소. 그해 여름, 택시에 손님으로 탄 아가씨를 꼬
드겨 가을에는 결혼도 했소이다. 손님으로 탄 아가씨를 어떻게 꼬

드렸느냐? 하하, 그거야 말하나 마나 나의 장기를 십분 발휘한 결과였소. 내가 전국노래자랑 주말 장원과 월말 장원, 연말대회 본선까지 진출한 사람이다, 아가씨 내 노래를 한번 들어보시려는가? 물론 내 노래를 듣고 난 그 아가씨, 사랑의 묘약에 취한 표정으로 얼굴이 발그레하게 변해 버렸소. 바로 그날 난 택시 영업을 접고 아가씨를 태우고 이리저리 돌아다니다가 으슥한 곳에서 기습적으로 키스까지 해버렸소. 당시만 해도 키스 한번 하고 나면 나 이제 어떡해요, 책임져요, 하는 풍조였으니 여자를 꼬드기는 내 기술도 타고난 것이라고 해야 할 터요.

결혼을 한 뒤부터 나는 틈틈이 작곡을 배우기 시작했소. 가수의 꿈을 키우는 동안 작곡가들에게 하도 질려버린 터라 전략을 바꿔버린 것이오. 택시를 몰아 생계는 꾸릴 수 있었으니 꿈을 위해 자투리 시간을 투자하는 건 어쨌거나 좋은 일이 아니겠소. 이윽고 나는 나의 노래를 만들기 시작했소. 그리고 외장 마이크를 설치할 수 있는 일제 녹음기를 사 기타로 직접 반주하며 노래를 녹음하기 시작했소. 내 노래를 내가 녹음해서 처음 듣던 순간의 감격은 지금도 생생하오. 젠장, 가수가 못 되고 음반을 못 내도 좋다, 나의 자작곡을 담은 테이프를 내가 운전하는 택시에서 들으며 달릴 수 있다는 게 얼마나 행복한 일이냐. 나는 감격에 겨워 밤새도록 테이프를 듣고 또 들으며 잠을 이루지 못했소.

나는 명실상부하게 '노래하는 꽃마차'의 마부가 됐소. 앞좌석이건 뒷좌석이건 손님이 타기만 하면 내 소개—전국 노래자랑 주말 장원과 월말 장원, 연말대회 본선까지 진출한 사람이라는 것—를 하고 나의 자작곡이 담긴 테이프를 들려준 것이오. 말하나 마나 그것을 듣고 난 사람들은 이구동성 나의 실력을 아까워했소. 공부깨나 한 것처럼 보이는 먹물들 중에는 간혹 미간을 찌푸리며 좋네요, 하곤 얼른 창밖으로 고개를 돌리는 놈들도 있었지만 보통 사람들은 하나같이 찬사를 아끼지 않았던 거요. 특히 아줌마들은 아주 죽여 준다는 표정으로 신청곡을 들려달라는 사람까지 있었소. 간단히 말해 가수의 길이 묘하게 빗나가 사바사바의 길로 들어서기 시작한 거요.

내가 택시에서 만난 아가씨를 노래로 꼬드겨 결혼한 건 결코 우연이 아니었소. 누군가 나의 팔자를 간단히 요약하라고 하면 나는 '노래·여자·택시'라고 말할 것이오. 무식해서 정확히는 모르겠지만 그런 게 바로 삼위일체라는 것 아니겠소. 아무튼 내가 택시에서 들려주거나 부르는 노래는 여자를 꼬드기는 결정적인 수단이 되어 버리고 말았소. 하지만 내가 처음부터 그런 의도나 계획을 가지고 있었던 게 아니라는 건 이미 말해서 알아들었으리라 믿겠소. 물론 손바닥도 마주쳐야 소리가 나는 것이니 여자 승객들을 탓해야 할 이유도 없소. 그녀들은 다만 내 안에서 잠자고 있던 난봉꾼을 일깨워 주었을 뿐이고, 그것을 바탕으로 나는 즐기는 인생을 살아갈 수 있었기 때문이오. 달리며 즐기는 인생, 즐기며 달리는 인생, 나는야 노래하는 꽃마차!

택시에서 내가 꼬드긴 첫 번째 여자는 나의 아내가 되었소. 하지만 두 번째 여자부터는 아무런 관계도 성립되지 않았소. 그녀들은 그저 택시에서 만나 잠시 잠깐 즐기는 대상들에 불과했으니 관계라고 말할 건더기도 없었던 거요. 노래하는 꽃마차가 변해 흔들리는 오입마차가 된 셈이오. 세상에 성에 굶주린 여자들이 그렇게 많다는 걸 누가 상상이나 했겠소.

 바야흐로 나는 프로로 변해 가기 시작했소이다. 예전처럼 아무에게나 무작정 노래를 들려주지 않고 손님의 표정과 차림새로 미루어 괜찮겠다는 판단이 내려지면 본격적으로 수작을 부리기 시작한 거요. 돈도 있어 보이고 생긴 것도 따져야 했으니 거기에도 나름대로 까탈스러운 구석은 있었소. 조건을 두루 갖춘 여자를 만나는 게 결코 쉬운 일만은 아니었던 것이오. 아무려면 나도 영업하는 놈인데 회사 납입금도 챙기지 않고 무작정 물총질하러 다닐 수야 없는 일 아니겠소.

 심야 영업을 하노라면 주택가 같은 곳에 서서 혼자 손을 흔들어 대는 여자들이 더러 있었소. 밤에 잠이 오지 않거나 남편에 대한 울화가 치밀어 집을 나선 여자들이었소. 그녀들은 가방도 들지 않고 차림새도 엉성한 편인데 택시에 탄 뒤에도 행선지를 물으면 선뜻 대답하지 못하고 그냥 가세요, 하거나 아저씨 맘대로 가세요, 하고 말하는 경우가 대부분이었소. 술을 마시고 타는 여자들은 더욱 노골적이었소. 아저씨 나하고 연애 한번 할래요, 라고 단도직입적으로 말하거나 아저씨 어디 재미난 곳으로 좀 데려가 주세요, 하고 에둘러 말하기도 하는 거요. 주부들만 그러는 게 아니라 멀쩡한 직장 여성들도 술이 많이 취하면 성적 욕구를 노골적으로 드러내는 경우가 심심찮게 있었소이다. 내 경험에는 중학교 교사, 유치원 보모, 심지어 새벽에 굿을 끝내고 하산한 무당도 있었소이다. 룸살롱에서 일하는 아가씨들 중에는 택시비 대신 한번 하는 걸로 때우자고 말하는 아가씨들도 더러 있었소. 자기는 하루라도 섹스를 하지 못하면 잠을 못 잔다나 어쨌다나.

택시는 밀폐된 공간이오. 사람과 사람 사이를 가장 가깝게 만들어주는 일종의 방인 셈이오. 게다가 달리기 때문에 정체된 느낌에 시달릴 필요도 없소. 그런 공간에 남자와 여자가 단둘이 있게 된다면 도대체 무슨 생각을 할 수 있겠소. 제아무리 교양 있고 학력 높은 사람이라고 해도 어차피 인간은 인간이 아니겠소. 그런 의미에서 택시는 대단히 많은 것을 간단히 해결해 주는 욕망의 회전목마 같은 것이오. 택시라는 밀폐된 공간에 앉아 낯선 섹스를 꿈꿀 때, 나는 내가 살아 있다는 걸 분명하게 확인할 수 있었소. 뿐만 아니라 노래하는 꽃마차의 마부인 내가 즐거운 마음으로 행한 일들이 타인들의 인생에도 많은 활력과 활기를 주었다고 나는 확신하고 있소이다. 나와 즐긴 여자들은 인생의 다른 측면에 눈을 떴을 테니 그 이후에도 인생을 넓고 깊게 살아갔을 거라고 나는 믿고 있소이다. 까짓 인생이 뭐 그리 대단한 거라고 즐기고 싶은 마음까지 숨기며 살아야 하겠소.

아무튼 확실하게 프로가 된 뒤부터 나는 손님들에게 노래를 들려주지 않았소. 노래 없이도 얼마든지 여자를 꼬드길 수 있는 직관과 기술이 발달한 때문이었소. 기술이랄 것도 없이 슬슬 이야기의 실마리만 풀어주면 스스로 실타래를 풀어낸다는 걸 터득한 것이었소. 내가 겪은 숱한 여자 경험 중 최고령은 내 나이 서른여덟이었을 때 육십 대 중반의 여자와 관계를 했던 것이오. 그 여자는 동대문시장에서 꽤 큰 포목상을 경영하는 여자였는데 나를 만난 뒤부터 며칠에 한 번씩 정기적으로 육체적인 관계를 하자고 했소. 돈은 알아서 준다, 다만 육체가 늙었다고 멸시하지는 말라. 그것이 그녀가 원하는 유일한 조건이었소. 이미 눈치를 챈 사람도 있겠지만 그녀에게 육체적으로 봉사한 대가로 나는 개인택시 구입 자금을 마련할 수 있었소.

 개인택시를 시작한 뒤부터 노래·여자·택시였던 내 운명에서 노래는 완전히 사라져버렸소. 여자·택시만 남겨진 것이오. 하지만 개인택시 덕분에 생계에 여유도 생기고 나이도 사십을 넘기게 되자 여자에 대한 관심도 슬슬 바람이 빠지기 시작했소. 물론 그렇다고 해서 하루아침에 제 버릇 개 줄 수는 없는 노릇. 아주 가끔 생겨나는 묘한 경우에 성적으로 흥분하는 내 자신을 발견하기 시작한 거요. 술에 곯아떨어져 인사불성이 된 여자 손님을 흔들어 깨우다가 슬그머니 성욕이 치밀어 구렁이 담 넘어가듯 볼일을 볼 때의 짜릿함! 요컨대 슬슬 변태적인 성향이 나타나기 시작한 거요. 하지만 완벽한 기회가 아닌 경우, 섣불리 굴다가 일생을 망칠 수도 있다는 생각으로 위험한 행동은 절대 하지 않았소. 그게 노래가 사라져버린 내 인생, 여자와 택시만 남겨진 나의 사십 대였던 것이오.

 이제 나는 오십 대 중반이 되었소이다. 물론 아직도 나는 택시 기사 노릇을 하고 있소. 하지만 이제는 내 인생에서 여자도 사라지려 하고 있소이다. 정말 지난 오 년 동안 나는 별다른 재미도 보지 못하고 건조한 오십 대 초반을 보냈소. 즐기면서 살자던 나의 인생관이 황폐해져 가는 것 같아 어떤 날 밤에는 긴긴 한숨을 내쉬곤 했소. 물을 주지 않아 메말라 가는 정원이나 사막의 풍경이 자꾸만 눈앞에 어른거렸기 때문이오. 젠장, 이렇게 늙는 것인가, 이렇게 늙어 죽는 것인가.

 내 인생에 남겨진 거라곤 이제 택시 한 대밖에 없소. 이십 년 가까이 개인택시를 몰았지만 큰돈을 벌지는 못했고, 아들 하나 낳아 기르고 삼십 평형대 아파트 하나 장만한 게 전부요. 피는 못 속인다더니 스물다섯인 아들 녀석은 사귀던 여자애 덜컥 임신시켜 지난 봄부터 한 지붕 밑에서 살고 있소. 내가 택시를 몰아 아들 녀석과 며느리까지 먹여 살리는 셈이오. 말년 인생이 왜 이리 꼬이는지 모르겠소이다.

최근 들어 나는 마지막 남은 택시 하나를 놓고 깊이 갈등하고 있소. 군대를 면제받은 아들 녀석이 퓨전 음식점인가 뭔가를 내겠다고 요리 학원을 다니고 법석을 떨더니 이제는 내 개인택시를 팔아 사업 자금을 대달라고 날마다 난리를 쳐대기 때문이오. 사업 자금만 대주면 돈 벌어 부모님 봉양하겠다, 그러니 제발 택시를 처분해 달라…… 그게 나보고 죽으라는 얘기가 아니고 달리 뭐겠소. 한때 노래하는 꽃마차로 명성을 날리던 내가 어쩌다가 마지막 남은 마차까지 빼앗길 처지에 놓였는지 하늘이 원망스러울 뿐이오.

며칠 전, 내가 밤 열한 시쯤 영업을 끝내고 집으로 들어가자 아들 녀석이 나를 기다리고 있었소. 나는 또다시 그 얘기로구나 하고 녀석을 못 본 척 곧장 안방으로 들어가 버렸소. 그랬더니 안방까지 따라 들어와 무릎을 꿇고 기어이 결판을 내자고 덤벼드는 거였소. 나는 피곤하기도 하고 화도 치밀어 한마디로 녀석의 요구를 거절해 버렸소. 그랬더니 이 배은망덕한 놈, 두 눈을 부릅뜨고 제 아비에게 하는 말 좀 들어보소.

"아버지 한 가지만 묻겠습니다. 아버지는 택시 기사인 자신이 좋은가요?"
"그래, 좋다."

"왜 좋은가요?"

"남에게 싫은 소리 안 듣고 먹고살 수 있어서 좋다. 인생에 그런 일이 흔한 줄 아냐?"

"고작 그건가요?"

"고작이라니! 난 택시 기사 노릇 하며 이 아파트 사고 가족 먹여 살렸다. 택시가 없었으면 너도 키울 수 없었을 거라는 얘기다. 알겠냐?"

"택시가 없었다면 더 좋은 상태가 되었을지도 모르죠. 택시에 만족하니까 그런 생각밖에 못하는 거 아닌가요?"

"너 지금 날 훈계하는 거냐?"

"아버지가 터무니없이 고집을 부리시니까 답답해서 이러는 거죠. 난 솔직히 말해 어린 시절부터 택시 기사인 아버지를 자랑스럽게 생각한 적이 단 한 번도 없었습니다. 아버지 직업란에도 운수사업이라고 거짓말을 적어 넣었죠. 왜 우리 아버지는 택시 기사를 할까, 그것 말고 다른 건 할 줄 아는 게 아무것도 없을까, 그런 생각을 했다는 겁니다. 그런데도 택시 기사가 좋다구요?"

"그래, 그런데도 난 택시 기사가 좋다. 얼마나 좋은지 너한텐 설명을 해줄 도리가 없다. 택시에 내 인생의 희망과 절망이 다 담겨 있다. 내가 택시를 몰고 달려온 길이 곧 내 인생의 지도란 말이다. 이제 내 인생에 저 택시 하나 달랑 남았는데 넌 기어이 그것을 처분해야 직성이 풀리겠다는 거냐?"

"저걸 처분해서 훨씬 크고 좋은 것이 생길 수 있다면 당연히 그래야죠. 이제는 아버지보다 자식의 인생을 생각해야 할 때라는 겁니다. 아버지가 일을 하면 얼마나 더 하겠어요. 육십 칠십 되어서도 아버지가 택시를 몬다는 거, 상상만 해도 민망합니다. 사람이 물러날 때가 되면 깨끗이 물러날 줄도 알아야 한다는 거죠. 난 도대체 아버지가 왜 그렇게 택시에 집착을 하는지 모르겠어요. 저 택시가 무슨 사랑의 정표라도 되나요?"

솔직히 말해 난 그 장면에서 가슴이 뜨끔했소. 아들 녀석이 뭔가를 알고 저런 소리를 하는 건가 하는 생각이 들었기 때문이오. 물론 아들 녀석은 그런 걸 알 턱이 없을 거요. 택시를 팔게 만들려는 수작을 부리다 자기도 모르게 그런 말이 나왔을 게 뻔하다는 것이오. 아무튼 그날 이후 마누라와 며느리까지 가세해서 나를 설득하려 덤비니 정말 답답해서 미칠 지경이오. 아들이 원하는 대로 택시를 처분하면 당장 그다음 날부터 난 앉은뱅이나 다름없는 신세가 될 거요. 직업도 없고 갈 데도 없으니 죽을 날만 기다리라는 얘기가 아니고 달리 뭐겠소. 뿐만 아니라 아들 녀석이 내 택시를 처분해서 차리겠다는 그 일본식 퓨전 음식이라는 것도 집에서 시식해 봤는데 난 그거 거저먹으라고 해도 못 먹을 것 같았소. 집구석 날아먹으려고 뭔가에 홀리지 않고서야 어찌 그리 잡스러운 음식에 정신이 팔렸겠는가 말이오. 아무튼 노래하는 꽃마차는 이제 마지막 기로에 서 있소이다. 달려야 하나, 말아야 하나.

문제의 그날 밤, 나는 충무로에서 논현동까지 손님을 모시고 갔소. 저녁 무렵부터 일하러 나왔는데 눈이 펑펑 쏟아져 은근히 걱정스러워지던 참이었소. 하지만 집으로 들어가 봤자 마누라, 자식놈, 며느리가 나를 에워싸고 택시를 처분해라, 택시를 처분해라, 시위를 하듯 덤벼들 게 뻔하니 선뜻 집으로 들어가고 싶은 마음도 생겨나질 않았소.

택시를 도로변에 세우고 펑펑 쏟아져 내리는 눈을 올려다보니 새삼스레 옛날 생각이 났소. 이 여자, 저 여자, 주마등처럼 내 인생을 스쳐간 여자들…… 그녀들이 탐스러운 눈송이가 되어 펑펑 쏟아지는 것 같았소. 노래하는 꽃마차에 실려 간 꿈같은 내 인생, 노래하는 꽃마차를 스쳐간 꿈같은 여자들…… 나는 참으로 오랜만에 노래를 불렀소. 여자를 꼬드길 때나 써먹던 노래를 몇십 년 만에 목적도 없이 부른 거요. 차중락의 「낙엽 따라 가버린 사랑」까지 부르고 나자 나도 모르게 눈물이 핑 돌아 눈앞이 침침해졌소. 함박눈이 아니라 나를 스쳐간 여자들이 너울너울 날갯짓을 하며 나에게로 날아오는 환상을 보는 것 같았소.

여자 둘이 눈을 맞으며 택시로 다가오는 게 보였소. 한 여자는 많이 취한 모양 다른 여자가 부축을 하고 있었소. 룸살롱들이 많은 곳이니 이제 일을 끝내고 집으로 가는 모양이구나 하는 생각을 하며 나는 과거의 기억에서 깨어나기 위해 머리를 흔들며 자세를 고쳐 앉았소. 아무려나 여자 손님이 둘씩이나, 그것도 술을 마시고 타니 나도 모르게 프로 근성이 발동한 것 아니겠소. 나는 뒷좌석 문을 열고 타는 그녀들에게 웃음을 지어 보이며 어서 오시라고 인사를 했소. 마천동까지 가자고 하기에 눈 내리는 밤의 드라이브라고 생각하며 기분 좋게 운전을 시작했소. 그런데 마천동으로 가는 도중 둘 중의 한 여자가 휴대폰을 받더니 갑자기 차를 세우라고 했소. 보아하니 남자에게서 걸려온 전화를 받고 부랴부랴 남자 품으로 가고 싶어 안달이 난 눈치였소. 그래서 난 그 심정 얼마든지 이해한다 하는 표정으로 느긋하게 차를 세워주었소. 전화를 받은 여자가 술에 취한 여자에게 언니, 혼자 갈 수 있겠어? 하고 묻고는 나에게 삼만 원을 주고 내렸소.

마천 사거리에서부터 나는 뒷좌석의 여자를 깨우기 시작했소. 마천동 다 왔습니다, 가시는 곳이 어딘가요? 하고 물어도 응답이 없어 룸미러로 뒤를 살폈소. 여자가 머리를 뒤로 젖히고 완전히 곯아떨어져 있었소. 물론 그런 손님들을 자주 겪어온 터라 놀라지는 않았소이다. 마천 사거리에서 직진해 언덕길을 올라가며 나는 계속해서 아가씨의 잠을 깨우려 손님, 손님, 하고 불렀소. 보통 술을 마시고 탄 손님들이 깜빡 잠에 빠지면 삼십 분 정도는 깊은 수면 상태를 유지하기 때문에 선뜻 못 깨어나는 경우가 대부분이오. 그래서 나는 도리 없겠다는 생각으로 언덕 끝까지 올라가 571번 버스종점 앞에 차를 세웠소.

혹시 딴생각이 있어서 세운 게 아닌가 의심을 할 사람이 있을지도 모르겠소. 솔직히 말해 어떤 게 먼저인지는 나도 잘 모르겠소. 여자가 곯아떨어졌기 때문에 그렇게 으슥한 곳으로 가게 된 것인지, 여자가 깨어나지 않아서 거기까지 가게 된 것인지. 아무려나 택시가 정차한 그 지점에서 나는 긴장하기 시작했소. 모처럼 내가 즐길 만한 상황이 발생했다는 걸 알아차린 때문이었소.

잠시 호흡을 가다듬으며 나는 허공에서 너울거리는 눈발을 내다보았소. 낮은 지대에서 솟아오르는 희미한 조명을 받으며 살아 있는 생명체들이 떼 지어 춤을 추는 것 같았소. 그 순간 나도 모르게 떠오르는 한마디 말이 있었소. 육십 칠십 되어서도 아버지가 택시를 몬다는 거 상상만 해도 민망합니다…… 배은망덕한 자식놈의 말이 어째서 그 순간 떠오른 것인지 나도 모를 일이오. 나는 길게 한숨을 내쉬고 나서 몸을 돌려 뒷자리의 여자를 흔들었소. 하지만 아무리 흔들어도 꿈쩍도 하지 않았소. 나도 모르게 온몸이 긴장하고 심장의 박동이 빨라지는 게 느껴졌소.

잠시 망설이다가 차의 시동을 끄고 도어를 건 뒤에 뒷좌석으로 넘어갔소. 옆으로 기울어진 여자의 몸을 바로 앉히고 다시 한 번 여자를 흔들기 시작했소. 하지만 여자는 죽은 사람처럼 전혀 반응하지 않았소. 슬그머니 손을 뻗어 여자의 코트 자락을 들추고 치마 밑으로 손을 집어넣었소. 부드러운 살의 감촉…… 참으로 오랜만에 접해 보는 느낌이라 정도 이상으로 흥분되는 것 같았소. 하지만 그 순간에 다시 자식놈의 말이 떠올라 슬그머니 여자에게서 손을 빼고 말았소. 사람이 물러날 때가 되면 깨끗이 물러날 줄도 알아야 한다구요…… 나는 울화가 치밀어 다시 운전석으로 넘어가 밖을 내다보며 혼자 욕을 해댔소. 그래, 너 잘났다! 아비 영업 방해하는 불효막심한 새끼야!

나는 시동을 걸고 천천히 언덕길을 내려가기 시작했소. 마천 사거리에서 우회전했다가 다시 유턴, 거여동 쪽으로 내려갔다가 다시 유턴, 한껏 느리게 운행하며 여자가 깨어나길 기다린 거요. 돈을 삼만 원씩이나 받았으니 당연히 그 정도는 해주는 게 도리라고 생각했기 때문이오. 하지만 아무리 불러도 여자가 깨어나지 않아 슬슬 불안해지기 시작했소. 만약 여자가 밤새도록 깨어나지 않는다면 어쩌겠소.

이런저런 걱정을 하며 서행하던 어느 순간 갑자기 눈앞에 파출소 건물이 나타났소. 옳다, 이거로구나, 나는 망설이지 않고 파출소 앞에 차를 세우고 여자를 안고 들어갔소. 두 명의 경관 중 하나는 자리에 앉아 권총을 만지작거리고 있었고 다른 하나는 서류를 작성하다가 내게 뭐냐고 물었소. 나는 대강 사정 얘기를 하고 나중에 데리러 오겠다는 말을 남긴 뒤에 영업을 하러 갔소. 하지만 밤이 깊어서인가 폭설이 내려서인가, 마천 사거리에 차를 정차시키고 아무리 기다려도 손님이 타지 않았소. 나트륨등의 조명권 속으로 하루살이 떼처럼 몰려드는 눈발을 올려다보고 있을 때 핸즈프리 장치에 걸어둔 휴대폰 벨이 울리기 시작했소. 통화 버튼을 누르자 혀가 꼬부라진 아들 녀석의 음성이 스피커폰으로 흘러나왔소.

"아부지, 지금 어디쯤까?"
"너 술 처먹었냐?"
"네, 술 처먹었쏨다. 술 처먹고 아부지한테 꼬장부릴라고 열라 기둘리고 있쏨다."
"헛소리 지껄이지 말고 술 처먹었으면 그만 자라."
"아뇨. 나 아부지하고 결판낼 때까지 절대 못 잠다. 아시셌쏨까?"
"네놈이 정 이런 식으로 나오면 내가 집을 나가마."
"아부지, 치사하게 왜 이러심까? 자식이 잘되는 게 글케 싫쏨까?"
"미친 소리 마라!"
"아부지, 내 친아버지 맞쏨까? 어케 친아버지가 자식의 앞길을 일케 막을 수 쏨까?"
"내가 네 앞길 막은 게 뭐냐? 지금껏 먹여주고 키워놨더니 고작 한다는 소리가 그거냐?"
"먹여주고 키워주는 건 낳은 사람의 의무임다. 권리와 의무를 착각하지 맙쑈. 아부지가 일케 나가면 나도 생각 있쏨다. 아부지 눈에 안 띄게 내가 집을 나갈 테니까 죽는 날까지 택시 열라 몰며 부디부디 행복하게 살라 이검다. 아시겠쏨까?"
"못난 놈!"

"그래, 난 못난 놈임다. 근데 이 못난 놈 도대체 누가 만들었씀 까? 못나게 만들었으면 책임을 져야 할 거 아님까, 책임!"

참으로 기막히고 어처구니없다는 생각이 들어 나는 일방적으로 전화를 끊어버렸소. 전화를 끊고 한없이 서글픈 심정으로 의자 깊숙이 몸을 묻고 허공을 올려다보았소. 늙어가는 것도 서러워죽겠는데 자식놈까지 원수같이 굴어대니 정말이지 의지가지없는 인간이 된 것 같았소. 젊은 날, 저 눈꽃송이처럼 너울너울 춤을 추며 나를 스쳐간 따뜻했던 여자들은 모두 어디로 간 것일까.

그때 불현듯 뇌리를 스쳐가는 게 있어 나는 다시 운행을 시작했소. 영업 끝내기 전에 여자를 데려다 주겠다며 다시 파출소로 갔던 것이오. 그런데 소파에 눕혀놓았던 여자도 보이지 않고 내가 파출소로 갔을 때 근무하던 두 명의 경관도 보이지 않았소. 의자에 앉아 있던 순경이 근무 교대가 이루어져서 그렇다며 잠시 기다리라고 하고는 뒷문을 열고 들어가 여자를 부축해 나왔소. 여자는 부석부석한 얼굴로 거의 눈을 감고 있었지만 괜찮겠냐는 순경의 말에 가볍게 고개를 끄덕였소. 하지만 내가 여자를 인계받아 뒷좌석에 앉히자마자 여자는 곧바로 중심을 잃었소. 파출소 앞을 떠나기 전, 집이 어디냐고 내가 큰 소리로 묻자 갈보리…… 하고 알아들을 수 없는 말을 중얼거리곤 또다시 곯아떨어져 버린 거요.

나는 여자를 태우고 다시 원점으로 돌아갔소. 버스 종점 근처의 어둠 속으로 진입해 시동을 끄자 장막 같은 어둠이 사방을 에워쌌소. 나는 도어를 잠그자마자 망설이지 않고 뒷좌석으로 넘어갔소. 좌석에 여자를 길게 눕히고 코트를 풀어헤쳤소. 치마를 걷고 팬티를 내린 뒤 볼일을 볼 준비를 했소. 참으로 오랜만에 노래하는 꽃마차의 마부가 된 기분이 들었소. 그런데 막상 일을 시작하려고 슬그머니 구렁이 담 넘어가듯 그녀에게 들어가려는데 뭐야, 뭐야······ 이게 뭐야, 하고 여자가 이상한 소리를 내기 시작했소. 그래서 내가 조용히 해, 다 알면서 왜 그래, 하고 여자를 타일렀소. 그러자 여자가 갑자기 나의 가슴을 떠밀어 쿵 소리를 내며 내 머리통이 뒤쪽 창틀에 부딪쳤소. 순간 나는 당황했고 다급한 마음에 여자의 입을 손으로 틀어막으려 했소. 하지만 위기감을 느끼고 갑작스럽게 잠에서 깨어난 여자의 저항이 의외로 완강했소. 본능적으로 나는 여자를 제압하지 못하면 내가 끝장난다는 판단을 했소. 그래서 나도 모르게 주먹으로 여자의 얼굴을 후려쳤소. 그러자 풍선에서 바람이 빠지듯 여자가 맥없이 가라앉았소. 정말 안타깝고 불행한 일이었지만 내 인생에 처음으로 주먹을 휘두르며 그런 짓을 한 거요.

볼일을 끝내고 여자의 옷을 대충 추슬러준 뒤에 나는 다시 운전석으로 넘어갔소. 담배 한 대를 피우고 나서 시동을 걸고 실내등을 켰소. 그러자 여자가 좌석에서 일어나 앉아 있는 게 룸미러로 보였소. 나의 주먹에 맞아 코피를 흘린 모양 코 주변에 핏자국이 얼룩져 있었고 머리 모양도 엉망으로 헝클어져 있었소. 하지만 여자는 코피를 닦을 생각도 하지 않았고 매무새를 고치지도 않았소. 룸미러로 보이는 여자의 얼굴이 너무 처참하다는 생각이 들어 나는 티슈를 꺼내 건넸소. 하지만 여자는 꼼짝 않고 앉아 눈물만 흘리고 있었소. 난 조금씩 겁이 나기 시작해 집이 어디야? 하고 물었소. 그러자 여자가 아무런 대꾸도 하지 않고 뒷문을 열고 어둠 속으로 걸어 나갔소. 순간, 중심을 잃고 여자가 눈 위에 무릎을 꿇는 게 보였소. 하지만 나는 빨리 그곳을 뜨는 게 좋겠다는 생각이 들어 밖으로 나가지 않았소. 아마 누구라도 그런 상황에서는 도망치고 싶다는 생각을 했을 거요. 여자가 가까스로 중심을 잡고 일어나 휘청휘청 주택가 골목으로 접어드는 걸 확인하고 나서 나는 재빨리 그곳을 떠났소.

　문제의 그날 밤 마천동을 빠져나오며 나는 결심한 게 한 가지 있었소. 죽이 되든 밥이 되든 이젠 택시를 처분해 자식놈 사업 자금으로 대줘야겠다고 마음을 굳히게 된 거요. 자식놈 말처럼 사람이 물러날 때가 되면 깨끗이 물러날 줄도 알아야 한다는 걸 비로소 인정하게 된 거요. 나의 청춘을 싣고 달리던 노래하는 꽃마차, 이제는 인생의 뒤안길에 파묻고 나도 눈 내리는 밤처럼 조용히 깊어져야겠다는 생각을 했던 것이오.

　여자가 교회 마당에서 얼어 죽은 것과 내가 무슨 상관있소이까. 아까도 말했지만 나는 손님이 가자는 곳으로 차를 모는 사람이지 차가 어떤 원리로 굴러가는지에 대해서는 설명할 수 없는 사람이오. 즐기고 사는 게 내 인생관이라고 말했다시피 난 골치 아픈 걸 체질적으로 싫어하는 인간이오. 이리저리 몸뚱이 굴리고 사는 여자, 술에 곯아떨어졌을 때 내가 좀 탐했기로서니 그게 뭐 그리 대수겠소. 내가 주먹으로 여자를 때린 건 미안한 일이지만 그것 때문에 여자가 죽은 것도 아닌데 왜 이리 사람을 고약하게 만드는가 말이오. 갈보리가 뭔지는 몰라도 제 발로 그곳으로 가서 얼어 죽었다면 나름대로 원하던 길을 간 거 아뇨?

　노래하는 꽃마차는 이미 처분되었소. 그날 밤의 불미스러운 일이 계기가 되었다는 건 물론 부정하지 않겠소. 평생 노래하는 꽃마차의 마부로 살다가 마지막에 오점을 남긴 게 나도 견딜 수 없이 아쉽고 안타깝소. 정년 퇴임하는 공무원들처럼 나도 그럴듯하게 폼 잡으며 유종의 미를 거두고 싶었는데 재수에 옴이 붙어 망쳐버리고 만 거요. 하지만 그것 한 가지 때문에 내 인생 전체를 후회하고 싶지는 않소이다. 그러니 제발 이제 더 이상 나를 괴롭히지 마시오. 떠날 때가 언제인지도 모르고 똥을 싸고 뭉개듯 하는 인간들에 비하면 나는 양반 중의 양반이오. 유종의 미를 거두지는 못했지만 떠날 때를 분명히 알고 떠났으니 구차스러운 인생을 산 건 아니라고 생각하고 싶다는 거요. 내가 개인택시 처분한 돈을 건넸을 때 자식놈이 내게 뭐라고 한 줄 아시오?

"장하십니다, 아버님! 존경합니다, 아버님!"

5 언니는 이제 이곳에 살지 않는다
윤인애 / 23세 / ○○극장 매표원

언니가 죽었다.

주검은 집 앞에 있는 갈보리 교회 마당에서 눈에 덮인 채 발견되었다. 집주인과 주변 사람들은 교회 뒤가 바로 집인데 도대체 언니가 왜 교회 마당에서 죽었는지 모르겠다고 했다. 교회 담 밑에 등을 기대고 앉은 채 발견되었기 때문에 처음에는 눈사람 같은 형상을 하고 있었다고 했다. 발견한 사람이 눈을 털어내자 딱딱하게 굳은 주검이 한없이 안온한 표정으로 앉아 있더라는 말도 했다. 죽은 사람의 얼굴이 어쩌면 그렇게 평안할 수 있을까, 교회 사람들은 신기하다는 표정으로 고개를 갸웃거렸다. 어떤 사람은 주님의 은총을 받아서 그럴 거라며 주여, 하고 양손을 모아 기도하는 자세를 보이기도 했다.

언니는 왜 갈보리에서 죽었을까.

언니를 화장한 뒤에 나는 한동안 그런 생각에 사로잡혀 있었다. 처음에는 어떤 의혹이 있을지도 모른다는 생각까지 했었다. 언니의 얼굴에 말라붙은 핏자국과 멍 때문에 의구심은 더욱 커졌다. 하지만 사건을 담당한 형사는 특별한 게 아니라고 심드렁한 표정으로 말했다. 문제의 그날 밤 언니와 접촉한 인물들을 모두 조사한 결과라고 했다. 언니가 술시중을 들던 손님과 이차를 나가지 않겠다고 버티다 룸살롱 지배인에게 따귀를 맞았다는 진술, 택시 기사가 파출소에 데려다 눕혔을 때 취객이 파출소로 들어와 행패를 부리며 언니의 얼굴에 주먹을 날렸다는 진술, 언니가 택시에서 내려 넘어지는 걸 봤다는 택시 기사의 진술은 있었지만 그런 것 때문에 언니가 죽은 건 결코 아니라고 형사는 단정했다. 간단히 말해 술을 너무 많이 마시고 아무 데서나 잠들었기 때문에 동사한 것이라는 결론이었다. 요컨대 예수가 십자가를 짊어지고 올라간 갈보리와 언니 사이에는 아무런 연관성도 없다는 결론.

경찰에서 밝힌 언니의 최종 사인은 저체온증에 의한 동사였다. 얼굴의 핏자국과 멍은 지극히 경미한 것으로 직접적 사인과 아무런 관계가 없다고 했다. 나는 언니의 사망진단서를 확인하고 극장에 전화를 걸어 이틀간 휴가를 냈다. 방학 중이라 매표창구가 바쁘기도 하지만 이틀 이상 휴가를 내야 할 이유도 없을 것 같아서였다. 나는 병원에서 주선해 준 장의사에 연락하고 그곳에서 보내온 장의 버스에 언니의 관을 싣고 가 화장했다. 뼈를 곱게 갈아 날려줄 수도 있고 원하면 용기에 담아줄 수 있다고도 해서 그냥 날려달라고 했다.

언니를 화장하고 집으로 돌아와 아주 긴 잠을 잤다. 깨어나자 어느덧 주변이 어둑어둑해지고 있었다. 언니가 있었다면 일하러 갈 준비를 할 시간이었다. 샤워를 하고 머리를 말리고 드라이를 하며 분주하게 움직였을 것이다. 내가 극장 매표원으로 취직하기 전까지, 그러니까 작년 겨울에 아버지가 세상을 떠나고 내가 언니와 같이 살기 시작한 뒤부터 나는 날마다 그것을 지켜보았다. 아무 말도 하지 않고 방구석에 등을 기대고 앉아 지켜보기만 하는 나를 언니는 무척이나 불편해하는 눈치였다. 어느 날 언니가 물었다.

"내가 이상해 보이니?"
"아니."
"그럼 왜 그렇게 봐."
"궁금해서."
"뭐가 궁금해?"
"언니 인생이 지겹지도 않아?"
"예전에는 그랬는데 지금은 아냐."
"희망이 있다는 거야?"
"아니. 달게 사는 거야. 그냥 쓰지 않게."
"그럼 뭐가 달라져?"
"달라지는 게 없으니까 이러는 거지."

나는 과거가 싫다. 나의 과거도 싫고 언니의 과거도 싫고 우리 가족의 과거도 싫다. 과거가 싫어서 현실도 직시하지 않는다. 오직 미래만 생각하고 싶을 뿐이다. 미래만 꿈꾸며 사는 사람에게 박스오피스, 다시 말해 극장의 매표창구는 안성맞춤한 일자리이다. 미래를 꿈꾸는 나는 창구 안에 앉아서 현실을 사는 사람들에게 꿈의 티켓을 판다. 나의 현실에 무관심하듯 그들의 현실에도 나는 무관심하다. 현재는 미래를 향한 징검다리이거나 간이역에 불과하기 때문이다. 현실에 목을 매고 사는 사람들에게 나는 체질적으로 염증을 느낀다. 그런 사람들은 고작 하루살이 같은 인생을 살 뿐이다.

언니를 보라.

언니는 미래가 없는 인생을 살았다. 미래가 없으니까 하루살이처럼 룸살롱 종업원으로 나날을 견딘 것이다. 물론 처음부터 미래가 없었던 건 아니다. 언니가 갓 스물이었을 때 이미 언니의 미래는 산산조각이 나버렸다. 언니의 잘못으로 그렇게 된 게 아니라 아버지 때문에 언니의 미래가 제물이 된 것이다. 내가 끔찍하게 싫어하는 우리 집안의 과거는 모두 아버지에게서 기인한 것이다. 아버지가 없었다면 나에게도 과거와 현재, 그리고 미래가 균형 감각처럼 기억 속에 골고루 안배됐을 것이다.

아버지가 누구인가.

나의 기억 속에 각인된 아버지는 과거의 원흉이다. 원흉이 아니라면 원수일 것이다. 아버지의 노름빚 때문에 갓 스물의 언니는 채권자인 육십 대 노인에게 끌려가 일 년에 이천만 원씩 면제한다는 조건으로 삼 년씩이나 볼모살이를 했다. 볼모가 아니라 늙은 영감쟁이의 성적 노리개 노릇을 한 것이다. 언니가 눈물을 흘리며 끌려

가던 날도 아버지는 방구석에 처박혀 소주를 마시고 있었다. 말해 뭣 하나.

내가 중학교 3학년이었을 때 엄마는 자궁암으로 세상을 떠났다. 엄마의 죽음이 곧 우리 집안의 파산선고였다. 나는 젊은 시절부터 아버지가 제대로 된 직장생활을 하는 걸 본 적이 없다. 주식 투자를 한다는 둥 땅 투기를 한다는 둥 황당무계한 일확천금의 꿈에 사로잡혀 허랑방탕한 나날을 보냈을 뿐이다. 가족의 생계 때문에 엄마가 나서서 생고기 전문점을 운영했지만 그것이 아버지를 더욱 나태하고 한심한 실업자의 길로 내몰았다. 엄마가 식당을 시작한 뒤부터 아버지는 노름을 시작했고, 노름을 시작한 뒤부터 이틀이 멀다 하고 엄마와 피 튀기게 싸웠다. 지금은 과거지만 당시는 현실이었다. 나는 지옥 같은 현실이 빨리 과거가 되게 해달라고 날마다 빌고 또 빌었다. 그것 밀고 달리 빌고 싶은 게 아무것도 없었으니까.

엄마가 세상을 떠나고 반년도 지나지 않아 집과 가게가 몽땅 날아갔다. 물론 아버지의 노름빚 때문이었다. 가구와 살림살이에도 노란 압류 딱지가 붙어 생필품 몇 가지만 간신히 챙겨 들고 산동네 사글셋방으로 이사했다. 방 하나에 부엌 하나, 제대로 셋을 만한 공간도 없는 집이었다. 부엌에 딸린 수도 하나로 밥 짓고 빨래하고 몸 씻는 일까지 해결해야 했다. 세상만사에 민감한 나이였던 언니와 나는 사춘기 행세도 할 수 없었다. 언니와 나, 아버지가 한방에서 기거한 때문이었다. 셋 중의 하나가 속옷이라도 갈아입으려면 나머지 둘이 밖에 나가 기다려야 하는 참담한 생존의 나날이었다. 하지만 그런 상황에서도 아버지의 노름은 계속되었다.

어느 날, 육십 대의 영감이 아버지를 찾아왔다. 하지만 무슨 이유 때문인지 영감이 나타나자 아버지는 슬그머니 자리를 피했다. 영감은 언니에게 네가 소진이냐? 하고 음충맞은 표정으로 물었다. 언니가 네, 하고 대답하자 그래, 아주 실하게 생겼구나, 하며 언니의 몸을 훑어보았다. 언니가 무슨 일이죠? 하고 묻자 아니, 별일 아니다, 하며 영감은 딴청을 부렸다. 잠시 그렇게 서서 방 안을 힐끔거리던 영감이 다시 언니에게 말했다. 내가 내일 널 데리러 올 테니 준비하고 있거라.

자리를 피했던 아버지는 저녁 무렵에 술에 취해 집으로 돌아왔다. 언니와 내가 영감의 정체를 물었다. 방 한가운데 죄인처럼 죽치고 앉은 아버지는 고개를 숙인 채 아무 말도 하지 못했다. 언니가 아버지의 손을 잡으며 괜찮으니까 말씀해 보세요, 하고 말하자 고개를 숙인 채 내가 죽일 놈이다, 내가 죽일 놈이야, 하고 탄식하는 어조로 말을 뱉었다. 또 무슨 일을 저질렀는데요? 하고 내가 소리치자 아버지가 고개를 옆으로 돌려 우리를 외면하며 노름빚이 육천이다, 하고 말했다. 나는 그때 노름빚 육천 원 때문에 그 영감이 이 높은 산동네까지 찾아왔단 말인가 하고 어처구니없다는 생각을 했다. 하지만 아버지가 언니의 손을 잡으며 한 삼 년 좋은 집에 가서 살다 오너라, 하고 말했을 때 비로소 아버지가 졌다는 노름빚이 육천 원은 아닌 것 같다는 생각을 했다. 육천 원이 아니라 육천만 원이었던 것이다.

언니는 삼 년 동안 고리대금업을 하는 영감과 살았다. 삼 년이라는 시한은 아버지의 노름빚 육천만 원을 언니가 영감과 살면서 일 년에 이천만 원씩 탕감한다는 조건에서 생겨난 것이었다. 하지만 그 삼 년 동안 언니는 아버지와 나를 먹여 살렸다. 영감이 건네주는 생활비를 조금씩 아껴두었다가 내가 찾아가면 집 밖으로 나와 은밀하게 전해 주는 식이었다. 내가 집 앞으로 찾아갈 때마다 언니는 내 손을 잡고 조금만 참아, 조금만 참아, 하고 말하곤 했다. 나는 뭘 참으라는 얘기인지 도무지 언니의 말뜻을 알아들을 수 없었다. 물론 알고 싶지 않아서 묻지도 않았다. 내가 궁금했던 건 오히려 언니의 눈빛이었다. 조금만 참으라고 말하면서도 언니는 나의 눈을 똑바로 쳐다보지 못했다. 죄를 짓고 사람의 눈길을 피하는 사람처럼 몹시 불안정한 눈빛으로 주변을 두리번거린 것이었다. 하지만 그러면 그럴수록 나는 언니의 얼굴을 빤히 쳐다보았다.

삼 년이 지난 뒤, 언니는 육천만 원의 빚을 청산하고 나왔다. 하지만 언니는 집으로 들어오지 않고 돈을 벌겠다며 곧바로 독립했다. 집을 얻을 돈이 없어 함께 일하는 여자의 집에 얹혀산다고 했다. 물론 무슨 일을 한다는 말은 하지 않았다. 어느 일요일에 내가 찾아갔을 때, 언니는 돈이 든 봉투를 내게 건네며 또다시 손을 잡고 조금만 참으라는 말을 했다. 그때 나는 처음으로 언니에게 물었다.

"뭘 참아?"

언니가 볼모살이를 하던 삼 년 동안 나는 세상에 등을 돌렸다. 그렇게 하지 않으면 당장이라도 심장이 터져버릴 것 같아서였다. 나는 아버지를 보살피지도 않았다. 아버지가 밥을 먹거나 말거나 나는 내가 할 일만 하고 살았다. 아버지에게 보살핌을 받은 기억도 없고 아버지를 보살펴야 할 의무감도 나에게는 없었다. 가출하지도 않고 불량스러운 짓을 하지도 않았지만 나에게는 한 가지 목표가 있었다. 이 세상에서 가장 독한 년이 되는 것.

작년 겨울에 아버지가 죽었다. 알코올중독에 당뇨, 신부전증까지 있었지만 제대로 된 치료도 받지 못하고 세상을 떠났다. 제대로 된 치료를 받지 않고 조금이라도 빨리 세상을 떠난 게 그나마 다행이라고 나는 생각했다. 하지만 언니는 아버지가 제대로 된 치료도 받지 못하고 날마다 술에 취해 이리저리 떠돌다 죽었다는 사실을 자신이 지은 죄처럼 견디기 힘들어했다. 나는 그런 언니가 가증스러워서 견딜 수가 없었다. 그래서 아버지가 죽은 다음 날, 눈물을 질질 짜는 언니에게 말했다.

"언니만 아버지 딸이야. 난 아니니까 혼자 실컷 울어."

아버지가 죽은 뒤에 나는 아주 깊은 안도의 한숨을 내쉬었다. 온몸에 들러붙어 있던 지저분한 허물이 벗겨진 것 같았다. 결국 나는 아버지와 함께 살던 끔찍스러운 과거의 터전을 처분하고 언니와 함께 살기로 했다. 물론 언니와 내가 잘 맞지는 않지만 달리 어떻게 할 도리가 없었기 때문이다. 언니가 하는 일이라는 게 룸살롱 종업원이라는 것도 함께 살게 된 직후에 비로소 알게 되었다. 하지만 천사가 무슨 일을 못하랴, 난 상관하지 않았다. 천사는 시궁창에 나뒹굴어도 어차피 천사 아닌가.

언니는 죽을 때까지 결혼을 하지 않을 거라고 했다. 내가 제대로 시집가는 거 지켜보고, 내가 아이를 낳으면 매주 조카를 보러 다니겠다고 했다. 좀 더 여유가 생기면 고아원 같은 곳에 다니며 봉사활동도 하겠다고 했다. 일요일마다 집 앞에 있는 갈보리 교회에도 나가고 싶지만 혹시라도 교인들이 룸살롱 종업원이라는 걸 알게 되면 어쩌나, 용기가 나지 않아 못 간다고 했다. 언니가 그런 말을 할 때마다 나는 쐐기를 박았다.

"제발 연극하지 마. 언니가 성녀인 줄 알아?"
"그럼 뭐처럼 보여?"
"그냥 자연스럽게 살아. 착한 척하는 거 정말 역겨워."
"미친 여자처럼 하고 다닐까?"
"미친 척이라도 하란 말야. 그래야 정상 아냐?"
"그럼 뭐가 남니?"
"남는 게 없으니까 그러는 거지. 언니는 죽어서 뭘 남기고 싶은데?"
"꿈."
"무슨 꿈?"
"모든 게 하얗게 변하는 꿈, 그래서 아무것도 안 보이는 꿈."
"그건 꿈이 아니고 망상이야, 망상! 알아?"

나는 언니에게 때마다 비수를 꽂았다. 극장 매표원으로 취직하기 전, 같은 집에 살면서도 나는 언니에게 밥 한번 해준 적 없고 빨래 한번 해준 적 없다. 언니가 타고난 천사처럼 행동하고 타고난 성녀처럼 행동하는 게 역겨워서였다. 세상에 대해 모질어지지 못하는 언니의 심성은 정말 견딜 수가 없을 지경이었다. 새벽 3시나 4시에 같은 룸살롱에서 일하는 여자가 전화를 걸어와 신세타령을 하면 날이 훤하게 밝을 때까지 그걸 다 들어주고, 술병이 났다고 하면 쫓아가 해장국 끓여주는 착하고 어진 심성을 탓하는 게 아니다. 어째서 자신이 먼저가 아니고 타인이 먼저인 인생을 사는가 하는 데 대한 견해 차이로 언니와 나는 이미 오래전부터 심정적으로 남이 되어 있었다.

 어느 날, 육십 대 영감에 대해 내가 물었다. 언니로 하여금 삼 년씩이나 볼모살이를 하게 만든 영감에 대해 나는 오래전부터 궁금증을 품어오고 있었다. 하지만 언니가 자신에 대해 속내를 드러내는 일이 거의 없었으므로 기어이 내가 먼저 말을 꺼냈다. 솔직히 말하자면 자신의 상처를 자각하지 않고 얼굴에 천사의 가면을 쓰고 사는 언니를 아프게 일깨워주고 싶다는 생각이 들어서였다. 당연히 나는 아프게 물었다.

"그 영감탱이하고 사는 건 어땠어?"
"노인네니까 조용히 살았지 뭐."
"그게 아니라 밤에 어떻게 했냐구."
"밤에?"
"그래, 성적으로 요구한 게 있었을 거 아냐."
"특별한 건 없었어. 그냥…… 자기가 잘 안 되니까 많이 힘들어했지 뭐. 병원에도 다니고 먹는 것도 신경 쓰고…… 그러는 거 보니까 불쌍하다는 생각이 들더라."
"언니가 당하는 건 안 억울하고?"
"어쩌겠니, 아버지 빚 때문에 간 건데."
"그런 게 빚을 청산하는 정상적인 방법이라고 생각해?"
"그때 우린 아무것도 가진 게 없었잖아."
"내 말은 언니 인생이 아깝지 않았냐구."
"그 사람도 나쁜 사람은 아냐. 나한테 잘해 주려고 나름대로 꽤 노력했어. 다들 돈 때문에 그러는 거지 처음부터 나쁜 사람이 누가 있겠니?"

"언니는 아무래도 저능아인가 보다. 저능아가 아니라면 정박아, 정박아가 아니라면 똥개!"
"똥개?"
"그래, 아무한테나 무조건 잘해 주니까!"

문제의 그날, 나는 아침부터 언니와 싸웠다. 그날은 아버지가 세상을 떠난 지 일 년째 되는 날이었다. 나는 아버지가 죽어서도 우리를 괴롭힌다는 생각 때문에 도저히 참을 수가 없었다. 아버지도 아버지였지만 직접적으로 나를 건드린 건 언니였다. 나는 언니가 말기 천사증 환자라고 단정했다. 무조건 착한 일을 해야 한다는 강박감에 시달리며 자신이 살아온 어두운 과거를 은폐하기 위해 위선적인 행동을 일삼는 신경증 환자 말이다.

아침 7시, 내가 잠에서 깨어났을 때 언니는 벌써 일어나 앉아 있었다. 2시경에 들어왔는데 왜 이렇게 일찍 일어났냐고 내가 묻자 너 오늘이 무슨 날인지 아니? 하고 언니가 물었다. 나는 눈을 멀뚱거리며 모르겠다고 대답했다. 그러자 언니가 내게 바투 다가앉으며 손을 잡았다. 그건 자신의 심정을 절박하게 토로할 일이 있을 때마다 언니가 나타내는 오래된 습관이었다. 손을 잡는다는 것.

"인애야, 오늘 아버지 기일이야. 정말 모르고 있었니?"
"모르고 있었어. 알고 있었다고 해도 별달리 할 것도 없잖아."
"할 게 왜 없어. 아버지 제사를 지내드려야지."
"제사?"
"그래, 그렇게 불쌍하게 돌아가셨는데 제사라도 따뜻하게 지내드려야지."

"웃기네. 하고 싶으면 언니나 혼자 해. 난 관심 없어."
"너도 자식인데 어떻게 관심이 없어. 사람이 죽으면 맺힌 것도 다 풀어야 하는 거야. 안 그러면 너만 괴롭잖아. 언제까지 죽은 사람을 미워하며 살려고 그래?"
"그래서 나보고 어쩌라는 거야?"
"너 출근하면 내가 낮 동안 제사 준비 다 해놓을게. 제사는 자정 무렵에 지내면 되니까 늦지 않게 집에 와."
"언니는?"
"나도 오늘은 안 나갔으면 좋겠는데…… 애들이 별로 없어서 주인하고 지배인이 무척 민감해. 가서 사정 얘기를 하고 그냥 오도록 해볼게. 너 늦지 않게 와. 알았지?"
"몰라. 난 장담 못해. 오늘 중에 내 마음이 변하면 모르겠지만…… 그런 일은 절대 안 생길 거야. 난 아버지한테 질려서 남자도 안 사귄단 말야. 물론 결혼도 안 할 거야. 그런데 제사는 왜 지내겠다는 거야? 우리한테 못되게 굴어서 감사하다고, 다음 생에 태어나서 또 괴롭혀 달라고? 이게 연극이 아니라면 언니는 정신병원으로 가야 해. 그리고 연극이라면 당장 때려치워. 언니, 말기 천사증 환자라는 거 알아?"

달래고 타이르고 눈물로 호소하는 언니를 남겨두고 나는 출근했다. 정말 상쾌하지 못한 아침이었다. 미래를 꿈꾸지 못하게 하는 어두운 그림자가 내 주변에 어른거리는 것 같아 연신 주변을 두리번거렸다. 아버지의 망령이 있다면 당장 담판이라도 짓고 싶은 심정이었다. 하지만 아버지의 망령까지 보살피려는 언니의 지극 정성은 오전과 오후, 밤까지 집요하게 계속되었다. 정오 무렵, 언니에게서 전화가 걸려왔다.

"인애니? 응, 나 지금 가락시장에 장보러 와 있어. 오랜만에 시장에 오니까 너무 좋다. 이번 일요일에 너하고 같이 와봐야겠다는 생각이 들어서 전화했어. 내가 장 보고 집에 가서 다시 전화할게. 기분 풀고 즐겁게 일해. 알았지?"
나는 치를 떠는 표정으로 전화를 끊었다. 함께 점심을 먹던 여직원이 눈을 둥그렇게 치뜨며 놀란 표정으로 나에게 물었다.
"인애 씨, 왜 그래? 스토커야?"

저녁 6시경, 언니는 다시 전화를 걸어왔다. 제사상 준비가 어느 정도 끝난 것 같은데 혹시 빠진 게 없나 걱정된다며 제사상에 올리는 음식의 종류를 일일이 내게 불러주었다. 대추, 밤, 감, 배, 사과, 약과, 산자, 북어포, 시금치, 고사리, 도라지, 고기 산적, 육탕, 소탕, 어탕, 탕국, 물김치, 조기, 닭, 녹두전, 동태전, 육전, 떡, 식혜, 식혜밥, 양초, 향…… 지긋지긋하게 불러주고 나서 언니는 물었다.

"혹시 뭐 빠진 거 없니?"
"몰라. 난 제사상에 뭘 올려놓는지도 모른단 말야. 그러니까 제발 나 좀 괴롭히지 마. 제발!"
"아무튼 일찍 들어와. 언니도 일찍 들어올게. 알았지?"

나는 퇴근한 뒤에도 선뜻 집으로 가지 않았다. 아버지 제사를 지낸다는 건 내게 과거의 고통 속으로 다시 들어가라는 얘기와 하등 다를 바 없었다. 그냥 사는 것도 괴로워죽겠는데 왜 고통을 자발적으로 만들어내는가. 나는 언니가 원망스럽다 못해 저주스럽기까지 했다. 그래서 극장 건물 스카이라운지로 올라가 혼자 스파게티를 먹고 커피까지 마시며 딴청을 부리듯 시간을 죽여나갔다. 밤 8시

40분경, 언니에게서 다시 전화기 걸려왔다.

"인애야, 언니야. 지금 언니 일하는 가게인데, 내가 조금 늦을 것 같아서 전화했어. 지배인에게 말했더니 딱 한 테이블만 들어갔다가 가라고 해서 그래. 하지만 아무리 늦어도 12시 전에는 들어갈 거니까 언니가 갈 때까지 기다리고 있어. 근데 너 아직도 집에 안 들어갔니?"
"안 들어갔어. 아니 안 들어갈 거야."
"인애야, 제발 언니 한 번만 도와주는 셈 치고 집에 들어가. 응?"
"참견하지 마. 난 내 맘대로 할 거란 말야."
"인애야, 제발 그러지 말고 언니 좀 도와줘. 이 세상에 내가 믿고 의지할 사람은 너 하나뿐이야. 너하고 나, 둘밖에 없단 말야."
"나 믿고 의지하지 마. 나도 언니한테 안 그럴 거야. 집에는 들어가도 난 제사 안 지내. 그것만 알아둬."

밤 10시경에 나는 집에 들어갔다. 거실에 마련된 제사상 위에는 국과 탕을 제외한 모든 음식들이 차려져 있었다. 나는 길게 한숨을 내쉬며 머리를 절레절레 흔들었다. 제사상을 안 보기 위해 옷을 벗고 대충 씻은 뒤 곧바로 방으로 들어가 누웠다. 난 제사 안 지낸다고 했으니 언니가 들어오면 알아서 하겠지 하는 심정이었다. 하지만 언니는 11시가 지나고 12시가 지나도 오지 않았다. 어찌된 셈인지 전화도 걸려오지 않았다. 기다리다 지쳐 나는 깜빡 잠이 들고 말았다.

언니가 깊은 지하 동굴에 갇혀 있었다. 무슨 이유 때문인지 나는 허공에 대롱대롱 매달려 있었다. 언니 주변의 땅이 스멀스멀 움직이고 있었다. 가만히 내려다보니 땅이 움직이는 게 아니라 수를 헤아릴 수도 없이 많은 뱀들이 굼실거리고 있었다. 나는 뱀에 에워싸인 언니를 내려다보며 연신 손을 내저었지만 도무지 닿을 만한 거리가 아니었다. 동굴을 빠져나갈 방도가 없나, 나는 앞뒤를 연신 살폈다. 동굴 앞쪽에서 희미하게 빛이 새어 들고 있었다. 나는 언니에게 앞쪽으로 가라고 소리쳤다. 하지만 언니는 나의 얘기를 들은 체만 체 어둠이 가득 들어찬 동굴 뒤쪽으로 걸어 들어갔다. 나는 가지 말라고, 그쪽으로 가면 안 된다고 미친 듯 소리쳤다. 그러자 언니가 사라진 동굴 안쪽에서 퍽 하는 소리와 함께 눈을 뜰 수 없을 정도로 부신 빛살이 터져 나왔다.

휴대폰 벨이 울리고 있었다. 나는 눈을 감은 채 플립을 열고 휴대폰을 귀에 갖다 댔다. 네, 하고 응답했지만 상대방이 말을 하지 않았다. 다만 쿨적쿨적 우는 소리가 귓전으로 밀려들었다. 나는 눈을 뜨고 미간을 찌푸리며 벽시계를 올려다보았다. 새로 한 시가 지나 있었다. 휴대폰 창을 들여다보니 언니의 번호가 떠 있었다. 제사를 지내겠다고 아무리 늦어도 자정 전까지는 들어오겠다더니 이게 무슨 일인가. 나는 말없이 쿨적거리기만 하는 언니에게 물었다.

"왜 그래? 제사 지내겠다더니 왜 안 오는 거야. 설마 내가 혼자 제사를 지낼 거라고 생각한 건 아니겠지? 난 지금껏 방에서 자고 있었으니까 쓸데없는 기대 같은 건 하지도 마. 집으로 오거나 말거나 제사를 지내거나 말거나 그건 언니가 알아서 하란 말야."

언니의 울음소리가 높아지다가 갑자기 전화가 뚝 끊어졌다. 술에 취한 모양이라고 생각하며 나는 고소하다는 표정을 지었다. 자리에서 일어나 거실로 나가자 왠지 모르게 싸늘한 냉기가 감돌았다. 나는 제사상을 내려다보며 사필귀정이라는 말을 떠올렸다. 아버지가 살아생전 죄를 너무 많이 지었기 때문에 하늘에서 젯밥도 제대로 받아먹지 못하게 하는 모양이라는 생각이 들어서였다.

거실 커튼을 걷자 탐스러운 눈송이가 펑펑 쏟아지고 있었다. 나는 창을 열고 맑고 신선한 밤공기를 들이마시며 눈꽃을 올려다보았다. 나도 모르게 기분이 상쾌해지는 것 같았다. 눈이 이렇게 밤새 내리면 세상이 온통 눈나라로 변할 것 같았다. 그렇게 되면 더러운 것, 추한 것, 우스꽝스러운 것, 찌그러진 것, 모난 것, 뒤틀린 것, 망가진 것…… 모두모두 눈에 덮여 세상이 정화되고 성스러워질 것 같았다. 내가 그토록 싫어하는 과거까지 사라지면 얼마나 좋을까. 문득 언니의 꿈이 뇌리를 스쳐갔다. 모든 게 하얗게 변하는 꿈, 그래서 아무것도 안 보이는 꿈…… 언니의 꿈을 떠올리며 나는 아랫배에 지그시 힘을 주었다. 어떤 일이 있어도 언니처럼 세상을 살지 않겠다는 다짐을 하기 위해서였다. 호흡을 멈추고 나는 중얼거렸다.

"무너지면 안 돼. 절대 언니처럼 무너지면 안 된다구."

지난 일요일, 갈보리 교회 사람들이 언니를 위해 기도를 해주겠다고 집으로 찾아왔다. 목사와 전도사, 그리고 몇몇 신도들이 함께 왔다. 누가 오라고 한 것도 아닌데 자신들이 자발적으로 찾아온 것이었다. 언니의 죽음이 신문에 보도된 뒤라 그들이 찾아온 배경을 이해할 만했다. 룸살롱 종업원이 술에 만취해 갈보리 교회 마당에서 얼어 죽었다는 것—다른 곳이 아니라 갈보리 교회였다는 것 때문에 그들은 찾아온 것일 터였다. 언젠가 언니가 갈보리 교회에 다니고 싶다는 말을 했었기 때문에 나는 그들을 내치지 않았다. 내치지 않고 집으로 들어오게 하여 죽은 뒤일지라도 언니가 갈보리 교회 사람들과 교통할 수 있는 길을 마련해 주고 싶어서였다.

"여기 죄 많은 천사를 아버지 품으로 보냅니다. 외롭고 가난했던 그녀의 영혼을 거두어주시고 지상에서 그녀를 아프게 했던 모든 상처를 보듬어주시옵소서. 아멘."

살얼음처럼 얕은 잠결에 연해 몸을 뒤치락거린다. 어디선가 사르락사르락 하는 소리가 들린다. 또 눈이 내리나, 놀란 표정으로 퍼뜩 일어나 커튼을 열고 창을 내다본다. 하지만 눈은커녕 냉랭한 주변의 살풍경이 가슴을 저리게 할 뿐이다. 다시 잠자리로 돌아오지만 좀체 잠이 오지 않는다. 엎치락뒤치락하다가 다시 일어나 속옷 차림에 패딩코트 하나만 걸치고 집을 나선다.

갈보리 교회 마당, 언니가 눈사람처럼 앉아서 죽었다는 자리까지 가본다. 담장 밑, 어둠이 가득 들어찬 공간에 하얗게 탈색된 여백이 보인다. 나는 언니가 앉았던 자리에 오도카니 몸을 웅크리고 앉는다. 춥고 딱딱하고 불편하다. 내가 그토록 싫어하는 과거가 되살아나는 것 같다. 살아온 인생 전체가 상처인 사람, 언니도 여기 앉아 그런 걸 경험했을까.

과거의 상처가 덧나기 전에 서둘러 집으로 돌아온다. 언 몸을 녹이기 위해 이불 속으로 들어간다. 나의 호흡에 귀를 기울이는 동안 온몸이 나른하게 가라앉는다. 신경세포가 해체되듯 정신까지 혼미해진다. 어느 순간 깜빡 정신을 놓자 사박사박 발자국 소리가 들린다. 언니가 갈보리 교회 마당으로 눈을 밟고 들어가는 소리가 분명하다. 그 소리를 듣고 나서야 나는 비로소 희미한 미소를 지으며 깊은 잠의 나락으로 빠져 든다. 모든 게 하얗게 변하는 꿈, 그래서 아무것도 안 보이는 꿈…… 표백제처럼 하얗게 탈색된 언니가 내 손을 잡으며 은밀하게 속삭인다.

—조금만 참아, 조금만 참아.

매미는 이제 이곳에 살지 않는다

내가 마린을 만난 건 칠월 중순경의 어느 날이었다. 오후 3시경
에 나는 그녀의 회사로 전화를 걸어 저녁 7시경에 만나자는 약속을
했다. 언제나처럼 나는 용건을 말하지 않았고, 언제나처럼 그녀는
용건을 묻지 않았다. 저녁에 시간 좀 낼 수 있겠냐고 나는 물었고
잠시 사이를 두었다가 그럴게요, 하고 그녀는 대답했다. 매우 간단
하고 편리한 소통 방식이었다. 하지만 전화를 끊은 뒤에 느껴지는
감정의 여운은 의외로 깊고 짙었다. 내가 일방적이라는 사실에 스
스로 시달리고 있는 건지도 모를 일이었다. 싫으면 싫다고 말을 하
겠지.

어설픈 감정을 애써 떨쳐버리자 무더위와 정적이 문득 나를 일
깨웠다. 내가 삼각팬티만 입고 거실 한가운데 서 있다는 것도 그제
야 알아차릴 수 있었다. 그녀와 통화를 하던 짧은 동안 극도로 집중
하고 또한 긴장한 때문이었다. 무선전화기를 충전기에 꽂아두고 에

어컨의 전원 비튼을 눌렀다. 이십삼 도로 맞추어진 적정 온도를 십팔 도로 정정하자 물속 같던 실내에 때 아닌 삭풍이 밀려나오기 시작했다.

샤워를 하고 형의 방으로 들어갔다. 오후의 잔광이 고여 있어서인가, 들어서자마자 후끈한 열기가 느껴졌다. 침대, 옷장, 테이블, 안락의자 따위가 용도를 잃어버린 사물들처럼 막막한 자태로 제자리를 지키고 있었다. 전면에 거울이 부착된 옷장 앞에 서자 전라의 내 몸이 한눈에 들어왔다. 무표정한 얼굴로 나는 거울 안쪽의 알몸을 들여다보았다. 시간과 기억의 아귀가 맞아떨어지지 않는 것 같았다. 지금과 같은 모습으로 거울 앞에 섰던 게 두 달 전이었던가, 석 달 전이었던가.

옷장 문을 열자 가지런하게 정돈된 형의 옷가지들이 갑작스럽게 빛에 노출되었다. 깊은 동통을 느끼게 하는 뭔가가 퍽 하고 가슴에 와 박혔다. 옷장 속에 숨어 있던 형이 느닷없이 밖으로 튀어나오며 나를 후려치는 것 같았다. 물론 형의 실체는 아니었다. 어쩌면 나에 의해 감금당해 있던 형의 존재감이었는지도 모를 일이었다.

옷장에 걸린 와이셔츠를 꺼내 알몸에 걸쳐보았다. 촘촘한 간격의 푸른 줄무늬가 수직으로 흘러내린 반팔 와이셔츠였다. 진회색 바지에 감색 쟈켓을 걸치고 넥타이까지 골라 맸다. 그리고 옷장 문을 닫고 다시 한 번 거울을 들여다보았다. 하지만 내가 원하는 느낌은 살아나지 않았다. 내가 형을 보고 있는 것 같아 마음이 불편했다. 아니 형이 나를 보고 있는 것 같아 선뜩한 느낌까지 들었다. 내가 원하는 느낌은 둘 중 어느 것도 아니었다. 형과 나 사이의 연결 고리를 끊어야 비로소 살아날 수 있는 어떤 느낌. 내가 원하는 것은 형과 아무런 상관도 없는 존재가 되는 것이었다.

자유로워지고 싶다, 형.

*

마린과 만나기로 한 약속 장소는 쇼핑몰 13층의 커피숍이었다. 지하 4층에 차를 세워두고 무빙 벨트를 이용해 지상 1층으로 올라갔다. 약속 시간까지는 아직 삼십 분 정도가 남아 있었다. 방법이 없겠다 싶어 1층의 잡화 매장을 한 바퀴 둘러보고 에스컬레이터를 이용해 2층으로 올라갔다. 2층의 패션 매장을 한 바퀴 둘러보고 다시 에스컬레이터를 이용해 3층으로 올라갔다. 그런 식으로 13층까지 올라가는 데 이십오 분 가까운 시간이 소요되었다. 커피숍 안으로 들어서자 출입구 맞은편 창 쪽 자리에 앉아 있는 마린의 모습이 가장 먼저 눈에 띄었다. 검고 가느다란 벨트가 부착된 밝은 녹색 원피스 차림의 여자. 고개를 돌리고 창밖을 내다보고 있었지만 나는 그녀가 마린이라는 걸 단박 알아차릴 수 있었다.

"내가 늦은 건 아닌데…… 일찍 왔나 보군요."

자리에 앉기 전, 나는 선 채로 그녀를 내려다보았다. 흰 피부와 군더더기 없는 이목구비가 조성하는 화사함에 가슴이 선뜩해지는 것 같았다. 하지만 형의 방 옷장 앞에 서 있을 때처럼 그녀를 마지막으로 만난 게 두 달 전이었는지 석 달 전이었는지 여전히 시간과 기억의 아귀가 맞아떨어지지 않았다.

"아뇨. 저도 좀 전에 왔어요."

언뜻, 길 건너편을 보고 나서 그녀는 말했다. 거기, 저녁 무렵의 농밀한 대기 속에 그녀가 다니는 회사 빌딩이 솟아 있었다. 여름철의 저녁 일곱 시, 빛이 스러지는 바깥 풍경은 겨울철의 오후 다섯 시를 닮아 있었다. 명료함과 무관한 빛의 상태, 근원을 알 수 없는 사람들, 근거를 알 수 없는 행동들이 한데 뒤섞여 세상이 사뭇 모호한 상태로 침잠하고 있었다.

잠시 그녀와 나는 어색한 표정으로 마주 앉아 있었다. 뭔가를 기다리는 듯한 자세로 그녀는 고개를 숙이고 있었고, 출구를 찾는 심정으로 나는 잠시도 그녀에게서 눈길을 떼지 않았다. 그녀에게서 건너오는 치자꽃 향기가 그나마 나에게는 위안이 되었다. 어쩌면 위안이 아니라 위험한 자극일 수도 있었다. 침대, 흐트러진 시트, 땀에 젖은 알몸, 이른 아침의 황금빛 햇살…… 그것이 그녀가 사용하는 향수를 접할 때마다 내가 떠올리곤 하는 반사적인 연상의 목록이었으니까.

"마지막으로 만난 게 언제였는지 기억이 나질 않는군요. 오월이었는지 사월이었는지…… 그때, 주란 유원지에 벚꽃이 피어 있었나요?"

내가 주문한 아이스티와 그녀가 주문한 커피가 탁자 위에 놓인 직후 버릇처럼 나는 호칭을 생략하고 입을 열었다. 그녀의 본명이 무엇인지를 몰라서가 아니라 마린이라는 호칭을 사용하기 싫어서였다. 마린이라는 이국적 호칭, 그것은 형이 그녀에게 붙여준 애칭이었다.

"사월 말경이었을 거예요. 달릴 때…… 차장 밖으로 벚꽃을 본 기억이 나요."

고개를 들고 다소 긴장한 눈빛으로 그녀가 나를 보았다. 하지만 이내 시선을 돌려 옅은 보랏빛 기운이 어른거리는 허공을 내다보았다. 나는 갈증을 느끼며 아이스티를 한 모금 마셨다. 하지만 그녀는 자신이 주문한 커피 잔에는 손도 대지 않고 있었다.

"오늘 내 복장은 어떤가요?"

다소 불안정한 표정으로 나는 입을 열었다. 내가 입고 나간 물이 바랜 청바지와 헐렁한 네이비블루의 남방에 대해 물은 게 아니었다. 사월 말경의 그날 밤 나는 형의 옷을 입고 있었지만 오늘은 내 옷을 입고 있다는 사실을 강조하고 싶었을 뿐이었다. 무슨 영향이 있을까 모르겠지만.

"……좋아 보이네요. 근데 무슨 일로…….."
"그냥 답답해서 전화했던 거예요. 날씨가 무더워져서 그런가, 하루하루를 보내는 게 몹시 힘들게 느껴지네요."
"학교는 방학했죠?"
"방학은 했지만 강의는 아주 그만뒀어요."
"그만뒀다는 건…… 앞으로 강의를 안 하겠다는 뜻인가요?"
"글쎄요, 학과 사무실에다가는 안 하겠다고 말하지 않고 못 하겠다고 말했어요. 하지만 그 차이가 뭔지는 내 자신도 잘 모르겠어요. 안 하거나 못 하거나…… 아무튼 하지 않는다는 점에서는 동일한 거겠죠 뭐.”
"무슨 특별한 계획이라도 있는 건가요?”
"아뇨. 특별한 계획 같은 건 없어요. 그냥 시간강사 노릇 하는 게 아무 일도 하지 않는 것보다 못한 것 같다는 생각이 들었을 뿐이에요. 사는 일에 짜증이 난 건지도 모르죠. 딱정벌레처럼 한껏 낮은 곳에다 몸을 붙이고 있다가…… 어느 순간 갑자기 붕 하고 날아올랐으면 좋겠다는 생각이 들어요. 그리고 아무도 모르는 곳으로…….”

말을 하다가 아차, 나는 가슴이 서늘해지는 느낌에 사로잡히고 말았다. 내가 미처 의식하지 못하는 사이 그녀는 어깨를 움츠리고 고개까지 숙이고 있었다. 어느 순간 갑자기 붕 하고 날아올라 도대체 뭘 어쩌겠다는 건가요? 잔뜩 움츠러든 그녀의 어깨가 그런 항변을 대신하고 있는 것 같았다. 그리하여 붕 하고 날아올라 아무도 모르는 곳으로 사라져버렸으면 좋겠다는 말을 하려던 나의 의도는 무참하게 휘발되고 말았다. 사려 깊지 못한 인간, 어째서 하고많은 말들 중에 그런 말을 입 밖으로 꺼낸 것일까.

감당할 수 없는 침묵이 그녀와 나를 포박했다. 하지만 그것을 받아들이는 그녀와 나의 태도에는 분명 다른 구석이 있었다. 그녀에게는 생활의 일부가 되어버린 침묵이 나에게는 견딜 수 없는 형벌처럼 느껴진 때문이었다. 그녀를 세 번째 만나던 날 나는 이미 그것을 간파해 버렸다.

비가 내리던 지난 초봄 어느 날 그녀는 내가 출강하는 대학교 앞 커피숍으로 찾아온 적이 있었다. 정문 건너편의 커피숍에서 만났을 때 그녀는 아무런 말도 없이 내게 장미꽃 한 다발을 내밀었다. 영문을 알 수 없는 꽃다발이었다. 그래서 이것이 무엇을 의미하느냐고 나는 물었다. 하지만 그녀는 아무런 대답도 하지 않았다. 뿐만 아니라 무슨 일 때문에 이렇게 업무 시간을 쪼개 찾아온 거냐고 물었지만 그것에 대해서도 그녀는 또한 대답하지 않았다. 그녀의 침묵이 나에게 형벌로 굳어지던 최초의 시간이었다.

—형에 관한 일로 더 이상 당신을 만나고 싶지 않아요. 그래서 온 거예요. 오해하지 말아주세요.

그날 한 시간 가까이 침묵을 고수하며 앉아 있던 그녀가 처음이자 마지막으로 남기고 간 말이 그것이었디. 말을 하고 나서 그녀는 서둘러 커피숍을 빠져나갔다. 자리에 앉은 채 나는 석고처럼 굳은 표정으로 그녀가 던져놓고 간 말을 되씹고 곱씹지 않을 수 없었다. 하지만 나로서는 이해할 수 있는 게 아무것도 없었다. 형에 관한 일로 더 이상 나를 만나고 싶지 않다는 말, 오해하지 말라는 말, 그리고 장미 한 다발…… 형벌처럼 여겨지는 집요한 침묵 끝에 그녀가 불쑥 던져놓고 간 모든 것들이 내게는 해독 불능의 난수표처럼 여겨진 때문이었다.

7시 40분.

허공으로 네온사인 불빛이 떠오르고 있었다. 지상으로 내려앉던 어둠의 기운과 네온사인 불빛이 그녀와 내가 앉아 있는 13층 지점에서 완강한 대치 형국을 이루고 있었다. 갈증을 느끼며 나는 반쯤 남겨진 아이스티를 단번에 마셔버렸다. 하지만 그녀는 여전히 고개를 숙이고 어깨를 움츠린 채 침묵을 고수하고 있었다. 근원을 알 수 없는 분노를 느끼며 나는 창밖으로 시선을 돌려 지상을 내려다보았다. 13층의 허공과 달리 그곳에는 사뭇 비현실적으로 보이는 원색의 파도가 넘실거리고 있었다. 13층과 지상 사이의 거리를 가늠하다가 문득 분노를 은밀하게 갈무리한 듯한 표정으로 나는 그녀를 향해 입을 열었다.

"주란 유원지로 갈까요?"

*

사월과 칠월 사이.

삼십 분쯤 달려 도시 경계를 벗어날 무렵, 어긋난 톱니바퀴가 맞물리듯 시간과 기억의 아귀가 맞아떨어졌다. 사월 말경, 그녀를 마지막으로 만났을 때의 정황이 아득하게 되살아난 것이었다. 달릴 때…… 벚꽃을 본 기억이 나요. 그날 밤, 그녀가 벚꽃을 내다보고 있을 때 나는 취한 상태로 운전을 하고 있었다. 그냥 취한 게 아니라 머리끝까지 분노가 치밀어 위태로운 상태에 사로잡혀 있었다. 그러니 벚꽃이 피었거나 말거나 그런 게 나의 기억에 남아 있을 리 없었다. 말할 수 있는 것과 말할 수 없는 것 사이의 경계가 너무 모호해서 견딜 수 없던 밤의 정황.

때로는 불빛 사이로, 때로는 불빛 속으로 나는 차를 몰았다. 시간과 기억이 맞물리는 아귀에 붉은 꽃물이 배어 있는 것 같았다. 주란 유원지로 가는 한산한 4차선 도로를 달리는 동안 나의 시야에서는 담홍색 벚꽃이 분분하게 흩날리고 있었다. 그리하여 칠월 말경에 목도하는 사월 말경의 꽃비 사이로 절로 길이 열리는 것 같았다.

그날 밤, 그녀와 나 사이에서 문제가 된 것은 옷이었다. 내가 입고 나간 형의 옷이 문제의 빌미가 된 것이었다. 카키색 재킷, 리바이스 청바지, 회색 면 셔츠——그것은 형이 평상복으로 즐겨 입던 옷가지들이었다. 내가 그것들을 입고 나간 데에는 나름대로 이유가 있었다. 하지만 그녀는 나에게 이유 같은 걸 말할 만한 기회를 주지 않았다. 침묵이 일상화된 사람들에게는 상대방의 대화 욕구까지 거세시키는 기이한 힘이 내재돼 있었다. 그리하여 그날 밤 내가 혼자 할 수 있었던 일이라곤 술을 마시고 한숨을 내쉬고 담배를 피우는 일밖에 없었다.

—형의 옷을 입고 있어도 나는 나예요. 그런데 어째서 당신은 그걸 인정하지 않으려는 거죠? 당신은 서른이지만 난 서른셋이에요. 뭔가를 배려할 줄 몰라서 이런 짓을 하는 게 결코 아니란 말입니다. 그런데 어째서 이따위 옷이 문제가 될 수 있는 거죠?

유원지 산자락에 자리 잡은 카페에서 술을 마시고 나와 나는 폭발했다. 폭발한 게 아니라 그녀의 집요한 침묵에 질려 하소연을 한 것이었다. 하지만 내가 어깨를 잡고 흔들어대는 동안에도 그녀는 변함없이 침묵했다. 고개를 돌려 나를 외면한 채 자신의 몸을 타인의 그것처럼 방치했다. 그것으로 끝, 나는 모든 걸 체념한 심정으로 운전석에 앉았다. 그날 밤 내가 음주 운전을 하면서도 사고를 내지 않을 수 있었던 이유, 아마도 분노가 조성하는 극단적인 집중력 때문이었으리라.

사월 말경을 떠올리게 하는 칠월 중순경의 주란 유원지. 초입의 카페촌으로 진입한 직후부터 나는 속도를 한껏 줄여 서행하기 시작했다. 어둠 속에 아로새겨진 네온사인 불빛에도 불구하고 길을 오가는 사람은 아무도 없었다. 평일이라서인가, 시간이 늦어서인가. 낯설고 기이한 풍경 속으로 접어든 것 같다는 생각을 하며 나는 다소 긴장한 어조로 입을 열었다.

"지금 몇 시죠?"
"…… 9시 오 분 전."

20여 미터쯤 늘어선 카페촌이 끝나는 곳에 짧은 다리가 하나 있었다. 산과 산 사이로 빠져나가는 계곡이 잘라먹은 도로를 이어주기 위한 것이었다. 도로 옆의 공지에 차를 세우고 나는 다리 건너편의 막막한 어둠을 내다보았다. 다리 하나를 사이에 두고 이쪽과 저쪽이 공존할 수 없는 세계처럼 완강하게 대치하고 있었다. 처음 와보는 곳도 아닌데 왜 이리 생경하게 여겨지는 것일까.

"건너갈까요?"

다리를 건너는 일에 깊은 상징이 깃들어 있기라도 한 것처럼 나는 물었다. 정말 그런 느낌이 들어서였다. 단순하게 다리를 건너는 게 아니라 돌이킬 수 없는 선택의 순간 앞에 서 있는 것 같다는 느낌.

"그냥…… 돌아가요."

그녀의 말을 듣고 나는 깊은 한숨을 내쉬었다. 그냥 돌아가자는 그녀의 말 때문이 아니라 더 이상 앞으로 나아가지 못하는 내 자신이 한심스럽게 여겨진 때문이었다. 문제는 지나온 길이 아닌데 어째서 나는 이곳에서 가던 길을 멈춘 것일까.

"다시 서울로 돌아가자는 말인가요?"
"아뇨. 그런 게 아니라…… 왠지 저곳으로는 건너가고 싶지 않아서요."
"뭐가 두려운 거죠?"
"두려운 건 없어요. 그냥…… 싫을 뿐이죠."

내답하지 않는 그녀에게서 시선을 거두고 나는 차를 돌렸다. 다리 건너편의 완강한 어둠을 등지자 밝은 네온사인 지대가 한눈에 들어왔다. 일직선으로 뻗어나간 빛의 터널처럼 길고 아득한 풍경의 세계. 저곳을 언제 지나쳤던가, 한없이 낯선 이방감을 느끼며 나는 빛이 스러지는 마지막 지점을 내다보았다. 사람의 모습은 여전히 보이지 않았다. 무인지대를 떠올리게 하는 깊은 적막감이 빛의 이면에서 어른거리고 있을 뿐이었다.

카페촌의 중간쯤에 이르러 나는 핸들을 왼쪽으로 꺾었다. 푸르스름한 어둠이 고여 있는 넓은 공지를 발견한 직후였다. 주차장으로 쓰이는 곳인 듯 두 대의 승용차가 높은 돌담 앞에 주차돼 있었다. 시동을 끄고 돌담 위로 솟아오른 키 큰 미루나무를 올려다보았다. 그것은 마당의 희미한 불빛을 뿌리치고 짙은 어둠이 드리워진 허공으로 솟아올라 끝을 가늠할 수 없게 만들었다. 그때 옆자리에 앉아 있던 그녀가 먼저 밖으로 나갔다.

예당(藝堂)

돌담 사이로 난 입구로 들어서자 넓은 마당이 한눈에 들어왔다. 하지만 예당이라는 이름과 달리 마당에는 예술적인 운치를 느끼게 하는 게 아무것도 없었다. 마당 한가운데 우뚝 서 있는 미루나무 주변에 놓인 몇 개의 야외용 탁자가 전부일 뿐이었다. 마당 좌측에 있는 단층 건물은 원래 한옥이었던 것을 카페로 개조한 모양 굵은 소나무 기둥이 좌우에 그대로 남아 있었다. 기둥과 기둥 사이의 통유리를 통해 들여다본 실내는 몹시 어둠침침하고 답답해 보였다.

나는 미루나무 옆의 야외용 탁자 앞으로 걸어갔다. 그러자 건물 안쪽에서 십 대 후반쯤으로 보이는 여자애가 황급히 뛰어나왔다. 붉은 에이프런을 두르고 있는 것으로 보아 주방에서 뭔가 조리를 하다가 다급히 뛰어나온 모양이었다. 긴말하고 싶지 않다는 표정으로 나는 미루나무 옆의 탁자를 가리키며 여기 앉아도 돼요? 하고 물었다. 그러자 앉으세요, 하고 말하며 여자애가 선뜻 나무 의자를 뒤로 꺼내주었다. 나는 뒤에 선 마린을 돌아보았다. 그때 그녀는 검푸른 허공으로 솟아오른 미루나무를 올려다보고 있었다.

병맥주 두 병과 마른안주를 주문하고 나는 담배를 피워 물었다. 주위가 너무 적적해서 기이한 진공지대에 앉아 있는 것 같았다. 가끔 무겁고 후텁지근한 대기를 비집고 등 뒤쪽에서 서늘한 산바람이 밀려나왔다. 담배 연기가 가볍게 흔들리는 걸 보며 나는 마린을 건너다보았다. 미루나무에 매달아 둔 백열전등 빛을 받은 그녀의 얼굴에 뚜렷한 명암이 생겨 있었다. 하지만 그녀는 나를 보지 않고 고개를 옆으로 돌려 마당을 에워싼 돌담에 시선을 붙박고 있었다.

두 병의 맥주가 날라져 온 뒤에도 그녀와 나 사이의 침묵은 좀체 깨어지지 않았다. 나도 그녀 식의 침묵에 어느 정도 익숙해진 뒤라 굳이 조바심을 칠 이유가 없었다. 몇 모금의 맥주를 마시고 나서 나는 다시 한 대의 담배를 피워 물었다. 하지만 그녀는 맥주를 마시는 대신 병에 부착된 상표를 조금씩 벗겨나가고 있었다. 할퀸 자국처럼 그녀의 손톱이 닿는 자리마다 암갈색의 사선이 떠올랐다. 상표의 한쪽 모서리 부분에서 시작된 훼손은 중심을 향해 빠르게 깊어져 갔다. 가해가 아니라 자해처럼 보이는 이해할 수 없는 행동이었다. 그녀의 동작을 지켜보던 어느 순간, 나는 근원을 알 수 없는 울화를 느끼며 돌발적으로 입을 열었다.

"울고 싶은 건가요?"

그 순간 툭 하는 소리를 내며 뭔가 탁자 위로 떨어져 내렸다. 나는 반사적으로 탁자를 내려다보았고 그녀는 상표를 긁어대던 동작을 멈추고 미루나무를 올려다보았다. 나는 탁자 위로 떨어진 엄지손가락만 한 물체를 주시했다. 투명한 날개와 검은 몸통, 희끗희끗한 무늬가 섞인 머리까지 달려 있는 곤충이었다. 암회색의 배를 드러내고 있었으나 곧이어 푸르륵 날아오를 것 같아 선뜻 손을 갖다 댈 수 없었다. 하지만 몇 초가 흐르는 사이 그것은 미동도 하지 않았다. 그때 미루나무를 올려다보던 그녀가 고개를 숙이고 탁자 위에 떨어진 그것을 내려다보았다.

"매미…… 죽은 건가요?"

사뭇 놀란 눈빛으로 그녀가 나를 보았다. 나는 아무런 대꾸도 하지 않고 손을 뻗어 그것을 건드려보았다. 하지만 그것은 여전히 꼼짝도 하지 않았다. 엄지와 검지로 그것을 집어 들고 나서야 나는 비로소 알아차릴 수 있었다. 한때는 생물이었으나 이미 무생물이 되어버린 그것, 제 형상을 고스란히 유지한 채 죽어버린 참매미였다. 죽은 채로 말라버려 종이처럼 가벼워진 그것을 들여다보다가 나는 문득 고개를 들고 그녀에게 물었다.

"아직도 형을 기다리고 있나요?"

*

새로 2시가 지난 시각, 캔맥주 두 개를 마시고 욕실로 들어갔다. 거울 앞에 서서 물끄러미 거울 안쪽의 얼굴을 들여다보았다. 무표정, 무감각, 무감동이 너무 오래 누적돼 얼굴이 아니라 가면 같다는 생각이 들었다. 애써 표정을 일그러뜨려 보았다. 쥐어짜듯 안면 근육을 뒤틀어 울상을 짓고 싶었다. 하지만 울상은커녕 언젠가 텔레비전에서 보았던 개그맨의 역겨운 표정 연기가 떠올라 울화가 치밀 지경이었다. 울고 싶은데 어째서 울어지지 않는 것일까.

문득 주란 유원지에서 보았던 죽은 매미가 떠올랐다. 그것이 마린과 내가 앉아 있던 자리로 떨어진 게 아무래도 우연이 아닌 것 같다는 생각이 들었다. 올여름 들어 매미 울음소리를 들어본 적 있었던가. 아무리 기억을 더듬어봐도 매미 울음소리는 되살아나지 않았다. 올해가 아니라 작년 여름에 들었던 매미 울음소리가 훨씬 생생하게 기억에 남아 있었다. 출강하던 대학교 앞의 2층 커피숍에서 듣던 발악적인 매미 울음소리…… 그것은 매미 울음소리가 아니라 광기에 사로잡힌 생명체들의 끔찍스런 악다구니처럼 나에게 각인되었다. 작년 칠월과 팔월, 무슨 조짐인지는 몰라도 도시에는 온통 미친 매미들의 발악적인 울음소리가 가득 들어차 있었다.

─매미들이 왜 저렇게 지랄스럽게 우느냐구? 그건 소음과 대기오염 같은 공해 때문이야. 매미만 그런 게 아니라 나무도 마찬가지라구. 남산에 있는 소나무들도 시골이나 산중에 있는 보통의 소나무들과는 비교도 안 될 정도로 많은 솔방울을 혹처럼 주렁주렁 매달고 있어. 살아 있는 모든 것들이 기형적으로 변해 가거나 변태스러워지는 거지. 인간이라고 해서 다를 게 뭐가 있겠어. 모조리 미취당해 자각하지 못하는 것뿐이지.

작년 여름, 같은 학과에 출강하는 선배 강사에게서 들은 말이었다. 학교 앞의 2층 커피숍에 함께 앉아 있었는데 바깥에서 밀려드는 매미소리가 어찌나 그악스럽던지 실내의 음악소리가 무색해질 지경이었다. 그래서 도대체 매미들이 왜 저렇게 발악적으로 울어대는 거지요? 하고 나는 묻지 않을 수 없었다. 학교 주변의 플라타너스에 지상의 모든 매미들이 집결해 최후의 울음바다를 만드는 것 같았다.

─모조리 미쳐가는 거야. 인간도 미치고 곤충도 미치고 나무도 미치고…… 미치지 않은 놈은 오직 미친놈뿐이라는 말이 예언처럼

실현되는 시대가 온 거라구. 미친것들의 아름다운 종말이 뭔지 알아? 그건 자연 소멸이야. 저렇게 발악적으로 울어대다가…… 그래, 어느 날 갑자기 소리 소문도 없이 사라져버리겠지. 하지만 시간이 흐르면 종말의 깊은 정적 속에서 또 다른 광기의 싹이 움트기 시작할 거야. 생성과 소멸, 아니 소멸을 위한 생성…… 그게 섭리라는 게 아닐까?

그 무렵, 선배는 영문학과의 여교수와 사랑에 빠져 있었다. 하지만 자기보다 다섯 살이나 연상인 유부녀를 사랑하는 일에 대해 그는 그다지 진지한 편이 아니었다. 주변에 이미 소문이 퍼진 뒤라 그를 걱정하는 사람들이 많았지만 어차피 삶이 아니면 죽음일 뿐이라는 알쏭달쏭한 말로 그는 자신의 문제를 타인의 문제로 뒤바꿔 놓곤 했다. 술에 곤죽이 되었을 때에도 씨발, 되는 대로 가는 거지, 가는 대로 되는 건 아니잖아, 하며 자신을 스스로 경멸하는 듯한 태도를 보였다. 그것을 나는 위악이 아니라 겉으로 울지 못하는 자의 깊은 속울음이라고 생각했다. 처절한 운명의 절규, 산도 무너뜨리고 강도 타오르게 한다는 속울음.

가을 학기가 시작되기 전, 선배는 어디론가 종적을 감춰버렸다. 영문학과의 여교수는 가을 학기에도 변함없이 출강했지만 그는 온다 간다 말 한마디 없이 학교를 떠나버렸다. 풍문에는 출가를 했다는 말도 있고 남해의 어느 섬으로 갔다는 말도 있었다. 하지만 그가 어디로 사라져버렸건 그런 건 내게 별로 중요한 문제가 아니었다. 발악적으로 울어대다가 사라져버린 지난여름의 매미와 그의 이미지가 별반 다르게 느껴지지 않은 때문이었다. 미친것들의 아름다운 종말…… 자연 소멸.

거실로 나와 소파에 몸을 던졌다. 후텁지근하게 달아오른 실내 공기가 비닐 랩처럼 살갗에 휩싸이는 것 같았다. 하지만 에어컨을 켜는 대신 나는 소파에서 바닥으로 내려앉아 셔츠와 반바지를 벗어 던졌다. 그리고 팬티 바람으로 소파에 등을 기대고 앉아 담배를 피워 물었다.

맞은편 벽면에 붙여놓은 세계지도가 한눈에 들어왔다. 나를 에워싸고 있는 깊은 혼돈과 의혹의 세계, 그것은 오대양 육대주의 지정학적 위치를 보여주는 단순한 지도가 아니었다. 내가 헤아리지 못하고 내가 가늠하지 못하는 인생의 비밀이 거기에는 숨어 있었다. 그리하여 형의 행적을 추적하기 위한 지도가 아니라 내 인생의 비밀을 유추하기 위한 퍼즐로 나는 그것을 자주 바라보곤 했다.

터키의 이스탄불에서 아프리카 대륙의 짐바브웨로 수직 하강한 형의 행적. 이스탄불과 짐바브웨 사이, 지도에는 붉은 매직으로 수직선이 그려져 있었다. 물론 형의 행적이 묘연해진 뒤에 내가 그려 넣은 것이었다. 터키에서 사라진 형이 짐바브웨로 갔다는 건 형이 근무하던 회사에서 추적 조회하여 내게 알려준 사실이었다. 하지만 회사에서도 이스탄불로 출장 간 형이 짐바브웨로 사라진 이유에 대해서는 전혀 아는 바가 없다고 했다. 관리 이사라는 사람은 오히려 나에게 형과 짐바브웨 사이에 무슨 연결 고리가 있는지에 대해 물었다. 그곳에 형이 아는 사람이라도 있느냐, 아니면 개인적으로 짐바브웨에 관해 형이 관심을 표명한 적 있느냐 따위의 질문들.

형이 이스탄불로 떠난 건 작년 시월 말경이었다. 떠나기 전날 밤 9시경에 집으로 돌아온 형의 손에는 여섯 개들이 병맥주 한 팩이 들려 있었다. 맥주를 마시며 형은 이스탄불로 출장 간다는 말을 했지만 체류 기간에 대해서는 말하지 않았다. 심심찮은 해외 출장 기간이 보통 칠팔 일 정도였기 때문에 나도 또한 일정에 대해서는 묻지 않았다. 그것이 전부였다. 언제나처럼 묵묵히 앉아 서로 다른 생각을 하며 맥주를 마셨고, 어쩌다 한 번씩 입을 열어 하나 마나 한 말을 주고받았을 뿐이었다. 예를 들면 마리 앙투아네트가 정말 나쁜 여자였을까? 라고 형이 묻거나 교과서에서는 게가 왜 옆으로 움직인다고 했지? 라고 내가 묻곤 하는 식이었다. 요컨대 맥락도 없는 돌발적 발상을 불쑥불쑥 입 밖으로 꺼내 서로를 한없이 낯설게 바라보곤 한 것이었다.

짐바브웨가 도대체 뭔가.

형에 대한 추적 조회 결과를 통보받은 직후부터 나는 인터넷을 뒤지기 시작했다. 처음 그 나라 이름을 접했을 때 나는 그것이 아득한 신화 속에 등장하는 지명이나 인명 같다는 생각을 언뜻 했다. 교과서에서 배웠음에도 불구하고 왠지 지상에는 없는 나라 이름인 것 같다는 기이한 여운이 느껴진 때문이었다. 하지만 인터넷을 통해 짐바브웨 항목을 이 잡듯 뒤져본 뒤에 나는 깊은 허탈감에 빠져버리고 말았다. 머나먼 아프리카 대륙, 짐바브웨라는 나라와 형을 연관 지을 만한 걸 아무것도 발견하지 못한 때문이었다. 혹은 형에 대해 내가 아는 게 너무 없다는 자괴감 때문이었는지도.

수다하게 프린트한 짐바브웨 자료를 나는 읽고 또 읽었다. 너무 많은 자료를 섭렵해서 내가 마치 그 나라를 다녀온 것 같다는 착각이 들 정도였다. 글로 묘사되거나 사진으로 출력된 자료들까지 겹쳐져 그곳의 풍광이 절로 떠오를 정도였다. 하지만 형은 그 나라의 수도인 하라레에도 있을 것 같지 않았고 불라와요나 치퉁귀자, 무타레나 마스빙고 같은 도시에도 있을 것 같지 않았다. 도무지 그가 그곳에 있어야 할 마땅한 근거를 발견할 수 없었다. 깔끔하고 세련된 감성을 지닌 형이 오지 부락의 흙으로 지은 움집 생활을 꿈꾸었을 리 없었다. 뿐만 아니라 '그레이트 짐바브웨'나 빅토리아 호수 같은 곳을 관광하거나 사파리를 하기 위해 무작정 잠적해 버렸을 가능성도 없었다. 너무 신중하고 섬세해서 숨통이 막힐 지경인 형이 어떻게 불법 체류자가 될 수 있단 말인가.

망할 자식!

몸에서 끈끈한 땀이 배어나고 있었다. 하지만 나는 아프리카를 실감하기 위해 여전히 에어컨을 켜지 않았다. 브라질의 이과수, 미국의 나이아가라, 에티오피아의 블루나일, 짐바브웨의 빅토리아…… 마음속으로 그런 폭포들을 떠올려보았다. 그러다가 도저히 안 되겠다 싶어 다시 냉장고로 가 캔맥주 하나를 꺼내 들었다. 그때 전화벨이 울렸다. 문득 동작을 멈추고 벽시계를 올려다보았다. 2시 55분. 순간, 짐바브웨는 지금 몇 시일까 하는 생각이 섬광처럼 뇌리를 스쳐갔다. 캔맥주를 손에 든 채 나는 조심스럽게 소파 옆의 협탁 위에 놓인 전화기 앞으로 걸어갔다. 반가움과 기대감이 아니라 긴장과 초조감 때문이었다.

"그냥, 이 시간에 잠 안 자고 깨어 있을 인간이 너밖에 없을 것 같아서 전화해 본 건데…… 역시 내 예상이 틀리지 않았구나."
"이 시간에 깨어 있는 사람을 물색할 정도라니 니도 신세가 꽤나

매미는 이제 이곳에 살지 않는다 193

한심한 모양이로구나."

사립 중학교 교사생활을 접고 학원강사를 하고 있는 고등학교 동창이었다. 꽤 오랜만의 전화라서인가, 이름보다 가오리라는 별명이 먼저 떠올랐다. 오른쪽 어깨와 턱 사이에 수화기를 끼우고 나는 캔맥주를 땄다. 그리고 소파에 등을 기댄 채 거실 바닥에 주저앉아 맥주를 한 모금 마셨다. 전화를 걸어온 사람이 형이 아니라는 사실을 다행스럽게 생각하는 건가 안타깝게 생각하는 건가. 캔을 쥔 손에 나도 모르게 힘이 들어가 중심 부분이 찌그러졌다.

"요즘 난 죽을 맛이다. 그래서 이 깊은 밤에 혼자 앉아 술을 마시다가 문득 네가 생각나서 전화했다. 넌 살 만하냐?"
"나도 그래. 나도 너처럼 한심하게 퍼질러 앉아서 술을 마시고 있어."
"조또, 세상에 행복하게 사는 인간은 씨가 말라버린 모양이구나. 제발 그런 인간 만나서 행복하게 사는 얘기 한번 들어봤으면 죽어도 소원이 없겠다. 왜들 이 모양이지?"
"남들 탓할 거 없어. 네가 행복해지면 그만이잖아."

이스탄불과 짐바브웨 사이, 붉은 매직펜이 만들어낸 수직선을 노려보며 나는 다시 한 모금의 맥주를 마셨다. 희망과 절망, 구원과 종말 사이의 유일한 통로처럼 붉은 선이 점점 넓어지는 것 같았다. 때로는 천상과 지상을 이어주는 신기한 동아줄처럼 보이기도 했다. 남아공, 잠비아, 보츠와나, 모잠비크에 둘러싸인 내륙 국가로 수직하강한 인간이 저 동아줄을 타고 다시 현실로 복귀할 가능성은 몇 프로나 될까.

"……마누라가 집을 나갔다."

"뭐?"

"마누라가 집을 나갔다구. 가출을 했단 말이다."

"그게 다야?"

"다인지 아닌지 내가 어떻게 아냐. 어디로 갔는지 처갓집에서도 모른다고 하니 손 놓고 기다릴 수밖에 없잖아."

"돌아올 거라고 생각해?"

"돌아오거나 말거나 난 무관심해. 돌아온다는 게 이미 희망이 아니란 얘기야. 결혼이라는 거…… 솔직히 말해 난 후회한 지 오래됐어. 그건 사람을 살리는 제도가 아니라 사람을 거세시키는 제도일 뿐이야. 어쩌면 나라는 인간 자체가 결혼을 해서는 안 되는 인간형이었는지도 모르겠지만…… 아무튼 가정에 대한 불성실이 아니라 내 자신의 생명력이 희미해져 가는 걸 난 도무지 견딜 수 없었어. 가정적으로 성실하다는 거, 그건 생명에 대한 긴장감을 쌩그리 포기한 끔찍스런 권태일 뿐이야. 인간이 왜 그렇게 살아야 하는 거지?"

"결혼은 네가 했는데 그걸 나한테 물으면 어떡해?"

"네가 부럽다는 뜻이다, 새꺄. 아직 결혼도 하지 않고 혼자 사는 네가 너무 부러워서 미칠 지경이라구. 그거 아냐? 마누라는 가출하고 늙은 모친과 어린 딸년만 남겨진 집구석…… 살맛이 나겠는가 한번 상상해 봐. 넌 부모님까지 일찍 세상을 떴으니 더더욱 자유로울 거 아니냐. 솔직히 말해 모친과 딸년만 아니라면 지금 당장이라도 외국으로 날라버려 무기 밀매상이라도 하고 싶은 심정이다. 근데 형은 아직도 종무소식이냐?"

"짐바브웨가 끝이야. 어쩌면 집을 나간 네 와이프보다 더 심각한 상황인지도 몰라."

"알 만하다, 알 만해. 새벽마다 벽에 달라붙어 혼자 우는 사내 심정…… 너도 나랑 별반 다를 게 없겠구나. 씨바, 조만간 만나 술이나 퍼마시고 원 없이 울어나 보자. 정말 목청이 터져라 엉엉 울어나 보자구."

전화를 끊은 뒤에 매미…… 하고 나는 중얼거렸다. 조만간 시간 내서 전화를 하겠다는 가오리의 얘기가 미처 끝나기도 전부터 맴맴 맴맴, 벽에 달라붙어 울어대는 매미 울음소리가 그악스럽게 뇌리를 파고든 때문이었다. 하지만 다음 순간 주란 유원지에서 보았던 말라 죽은 매미 형상이 떠오르자 뚝, 뇌리를 파고들던 울음소리는 거짓말처럼 멎어버렸다. 깊고 막막한 정적 속으로 매미가 아니라 인간의 형상이 떠오르기 시작했다. 발악적으로 울어대던 지난여름의 매미들과 내 주변에서 사라져가는 인간들…… 한껏 깊어진 새벽의 정적이 그들의 침묵을 반영하는 것 같아 숨이 막힐 지경이었다. 결국 현실에 남겨지는 건 울고 싶어도 울지 못하는 인간들과 말라 죽은 매미 형상뿐인가.

*

오전 10시경, 출강하던 철학과의 조교가 전화를 걸어왔다. 소파에서 잠을 자다가 얼결에 전화를 받은 탓에 강진만이라는 이름을 듣고도 선뜻 대상을 알아차릴 수 없었다. 어떤 놈이 바다로 여행을 가서 전화를 건 것인가 하는 생각을 했던 것이다. 전라남도 강진만(灣)?

"선배님, 오후에 시간 좀 있으세요?"
"시간?"

"선배님께 드릴 말씀이 있어서 그런데…… 괜찮으시면 오후에 학과 사무실에서 뵙고 싶습니다."
"무슨 일인지 모르겠지만…… 전화로는 곤란한가요?"
"그냥 만나 뵙고 말씀드리고 싶어서요. 나오시면 제가 시원한 냉커피 대접할게요."

왠지 모르게 귀찮고 짜증스럽다는 생각이 들어 잠시 사이를 두었다가 알았어요, 오후에 학교로 가죠, 하고 말하고 나서 나는 전화를 끊었다. 오라면 가주마, 가주면 될 것 아닌가.

거실 바닥에 누워 한잠을 더 잤다. 눈을 떴을 때 시간은 어느덧 오후 1시가 지나 있었다. 정신이 멍한 게 며칠 동안 잠만 자고 난 느낌이었다. 욕실로 들어가 찬물로 샤워를 하고 나와 차가운 녹차를 한 잔 들이켜자 어느 정도 맑은 정신이 회복되는 것 같았다.

조교가 날 보자고 한 이유가 무엇일까.

잠과 잠 사이에 덩달아 잠들어 있던 어떤 문제가 비로소 눈을 뜨는 것 같았다. 아무리 생각해 봐도 용건이 없을 것 같은 사람이 만나자고 할 때의 당혹스러운 느낌. 길 없는 벌판에서 길을 찾듯 온갖 가능성을 떠올리다가 엉뚱한 사람을 떠올리고 말았다. 내가 조교에게서 받은 당혹스러운 느낌을 생각하던 어느 순간 내가 돌연 조교의 입장이 된 것이었다.

마린의 느낌이 이런 것이었을까.

내가 전화를 걸어 만나자고 할 때마다 그녀도 지금의 나처럼 당혹스러운 느낌에 사로잡혔을지 모른다. 내가 그녀를 만나야 할 현실적 이유를 내 자신도 설명하지 못하는데 길게 말해 뭣 하랴. 형이 사라진 직후부터 잊을 만하면 한 번씩, 지난 구 개월 동안 나는 조교 같은 짓거리를 되풀이한 셈이었다. 하등 만나야 할 이유가 없는데도 기어이 만나자고 하는 짓.

설명해 봐.

차를 몰고 학교로 가는 동안에도 나는 내내 마린에 대한 생각에 사로잡혀 있었다. 그녀에 대한 내 감정의 요체를 스스로 까발리고 싶다는 생각이 분노처럼 머리를 어지럽게 만들었다. 에어컨을 한 단계 높이고 나서 그래, 설명해 보라니까! 하고 나는 미친놈처럼 혼자 소리쳤다. 그러자 내 안에 숨어 있던 누군가 한껏 독이 오른 어조로 은밀하게 입을 열기 시작했다.

"세상 모든 일을 설명할 필요는 없어. 설명할 수 있는 일만 일어나는 게 세상이 아니라구. 설명할 수 없는 문제에도 나름대로 진실은 있는 거야. 난 마음이 가는 대로 살고 싶어. 그게 내가 생각하는 진실이야. 설명할 수 없는 문제를 은폐하면 선이 되나? 은폐하지 않고 그것을 드러내면 죄가 되나?"

사이.

"난 그녀를 처음 보았을 때 이미 내 마음의 행로를 알았어. 돌이키기 힘든 길이 열리기 시작한 거야. 무엇을 어쩌겠다는 의지가 아니라 마음이 열어주는 길을 따라가고 있는 것뿐이라구. 그것이 아무리 고통스럽고 괴로워도 어쩔 수 없어. 되돌아가고 싶어도 길이 보이지 않는데 어쩌란 말이냐구."

진입로의 노상 주차장에다 차를 세우고 나는 걸어서 학교로 들어갔다. 방학인 탓에 학교 주변에 늘어선 즐비한 상가 건물은 깊은 오수에 빠져 있었다. 뜨거운 태양볕과 도로에서 피어오르는 후끈한 복사열 때문에 사물의 원근을 분간하기도 힘들었다. 모든 것이 과장되게 부풀거나 수축돼 사물의 윤곽선이 불분명해진 때문이었다.

철학과 사무실로 들어섰을 때 조교는 컴퓨터 앞에 앉아 있었다. 열어둔 창문 바깥쪽에 전에 보지 못한 수직 쇠창살이 설치돼 왜소한 조교의 뒷모습과 묘한 조화를 이루고 있었다. 정원수와 잔디밭이 내다보이는 실내, 러닝셔츠 바람으로 혼자 앉아 헤드폰으로 음악을 듣고 있는 그에게서 언뜻 죄수의 모습이 연상됐다. 그래, 지식인이 별거냐, 지식에 대한 갈망으로 스스로 죄인이 된 인간들이지.

내가 출입문 우측의 소파에 앉자 조교가 비로소 기척을 느끼고 뒤를 돌아보았다. 곧이어 화들짝 놀란 표정으로 헤드폰을 벗고 의자에서 일어나 잠깐만요, 하더니 책장 옆에 세워둔 소형 냉장고 앞으로 갔다. 언제 타둔 것인가, 그는 그곳에서 냉커피 잔을 꺼내 내 앞의 탁자 위로 옮겨놓았다. 그의 소심한 준비성이 왠지 부자연스럽게 느껴져 나는 엉뚱한 질문을 던졌다.

"저 쇠창살은 뭐죠?"
"아, 저거요? 방학 직후에 학과 사무실에 도둑이 들어서 설치한 거예요. 다른 건 다 놔두고 컴퓨터만 훔쳐갔어요. 좋은 건 아니었지만…… 제 석사 논문 자료랑 학과에 필요한 서류 양식이 저장돼 있어서 요즘 애로가 많네요. 저 컴퓨터는 학과 운영비로 새로 구입한 거죠."

"설마, 나를 컴퓨터 훔쳐간 용의자로 지목해서 만나자고 한 건 아니겠죠?"

농담이었지만 나는 정색을 하고 물었다. 그러자 그가 손을 해해 내저으며 아뇨, 그건 말도 안 돼요, 하며 얼굴이 백지장처럼 창백해졌다. 한두 마디만 더하면 앉은 채로 혼절해 버릴 것 같아 나는 다시 한 번 정색을 하고 농담이에요, 하고 말했다. 그러자 그가 머리를 절레절레 흔들고 나서 본론을 꺼냈다.

"사실은 학과장님이 선배님을 만나보라고 했어요. 다음 학기부터 강의를 그만두겠다고 한 것에 대해 무척 마음이 쓰이시는 모양이에요. 학과장님 나름대로는 꽤 관심을 보이신다고 했는데…… 무슨 이유 때문에 강의를 그만두는 건지 선배님을 직접 만나 얘기를 들어보라고 했어요."

"……."

"그리고 특별한 사유가 아니라면 다음 학기에도 강의를 맡아달라는 부탁을 하라고 했어요. 지난주에 일본에 가셨는데, 돌아오시면 선배님을 한번 만나보겠다는 말씀도 하셨구요. 철학과라서가 아니라 인문학이 워낙 시세가 없는 때라 마땅한 강사를 찾는 게 사실 쉬운 일이 아니거든요. 철학과보다 철학관이 백배 낫다고 하는 세상이잖아요."

조교가 미리 준비해 둔 냉커피를 단숨에 마셔버리고 나서 노, 하고 나는 잘라 말했다. 타 대학 출신인 내게 학과장이 개인적 관심을 가지고 있었다니 무슨 말도 되지 않을 헛소리인가. 나는 그와 사적인 대화를 나눈 적이 단 한 차례도 없었다. 나는 강의 거절 사유에 대해 아프리카 대륙의 짐바브웨로 가야 하기 때문이라고 간단하게 말했다. 물론 거짓말이었다. 하지만 학과장을 만나고 또다시 강의 권유를 받고 그것을 고사하는 짜증스러운 과정을 거치는 것보다 지금 비켜가는 편이 백배 낫겠단 생각이 들어 즉흥적으로 꾸며낸 거짓말이었다. 나의 간단명료한 거절 사유를 듣고 나서 짐바브웨에는 무슨 일로……? 하고 조교가 물었다.

"형이 거기 있어요. 거기서 아프리카 철학을 공부하고 있거든요."

학교를 빠져나올 때, 나는 비로소 내가 둘러댄 강의 거절 사유가 거짓이 아니라는 걸 알아차렸다. 짐바브웨로 가야 한다는 말, 형이 거기서 아프리카 철학을 공부하고 있다는 말에서 기이한 현실감이 느껴졌다. 내가 막연하게 품어오던 생각이 거짓을 빙자해 의식의 피막을 뚫고 올라온 것인지도 모를 일이었다. 형이 무엇 때문에 짐바브웨로 갔건 그런 건 중요한 문제가 아니었다. 그것이 형의 삶에서 우러난 결정이었다면 나는 그것을 형의 철학으로 존중할 필요가 있었다. 뿐만 아니라 내가 짐바브웨로 가게 된다면 그것은 형의 철학이 아니라 나의 철학으로 마땅히 존중받을 필요가 있었다. 내가 그곳으로 가는 이유가 형을 위한 것은 결코 아닐 테니까.

횡단보도 앞에서 신호가 바뀌기를 기다리며 나는 건너편 상가건물을 건너다보았다. 1층에 오락실이 있고, 2층에 커피숍이 있고, 3층에 당구장이 있는 건물이었다. 아무 생각 없이 건물을 바라보고 있는 동안 신호가 바뀌고 횡단보도 앞에 서 있던 사람들이 길을 건너기 시작했다. 하지만 그 순간 나는 무엇엔가 사로잡혀 횡단보도로 발을 내딛을 수 없었다.

문득 고개를 돌려 나의 배경을 이루고 있던 즐비한 플라타너스를 돌아다보았다. 아무 소리도 들리지 않았다. 다시 고개를 돌려 건너편 건물을 바라보자 건물 하단에서 반짝하고 강렬한 반사광이 튀어 올랐다. 귀가 먹먹해지며 내 몸이 깊은 수렁으로 가라앉는 것 같았다. 다시 한 번 뒤를 돌아보았지만 역시 아무 소리도 들리지 않았다. 시야가 부옇게 흐려지며 서서히 주변의 물상이 스러지기 시작했다. 다급한 위기감을 느끼며 경중경중, 나는 붉은 신호등을 무시하고 캥거루처럼 도로를 무단 횡단했다.

뮤(μ)

한참이 지난 뒤, 나는 어둠침침하고 서늘한 지하 공간에 앉아 있었다. 붉은 의자와 검은 탁자, 그리고 타원형을 이룬 바가 내다보이는 공간이었다. 내가 어떻게 그 공간으로 들어오게 됐는지 기억이 나지 않았다. 빛에 노출된 필름을 현상해 들여다보는 것 같았다. 맞은편 벽면에 부착된 푸른 네온사인의 '뮤(μ)'라는 그리스 자모가 유일한 실마리 역할을 했다. 횡단보도 앞에서 신호등이 바뀌길 기다릴 때 건너다보던 3층 건물, 그곳의 지하 바에 나는 앉아 있었다.

매미, 정적, 커피숍, 플라타너스.

기억의 맥락을 더듬는 동안 나는 몇 차례나 실내를 둘러보았다. 하지만 실내에는 주인도 없고 손님도 없었다. 다시 한 번 기억이 뒤죽박죽되는 것 같아 나는 도망치듯 자리에서 일어나 지상으로 빠져 나왔다. 하지만 이마로 날아드는 도끼 같은 태양볕과 엄청난 소음, 그리고 무절제하게 솟아오른 물상의 세계로 인해 나는 한순간에 탈진하고 말았다.

여기가 어딘가.

*

형이 아프리카 원주민과 춤을 추고 있었다. 검은 피부와 고수머리, 얼굴에 흰 색소를 발라 니그로이드 인종과 조금도 다르게 보이지 않았다. 창과 방패를 들고 머리에 타조 깃털을 꽂은 전사의 모습을 하고 있었는데 어째서 나는 그게 형이라는 걸 단박 알아차릴 수 있었는지 모를 일이었다. 놀라움과 반가움으로 가슴이 두근거렸다. 하지만 다음 순간, 형의 놀라운 변신에 대해 나는 주체할 수 없는 분노를 느끼기 시작했다.

망할 자식, 대체 여기서 뭘 하고 있는 거야!

그 순간, 무리에 섞여 창과 방패를 흔들어대던 형이 나를 알아보았다. 나는 울분을 터뜨리듯 형! 하고 외쳤다. 하지만 무슨 이유 때문인가, 나의 외침은 소리가 되어 입 밖으로 밀려나오지 않았다. 몇 번을 되풀이해도 마찬가지, 나의 부름은 끝내 소리가 되지 않았다.

나는 손을 내저으며 무리를 향해 다가갔다. 그러자 당황한 형이 등을 보이고 달아나기 시작했다. 정글이 나타나고 열대식물이 찰나처럼 눈앞을 스쳐갔다. 나는 사력을 다해 달렸지만 형과 나 사이의 간격은 좀체 좁혀지지 않았다. 안타까움이 고조될수록 형과 나 사이의 거리는 더욱 멀어졌다. 결국 빛이 차단된 정글, 전방에 안개가 자욱한 지역에 이르러 나는 질주를 중단하고 말았다. 형이 어느 쪽으로 사라졌는지 더 이상 추적할 수 없었다.

형!

길 잃은 어린아이처럼 두려움과 안타까움을 주체하지 못한 채 나는 울먹이기 시작했다. 하지만 다음 순간 살갗에서 이상한 근질거림이 느껴져 고개를 숙이고 아래를 내려다보았다. 알몸으로 선 내 육신에 이밥 낱알처럼 생긴 것들이 징그럽게 뒤덮여 있었다. 팔, 다리, 가슴, 배, 어디 한 군데 빈틈이 없을 지경이었다. 손을 들어 얼굴을 만져보자 거기도 마찬가지였다. 이것들이 대체 뭔가, 끔찍스런 공포감을 견디며 나는 살갗에 달라붙은 그것들 중 하나를 떼어내 눈앞으로 가져갔다.

뭔가.

작디작은 연질의 낱알을 들여다보다가 나는 기겁하고 말았다. 엄지와 검지 사이에 들린 그 희고 작은 물질은 매미 알이었다. 그것들이 내 몸에 수천수만 개, 아니 이루 헤아릴 수 없을 정도로 달라붙어 있었다. 온몸에 소름이 돋아나는 걸 느끼며 나는 발광하듯 몸을 흔들어댔다. 하지만 그 순간부터 내 살갗에 달라붙어 있던 매미

알들이 스멀스멀 살갗을 파고들기 시작했다. 몸을 흔들어댈수록 살갗으로 파고드는 속도가 빨라져 단 몇 분만에 그것들은 감쪽같이 자취를 감춰버리고 말았다. 자취를 감춘 게 아니라 내 몸속으로 고스란히 자리바꿈을 한 것이었다.

정적.

공포감에 질린 채 나는 움직임을 멈추고 서 있었다. 수천수만 개의 매미 알이 내장과 혈관, 급기야 머릿속까지 파고드는 것 같았다. 그러던 어느 순간 나는 정신이 희미하게 가무러지는 걸 느끼며 이명 같기도 하고 환청 같기도 한 소리를 들었다. 처음에는 섬세하면서도 단조로운 파장처럼 시작됐으나 몇 초가 지난 뒤부터 그것은 엄청난 파괴력을 지닌 소음으로 증폭되기 시작했다. 고막이 터져나가고 머리통이 폭발하는 것 같았다. 양쪽 귀를 틀어막고 땅바닥을 나뒹굴었지만 아무 소용없었다. 그악스런 악다구니, 발악적인 울음바다…… 그것은 지난여름에 내가 들었던 매미 울음소리였다. 그것이 내 몸을 공명기관 삼아 끔찍스럽게 재생되고 있었다.

형!

마지막 신음처럼 형을 부르다가 잠에서 깨어났다. 온몸에서 싸늘한 냉기가 느껴졌다. 깊은 오한을 느끼며 나는 눈을 뜨고 주변을 살폈다. 베란다에서 밀려드는 엷은 오렌지 빛 기운에 거실의 윤곽이 드러나기 시작했다. 에어컨을 켜둔 채 거실 바닥에 누워 있다가 깜빡 잠이 든 모양이었다.

몸을 일으키고 리모컨을 찾아 에어컨을 껐다. 몸을 한껏 둥글게 말고 잠시 앉아 있다가 안 되겠다 싶어 불을 밝히고 물을 끓이기 시작했다. 어느덧 자정 지나 새로 1시가 가까워지고 있었다. 뜨거운 홍차를 몇 모금 마시자 몸에 온기가 되살아나는 것 같았다. 하지만 몸속에 수천수만 개의 매미 알이 여전히 남아 있는 것 같아 속이 메슥거렸다.

찻잔을 들고 다시 거실 바닥으로 가 소파에 등을 기대고 앉았다. 맞은편 벽면에 붙어 있는 세계지도를 올려다보자 좀 전에 꾸었던 꿈이 고스란히 재생됐다. 아프리카 원주민 전사가 되어 있는 형과 내 몸속에서 부활한 작년 여름의 매미 울음소리…… 형과 매미 사이에 내가 있었다. 하지만 나는 발음기관이 발달되지 않아 울지도 못하는 거대한 암매미처럼 무수한 알을 품고 있었다. 나를 벙어리 매미로 상징하는 꿈인가.

순간, 낮에 겪었던 모호한 일들이 비로소 명료해졌다. 학교 앞 횡단보도에서 지하 카페 뮤까지, 시간을 가늠할 수 없는 동안 일어났던 일들. 장면과 장면 사이에 확실한 연결 고리가 만들어지고 중첩돼 있던 시간과 시간 사이에 뚜렷한 갈피가 생겨나기 시작했다.

첫 장면은 내가 학교 정문 근처의 횡단보도 앞에 서 있을 때였다. 거기서 현실과 비현실 사이의 경계가 최초로 허물어지기 시작했다. 붉은 신호등이 녹색 신호등으로 바뀌던 순간, 무슨 이유 때문인가, 나는 머리털이 곤두설 정도로 싸늘하게 느껴지는 정적을 감지했다. 그래서 반사적으로 뒤를 돌아보았고, 즐비한 플라타너스를 보았고, 다시 고개를 돌려 맞은편 건물 2층의 커피숍을 올려다보았다. 작년 여름과 똑같은 정황인데 나의 귓전으로는 아무 소리도 밀려들지 않았다. 다만 깊은 정적이 이 세계를 한껏 압축해 진공지대에서처럼 귀가 먹먹하게 느껴질 뿐이었다.

미친것들의 아름다운 종말.

형언 못할 위기감에 사로잡힌 채 나는 순간적으로 정신의 맥락을 놓쳐버렸다. 그래서 발악적으로 울어대던 지상의 매미들이 모두 자연 소멸했을지도 모른다는 생각을 하며 정신없이 도로를 무단 횡단했다. 하지만 맞은편 건물 2층의 커피숍과 지하의 뮤 사이에 난감한 블랙홀이 도사리고 있다는 걸 그때까지도 나는 까맣게 모르고 있었다. 사라져버린 매미 울음소리처럼, 미친것들의 아름다운 종말처럼, 어느 날 갑자기 현실에서 종적을 감춰버린 사람들이 한꺼번에 맞물리지 않은 때문이었다.

다시 한 번 깊은 오한을 느끼며 나는 손에 든 찻잔을 입으로 가져갔다. 사라져버린 매미 울음소리, 사라져버린 선배 강사, 사라져버린 형, 사라져버린 뮤의 여자…… 모두가 한동아리로 엮여져 내 몸에 무형의 사슬로 휘감겨 오는 것 같았다. 사라지지 못한 존재들을 구속하는 사라져버린 존재들의 속울음, 그것이 내 몸에서 밀려나오던 꿈속의 매미 울음소리가 아니었을까.

내가 뮤로 내려간 건 순간적인 기억상실 때문이었다. 사라져버린 선배 강사에 대한 기억을 피하려다 돌연 망각의 늪지대로 빠져든 격이었다. 뮤는 작년 여름 폭우가 쏟아지던 늦은 밤에 선배 강사와 함께 처음으로 발을 들여놓은 곳이었다. 둘이 소주를 네 병이나 마신 뒤였고, 나보다 술을 훨씬 많이 마신 선배 강사는 이미 만취한 뒤였다.

폭우 때문인가, 지하 공간에는 손님이 아무도 없었다. 오직 한 사람, 바 안에 주인인 듯한 여자가 앉아 있을 뿐이었다. 우물처럼 깊어 보이는 눈빛과 짧은 머리 모양새 때문에 언뜻 나이를 가늠하기가 힘들었다. 삭발한 지 이삼 주쯤 지난 듯 짧고 총총한 머리카락이 보는 사람의 시선을 묘하게 이끄는 것 같았다. 하지만 선배 강사와 나는 바에 앉아 맥주를 마시는 동안 그녀와 아무런 대화도 주고받지 않았다. 유부녀 여교수와 불륜에 빠진 시간강사가 너무 엉망으로 취해 버린 때문이었다.

—오늘 학과장이 내게 말했다. 영문과 유 교수 남편이 내 대학 후배다. 너 지금 내 얼굴에 똥칠하는 거냐……? 그래서 난 말했다. 마음이 가는 대로 살지 못해서 전 죄인입니다. 만약 마음이 가는 대로 살 수만 있다면 지금 당장 학과장님 얼굴에 똥칠을 해주었을 테니까요…… 후후, 그게 끝이다. 아무것도 제대로 시작하지 못했는데 모든 게 끝장나 버린 거다. 뿐이냐? 내가 사랑하는 유 교수님께서는 또 이렇게 말씀하셨다. 사랑을 잃어도 교수 자리를 잃을 수는 없어. 이건 내 존재의 이유이자 목적이기 때문이야…… 흐흐, 미친 것들의 아름다운 종말…… 그게 전부다, 씨발!

선배 강사가 횡설수설하는 동안 나는 술이 깨고 있었다. 무슨 이유 때문인가, 바 안쪽의 여자가 흐트러짐 없는 눈빛으로 나를 주시하고 있었다. 그 눈빛이 너무 강렬해서 의식적으로 피하고 있다가 선배 강사가 휘청거리며 1층 화장실로 올라간 뒤에 나는 비로소 정색을 하고 그녀를 보았다. 하지만 그 순간 나는 그녀의 두 눈에 눈물이 가득 고여 있는 걸 보고 할 말을 송두리째 잃어버리고 말았다.

그때부터 나는 다시 술을 마시기 시작했다. 맥주가 아니라 위스키를 주문하고 스트레이트 잔을 두 개 달라고 했다. 그리고 두 개의 잔 중 하나를 그녀 앞쪽에 놓고 나는 묵묵히 술을 따랐다. 1층의 화장실로 올라간 선배 강사는 끝내 돌아오지 않았다. 바깥에 폭우가 내린다는 사실도 까맣게 잊은 채 그녀와 나는 말없이 술을 마셨다. 처음 만나 술을 마시는 게 아니라 몇천 년 전부터 지금까지 계속해서 술을 마시고 있는 듯한 기이한 지속력이 느껴졌다.

―나를 보며 왜 눈물을 글썽거린 거죠?

술병이 바닥났을 때 술을 주문한 이후 처음으로 나는 입을 열었다. 하지만 그녀는 머리를 가로저으며 아무런 대답도 하지 않았다. 좀 더 낮은 어조로 나는 똑같은 질문을 다시 한 번 되풀이했다. 그러자 고통스런 표정으로 미간을 찌푸리며 그녀가 신음 같은 말을 밀어냈다.

―당신 대신 울어주고 싶어서요.

그날 밤 그녀와 내가 주고받은 말의 전부가 그것이었다. 내가 계산을 하고 밖으로 나오자 여자도 함께 따라 나왔다. 그러고는 마땅히 그래야 하는 것처럼 비를 맞으며 나를 따라 걸었다. 인적이 끊어진 길을 이십 분쯤 걸어 모텔로 들어갔을 때, 젖을 대로 젖은 몸을 내게 던지며 그녀는 비슷한 말을 다시 한 번 되풀이했다.

―당신이 흘리지 못하는 눈물, 오늘 하룻밤만이라도 내가 대신 흘려줄게요.

그로부터 일주일쯤 뒤, 뭔가에 홀린 사람처럼 나는 다시 한 번 뮤를 찾아갔다. 하지만 그날 밤 내가 안았던 여자, 내 대신 눈물 흘리며 나와 몸을 섞던 여자는 그곳에 없었다. 얼굴이 부석부석한 삼십대 초반쯤의 여자에게 물었지만 누구를 말하는 건지 도무지 모르겠다며 의심스러운 눈초리로 나를 훑어보았을 뿐이었다.

―출산 때문에 내가 보름 정도 이곳을 비우긴 했지만 그동안은 내 남동생이 내내 여기 있었거든요. 아르바이트를 쓴 적도 없는데 여자라니…… 도대체 누구를 말하는 건지 모르겠네. 혹 술이 많이 취해서 다른 술집을 여기로 착각한 거 아닌가요?

*

정오 무렵에 집을 나서 해 질 무렵까지 이곳저곳을 돌아다녔다. 비원에도 가보고, 삼각지에도 가보고, 여의도에도 가보았다. 버스를 타기도 하고, 지하철을 타기도 하고, 택시를 타기도 했다. 이동하는 동안에는 차를 타고, 차에서 내려 다음 장소로 이동하기 전까지는 내내 걸어 발목이 시큰거릴 정도였다.

해 질 무렵에는 마포에도 가보고, 연신내에도 가보고, 모래내에도 가보았다. 하지만 게릴라전술을 구사하듯 도시 곳곳에서 발악적으로 울어대던 작년 여름과 달리 나는 어느 곳에서도 매미 울음소리를 들을 수 없었다. 그래서 불길한 예언의 실현을 경험하는 것 같다는 느낌에 시종 사로잡혀 있었다.

모두 어디로 사라져버린 것일까.

해 질 무렵, 나는 알 수 없는 지역의 커피숍에 앉아 있었다. 서쪽 하늘의 붉은 노을이 내다보이는 3층 커피숍이었다. 하지만 깊은 피로감 때문에 나는 내가 당도해 있는 현재 위치를 파악할 수 없었다. 차가운 아이스티를 마시고 잠을 자듯 의자에 몸을 묻고 앉아 있는 동안 노을이 지고 어둠이 내렸다. 멀고 가까운 사물의 윤곽이 어둠에 뒤덮이자 둥실둥실 세상이 어디로인가 떠내려가는 것 같았다. 어쩌면, 하는 위기감을 느끼며 나는 퍼뜩 자세를 고쳐 앉았다. 어쩌면 하루 종일 내가 찾아다닌 게 매미 울음소리가 아니라 나의 존재 좌표였는지도 모르겠다는 생각이 들었다. 삶의 방향성을 상실하고 정처 없이 떠도는 존재, 내가 지금 머물고 있는 여기는 우주의 어느 기슭인가.

집으로 돌아오자 자동응답기에 녹음이 되어 있었다. 하지만 그것을 들을 엄두도 내지 못한 채 나는 옷을 벗어 던지고 욕실로 들어가 찬물로 샤워부터 했다. 아무 말도 듣고 싶지 않고 아무 말도 하고 싶지 않아서였다.

샤워를 마치고 나온 뒤에도 나는 선뜻 자동응답기의 재생 버튼을 누르지 못했다. 내가 외부 세계에 무방비 상태로 노출돼 있다는 게 날이 갈수록 못마땅하게 여겨졌다. 말을 하기가 죽기보다 싫을 때에도 무자비하게 밀려드는 속수무책의 침략. 하지만 어쩌겠는

매미는 이제 이곳에 살지 않는다 211

가. 고개를 절레절레 흔들며 재생 버튼을 누르고 나서 나는 거실 바닥에 큰대 자로 누워버렸다.

"오빠, 나 지은이야. 기억 나? 작년 봄에 오빠 친구들하고 여럿이 함께 만났었잖아. 카페에서 오빠 친구 생일 파티 하던 날, 오빠가 인디언 처녀 같다고 말한 지은이…… 그동안 잘 지냈어? 난 일 년 반 만에 집으로 돌아왔어. 그냥 내가 모르는 사람들의 세상 속으로 들어가서 아무 생각 없이 살다 온 거야. 돌아오니까 내가 원래 살던 세상이 너무 낯설게 느껴져서…… 그래서 오빠한테 전화한 거야. 아무튼 반가워, 오빠. 이따 밤에 다시 전화할게."

탁하게 갈라지는 여자 음성을 듣는 동안 나는 눈을 감고 있었다. 안개 자욱한 새벽 벌판을 떠올리게 하는 공허한 허스키 보이스, 그리고 '일 년 반' 만에 집으로 돌아왔다는 말을 할 때 '일'을 유난히 강하게 발음하는 특징 속에서 한 여자의 모습이 의식의 수면 위로 슬그머니 솟아올랐다.

유지은.

내가 그녀를 만난 건 단 한 번뿐이었다. 그녀가 말하는 친구의 생일 파티에서였다. 친구가 단골로 드나드는 카페가 파티 장소였고 참석자들은 친구 다섯과 낯선 여자 다섯이었다. 여자들은 모두 이십 대 중반쯤으로 보였지만 어떤 연유로 파티에 참석하게 되었는지에 대해서는 일체 설명하지 않았다. 당사자들도 설명하지 않았고 생일인 친구도 설명하지 않았다. 뿐만 아니라 파티에 참석한 다른 친구들도 그런 건 전혀 궁금해하는 눈치가 아니었다. 그런 게 뭐가 중요한가, 함께 어울려 즐거운 시간을 보내면 그만 아닌가 하는 표정들이었다.

파티 내내 지은이는 내 옆자리에 앉아 있었다. 그녀는 1미터 70센티는 족히 돼 보이는 훤칠한 키와 긴 생머리, 그리고 가무잡잡한 피부에 뚜렷한 이목구비를 지닌 시원스런 느낌의 여자였다. 감정에 일말의 구김살도 없는 유쾌한 성격의 소유자처럼 그녀는 파티가 진행되는 동안 시종 즐거운 표정을 감추지 않았다. 거침없이 말하고 시원스럽게 웃는 모습에서 언뜻언뜻 푸른 갈기를 휘날리며 초원을 달리는 야생마의 모습이 연상될 정도였다.

맥주와 샴페인, 양주와 폭탄주가 좌중을 돌고 또 돌았다. 시계 방향으로 돌고, 시계 반대 방향으로 돌고, 나중에는 대각선과 지그재그 방향으로까지 돌았다. 결국 모두 취해 방향감각을 상실한 뒤에야 그 짓거리는 중단되었다. 생일인 친구가 파티의 종료를 공식 선언했을 때 시간은 어느덧 자정이 지나 있었다. 둘씩 커플을 이루고 앉아 있던 남녀들이 휘청거리며 자리를 빠져나가기 시작했다. 애초부터 예정돼 있던 프로그램을 진행하듯 둘씩 둘씩 서로의 팔짱을 끼거나 어깨를 감싸 안고 불빛이 꺼져가는 밤의 공간 속으로 사라져간 것이었다.

지은과 나는 가장 나중에 카페에서 나왔다. 나머지 커플들이 모두 사라지고 난 뒤였다. 나는 인도에 서서 길 아래쪽을 바라보며 담배를 피워 물었다. 그때 지은이 내 팔을 잡으며 물었다.

—오빠, 우울해?

—아니.
　　—설마 내가 맘에 안 들어서 그런 건 아니겠지?

　그녀의 말을 듣고 피식, 나는 웃음을 터뜨렸다. 스물다섯의 입에서 거침없이 터져나오는 감정 표현, 도무지 속수무책이라는 생각이 들어서였다. 그래서 그런 건 아냐, 하고 나는 그녀에게 말해 주었다. 그러자 그럼 됐어, 하고 그녀가 흰 치아를 드러내며 환하게 웃어 보였다. 피우던 담배를 허공으로 날리고 나는 물었다.

　　—이제 어디로 가지?
　　—바보, 몰라서 묻는 거야?
　　—그래, 몰라서 묻는 거다.

　내가 정색을 하고 대답하자 하하, 그녀가 눅눅한 밤공기를 뒤흔들며 돌발적인 웃음을 터뜨렸다. 그리고 그때 처음으로 그녀는 내 직업이 뭐냐고 물었다. 대학 강사야, 하고 나는 심드렁한 표정으로 대답했다.

　　—오, 대학 강사? 그럼 미래의 교수님이잖아. 흠, 그렇담 문제로군. 난 학교 다닐 때부터 내내 문제아였는데 미래의 교수님이 그런 애랑 잤다는 게 알려지면 나중에 파면당하지 않을까?
　　—집이 어디야?

　그쯤에서 매듭을 지어야겠다는 생각을 하며 나는 지나가는 택시를 살피기 시작했다. 차를 잡아주고 나도 집으로 가야겠다는 생각을 한 것이었다. 그러자 그녀가 당황한 표정으로 시계를 보고 나서 오빠, 하고 내 팔을 잡았다.

—어디 가서 나 좀 기다려주면 안 돼?
—무슨 말이지?
—어디 모텔 같은 데 가서 오빠 혼자 자고 있어. 그럼 내가 집에 들어갔다가 새벽 4시쯤 다시 올게. 우리 오빠가 성질이 더러워서 일단 집에는 들어가야 해. 엄마는 노름하러 다니기 때문에 문제가 안 되는데 오빠는 내가 집에 안 들어가면 엄청 지랄하거든. 그럼 안 될까?
—임마, 내가 너하고 자지 못해 환장한 놈처럼 보이니?
—아니, 씨. 그런 게 아니라 내가 오빠하고 같이 있고 싶어서 그러는 거야. 무슨 뜻인지 알지도 못하면서 왜 그래?
—됐어, 그냥 각자 집으로 들어가자. 그럼 간단하잖아.
—좋아, 그럼 오빠 전화번호 알려줘.

그것이 그녀와 나 사이의 처음이자 마지막 만남이었다. 그 뒤로 그녀는 나에게 두어 번 전화를 걸어온 적이 있었다. 하지만 두 사람 사이에 별다른 사연이 없었으므로 긴 대화를 나눌 수는 없었다. 주로 그녀가 말하고 나는 듣는 편이었다. 하지만 그녀가 들려주는 얘기에도 별반 특별한 것은 없었다. 구두와 핸드백을 샀다는 얘기, 일본에 가보고 싶다는 얘기, 친구와 바다에 다녀왔다는 얘기 등등 일상사적인 것들이 대부분이었다. 그리고 뚝, 기억할 수도 없는 어느 시기부터인가 그녀는 더 이상 전화를 걸어오지 않았다. 그것이 아마도 그녀가 말하는 '모르는 사람들의 세상 속으로' 사라져버린 시기인 것 같았다.

"일 년 반?"

망연한 눈빛으로 천장을 올려다보며 나는 중얼거렸다. '일'을 발음하는 그녀의 악센트가 독특해서인가, 그녀가 말하는 일 년 반이라는 기간이 사뭇 낯설게 되새겨졌다. 지상이 아니라 차원이 다른 공간이나 외계에서 일 년 반을 보내고 온 것인가.

돌아왔어!

그 순간, 지은의 메시지에 담겨 있던 지극히 평범한 단어 하나가 나의 뇌리에서 강렬한 불꽃을 일으켰다. 난 일 년 반 만에 집으로 돌아왔어…… '돌아왔다'는 그녀의 말이 내 주변에서 일어나고 있는 불가해한 사라짐에 대한 구원의 메시지라도 되는 양 나는 가슴의 박동이 빨라지는 걸 느꼈다. 하지만 그것은 기대감이 아니라 불안감을 반영하는 박동이었다. 아무리 아니라고 부정해도 내 자신을 속일 수는 없었다.

형도 돌아올 수 있을까?

어느덧 구 개월이 지났지만 나는 여전히 형이 사라져버린 이유를 모르고 있다. 이스탄불로 출장 간 형이 무슨 이유로 짐바브웨로 갔는지, 그리고 그곳에서는 어디로 잠적했는지에 대해 아는 게 아무것도 없는 것이다. 서로에 대해 아는 게 별로 없다는 점에서 그와 나는 형제라고 말하기 어렵다. 그래, 엄밀한 의미에서 그와 나는 형제가 아니다. 같은 날 같은 시각에 교통사고로 세상을 떠난 부모님이 그와 나에게 그런 서열을 부여한 것일 뿐이다. 쌍둥이도 아닌데 어떻게 형과 아우가 나이가 같을 수 있겠는가.

형은 아버지가 만든 자식이고 나는 어머니가 만든 자식이었다. 아버지의 전처는 뇌암으로 사망, 나의 생부는 음독자살. 간단히 말해 아버지와 어머니가 재혼을 함으로써 피가 다른 그와 내가 형제가 된 것이었다. 하지만 형과 나 사이에 별다른 갈등이나 문제는 없었다. 부모님이 돌아가시기 전에도 그랬고 부모님이 돌아가신 뒤에도 마찬가지였다. 서로에 대한 무관심이 오히려 쌍방의 보호막이 되어주었다.

형과 내가 처음 만난 건 중학교 1학년 때였다. 그리고 부모님이 여행길에서 같은 날 같은 시각에 세상을 떠난 건 그와 내가 고등학교 2학년 때였다. '철길 건널목 신호 무시한 관광버스, 달려오던 열차와 충돌.' 나의 기억에 남아 있는 당시의 신문기사는 지극히 간단명료했다. 하지만 세상에 남겨진 형과 나 사이는 신문기사처럼 간단명료하지 않았다.

형은 말수가 적고 내성적인 성격의 소유자였다. 나도 어릴 땐 그와 비슷한 성격을 지니고 있었다. 하지만 형과 함께 살게 된 뒤로 완연히 달라지기 시작했다. 그와 비슷하다는 것 자체가 견딜 수 없이 싫어서였다. 부모님이 세상을 떠난 뒤부터 나는 중심을 잃고 방황하기 시작했지만 그는 자신의 내면으로 더욱 깊이 침잠해 오직 공부밖에 모르는 인간으로 변해 갔다. 그가 경영학과에 지원했을 때 나는 같은 대학의 철학과를 지원했다. 하지만 그는 과수석이 되었고 나는 보기 좋게 낙방했다. 일 년 재수를 한 뒤 나는 그의 후배가 되는 게 싫어 타 대학 철학과를 지원했다. 그게 과연 무관심이었을까.

형은 직장에서도 능력을 인정받는 인물이었다. 입사할 때 총무과로 발령받았던 그가 일 년 만에 해외 업무를 담당하는 부서로 이동한 것도 그런 이유 때문이었다. 내가 보기에 그는 현실적으로 아무런 문제가 없는 인간이었다. 건강한 신체, 타고난 성실성, 확실한 직장, 사랑하는 여자…… 도대체 뭐가 문제란 말인가.

이스탄불과 짐바브웨 사이.

세계지도에 그려진 붉은 수직선을 올려다보며 나는 길게 한숨을 내쉬었다. 한참을 바라보고 있노라니 짐바브웨에서 머물던 수직 하강선의 마지막 지점이 살아 있는 생명체처럼 꿈틀거리기 시작했다. 꿈틀거리며 조금씩 밑으로 뻗어 내려 짐바브웨를 벗어나고 있었다.

어딘가.

한 지점에 머무는가 싶어 확인해 보니 그것은 어느새 아프리카 대륙을 벗어나고 있었다. 그리고 잠시 뒤, 그것은 북대서양과 인도양 사이를 거쳐 세계지도를 빠져나왔다. 이스탄불에서 시작해 내가 누워 있는 거실까지 수직 하강한 것이었다. 퍼뜩 일어나 앉고 싶었지만 뜻대로 몸이 움직여지지 않았다. 상징적 귀환처럼 어느새 수직 하강선의 마지막 지점이 나의 가슴에까지 이르러 있었다.

형!

*

 금요일 오전, 두 통의 전화를 받았다. 9시경에 먼저 받은 전화는 지은에게서 걸려온 것이었다. 잠을 자고 있다가 다소 몽롱한 상태에서 나는 전화를 받았다. 며칠 전 자동응답기에 메시지를 남긴 날, 어째서 밤에 전화를 걸지 않았는지에 대해 나는 잠이 덜 깬 목소리로 먼저 물었다. 그러자 그녀가 다소 풀 죽은 어조로 그냥, 그렇게 됐어, 하고 말했다. 예전처럼 생기 있고 발랄한 어조가 아니라서 나는 눈을 비비고 자리에서 일어나 벽에 등을 기댔다.

 "그냥 그렇게 됐다니? 난 일 년 반 만에 현실로 돌아온 사람이 어떻게 달라졌는지 궁금해서 새벽까지 전화를 기다렸는데…… 돌아오자마자 바빠진 건가?"
 "아니 그런 게 아냐. 그냥, 이거저것 하다 보니까 깜빡한 거야. 많이 기다렸어?"
 "그날 밤엔 도통 잠이 안 와서 통화를 하고 싶었어. 그래 일 년 반 동안 어딜 갔다 왔다는 거지?"
 "지금 오빠가 묻는 어투가 밥맛 떨어지는 형사 같다는 거 알아?"
 "형사?"
 "그래, 오빠. 그냥 그런 건 묻지 마. 별로 말하고 싶지 않으니까."
 "기분 나쁘게 할 뜻은 없었어. 그냥 난 예전의 지은이를 생각하면서 말한 거야. 근데 너, 예전과 아주 많이 달라진 느낌이 든다. 다른 사람 같애."
 "그래, 그럴지도 몰라. 내가 느끼기에도 예전과 완전히 다른 사람 같으니까…… 정말 난 다른 사람이 돼서 돌아왔는지도 몰라. 하지만 어차피 세상은 변하는 거잖아. 우리가 매일 보니까 모를 뿐이지 사실은 매일매일 모든 게 달라지는 건지도 몰라. 오빠는 하나도 달라지지 않았어?"

"나?"

"그래, 오빠도 많이 달라졌을 거야. 그러니까 내 전화를 기다린 거 아닌가? 예전엔 내가 전화를 걸어도 심드렁하게 받곤 했잖아."

"그래, 나도 많이 달라졌겠지. 매일매일 마춰된 것처럼 살아가니까 내가 달라졌다는 걸 자각하지 못하는 걸 거야. 그래, 이젠 뭘 할 거니?"

"모르겠어. 돌아오긴 했지만 모든 게 막막하고 불투명해. 집에 가보니까 모든 게 엉망이 돼 있어서 그냥 나와버렸어. 원룸을 하나 얻었는데…… 좀 더 기다려봐야 할 것 같애."

"뭘 기다린다는 거지?"

"시간."

"시간을 기다리면 모든 게 절로 해결된다는 건가?"

"아니, 그런 게 아냐. 세상에 해결되는 건 아무것도 없어. 그냥 기다리다 보면 문제가 사라지는 것뿐이야. 사라지는 걸 사람들이 해결되는 거라고 착각하는 거지 뭐. 어차피 뾰족한 수가 없으니까."

사라짐, 해결, 착각…… 그녀의 말을 듣고 있는 동안 뭔가 잡힐 듯 말 듯 연해 뇌리에서 어른거렸다. 하지만 철커덕 하는 소리를 내며 온전하게 연결되지 않아 머릿속이 더욱 복잡해졌다. 그때 그만 끊을게, 하고 그녀가 말했다. 내가 전화번호를 알려달라고 말하자 휴대폰? 하고 그녀가 되물었다. 그래서 무엇이든 연락이 되는 거라면 상관없다고 말하자 휴대폰은 없어, 하고 그녀가 덧붙였다. 그러고 나서 잠시 사이를 두었다가 원룸 전화번호를 알려주었다.

가오리가 전화를 걸어온 것은 10시 30분경, 내가 계란 프라이를 만들고 있을 때였다. 주방의 채광창으로 밀려든 아침 햇살이 계란의 노른자위에 금빛 박막처럼 뒤덮여 있을 때였다. 전화를 받자마자 그는 다짜고짜 오늘 뭘 할 거냐고 물었다. 그래서 가스레인지의 레버를 잠그며 나는 이렇게 말했다.

"보나 마나 널 만나게 되겠지. 지금 그 말 하려고 전화한 거 아냐?"
"새끼, 철학과 강사 때려치우고 철학관이나 운영해라."
"안 그래도 때려치웠으니 걱정 마라. 그래, 용건이 뭐야? 오늘 만나서 술 마시자는 거지?"
"술 마시는 게 아니라 술 마시고 원 없이 울어보자는 거다. 그게 주목적이라구."
"근데, 오늘은 학원 강의 없는 날이냐?"
"나 학원 그만뒀다. 그래서 주머니도 두둑하니까 오늘은 내가 사마."
"학원을 그만뒀다구?"
"갈 데까지 가보는 거지 뭐. 짧은 인생 아등바등 살 거 뭐 있냐. 아무튼 구질구질한 말은 나중에 만나서 하고 저녁 6시까지 집으로 데리러 갈 테니 꼼짝 말고 집에 붙어 있어라. 알았지?"

낮 동안 나는 내내 컴퓨터 앞에 앉아 있었다. 별다른 생각 없이 인터넷에 접속해 이곳저곳을 떠돌아다니다가 '여행'이라는 검색어의 미궁 속으로 빠져 들어 시간의 흐름을 망각해 버린 것이었다. 수백 개의 여행사를 다 뒤져보고, 여행 관련 개인 홈페이지를 들쑤셔보고, 그것도 모자라 나중에는 백과사전까지 헤집어보았다. 하지만 집속을 끊었을 때 나는 아무것도 건지지 못한 채 일종의 공황 상태에 사로잡혀 있었다. 내가 무엇을 찾으려 했는지를 몰라서가 아니라 내가 찾고자 한 게 애초부터 없었다는 걸 비로소 깨달은 때문이었다. 지상에 없는 무엇, 인간이 만든 지도로는 갈 수 없는 곳을 내가 꿈꾼 것일까.

가오리가 집으로 온 건 6시 10분경이었다. 외출 준비를 끝내고 있었기 때문에 나는 그와 함께 곧바로 집을 나설 수 있었다. 하늘은 잿빛으로 무겁게 가라앉아 있었고 대기에는 비를 예고하는 듯한 습기가 배어 있었다. 비가 오려는 건가 하는 표정으로 나는 아파트 현관을 나서며 하늘을 올려다보았다. 그때 앞서 나간 가오리가 야, 빨리 타, 하고 소리쳤다. 하지만 나는 아파트 현관 앞에 세워진 가오리의 차를 보고 우뚝 걸음을 멈추었다.

"이건 뭐야…… 술 마시러 갈 거면서 차는 왜 가져온 거야?"
"잔말 말고 타기나 해. 갈 길이 멀어."
"어디로 가는 건데?"
"폭우를 동반한 태풍이 북상하고 있다는데…… 태풍 이름을 까먹었다. 생각날 때까지 그냥 가오리라고 하지 뭐."
"마치 북상하는 태풍을 마중 나가는 사람처럼 말하는구나."
"그래, 휘몰아치는 폭풍우 속에서 목이 터져라 울부짖는 기분도 그리 나쁘진 않을 거다. 악을 쓰고 울면서 붕붕 날려 가는 기분…… 죽이지 않을까?"

그가 왠지 불안정한 상태에 사로잡혀 있는 것 같아 나는 더 이상 대꾸하지 않았다. 차라리 입을 다물게 하는 게 낫겠다는 생각이 들었다. 그래서 왜 학원을 그만뒀는지, 앞으로의 계획은 무엇인지 따위의 얘기는 고스란히 접어두기로 했다. 얘기를 나눌 만한 상태도 아닌 것 같고, 얘기를 나눈다고 해도 어차피 달라질 건 아무것도 없을 테니까.

"우리는 지금 서북쪽으로 가고 있다."

강변도로로 접어들 때 한동안 침묵하고 있던 그가 묻지도 않은 말을 꺼냈다. 가거나 말거나 관심 없다는 표정으로 나는 좌석 깊숙이 몸을 묻고 점점 무겁게 내려앉는 하늘을 올려다보았다. 평상시 같으면 아직 잔광이 남아 있을 시간인데 지금은 믿어지지 않을 정도로 짙은 어스름이 사방에 가득 들어차 있었다. 언뜻 인터넷을 떠돌며 내가 찾고자 했던 곳, 그런 곳으로 가고 있는 것 같다는 생각이 들었다. 서북쪽 어디, 지상의 지도에는 표기되지 않은 또 다른 차원의 세계.

사십 분 정도 달려 차는 신도시로 진입했다. 여기가 서북쪽이야? 하고 물으며 나는 자세를 고쳐 앉았다. 하지만 그는 아무런 대꾸도 하지 않고 외곽도로를 이용해 다시 신도시를 빠져나갔다. 신도시가 끝나는 경계지점에서 좌측으로 접어들자 협소한 비포장도로가 나타났다. 초입에 두서너 군데의 자동차 정비소가 있었지만 그곳을 지나치자 돌연 드넓은 논과 무성한 숲이 나타나기 시작했다. 비포장도로를 사이에 두고 좌측으로는 논, 우측으로는 숲.

700미터쯤 진행한 뒤에 가오리는 우측의 야산자락으로 핸들을 꺾었다. 야산자락이 아니라 거기 자리 잡은 드넓은 공장 건물 같은 곳으로 접어든 것이었다. 산을 등지고 앉은 낡은 단층 건물이었는데 몇백 평은 좋이 될 것 같은 마당에 야외 가설무대까지 갖추어져 있었다. 연극하는 사람들이 만든 야외극장인가 하는 생각을 하며 나는 차에서 내려 주변을 둘러보았다.

"저기, 건물 위를 봐. 저 이상한 폿대와 접시안테나 보이지?"
"게릴라 아지트인가?"
"웃기지 마. 저게 UFO 유도장치래. 여기, 이 마당에 외계인이 착륙할 날이 올 거라고 믿는 사람이 이 카페 주인이거든."
"카페?"

믿어지지 않는다는 표정으로 나는 가오리를 보았다. 공장을 떠올리게 하는 건물, 간판도 없는 입구——어느 누가 이런 곳을 카페로 알고 찾아오겠는가. 어이없다는 생각이 들어 나는 머리를 절레절레 흔들었다. 하지만 인간만 손님으로 받는 게 아니라 외계인까지 손님으로 받을 준비를 하고 있다니 더더욱 기가 막힐 노릇이었다. 이상한 행성의 정신병동이나 감옥에서 도망친 외계인들이라면 또 모를까, 아무리 생각해 봐도 저렇게 조악스러운 유도장치에 걸려들 UFO는 우주의 어느 곳에도 있을 것 같지 않았다. 그래서 나는 오른손 검지를 머리 옆에다 대고 빙빙 돌리며 가오리에게 말했다.

"이봐, 지금 이 집 마당에 외계인이 와 있다고 주인한테 말해 봐. 혹시 아냐, 술과 안주도 공짜로 대접하면서 신처럼 떠받들지도 모르잖아."
"주인은 없을 거야. 떠도는 사람이거든."

가오리가 먼저 건물 안으로 들어갔다. 그를 따라 어두컴컴한 실내로 들어서자 허공에 매달린 몇 개의 백열전등이 가장 먼저 시선을 끌었다. 이게 카페란 말인가. 공장 건물 같다는 나의 첫인상은 여전히 지속되고 있었다. 붉은 페인트칠을 한 금속 배관과 양철 환기통이 벽을 따라 돌아가고 실내 중앙에 커다란 밀링머신이 그대로 남아 있는데 어떻게 이런 공간을 카페라고 할 수 있단 말인가.

공장 개조 카페.

그것이 내가 눈짐작으로 내린 결론이었다. 공장을 하던 건물을 적당히 개조하여 전원 카페로 바꾼 흔적이 역력해 보였다. 요컨대 거칠고 기계적인 바탕에 정서적인 구조물을 가미한 공간. 돌과 흙으로 만든 벽난로, 장작을 때서 사용하는 오래된 무쇠 화덕, 직접 제작한 것으로 보이는 기하학적인 모양의 테이블 같은 것들이 카페의 면모를 산신히 옹호하고 있었다.

가오리는 낮은 탁자와 의자가 있는 벽난로 앞으로 갔다. 백오십 평은 족히 될 것 같은 실내가 한눈에 내다보이는 위치였다. 낮은 의자에 앉은 뒤에 나는 비로소 실내의 바닥이 맨땅이라는 걸 알았다. 손님은 오직 한 테이블, 두 명의 아이들을 데려온 젊은 부부가 전부였다. 배관과 환기통을 따라 뛰어다니는 아이들을 보자 카페가 아니라 아이들 놀이동산에 와 있는 것 같다는 생각이 들었다.

잠시 뒤 무쇠 화덕 옆의 주방에서 서빙하는 남자가 나왔다. 머리를 뒤로 묶은 이십 대 후반쯤의 그가 가오리를 보자 반가운 표정으로 알은체를 했다. 아, 오랜만에 오셨네요, 그동안 잘 지내셨죠, 하고 환한 웃음을 지으며 환대했다. 그러자 가오리가 미간을 찌푸리며 머리를 절레절레 흔들었다.

"아니, 전혀 잘 지내지 못했어. 빌어먹을 지구인들한테 시달리며 끔찍스런 나날을 보냈거든. UFO 기지로 다시 돌아오고 싶어서 정말 죽는 줄 알았다니까. 근데, 캡틴은?"

"아, 오토바이 여행 떠나셨어요. 지난주 금요일 저녁 무렵에 갑자기 해가 지는 쪽으로 가고 싶다고 나섰는데…… 내내 통신 두절이네요."

"그래, 그렇게 떠나는 게 좋은 거야. 떠나는 일에 구질구질한 이유를 달 필요가 뭐가 있어. 해가 지는 쪽으로 가고 싶다…… 그게 그냥 시잖아, 시야."

낄낄거리며 가오리는 맥주와 소주, 구운 감자와 베이컨을 주문했다. 서빙하는 남자가 돌아가자 그는 손목을 들어 시계를 보았다. 나는 잠시 생각을 정리하고 나서 그에게 물었다.

"여긴 뭐 하는 곳이야? 외계인 추종자들 아지트인가?"

"아니, 외계인 추종자들이 아니라 자신들이 외계인이라고 믿는 사람들이 모이는 장소야. 지구가 자신의 별이 아니라고 믿는 사람들, 다시 말해 자신의 별로 돌아갈 날을 기다리는 사람들…… 나 같은 놈들이지 뭐."

말을 하고 나서 그는 씁쓸한 표정으로 담배를 피워 물었다. 그때 사방에서 솨아 하고 이상한 소리가 들리기 시작했다. 언뜻 듣기에 바람 소리 같기도 하고 풍선에서 바람 빠지는 소리 같기도 했다.

"비?"

퍼뜩 정신을 차린 사람처럼 가오리는 자리에서 일어나 출입구 쪽으로 달려갔다. 나는 고개를 돌려 등 뒤쪽의 창을 내다보았다. 푸르스름한 어둠이 들어찬 창유리 위로 빗물이 연신 흘러내리고 있었다. 소리만으로도 엄청나게 세찬 빗줄기라는 걸 알 수 있었다.

그때 술과 안주가 날라져 왔다. 가오리가 없어서인가, 서빙하는 남자는 다소 경직된 표정으로 날라 온 것들을 탁자 위에 올려놓고 말없이 사라졌다. 고개를 돌려 출입구 쪽을 보았으나 밖으로 나간 가오리는 좀체 나타나지 않았다. 언제 나간 것인가, 아이들과 함께 앉아 있던 부부도 어느새 자취를 감추고 없었다. 담배를 피워 물고 후우, 나는 백열전구 등빛이 고여 있는 허공으로 길게 연기를 내뿜었다.

외계로 떠난 건가.

피우던 담배를 바닥에 비벼 끄고 맥주병 마개를 열었다. 그때 출입문이 열리며 쏴아 하는 빗소리가 봇물처럼 안쪽으로 밀려들었다. 반사적으로 고개를 돌리자 온몸이 빈틈없이 빗물에 젖은 가오리가 머리를 털며 자리로 돌아오고 있었다.

"너 왜 그래? 이 빗속에 UFO가 나타나기라도 한 거야?"

나는 너무 어이가 없어 벙긋 입을 벌리고 그를 보았다. 머리카락은 젖은 채 가라앉아 헤어 젤을 바른 것처럼 빛이 나고 있었고 푸른 남방과 면바지는 몸에 들러붙어 속살까지 내비칠 정도였다. 하지만 아무래도 상관없다는 표정으로 그는 덤덤하게 입을 열었다.

"아니, 그런 게 아냐. 누가 오기로 했는데 여기 장소를 잘 몰라. 차를 가져오는 것도 아니고 택시를 타고 온다고 해서 시간 맞춰 입구에서 기다리기로 했거든."
"근데 왜 들어온 거야?"
"휴대폰으로 연락이 왔어. 한 삼십 분쯤 늦을 거니까 안에서 기다리란다. 근처에 오면 연락하겠다고 말야."
"누군데?"

나의 물음에 여자야, 하고 그는 무성의하게 대답했다. 다소 짜증스럽다는 생각을 하며 나는 맥주를 잔에다 부어 몇 모금 마셨다. 그는 소주병 마개를 따고 자작했다. 글라스에다 소주를 반쯤 부어 단숨에 들이켜고 다시 반쯤 따르니 소주 한 병이 고스란히 바닥나 버렸다. 술을 마시고 나서 그는 허겁지겁 베이컨을 집어 먹기 시작했다. 구운 감자 하나를 으깨 반쯤 먹고 나서 문득 생각난 것처럼 그가 고개를 들고 나를 보았다.

"넌 안 먹냐?"
"난 지구인이야. 그런 거 자주 먹을 수 있으니까 걱정 마."

나의 말을 듣고 나서 그는 두어 번 고개를 끄덕였다. 내 말을 진담으로 받아들이는 표정 같았다. 뭔가 불안정하다, 뭔가 어긋나 있다 하는 생각을 하며 나는 빗소리에 집중했다. 빗소리가 아니라 수직으로 쏟아지는 물소리라고 하는 게 차라리 옳을 듯싶었다. 예컨대, 낙차 큰 폭포수 소리.

 8시 30분, 가오리는 휴대폰을 받고 다시 밖으로 나갔다. 그가 한 병 반의 소주, 내가 두 병의 맥주를 마신 뒤였다. 별다른 대화도 없이 빗소리에 사로잡힌 듯한 자세로 묵묵히 술을 마시거나 담배를 태운 사십 분.

 그가 밖으로 나가자마자 후 하고 나는 길게 한숨을 내쉬었다. 그때 출입문이 열리고 세찬 빗소리와 함께 와자하게 떠드는 소리가 들렸다. 고개를 돌려보니 대여섯 명의 이십 대들이 비를 피하기 위해 쏟아지듯 안으로 들어왔다. 헤드라이트 불빛이 실내로 밀려드는 걸로 보아 출입문 앞에다 바투 차를 갖다 댄 모양이었다.

 헤아려보니 안으로 들어선 사람은 모두 다섯 명이었다. 그들은 내가 앉아 있는 곳과 반대되는 출입문 우측의 넓은 자리를 잡고 앉았다. 일행 중 한 명이 주방 쪽을 향해 이구아나 형, 우리 왔수다, 하고 큰 소리로 외쳤다. 그러자 주방 안에서 서빙하는 남자가 나타났다. 이구아나라는 별칭을 듣고 보니 정말 그것을 닮은 것 같다는 생각이 들었다. 냉혈을 숨긴 느긋함, 태연함, 그리고 능청스러움.

 가오리는 좀체 돌아오지 않았다. 답답하다는 생각이 들어 나는 자리에서 일어나 출입구 쪽으로 갔다. 가면서 보니 이십 대 중반쯤으로 보이는 청년들이 이구아나와 함께 앉아 다양한 제스처를 써가며 와자하게 떠들어대고 있었다. 나를 본 이구아나가 가볍게 고개를 숙이며 어설픈 미소를 지어 보였다.

출입문을 열자 세찬 빗소리와 썰렁한 공기가 동시에 안쪽으로 밀려들었다. 눈을 가늘게 뜨고 밖을 내다보자 뿌연 수은등빛을 받은 장대비가 수직으로 쏟아지고 있었다. 앞을 분간하기 어려울 정도로 굵고 세찬 빗줄기였다. 산자락을 타고 흘러내린 빗물이 드넓은 마당에 고여 강물처럼 출렁이고 있었다.

밖으로 나설 엄두도 내지 못한 채 나는 도로 쪽을 내다보았다. 거기, 진입로와 도로가 맞물리는 지점에 가오리가 등을 보이고 서 있었다. 세찬 빗줄기가 휘청거릴 때마다 그의 형상이 잠깐잠깐 사라졌다 다시 나타나곤 했다. 하지만 꼼짝 않고 선 그의 뒷모습에서 깊이를 가늠하기 어려운 체념과 집념이 동시에 느껴져 나는 조용히 출입문을 닫고 자리로 돌아와 앉았다.

혼자 잔을 비우고 다시 잔을 채웠다. 아무리 마셔도 취기가 오를 것 같지 않은 밤이었다. 정신이 너무 명징해서 자칫하면 머릿속에서 유리 깨지는 소리가 날 것 같았다. 그 순간 어째서 마린에 대한 갈망이 눈을 떴는지 모를 일이었다. 그녀와 나의 현재 위치가 우주적 거리감으로 되새겨져 도무지 견딜 수 없을 지경이었다.

왜 이러나.

방향감각을 상실한 사람처럼 나는 막막한 눈빛으로 창을 돌아보았다. 빗물이 연해 주름져 내리는 그곳에서 실내의 등빛과 바깥쪽의 젖은 어둠이 질펀한 교접을 벌이고 있었다. 그때 출입문이 열리고 젖을 대로 젖은 두 명의 남녀가 실내로 들어섰다.

"인사해라. 나하고 같은 별에서 온 여자다."

가오리의 말에 여자는 이름 같은 건 밝힐 생각도 하지 않고 고개만 까닥해 보였다. 짧은 숏커트 머리, 꼬리가 위로 올라간 눈매, 얇은 입술이 한데 어울려 차갑고 냉소적으로 보이는 얼굴이었다. 옷을 입은 채 풀장에 뛰어들었던 사람처럼 그녀는 차림새가 엉망이 돼 있었다. 헐렁한 물빛 남방과 타이트한 청바지 차림이었지만 물빛 남방은 푸른색으로 변하고 청바지는 검정에 가까운 색으로 변해 있었다. 뿐만 아니라 젖은 남방이 가슴에 들러붙어 브래지어 자국까지 선명하게 떠올라 있었다.

가오리는 비로소 안정감을 회복한 얼굴로 나와 여자에게 술을 따르고 다시 술과 안주를 주문했다. 오느라고 힘들었겠다고 가오리가 말하자 쿡 하고 여자가 이상한 소리를 내며 웃었다. 왜 웃는 거냐고 가오리가 묻자 여자가 젖은 머리카락을 손으로 쓸어 넘기고 나서 엉뚱한 말을 꺼냈다.

"오는 길에 녹색 물뱀을 봤어. 택시를 탔는데 비포장이 시작되는 지점에 오니까 기사가 더 이상 못 가겠다는 거야. 도로가 물에 잠겨서 차가 건너기 힘들 정도였거든. 그래서 싫으면 관두라고 말하고 차에서 내렸지. 그리곤 아무 차나 오기를 기다리며 무작정 서 있었어. 그런데 가로등빛에 보니까 물 위에서 뭔가 꿈틀거리며 내가 서 있는 쪽으로 다가오는 거야. 허리를 굽히고 내려다보니까…… 뱀이잖아. 녹색이었는데 물살을 거스르며 헤엄치는 모양이 너무 아름다워서 한참을 들여다보고 있었어. 아, 지금도 그 모습이 너무 선명해."

"아무튼 들어오는 차가 있어서 천만다행이었다."

"그 사람 너무 고마워서 다음에 만나 한번 자줘야겠어. 자기 같으면 그럴 수 있겠어? 다시 돌아 나올 수 없을지도 모르는 길을 처음 보는 여자가 가자면 가겠냐구."

"당연, 가겠지."

여자가 웃기지 말라는 표정으로 냉소를 머금고 가오리를 보았다. 그러자 그가 멋쩍다는 표정으로 어깨를 으쓱해 보이고 나서 건배를 제안했다. 가오리와 여자는 소주, 나는 여전히 맥주를 고수하고 있었다. 그때 출입구 우측에서 폭발적인 웃음소리가 터져 올랐다. 돌아보니 허리를 뒤로 젖히거나 상체를 앞으로 접은 채 무리가 미친 듯 웃어대고 있었다. 엄청난 폭우와 안온한 고립감 사이에서 일어나는 집단적 분열을 목격하는 것 같았다.

어느 순간, 여자가 가오리에게 춥다는 말을 했다. 그러자 그가 아무에게도 허락을 구하지 않고 뒤쪽의 벽난로에다 불을 피웠다. 벽난로 옆에 쌓인 장작개비를 어긋나게 걸쳐놓고 밑에다 신문지를 말아 넣어 수월하게 불을 지핀 것이었다. 그러자 한여름 밤의 장작불이 꽃뱀의 혀처럼 날름거리며 갈라진 나무의 속살을 애무하기 시작했다.

"팬티도 젖었겠지?"

자리로 돌아온 가오리가 여자에게 물었다. 그러자 다 젖었어, 하고 여자가 아무렇지도 않게 대꾸했다. 하지만 그들이 어떤 사이인지에 대해 나는 아무런 궁금증도 일지 않았다. 별달리 느껴지는 것도 없고, 별달리 상관하고 싶은 것도 없었다. 오직 한 가지, 마린에 대한 그리움이 탁탁 소리를 내며 타오르는 장작개비처럼 가슴에 뜨거운 불을 지피고 있을 뿐이었다.

어느 순간, 나는 술잔을 내려놓고 눈을 감았다. 어느 순간, 다시 눈을 떴을 때 나는 가오리가 여자를 가슴에 안고 있는 걸 보았다. 젖은 몸을 부둥켜안고 있는 두 사람의 자세가 너무 불편해 보여 나는 다시 눈을 감았다. 어느 순간, 다시 눈을 떴을 때 가오리는 여자의 가슴에 손을 넣고 입술을 빨아대고 있었다. 사랑을 나누는 것이거나 처절한 몸부림이거나 혹은 미친 짓이거나, 어떤 식으로도 상관하고 싶지 않아 나는 다시 눈을 감았다. 그리고 어느 순간 다시 눈을 떴을 때 실내는 아수라장이 되어 있었다.

무슨 일인가.

나는 반사적으로 자리에서 일어나 주변을 살폈다. 출입구 우측에 앉아 있던 다섯 명이 실내를 오가며 분주하게 설쳐대고 있었다. 주방으로 뛰어 들어가는 사람이 있었고, 주방에서 뛰어나오는 사람이 있었다. 그리고 서넛은 출입문 앞에서 허리를 굽히고 정신없이 출입문 밖으로 물을 퍼내고 있었다. 뒷산에서 흘러내린 빗물이 마당을 넘어 이윽고 실내로 밀려들기 시작했다는 걸 알 수 있었다. 하지만 어디로 사라진 것일까, 가오리와 여자의 모습은 보이지 않았다.

나는 긴장한 표정으로 출입문이 있는 곳으로 다가갔다. 무리가 알아들을 수도 없는 소리를 내지르며 바가지, 그릇, 세숫대야 따위를 동원해 결사적으로 물을 퍼내고 있었다. 하지만 부질없는 짓인 것 같았다. 열려진 출입문 밖을 내다보니 마당과 도로, 논의 구분이 모조리 사라져버린 뒤였다. 그때 허리를 굽히고 필사적으로 물을 퍼내던 이구아나가 손에 들고 있던 바가지를 바닥에 팽개치며 악을 썼다.

"안 돼, 틀렸어. 포기하고 어서 여길 빠져나가자. 뒷산을 넘어가면 길이 있을 거야. 지금 나가지 않으면 완전히 고립될 거라구."

나는 황망히 등을 돌리고 주방이 있는 곳으로 갔다. 하지만 주방 안에는 아무도 없었다. 주방 우측에 작은 방문이 있어 열어보았지만 거기도 마찬가지, 사람의 모습은 보이지 않았다. 방문을 닫고 다급히 등을 돌리자 좌측 벽면에 밖으로 통하는 작은 출입문이 있었다. 정신없이 그것을 열고 밖으로 얼굴을 내밀었다. 그러자 어둠과 바람과 빗줄기가 한패거리처럼 달려들며 사정없이 면상을 후려쳤다.

아.

거기, 건물 바깥쪽 벽면에 살아 꿈틀거리는 한 쌍의 검은 생명체가 있었다. 벽면에 등을 붙이고 한쪽 다리를 치켜들어 상대방의 다리를 휘감은 생명체, 벽면을 손으로 짚고 연신 허리를 움직여 대는 또 다른 생명체…… 서로 다르게 살아 움직이는 것들이 하나가 되기 위해 처절하게 몸부림치고 있었다. 흡사 우주 폭풍 속에서 끔찍스런 사투를 벌이는 외계 생명체 같았다.

　—어제 서해안을 따라 시속 45킬로미터의 빠른 속도로 북상한 제7호 태풍 올가는 전국 곳곳에 강풍과 함께 많은 비를 뿌렸습니다. 이로 인해 전봇대가 부러지고 가로수가 뽑혀 나갔으며 주택 및 건물 파손, 어선 전복, 정전 사태 등의 피해가 잇따랐습니다. 한편 사흘째 집중호우가 계속된 서울 경기 등 중부지방 주민들은 태풍의 영향으로 또다시 많은 비가 내리자 엎친 데 덮친 격이라며 재산 피해 등이 더욱 늘어날 것을 우려하고 있습니다.
　—경기도 수원에 64년 기상 관측 이래 하루 최고 강수량인 333.2밀리의 비가 내린 것을 비롯, 중부지방에 최고 400밀리까지 쏟아진 집중호우로 산사태와 교량 붕괴 등 사고가 잇따르면서 아홉 명이 숨지거나 네 명이 실종됐습니다.
　—오후 7시경 군포시 부곡동 저지대 30가구가 침수돼 주민 92명이 인근 고지대로 대피했습니다. 일선 시군 재해대책본부는 응급 복구반을 편성, 양수기 등을 동원해 침수지역의 배수작업을 벌이고 있습니다. 한편 이 시각까지 안산시 안산동과 원곡동, 수원시 망포동 일대의 50여 헥타르 농경지가 침수된 것으로 집계됐습니다.
　—여기는 지난 삼 일 동안 540밀리가 넘는 장대비가 쏟아진 경기 파주시입니다. 이번 수해 최대 피해지역 중 하나인 문산읍을 비롯, 파평면과 적성면 등 파주 시내 곳곳은 교통 두절과 전화 불통, 정전 단수 등으로 마치 난리통을 방불케 하고 있습니다. 문산 읍내를 가로지르는 동문천이 범람하면서 문산읍 시가지의 1/3가량이 어제 오전 9시 30분경부터 순식간에 물바다로 변해 버렸습니다. 문산 읍내 곳곳의 건물 옥상에서는 미처 대피하지 못한 주민들이 잔뜩 겁먹은 표정으로 옷가지를 마구 흔들며 구조를 요청했습니다.

한편 긴급 대피 사이렌 소리에 가재도구도 제대로 못 챙기고 다급하게 인근 고지대 등으로 대피했던 주민 5,000여 명은…….

사흘 동안 나는 단 한 차례도 외출하지 않았다. 그사이 집중호우와 태풍이 지나갔다. 사흘 동안 내가 했던 일이라곤 하루 종일 텔레비전을 지켜보며 누워 있거나 앉아 있거나 서성거린 게 고작이었다. 이리저리 리모컨을 누르며 내가 선택한 것은 태풍 피해 상황을 집중적으로 보도하는 채널들이었다. 정규 방송과 임시 방송을 가리지 않고 악착스럽게 폭우와 태풍의 흔적을 찾아다닌 것이었다.

내가 가오리와 함께 술을 마시던 그날 밤의 폭우가 기상 관측 사상 하루 최고치의 강수량이라고 했다. 산사태가 일어나고 제방이 무너지고 개천이 범람하던 그날 밤, 주택과 도로와 철도와 농경지가 침수되고 유실되던 그날 밤, 나는 어디에서 무엇을 하고 있었던가.

그날 밤 나는 끝내 가오리를 부르지 못했다. 부르지 못한 게 아니라 한 덩어리가 되어 있는 그들을 갈라놓을 용기를 낼 수 없었다. 휘몰아치는 비바람 속에서 짐승처럼 울부짖으며 교접하는 인간들을 떼어낸다는 것, 단순한 용기로 할 수 있는 일이 아니었다. 그리하여 그들을 버려두고 카페에 있던 나머지 일행과 산을 넘어 집으로 돌아온 뒤에도 나는 나의 행동을 후회하지 않았다. 설령 내가 그들을 떼어놓지 않아서 죽음을 맞게 되었다 해도 그들이 날 원망할 거라는 생각은 하지 않았다.

흙탕물에 침수된 읍거리, 구명보트를 타고 구조 활동을 펼치는 119 구조대원들, 건물 옥상에 대피해 있다가 헬기의 구조 로프에 대롱대롱 매달려 이송되는 사람들의 모습을 하루에도 몇 차례씩 되풀이 보여주는 방송을 나는 지겨운 줄도 모르고 지켜보았다. 하지만 죽거나 실종된 사람들에게는 장면이 부여되지 않았다. 화면 하단에 이름만 자막처리 되거나 기자의 짧막한 설명이 덧붙여지는 게 고작일 뿐이었다. 태풍에 배가 뒤집혀 실종된 사람, 급류에 휩쓸려 실종된 사람, 산사태로 가옥이 매몰돼 사망한 사람, 날아가는 함석 지붕에 맞아 즉사한 사람, 쓰러지는 가로수에 머리를 부딪혀 사망한 사람…… 그것은 하나같이 카메라에 포착되지 않은 죽음들, 상상의 브라운관에서만 끝없이 재연되는 죽음들이었다. 비현실적이지만 엄연히 현실적인 죽음들, 믿을 수 없으나 끝내 믿어야 하는 죽음들.

사망과 실종에 관한 보도가 나올 때마다 나는 움직임을 멈추고 브라운관을 들여다보았다. 혹시 가오리의 이름을 듣게 되는 건 아닐까, 나도 모르게 신경이 곤두서곤 했다. 하지만 전원 카페의 담벼락에 붙어 섹스를 하다가 죽은 남녀의 명단은 끝내 보도되지 않았다. 물론 수해로 목숨을 잃은 사람들이 모두 보도되는 건 아닐 터였다. 그래서 태풍과 폭우가 지나가고 곳곳에서 복구 작업이 진행되는 동안에도 나는 긴장감을 누그러뜨릴 수 없었다. 혹여 사람 눈에 잘 띄지 않는 곳에서 뒤늦게 발견된 남녀의 주검에 관한 보도가 있을지도 모른다는 초조감 때문이었다.

물론 전화를 걸어보면 생사 여부를 간단히 확인할 수 있을 터였다. 하지만 나는 끝내 가오리에게 전화를 걸지 않았다. 어차피 연결되지 않을 거라는 기이한 확신에 나는 사로잡혀 있었다. 죽었다면 당연히 연결되지 않을 것이고, 살아 있다면 의도적으로 연결을 피

할 거라는 단정. 결국 단절과 연결 사이의 갈등이었다. 그가 살아 있을 경우, 나에게 자신의 무사함을 알리고 싶었다면 바로 다음 날 전화를 걸어왔을 터였다. 살아 있으면서도 전화를 하지 않았다면 그것은 이미 단절의 의사를 표명한 것이나 다름없었다. 그것은 내 쪽에서도 마찬가지, 살아 있는 그와 더 이상 교류하고 싶지 않다는 생각을 나는 분명하게 굳히고 있었다. 그것이 그에게 전화를 걸지 못한 이유, 생사 여부를 확인하지 못한 이유이기도 했다.

태풍과 폭우의 정화로 한껏 맑아진 대기, 비로드 위에 은가루를 뿌려놓은 듯한 별밤이었다. 나는 텔레비전을 끄고 베란다로 나가 참으로 오랜만에 밤하늘을 올려다보았다. 내 주변에서 사라진 존재들이 거기, 맑고 검은 밤하늘에 붙박여 은은하게 빛을 발하고 있었다. 어쩌면 지상에서 흘리지 못한 그들의 눈물이 건조되어 천상의 꽃가루가 된 것인지도 모를 일이었다. 저마다 다른 지상의 사연을 품고 저마다 다른 천상의 향기를 피워내는 우주의 화원…… 각성되지 않은 지상의 시간이 송두리째 우주로 빨려가는 것 같았다.

불을 밝히지 않은 거실, 나는 무릎을 세우고 앉아 있었다. 어느덧 자정 지나 물밑처럼 잠잠한 세상, 거대한 짐승의 심장에 갇혀 있는 것처럼 사뭇 불안정한 박동이 사방에서 느껴졌다. 양팔로 감싼 무릎에 턱을 얹어 몸을 한껏 둥글게 말고 있는데도 안정감은 좀체 회복되지 않았다. 송곳처럼 날카로워진 신경세포가 불쑥불쑥 살갗을 뚫고 나올 것 같아 자세를 고쳐 앉을 수도 없었다.

무엇을 견디는 것인가.

심장의 격한 박동 소리를 들으며 나는 호흡을 가다듬었다. 무엇을 견디는지를 몰라서가 아니라 알면서도 견뎌야 하는 형벌의 시간이 흐르고 있었다. 자세를 풀지 않기 위해 어금니를 악다물고 있는 동안 온몸에서 스멀스멀 진땀이 배어났다. 언뜻 형의 모습이 보이고 곧이어 니그로이드 전사의 모습이 눈앞을 스쳐갔다. 사라져버린 선배 강사의 모습이 보이다가 뮤의 여자, 가오리의 모습까지 찰나처럼 스쳐갔다. 하지만 그들은 모두 깃발처럼 펄럭이는 무의식의 환영일 뿐이었다. 환영에 가려 보이지 않는 진짜 형상은 내 의식의 암실에 갇혀 있었다.

마린.

무거운 사슬을 벗어 던지듯 나는 스스로 결박했던 몸을 해체시켰다. 무릎을 감쌌던 양팔을 풀고 거실 바닥에 몸을 눕혔다. 거실 바닥이 꺼지는 것인가, 내 몸이 가라앉는 것인가. 깊은 현기가 느껴져 잠시 호흡을 가다듬었다. 근거를 알 수 없는 비감과 분노가 내 몸을 빠져나가 푸른 전파처럼 허공을 꿰뚫었다. 접선해야 한다, 접선해야 한다, 너무나도 절박한 어조로 날아가는 뇌파의 메시지.

마린을 생각하며 나는 지은에게 전화를 걸었다. 마린이 아니라면 누구라도 상관없었다. 하지만 지은이 알려준 원룸 번호에서는 이상한 메시지가 흘러나왔다. 번호를 확인하고 다시 한 번 버튼을 눌렀지만 마찬가지, 결번을 알리는 사무적인 메시지만 되풀이되었다. 낯선 사람들의 세상 속으로 들어갔다가 일 년 반 만에 현실로 돌아왔다는 그녀…… 어디로 다시 사라져버린 것일까.

견딜 수 없는 심정이 되어 나는 결국 컴퓨터의 전원 버튼을 눌렀다. 그리고 이렇게도 저렇게도 할 수 없는 절박한 심정이 되어 마린에게 이메일을 쓰기 시작했다. 더 이상 제어할 수도 없고 더 이상 해체할 수도 없는 상태에 이르러 기어이 메마른 눈물가루를 흩뿌리기 시작한 것이었다.

마린

당신을 사랑하지 않는 게 죄악처럼 여겨지는 밤에 편지를 씁니다. 어느 하루도 당신을 갈망하지 않은 날이 없었다고 말하기 위해, 그리고 당신에 대한 갈망 때문에 어느 하루도 괴로워하지 않은 날이 없었다고 말하기 위해 나는 이 편지를 씁니다. 섣부른 감정이 아니라 말라버린 눈물가루가 당신을 향한 내 진술의 재료가 될 것입니다. 설령 당신을 사랑한다고 말한 대가로 마른 눈물가루를 다시 적시는 일이 일어난다 해도 결코 후회하지 않겠습니다. 시간이 흐른 뒤에 이 편지가 아주 민망스럽게 되새겨진다 해도 또한 후회하지 않겠습니다. 이것이 지금 내가 끌어안을 수 있는 최상의 선택이기 때문입니다.

형의 여자를 동생이 사랑한다는 것을 당신은 죄악이라고 생각할지도 모릅니다. 하지만 형의 실종 문제로 당신을 처음 만났을 때, 나는 이미 죄악의 덫에 치인 나의 운명을 알았습니다. 그리고 죄악에 순응함으로써 구원에 이를 수 있는 이율배반적인 섭리도 또한 느꼈습니다. 하지만 지난 구 개월 동안 당신은 죄악의 덫에 치인 나를 구원하지 않았습니다. 덫에 치인 내가 버둥거리고 몸부림치는 걸 지켜보며 당신은 침묵으로 일관했을 뿐입니다. 지상에서 나를 구원할 수 있는 유일한 존재가 당신뿐이라는 걸 스스로 부정하고 싶은 건가요.

당신을 통해 나는 죄악의 불구덩이를 관통하고 싶습니다. 그것을 통해 또한 구원에 이르고 싶습니다. 지상의 방식을 거부하는 게 아니라 지상의 방식으로는 도달할 수 없는 구원을 내가 꿈꾸고 있기 때문입니다. 죄악의 덫이 구원의 빛이 될 수 있는 통로, 그곳에 당신의 감추어진 언어가 있습니다. 그래서 당신의 침묵이 나에게는 너무 가혹한 형벌입니다.

가끔 당신의 침묵 속에서 말라 죽는 상상을 합니다. 어떤 때는 당신의 침묵 속에서 화형 당하는 상상을 하기도 합니다. 하지만 그것이 운명이라면 말없이 순응할 각오가 되어 있습니다. 한마디 사랑의 언어를 기다리며 한 생애를 보내는 일이 어찌 무익하기만 하겠습니까.

사랑한다는 말의 씨앗을 심고, 사랑한다는 말의 결실을 거두기 위한 인내의 시간이 흐르고 있습니다. 당신과 나 사이, 이미 몇 번의 생애가 그렇게 지나갔는지도 모르겠습니다. 하지만 괜찮다고, 운명의 주술에 걸린 사람처럼 중얼거리며 이만 편지를 줄이겠습니다. 아무리 길게 써도 끝나지 않을 편지, 아무리 길게 써도 한 줄로 요약될 편지…… 딱딱하게 여문 말의 씨앗 한 톨을 편지에 담아 발송합니다. 이 씨앗이 부디 당신의 침묵 속에서 구원의 싹을 틔울 수 있기를 빌며.

당신을 사랑합니다.

*

마린에게서 전화가 걸려온 것은 금요일 오후 6시경이었다. 이메일을 보내고 이틀이 지난 뒤였다. 기력이 쇠진한 사람처럼 한껏 침잠한 어조로 주란 유원지에서 만나요, 하고 그녀는 말했다. 무슨 말인지를 언뜻 알아차리지 못해 주란 유원지라구요? 하고 나는 되묻지 않을 수 없었다. 그러자 가늘게 한숨을 내쉬고 나서 그녀가 다시 말했다.

"나를 데리러 올 필요는 없어요. 혼자 그곳으로 가겠어요. 죽은 매미가 떨어졌던 집…… 8시에 그곳에서 만나요."

전화를 끊고 나서 나는 멍한 기분으로 창밖을 내다보았다. 베란다로 밀려든 부신 햇살 때문에 바깥 풍경에 옥양목이 뒤덮여 있는 것 같았다. 그것을 내다보고 있는 동안 이틀 전에 내가 보낸 이메일과 지난봄에 그녀에게서 받은 영문 모를 장미꽃 한 다발이 동시에 떠올랐다. 내가 그녀에게 보낸 이메일에는 사랑한다는 고백이 담겨 있었지만 그녀가 나에게 선사한 장미꽃 다발에는 단절의 의지가 담겨 있었다. 그것이 어째서 예기치 못한 상황과 맞물렸는지 모를 일이었다.

지난봄, 그녀가 학교 앞으로 찾아와 장미꽃 한 다발을 선사하고 간 이후 나는 한동안 그녀에게 연락하지 않았다. 형 문제로 다시는 나를 만나고 싶지 않다는 그녀의 말을 해석하는 데 적잖은 시간이 걸린 때문이었다. 아무튼 한 달쯤 지난 뒤, 나는 형의 문제가 아니라 나의 문제 때문이라는 단서를 달고 그녀에게 다시 전화를 걸었다. 그러자 알겠어요, 라며 그녀는 만나고 싶다는 나의 제안을 순순히 받아들였다. 하지만 그녀와 나 사이의 감정적 진전은 그것이 전부였다. 형 문제를 거론하지 않고도 만날 수 있는 토대는 마련했지만 더 이상의 진전 가능성은 도무지 엿보이지 않았다.

나는 그녀에게 무엇인가.

그녀를 향한 나의 갈망에도 불구하고 나에 대한 그녀의 감정을 나는 확신할 수 없었다. 그녀의 집요한 침묵 속에 모든 것이 은폐돼 있었다. 그런 의미에서 이틀 전에 보낸 나의 이메일은 그녀에게 충격적인 것일 수 있었다. 당신을 사랑한다는 말…… 지리멸렬한 감정의 숨바꼭질에 쐐기를 박고 싶다는 폭탄선언과 다를 게 무엇이랴.

주란 유원지로 가는 동안 나의 시야에서는 지속적으로 한 다발의 장미꽃이 어른거렸다. 형 문제 때문에 다시는 나를 만나고 싶지 않다는 말과 함께 건넨 장미 한 다발. 생각해 보면 아무것도 아닐 수 있었다. 그날 이후 그녀가 다시 나를 만난 것도 또한 아무것도 아닐 수 있었다. 사라졌지만 여전히 기다리고 있는 애인의 동생이 만나달라는 데 달리 어쩌겠느냐고 그녀가 반문한다면?

순간, 문득 형이 현실로 돌아오는 아득한 장면이 뇌리를 스쳐갔다. 그러자 장미와 침묵, 지난 구 개월 동안의 감정적 파노라마가 한순간에 빛을 잃었다. 마린에 대한 너의 갈망이 고작 그 정도였단 말이냐? 창과 방패를 든 니그로이드 전사가 가소롭다는 표정으로 나를 비웃는 것 같았다. 핸들 잡은 손에 힘을 주며 웃기지 마, 지금 무슨 미친 소리를 하는 거야! 하고 나도 모르게 소리쳤다. 설령 형이 되돌아온다고 해도 지금과 달라질 건 아무것도 없다고 나는 소리치고 싶었다. 하지만 나의 입에서는 외침 대신 애원조의 말이 밀려나오고 있었다.

"이곳에는 이제 매미도 살지 않아, 형…… 제발 돌아오지 마."

내가 예당에 당도한 건 7시 40분이었다. 약속 시간이 이십 분이나 남아 있었는데 마린은 이미 지난번과 똑같은 자리에 혼자 앉아 맥주를 마시고 있었다. 가늘고 푸른 줄무늬 남방에 청바지를 입은 모습이 너무 의외라서 나는 사뭇 놀란 눈빛으로 그녀를 내려다보았다. 단 한 번도 이렇게 캐주얼한 차림을 한 그녀를 본 적이 없었다. 게다가 혼자 술까지 마시고 있지 않은가.

"왜 그렇게 서 있는 거죠? 나는 이미 한 시간 전부터 이곳에 있었어요."

나를 보지도 않고 탁자에 시선을 붙박은 채 그녀는 입을 열었다. 그녀가 먼저 입을 열었다는 사실이 너무 놀라워 맞은편 의자에 앉는 동안에도 나는 시종 그녀에게서 눈길을 떼지 않았다. 하지만 그녀의 말에서 뭔가 이상한 낌새가 느껴져 정색을 하고 되묻지 않을 수 없었다.

"한 시간 전부터 이곳에 있었다구요?"
"그래요, 한 시간 전부터…… 어쩌면 두 시간 전부터였는지도 모르겠어요. 아무튼 아주 오래전부터 이곳에 있었던 것 같아요. 그냥 이 유원지를 혼자 둘러보고 싶다는 생각이 들어서 와본 건데……

너무 힘들었어요."

 말을 하고 나서 그녀는 자신의 빈 잔에 스스로 술을 따랐다. 두 병의 맥주가 어느덧 바닥나 있었다. 나는 맥주를 더 주문하고 담배를 피워 물었다. 아주 길고 지리멸렬한 시간이 흐른 뒤 가까스로 처음의 위치에 당도한 것 같다는 정체감이 들어 오히려 마음이 차분하게 가라앉았다. 날라져온 맥주를 잔에 따라 몇 모금 마시고 나서 나는 그녀를 보았다.

 "6시경에 나에게 전화를 걸 때 어디 있었죠? 회사에 있었던 게 아닌가요?"
 "아뇨. 여기…… 주란 유원지에 있었어요."
 "무슨 말인지 모르겠군요. 그럼 오늘 회사에 출근하지 않았다는 말인가요?"
 "그런 게 뭐가 중요하죠? 내가 침묵하지 않고 말을 하고 있다는 게 훨씬 중요한 것 아닌가요?"

 그때 처음으로 그녀는 고개를 들고 나를 보았다. 혼자 마신 두 병의 맥주 때문인가, 커다란 두 눈에 습기가 가득 고여 있었다. 그녀의 배경에 어둠이 드리워지는 걸 지켜보며 나는 더 이상 비켜갈 수 없는 지점에 내가 이르러 있다는 걸 알았다. 어쩌면 내가 아니라 그녀가 정면충돌을 각오한 것인지도 모를 일이었다. 피우던 담배를 끄고 길게 한숨을 내쉬고 나서 나는 허공을 올려다보았다. 매미 울음소리도 들리지 않고 말라 죽은 매미도 더 이상 떨어지지 않는 미루나무가 황당하게 허공으로 치솟아 어둠을 꿰뚫고 있었다.

매미는 이제 이곳에 살지 않는다

"나의 침묵이 형벌처럼 느껴졌다면 어떤 말이라도 할 수 있어요. 하지만 내가 고수한 건 침묵이 아니라 입장이었다는 걸 알아주세요. 난 애초부터 할 말이 없는 여자였거든요."

"……"

"형에 대해서도 난 별로 할 말이 없어요. 이런 말 한 번도 한 적 없지만…… 형과 난 특별한 사이가 아니었어요. 특별한 사이가 아니었다는 건…… 말 그대로 특별한 일이 없었다는 거예요. 내 기억에 남아 있는 형은 그저 단정하고 성실한 사람이었어요. 그게 다였다구요."

"……"

"당신은 나에게 형보다 훨씬 심각하게 느껴져요. 형의 조심성과는 너무 달라서 나도 모르게 감정의 중심을 잃을 때가 있다구요. 하지만 나에게도 출구는 없어요. 내가 당신을 구원할 수 있는 유일한 사람이라고 했지만…… 정작 내가 구원해야 할 사람은 당신이 아니라 내 자신일 뿐이에요. 당신이 만든 덫에 당신 스스로 치었으니 그것에서 당신을 구원할 수 있는 사람도 결국 당신뿐이죠. 그러니 내가 나를 구원할 수 있게 해주세요. 제발 나를 포기하지 않게 해달라구요."

말을 하고 나서 그녀는 단번에 잔을 비웠다. 나는 다시 한 대의 담배를 피워 물고 그녀는 자신의 빈 잔에 다시 술을 따랐다. 무슨 말인가, 나는 그녀의 말을 해독하기 어려워 또다시 술잔을 비우는 그녀를 난감한 눈빛으로 지켜보았다. 하지만 그 술잔을 비운 뒤부터 그녀는 더 이상 입을 열지 않았다. 그녀의 말을 해독하지 못한 나도 또한 입을 열 수 없었다. 막막하고 지리멸렬한 어둠의 미로, 답답하고 숨 막히는 침묵의 여로가 끝도 없이 이어질 뿐이었다.

"괜찮은가요?"

"……."

다시 날라져 온 세 병의 맥주가 바닥났을 때 마린은 완전히 고개가 꺾여 있었다. 걱정스러운 어조로 나는 물었지만 그녀에게서는 아무런 반응도 나타나지 않았다. 상체를 앞으로 굽히고 손을 뻗어 어깨를 건드려보았지만 그녀는 끝내 고개를 들어올리지 못했다. 자칫하면 의자에서 땅바닥으로 그대로 나동그라질지도 모르겠다는 생각이 들어 나는 황급히 의자에서 일어났다. 내가 보낸 이메일이 그녀를 이 지경으로 만든 게 아닐까 하는 생각이 들어 나도 모르게 진저리가 쳐졌다. 정제되지 않은 막무가내의 감정이 결국 그녀를 거꾸러뜨린 게 아닌가.

계산을 하고 나는 그녀를 부축해 가까스로 차에 태웠다. 몸이 완전히 늘어져 제대로 부축을 하기도 어려울 지경이었다. 운전석 옆자리에 앉힌 뒤에도 상체가 자꾸 모로 기울어 안전벨트를 채워야 했다. 하지만 어디로 가야 하나, 나는 시동을 걸고도 선뜻 브레이크 페달에서 발을 뗄 수 없었다.

다리.

그 순간 어째서 나의 뇌리에 다리가 떠올랐는지 모를 일이었다. 지난번에 왔을 때 건너지 못한 다리, 오늘 밤 그곳을 건너지 못하면 영원히 기회가 없을 것 같다는 생각이 퍼뜩 뇌리를 스쳐갔다. 기어를 주행에 맞추고 브레이크에서 발을 뗐다. 그리고 조심스럽게 가속페달을 밟으며 카페촌을 벗어나 다리가 있는 곳으로 서행했다.

지난번과 달리 다리 건너편의 어둠이 길고 긴 터널의 입구처럼 진입을 부추기고 있었다.

지금 건너지 못하면 영원히 건너지 못하리라.

나는 아무런 망설임 없이 다리를 건넜다. 그리고 다리를 건너자마자 우측의 산길로 핸들을 꺾었다. 그리 높지는 않지만 오르막이 끝나는 지점에 호텔의 사인보드가 세워져 있었다. 경사진 길로 접어들자 멀리 검푸른 어둠에 뒤덮인 밤하늘이 전면 유리로 가득 밀려들었다. 은가루 같은 별과 구름에 반쯤 가린 하현달까지 가세해 초현실주의 풍의 회화를 보는 것 같았다.

고적한 우주의 화원.

마린을 침대에 눕히고 나서 나는 한 시간 정도 호텔 방에 머물렀다. 깊은 안락의자에 몸을 묻고 앉아 담배를 피우고, 냉장고에서 캔 음료 하나를 꺼내 마시고, 다시 한 대의 담배를 피우고 나자 어느덧 한 시간이 지나 있었다. 창가로 다가가 커튼을 젖히자 다시금 우주의 화원이 나타났다. 그것을 올려다보며 아직 멀었어, 하고 나는 뜻 모를 말을 중얼거렸다. 뭐가 멀었다는 것인가, 그것은 내 자신도 모를 말이었다.

프런트로 내려가 나는 담당 직원에게 돈을 지불했다. 여자가 깨거든 택시를 불러주라고 미리 돈을 건넨 것이었다. 그러자 왜 먼저 가시는 거죠? 하고 담당 직원이 고개를 갸웃하며 물었다. 남녀 투숙객들 사이에서 일어날 수 있는 예기치 못한 사고를 우려한 모양이었다. 잠시 사이를 두었다가 천천히 고개를 가로저으며 나는 이렇게 중얼거렸다.

"······아직 멀었어."

*

가오리가 죽었다.

전화가 걸려온 것은 화요일 오전 7시경이었다. 누군가 나의 곤한 잠 속으로 얼굴을 들이밀고 가오리가 죽었다, 하는 말을 불쑥 꺼냈다. 그래서 나는 그것이 꿈인지 현실인지를 선뜻 분간하지 못했다. 무슨 말을 하는 거야, 지금······ 수화기를 뺨에 대고 중얼거리다가 나는 기이이 거실 바닥으로 굴러 떨어지고 말았다.

아, 씨팔!

끄응 하는 소리를 내며 나는 간신히 몸을 일으켜 앉았다. 새벽까지 소파에서 시간을 보내다 거기서 그대로 잠이 들었다는 걸 알 수 있었다. 그 순간 전화를 걸어온 동창이 제발 잠 좀 깨봐, 새끼야! 하고 발악적인 고함을 터뜨렸다. 나는 퍼뜩 눈을 떴다. 대뇌의 어디에선가 철커덕 하고 뭔가 차갑게 맞물리는 소리가 들렸다.

"가오리가······ 죽었다구?"
"그래, 그렇다니까!"

"지난번 태풍 때 죽은 거야?"
"이 자식이 지금 자다가 봉창 두들기나?"
"……."
"유서 같은 걸 남기지 않아서 왜 죽었는지는 나도 몰라. 그냥 그 자식이 자주 다니던 전원 카페에서 오늘 새벽에 목을 맨 채 발견됐다는 말만 들었어. 아무튼 시신은 세브란스 영안실로 옮겼다니까 빨리 서둘러."
"전원 카페, 어디?"
"야, 그런 게 그렇게 궁금하면 영안실로 가서 죽은 놈한테 직접 물어봐!"

전화를 끊고 나서 나는 다시 소파로 기어올라 갔다. 그리고 몸을 한껏 둥글게 말고 꼼짝도 하지 않았다. 일시 정지, 일시 정지 하는 말이 연해 뇌리를 맴돌았다. 동창이 일러준 영안실 호수는 그때 이미 나의 기억에서 까맣게 지워진 뒤였다. 나의 뇌리에 각인된 정지 화면과 영안실 사이에 거대한 블랙홀이 존재하고 있었다. 비바람 휘몰아치던 그날 밤, 전원 카페의 담벼락에 달라붙어 온몸으로 울던 가오리…… 그것이 나의 기억에 남겨진 마지막 정지 화면이었다. 그런 그가 어떻게 시간과 공간을 초월해 오늘 새벽, 그것도 동일한 장소에서 목을 맨 주검으로 발견된 것일까.

―그래, 휘몰아치는 폭풍우 속에서 목이 터져라 울부짖는 기분도 그리 나쁘진 않을 거다. 악을 쓰고 울면서 붕붕 날려 가는 기분…… 죽이지 않을까?

오전 10시경까지 나는 일시 정지 상태에 사로잡혀 있었다. 내가 그것에서 가까스로 깨어날 수 있었던 건 누군가 걸어온 전화 때문이었다. 하지만 나는 정지 상태에서 벗어나기 위해 전화를 받지 않고 집요하게 되풀이되는 벨소리만 들었다. 벨소리만 들은 게 아니라 제정신을 차리고 수화기를 집어 들었을 때는 이미 벨소리가 끊긴 뒤였다.

잠시 우두커니 서 있다가 나는 옷을 입을 시작했다. 주술적인 힘에 사로잡히기라도 한 것처럼 근원을 알 수 없는 집중력이 느껴졌다. 그래서 청바지와 남방, 모자와 선글라스를 착용하고 서둘러 집을 나섰다. 나도 모를 뭔가에 무작정 이끌려 가기 시작한 것이었다.

어느 순간 문득 정신을 차렸을 때 나는 운전을 하고 있었다. 윤곽선이 흐려진 건물과 차량과 가로수…… 어느 순간 문득 정신을 차렸을 때 나는 올림픽 대로를 달리고 있었다. 무감각한 흡인력을 느끼게 하는 4차선 도로…… 어느 순간 문득 정신을 차렸을 때 나는 신도시로 접어들고 있었다. 다시 윤곽선이 흐려진 건물과 차량과 가로수…… 그리고 어느 순간 문득 정신을 차렸을 때 나는 좁은 비포장 길을 달리고 있었다.

서북쪽.

좌측의 논과 우측의 숲을 보자 문득 방향감각이 되살아났다. 우리는 지금 서북쪽으로 가고 있다, 하는 말도 기억에서 되살아났다. 하지만 그날과 달리 좁은 비포장 길 곳곳에는 깊은 골이 패어 차체가 심하게 요동질 쳤다. 뿐만 아니라 좌측의 논에 제멋대로 쓰러진 벼에는 태풍의 거센 무늬가 그대로 남아 있었다. 오른쪽 밀집대형으로 쓰러진 벼, 왼쪽 밀집대형으로 쓰러진 벼, 심지어는 소용돌이형으로 쓰러진 벼들도 있었다. 만약 저런 와중에 사람이 서 있었다면 어떤 형상으로 짓이겨졌을까.

가오리.

갑자기 온몸에 소름이 돋는 걸 느끼며 나는 카페 마당으로 진입했다. 뒷산에서 흘러내린 흙탕물이 일대를 휩쓸고 간 흔적이 건물 곳곳에 지문처럼 남아 있었다. 살아 있는 모든 것들이 휩쓸려 가고 텅 빈 구조물만 남겨진 터전 같았다. 뿐만 아니라 깊고 괴괴한 정적이 사방에 가득 들어차 차를 세운 뒤에도 선뜻 밖으로 나설 엄두가 나지 않았다. 잠시 운전석에 앉은 채 낡고 오래된 카페 출입문을 내다보았다. 그러다가 문득 떠오르는 게 있어 고개를 들고 허공을 올려다보았다. 하지만 내가 앉은 운전석에서는 건물 옥상이 보이지 않았다.

—여긴 외계인 추종자들이 아니라 자신들이 외계인이라고 믿는 사람들이 모이는 장소야. 지구가 자신의 별이 아니라고 믿는 사람들, 다시 말해 자신의 별로 돌아갈 날을 기다리는 사람들…… 나 같은 인간들이지 뭐.

어쩌면 하는 생각이 들어 나는 조심스럽게 도어 록을 풀고 밖으로 나섰다. 하지만 어찌된 일인가, 미지를 향한 동경의 각도처럼 건물 옥상에 비스듬하게 세워져 있던 접시안테나는 더 이상 보이지 않았다. 접시안테나뿐 아니라 여러 개의 붉은 리본이 달려 있던 금속 폿대도 또한 보이지 않았다. UFO가 착륙하기를 기다린다는 사람들이 만들어놓은 유도장치가 감쪽같이 사라져버린 것이었다.

 다소 긴장된 눈빛으로 나는 마당을 휘둘러보았다. 혹시 태풍의 여파로 안테나와 푯대가 마당으로 굴러 떨어졌을지도 모르겠다는 생각이 들어서였다. 하지만 마당의 어느 구석에서도 그것들은 발견되지 않았다. 혹시나 하는 마음으로 마당 안쪽으로 걸어가 건물 우측의 공지를 살펴보았다. 흙탕물에 휩쓸렸던 잡초들이 이제는 마른 흙가루를 잔뜩 뒤집어쓰고 떼 지어 누워 있었다. 다시 등을 돌리고 반대편으로 걸어가 건물 좌측의 공지를 살펴보았다. 그러다가 우뚝, 나는 걸음을 멈추고 예기치 못한 정지 상태에 사로잡혔다.

 ─인사해라. 나하고 같은 별에서 온 여자다.

 그곳은 벽을 등진 여자와 벽을 짚은 남자가 필사적으로 섹스를 나누던 공간이었다. 비바람 속에 서서 비바람처럼 온몸으로 울던 인간들…… 그 마지막 장면이 나의 기억에 너무 깊이 아로새겨져 스스로 목을 맨 주검과는 도무지 중첩되지 않았다. 나에게는 그것이 삶을 향한 절규로 각인돼 있는데 어째서 가오리가 스스로 목숨을 끊었는지 모를 일이었다. 태풍에 배가 뒤집혀 실종된 사람, 급류에 휘말려 실종된 사람, 산사태로 가옥이 매몰돼 사망한 사람, 날아가는 함석지붕에 맞아 사망한 사람, 쓰러지는 가로수에 머리를 부딪혀 사망한 사람…… 그들은 모두 장면을 부여받지 못한 죽음들, 그리하여 상상의 브라운관에서만 끝없이 재연되는 죽음들이었다. 그런데 너무나도 강렬한 장면을 부여받은 가오리가 어째서 죽었다는 것인가.

순간, 아주 기이한 생각이 섬광처럼 뇌리를 스쳐갔다. 가오리는 죽은 게 아니라 사라져버린 것인지도 모른다는 것, 그리고 그것이 UFO 유도장치와 어떤 연관이 있을지도 모른다는 것. 심장의 박동이 빨라지는 걸 느끼며 나는 뛰듯이 건물 안으로 들어갔다. 출입문은 걸려 있지 않았지만 실내에는 사람이 아무도 없었다. 흐름을 멈춘 시간과 무거운 정적이 고여 있는 늪지대, 생명의 그림자가 사라진 다른 차원의 공간으로 불쑥 들어선 것 같았다.

뭔가에 쫓기듯 두렵고 절박한 심정으로 나는 실내 곳곳을 살피기 시작했다. 탁자와 의자, 금속 배관과 양철 환기통, 벽난로와 무쇠 화덕, 나중에는 주방까지 살펴보았다. 하지만 내가 찾고 싶어 한 UFO 유도장치는 어느 곳에서도 발견되지 않았다. UFO 유도장치뿐 아니라 살아 움직이는 존재는 아무도 발견되지 않았다. 모두 어디로 사라져버린 것일까.

마린.

그 순간 나의 뇌리에 검푸른 밤하늘이 펼쳐졌다. 지상에서 흘리지 못한 눈물이 건조되어 천상의 꽃가루로 되살아나던 우주의 화원…… 마린과 나 사이의 현재 위치가 아득한 우주적 거리감으로 되새겨졌다. 은가루 같은 별과 구름에 반쯤 가린 하현달이 떠 있던 그날 밤, 혹시 그녀도 지상에서 사라져버린 게 아닐까.

오후 1시경, 나는 집으로 돌아오자마자 마린의 회사로 전화를 걸었다. 그리고 빛이 충만한 한낮에 지상으로 쏟아져 내리는 무수한 유성우(流星雨)를 목격했다. 통화를 하는 도중에 시작된 것인지 통화가 끝난 뒤부터 시작된 것인지는 나로서도 알 수 없었다. 멀고 아득한 공간, 천상의 눈물이 다시 지상으로 쏟아져 내리는 기이한 장관…… 그 시각, 지상에서 그것을 목도한 사람은 오직 나 하나뿐이었다.

"서 대리님요? 회사 그만두셨는데요."
"언제 그만두었다는 거죠?"
"지난주요."
"갑자기 사표를 낸 이유라도 있나요?"
"해외 유학 중이던 남편이 돌아와 지방대학 교수로 부임하게 된 모양이에요."
"그럼…… 그녀가 기혼자였단 말인가요?"
"그럼요. 아이가 여섯 살인걸요."

*

아주 여러 날, 나는 시간의 언저리를 맴돌았다. 내가 시간의 언저리를 맴돈 게 아니라 시간이 그러했는지 모를 일이었다. 이해할 수 없는 불일치, 납득할 수 없는 어긋남 사이에서 나의 현실은 무더위에 지친 풀잎처럼 생기를 잃어가고 있었다. 그것을 회복해 볼 요량으로 가끔 아파트 주변이나 가로수길을 산책하기도 했다. 패스트푸드점이나 커피숍에 앉아 조용히 햇살의 움직임을 지켜볼 때도 있었다. 하지만 달라지는 건 아무것도 없었다. 생명을 지닌 모든 것들이 울고 있는데, 그럼에도 불구하고 어느 누구의 울음소리도 들리지 않았다.

밤마다 한기가 느껴졌다. 아직 무더위가 완전히 꺾이지 않았는데도 그랬다. 그런 밤마다 나는 몸을 한껏 웅크리고 소파에 누워 내 주변에서 사라져버린 존재들에 관해 생각했다. 울지 못하는 존재들, 울 수 없는 존재들, 그리고 사라져버린 존재들…… 그들이 모두 말라 죽은 매미의 망령이 되어 내 주변을 떠도는 것 같았다. 형 매미, 마린 매미, 선배 매미, 지은 매미, 뮤 매미, 가오리 매미…… 그것은 이제 이곳에 살지 않는 사라진 매미들의 목록이었다.

—마리 앙투아네트가 정말 나쁜 여자였을까?

깊은 밤, 형의 말이 문득문득 기억에서 되살아날 때가 있었다. 함께 있는 동안 무감각하게 받아들였던 말들에서 뒤늦게 속울음이 느껴진 때문이었다. 너무 신중하고 섬세해서 여백이 느껴지지 않는 인간, 그가 기혼녀를 사랑하면서 겪었을 내면의 고통이 어떤 순간에는 나의 경험처럼 저리고 아프게 되새겨질 때도 있었다. 하지만 인생이라는 것, 어차피 제 몫의 울음이 내장된 슬픔의 공명상자가 아니겠는가.

—나의 침묵이 형벌처럼 느껴졌다면 어떤 말이라도 할 수 있어요. 하지만 내가 고수한 건 침묵이 아니라 입장이었다는 걸 알아주세요. 난 애초부터 할 말이 없는 여자였거든요.

형과 마찬가지, 마린의 말에서도 깊은 속울음이 되살아날 때가 있었다. 그녀가 기혼자라는 사실을 알게 되었음에도 불구하고 그녀를 비난과 원망의 대상으로 삼아야 할 근거를 나는 어디에서도 발견할 수 없었다. 현실적으로 감내하기 힘든 속울음을 견딘다는 점에서 인간은 비난과 원망의 대상이 아니라 가여운 동정과 연민의 대상일 수밖에 없었다. 울지 않을 수 있는 운명의 소유자가 어디 있으랴.

형과 마린뿐 아니라 나머지도 결국 마찬가지였다. 겉으로 드러내놓고 맘껏 울지 못하는 존재들, 인간은 모두 속으로 울어야 하는 매미들인지도 모를 일이었다. 그러니 작년 여름에 내가 들었던 발악적인 매미 울음소리를 기현상으로 치부할 필요가 없었다. 뿐만 아니라 그악스럽게 울어대던 매미가 모두 어디로 사라졌는지 궁금해할 필요도 없었다. 매미 속에 숨겨진 나, 내 속에 숨겨진 매미가 달리 무엇을 의미하겠는가.

뭔가를 정리해야 할 시간이 다가오고 있었다. 그것을 위해 나는 몇 날 몇 밤 인터넷을 검색했다. 하지만 이해할 수 없는 불일치, 납득할 수 없는 이긋남은 여전히 지속되고 있었다. 인터넷이 아니라 벽면에 붙여둔 세계지도를 들여다보아도 결과는 마찬가지였다. 내가 가고 싶어 하는 곳과 내가 가야 하는 곳 사이에서 이상한 충돌 현상이 일어나고 있었다. 어쩌면 공존할 수 없는 극과 극 사이에서 일어나는 운명의 자장 같은 것인지도 모를 일이었다.

늦여름 비가 내리던 밤, 나는 오랜만에 술을 마셨다. 그리고 벽면에 붙여둔 세계지도의 한 지점을 올려다보며 비장한 결심을 했다. 내가 가고 싶어 한 장소를 모조리 부정하고 내가 가야 할 장소를 가까스로 선택한 것이었다. 애초부터 내가 가고 싶어 한 곳은 멕시코, 서사모아, 그리스, 알제리 같은 곳이었다. 하지만 결국 내가 선택한 곳은 터키의 이스탄불에서 시작된 수직 하강선의 마지막 지점, 형의 행적이 최종 확인된 아프리카 대륙의 짐바브웨였다. 그곳이 현실과 단절을 꾀할 수 있는 결정적 포인트, 모든 걸 다시 시작할 수 있는 출발점이라는 이율배반적인 결론을 내린 때문이었다.

짐바브웨 새.

마음의 행로를 정하자 퍼드덕, 기억 속에 파묻혀 있던 새 한 마리가 세찬 날갯짓을 하며 되살아났다. 나는 양손으로 얼굴을 감싸고 오래오래 내 자신을 부끄러워했다. 내 자신과 형을 분리시키고 싶어 한 은밀한 타인의식의 상징처럼 지난 구 개월 동안 내 서랍 속에 숨겨져 있던 짐바브웨 새 한 마리. 그것은 작년 여름 짐바브웨 원주민들의 돌조각을 구입해 전 세계에 판매하고 있는 형의 초등학교 동창생이 형에게 보내준 것이었다.

—이걸 보고 있으면 내가 생명력을 상실한 인간 같다는 생각이 들어. 이런 것이 만들어지던 시대, 이런 것이 만들어지던 공간은 어떤 곳이었을까?

형의 말을 떠올리며 나는 서랍에서 짐바브웨 새를 꺼내 왔다. 11세기에서 15세기 사이에 존재했던 그레이트 짐바브웨의 유적지에서 발견되었다는 새 모양의 돌조각. 그것을 가슴에 품고 오래오래 세계지도를 올려다보았다. 그러자 가슴에 품고 있던 돌조각에서 따뜻한 온기가 느껴지기 시작했다. 언뜻 그것이 형과 나를 이어주는 살아 있는 새 같다는 생각까지 들었다. 형뿐 아니라 사라져버린 모든 존재들과 나를 연결해 주는 신비스러운 힘이 그것에는 깃들어 있는 것 같았다.

하나하나 내 주변에서 사라진 존재들을 떠올리자 나도 모르게 눈두덩이 욱신거리기 시작했다. 그리고 다음 순간 뜨거운 무엇인가가 얼굴에 사선을 그리며 흘러내렸다. 그 맑고 뜨거운 물줄기, 부모님이 세상을 떠난 이후 처음이었다. 언젠가 뮤의 여자가 내게 그랬던 것처럼 이제는 내가 그들의 속울음의 대신 울어주는 것일까.

어느 순간, 나는 짐바브웨 새를 타고 있는 나를 보았다. 잠들기 전까지 내가 가슴에 품고 있던 작은 돌조각이 거대한 새가 되어 창공을 날고 있었다. 푸른 대양을 건너고 만년설에 뒤덮인 산맥을 넘고 온갖 식물이 뒤덮인 초원을 지나 새는 어느덧 녹음 무성한 정글 지대로 하강하고 있었다. 거기, 생명을 지닌 모든 것들이 함께 어우러진 지상에서 니그로이드 전사들이 창과 방패를 흔들며 나를 환영하는 춤을 추고 있었다. 형과 마린, 지은과 가오리, 선배 강사와 뮤의 여자…… 내 주변에서 사라진 모든 존재들이 거기 모여 있었다.

맴
맴
맴
맴

*

팔월 마지막 날, 나는 짐바브웨로 가기 위해 가방을 꾸렸다. 형이 아니라 나를 찾기 위한 여행이었다. 어쩌면 형과 나를 함께 찾기 위한 여행일 수도 있었다. 아무려나 뭔가를 찾지 않으면 안 된다는 생각으로 나는 떠날 준비를 했다. 뭔가를 찾지 못하면 영영 못 돌아올지도 모를 길. 나는 사라져버린 사람들의 행로를 따라가고 있었다. 하지만 나에게는 그것이 완벽한 미지였다. 그리고 미지가 있다는 것은 아직 희망이 있다는 뜻이기도 했다. 사라져버린 사람들도 결국 미지를 찾아간 건지도 모를 일이었다. 삶을 지탱하게 만드는 미지…… 미지를 꿈꿀 수 없는 현실은 얼마나 가혹한가.

떠나라!

내 마음의 옥탑방

나의 기억 속에는 세월이 흘러도 불이 꺼지지 않는 자그마한 방 한 칸이 있다. 내 나이 스물여덟이었을 때 나는 3층 건물의 옥상에 위치한 그것을 처음 목격했다. 목격했다라고 말하는 건 당시 내가 받았던 기이한 충격감이 반영된 결과일 터이다. 3층씩이나 되는 번듯한 양옥 건물 옥상에 그렇게 허름한 주거 공간이 얹혀 있을 수 있다는 사실을 나는 파격으로 받아들이지 않을 수 없었다. 세상이 아무리 각박해지고 사람들이 거처할 공간이 줄어든다고 해도 그렇지 어떻게 옥상에까지 방을 만들고 세입자를 들일 생각을 할 수 있을까.

내가 대학에 입학하던 무렵만 해도 건물 옥상에다 방을 들이는 건 흔한 일이 아니었다. 그래서 낮은 초가지붕이 조화를 이루는 농촌에서 자란 나로서는 그것을 서울에서 겪은 또 하나의 문화적 충격으로 받아들이지 않을 수 없었다. 서울로 올라와 대학생활을 시작한 직후, 같은 학과 친구들과 고향 얘기를 나누던 자리에서 갑자기 어안이 벙벙해진 일이 있었다. 돌아가면서 각자의 고향을 밝히던 참에 누군가 내 고향은 용산이야, 하고 말한 때문이었다. 거창과 포항과 안동과 제주도로 이어지다가 갑자기 용산이라니!

용산이 누군가의 고향이 될 수 있다는 사실과 건물 옥상에도 방을 들일 수 있다는 사실―그것이 십 년 세월 저쪽의 시공에서 내가 겪은 크고 작은 문화적 충격 중에 가장 대표적인 것들이었다. '낮은 초가지붕에 환하게 피어난 박꽃이 내 성장의 배경이라면, 그것이 달빛과 이슬에 젖는 밤풍경은 내 감성의 고향이었다.' 라고 고백할 수밖에 없는 촌놈이 바로 나였으니까.

아무튼 옥상에 얹혀진 방을 처음 목격한 직후부터 나는 그것을 정서적으로 수용하기 위해 은근히 고심하지 않을 수 없었다. 나의 의식 속에서 일어나는 지속적인 마찰과 충돌이 사뭇 불편하게 느껴진 때문이었다. 그래서 어느 날 나는 3층 건물 옥상에 위치한 그 공간을 '공중에 떠 있는 방' 으로 명명했다. 그곳을 정서적으로 편안하게 받아들이기 위해 내 나름대로는 꽤나 고심한 뒤에 얻어진 표현이었다. 옥상 아래 누가 사는지에 대해 나는 전혀 관심이 없었고 오직 내가 출입하게 된 방에 대해서만 집중적으로 생각한 결과였다. 하지만 그 방의 주인은 나의 표현을 '용산' 으로 받아들였다. 다소 몽환적인 눈빛으로 물끄러미 나를 쳐다보는 그녀의 눈빛을 보고 나는 그걸 단박 알아차릴 수 있었다. 그럼 이런 곳에 위치한 방을 도대체 뭐라고 부르나, 나는 반문하지 않을 수 없었다. 그러자 삼빡한 분절음으로 또박또박 그녀는 이렇게 대답했다.

옥, 탑, 방.

그것은 내가 지상에 태어난 이후 단 한 번도 들어본 적 없는 해괴한 말이었다. 생게망게한 표정으로 옥, 탑, 방 하고 나도 또한 그녀처럼 발음해 보았지만 그것이 하나의 단어라는 느낌은 도무지 들지 않았다. 불협 관계의 극치를 드러내는 듯한 그 세 글자를 어떻게 하나의 단어로 뭉뚱그릴 발상을 할 수 있었는지 정말 어이가 없다는 생각이 들 정도였다. 단언하건대 그 무렵 항간에서 그런 말을 쓰는 사람은 아무도 없었다. 그래서 누가 그렇게 황당한 명칭을 만들어냈을까, 나는 그녀에게 되묻지 않을 수 없었다.

나.

꿈을 꾸듯 몽롱한 표정으로 그녀는 대답했다. 푸르스름한 어둠에 젖은 창유리 위로 서너 개의 별이 떠올라 있을 때였다. 가늘게 한숨을 내쉬고 나서 그런 말이 어디 있느냐고, 차라리 옥상방이면 몰라도 그건 말도 되지 않는 조어(造語)라고 나는 그녀를 향해 쓴웃음을 지었다. 하지만 그녀는 옥탑방이라는 말이 지니고 있는 단호하고 완강한 어감처럼 끝끝내 자신의 견해를 굽히지 않았다. 옥탑방이라니까! 하고 말하고 나서 자신의 고집에 스스로 질려버린 사람처럼 두 무릎 사이에다 돌연 얼굴을 묻어버린 것이었다.

탑(塔)

단 한 글자가 바뀐 것이지만, '상(上)'이 '탑(塔)'으로 바뀔 때 일어나는 느낌의 차이는 실로 대단한 것이었다. 옥상방 하고 발음하면 옥상에 위치한 방으로 그것의 의미가 절로 설명된다는 걸 알 수 있으리라. 하지만 옥탑방 하고 발음하면 완연히 다른 느낌, 일테면 요령부득의 위압감이나 이방감 같은 게 먼저 느껴진다. 게다가 발음까지 단호하고 완강한 감이 있어서 무엇인가, 그것의 이면에 언뜻 떠올리기 어려운 폐쇄감까지 깃들어 있는 것 같다. 인간들이 북적대는 지상으로부터 아득하게 유배된 공간, 요컨대 공간 자체에 이미 깊은 절망과 고뇌가 배어 있는 것처럼 되새겨지는 것이다.

세월이 지난 지금, 옥탑방이라는 조어는 항간에서 흔히 통용되는 말이 되어버렸다. 하지만 고통을 자각하기보다 그것에 길들여지며 한심스럽게 나이를 먹어가느라 그것이 그리 널리 쓰이는 말이 되었다는 걸 나는 까맣게 모르고 있었다. 어느 날, 회사의 구조조정으로 감원당한 직원들의 송별연을 마치고 늦은 귀가를 하던 길에 나는 도처에 굴러다니는 옥탑방을 발견하고 소스라치게 놀라지 않을 수 없었다. 좌석버스 옆자리에 앉았던 사십 대의 사내가 읽다 놓고 내린 생활정보지를 무심히 펼쳐 들고 건성 넘겨나가다 컥, 나도 모르게 목이 막히게 하는 뼈저린 단어의 나열을 목도하게 된 것이었다.

    옥탑방 13평 도시가 주방 보500-20 항시 입주가
    단독 옥탑방 화장실 주방 기름보 전1500 월세가
    옥탑방 전철 5분 거리 전700 절충가

생활정보지를 훑어본 건 그때가 처음이었다. 그곳에서 몇 개의 단어를 확인한 다음 순간 나의 시선은 나도 모르게 차창 밖의 밤하늘로 옮겨졌다. 그러자 탁하게 가라앉은 장마철의 밤하늘에 따뜻한 불빛이 밀려나오는 자그마한 방 하나가 떠올랐다. 그런 방들이 이제 지상의 도처에 널려 있다는 사실은 나를 조금도 슬프게 하지 않왔다. 뿐만 아니라 옥탑방이라는 말이 신비감을 잃고 생활정보지의 일이만 원짜리 광고란에까지 흔하게 등장하는 말이 되어버렸다는 것도 전혀 유감스럽지 않았다. 다만 한 가지, 속물스러운 지상으로 내려가기 위해 오히려 자신의 꿈을 공중에 비끄러맬 줄 알았던 한 여자의 절망과 체념이 아프게 되새겨질 뿐이었다. 옥탑방에서 지상의 속된 삶을 아프게 관망했지만 인간의 아름다운 숙명이 결국 지상으로 돌아가는 데 있는 거라는 걸 순순히 시인할 줄 알았던 여자. 자신의 옥탑방이 이 지상에 영원히 남아 있길 바란다던 그녀는 지금 어느 하늘 밑에서 그 시절을 그리워하고 있을까.

*

내가 그녀를 눈에 익히기 시작한 건 그해 여름이 끝나갈 무렵부터였다. 무심히 지나치던 풍경의 세계, 한없이 무료하고 무의미해 보이던 평면의 일부분이 슬그머니 돌출하는 느낌으로 그녀는 나의 시선을 사로잡기 시작했다. 그녀가 항상 똑같은 자리에 똑같은 자세로 앉아 있었다는 걸 감안한다면 그와 같은 변화가 나의 내부에서 비롯되었다는 걸 아주 쉽사리 눈치 챌 수 있으리라.

그 무렵, 나는 형의 소개로 입사하게 된 스포츠 레저 용품 수입업체에서 근무하고 있었다. 이른바 레포츠(leports) 물품을 수입해서 백화점과 유통업체를 통해 판매하는 회사였는데, 그 회사의 사장이 형의 대학 동기라서 내 자의사와 아무런 상관도 없는 일자리를 얻게 된 것이었다. 국문과를 졸업하고 그런 회사의 백화점 영업을 담당하는 사원으로 뛰고 있었으니 적성 같은 건 애초부터 따질 형편이 아니었다. 이 세상에 자기 적성에 맞는 직업을 가진 사람이 몇이나 되겠는가만, 대학을 졸업하고도 반년씩이나 빈둥거리던 나에게 형이 직접 나서서 얻어준 직장이었으니 가타부타 감정을 드러낼 만한 입장이 아니었다.

일곱 살 터울의 형에게 나는 대학 시절부터 혹 같은 존재가 되어 있었다. 뿐만 아니라 적잖은 나이 차이 때문에 형과 나 사이에는 살갑거나 끈끈한 혈육의 정 같은 것도 별로 형성돼 있지 않았다. 초등학교 5학년 때 학교 계단에서 굴러 뇌진탕으로 죽은 작은형에 대한 기억, 그것이 나에게는 살아 있는 큰형에 대한 현실적인 정보다 훨씬 우세하게 작용하고 있었다. 그래서 큰형에 대해 불편한 감정을 느낄 때마다 작은형이 살아 있다면, 하는 가정을 얼마나 여러 번 되새기곤 했던가.

대학에 입학하던 해부터 나는 형네 집에 얹혀살기 시작했다. 얹혀살기만 한 게 아니라 대학을 졸업할 때까지의 내 학비도 전적으로 형이 조달했다. 별다른 내색은 하지 않았지만 형은 나로 인해 가정적인 불화까지 감내해야 했다. 가난한 농사꾼의 아들로 태어나 대학을 졸업하고 은행에 입사해서 경제적으로 형편이 괜찮은 집안의 딸과 결혼까지 했으니 더 이상 무엇을 바라랴. 나라는 존재, 다시 말해 딸린 혹만 아니었다면 형은 부러울 것 없는 가정생활을 얼마든지 구가할 수 있을 터였다. 하지만 농사일에서 손을 뗀 아버지가 이제 이 집안의 가장 노릇은 네가 해야 한다며 형에게 나를 일임한 뒤부터 모든 것은 달라지기 시작했다. 불행하게도 나라는 혹으로 인해 형의 행복에 잠정적인 집행유예가 선고된 것이었다. 과묵한 형은 그것을 거부할 수 없는 일로 수긍하려 했지만 형수는 그렇지 않았다. 자신의 행복에 대한 향유권이 나로 인해 침해당했다고 생각하고 그것에 대한 불만을 기회 있을 때마다 형에게 퍼부어 대기 시작한 것이었다. 결혼할 때 친정에서 장만해 준 이 아파트가 당신네 집안 기숙사인 줄 알아? 형수는 때마다 악을 썼다. 하지만 그것에 맞대응하는 형의 고함이나 언성을 나는 한 번도 들어본 적이 없었다.

그해 여름이 끝나갈 무렵부터 나는 수치에 대해 깊은 공포감을 느끼기 시작했다. 다니던 회사에서 수립한 그해의 판매 전략이 완전히 실패로 돌아가고, 그것이 마치 영업사원들의 잘못이라도 되는 양 사장이 미쳐 날뛰기 시작한 때문이었다. 고가 상품과 저가 상품의 시장 대립에서 사장이 그해의 전략으로 수립한 게 저가 상품의 대량 판매였는데, 어찌된 셈인지 구매자들은 비슷한 품질의 물건을 싸게 공급하겠다는 사장의 깊은 배려를 보기 좋게 무시해 버렸다. 내가 담당하는 시내 중심가의 백화점 매장에서도 연일 연패, 저가 상품은 고가 상품에 밀려 낯 뜨거운 판매 실적을 기록하고 있었다. 텐트 1, 레저 테이블 2, 버너 0...... 하는 식으로 매장을 찾아갈 때마다 내 가슴을 뜨끔하게 만들곤 한 것이었다.

가마솥더위가 기승을 부리던 여름 내내 나는 수치에 대한 공포감과 싸웠다. 날마다 백화점 매장을 돌며 판매 실적을 체크하고, 그것을 회사로 돌아가 사장에게 보고하고 온갖 수모를 당하는 반복적인 일상. 저주스러운 여름의 하루가 막을 내리는 저물녘마다 나는 혼자 포장마차에 앉아 소주병을 비우며 그날 하루치의 숫자를 술로 세척해 내는 일을 되풀이하지 않을 수 없었다.

여름이 끝나갈 무렵, 수치에 대한 나의 공포감은 전혀 다른 양상으로 전이되어 엉뚱한 심리적 징후를 나타내기 시작했다. 판매 결과로 집계된 수치가 아니라 그것과 연관된 장소에 대해 깊은 불안감을 느끼기 시작한 것이었다. 굳이 표현을 하자면, 곤욕스런 현실이 만들어낸 일종의 고소공포증이었다.

내가 담당하는 백화점들의 레포츠 용품 매장은 대개 5층이나 6층에 있었다. 여름 내내 수치와의 전쟁을 치른 때문인가, 여름이 끝나갈 무렵부터 백화점 입구에 당도하면 나도 모르게 가슴이 두근거리기 시작했다. 5층이나 6층으로 올라가는 일, 아니 올라가야 한다는 현실적 당위성에서 한없이 깊은 두려움이 느껴졌다. 뿐만 아니라 백화점 매장을 일일이 둘러보고 회사로 돌아가 엘리베이터 앞에 섰을 때, 11층으로 올라가 사장에게 보고를 해야 함에도 불구하고 도무지 올라가기가 싫었다. 하루가 막을 내리고 저녁 대신 꼼장어나 닭똥집 같은 것을 안주 삼아 소주를 마시고 형네 집이 있는 아파트 단지에 이르렀을 때에도 마찬가지, 선뜻 17층으로 올라가지 못하고 난감한 눈빛으로 형네 집에서 밀려나오는 아득한 불빛을 올려다보곤 했다.

무슨 망상인가.

나에게서 나타나는 심리적 이상 징후를 스스로 진단하기 위해 나는 과거의 기억까지 더듬었다. 작은형이 학교 계단에서 굴러 뇌진탕으로 죽었다는 것, 그것이 어린 시절의 나에게 높은 곳에 대한 공포감을 심어주었을지도 모른다는 생각이 들었다. 하지만 부질없는 짓, 현실적으로 달라지는 건 아무것도 없었다. 5층과 6층, 그리고 11층과 17층에서 도무지 벗어날 수 없는 딱한 처지에 나는 사로잡혀 있을 뿐이었다. 5층이나 6층을 포기하면 11층과 17층까지 덩달아 무너지는 현실.

높은 곳으로 올라갈 때 나는 극도로 긴장하고, 그곳에서 내려온 뒤에 나는 극도로 무기력해졌다. 그래서 위로 올라가기 전, 나도 모르게 서성거리는 시간이 많아졌다. 백화점 입구에 당도해서도 선뜻 매장으로 올라가지 못하고 사뭇 초조한 표정으로 주변을 서성거렸다. 날마다 지나쳤을지도 모를 그녀를 내가 눈에 익히기 시작한 것은 바로 그즈음, 올라가고 내려오는 일에서 정신적 공황 상태를 경험할 무렵이었다.

그녀는 망토가 덧붙은 빨간 제복과 동일한 색상의 둥근 모자를 쓰고 언제나 같은 자리에 앉아 있었다. 하지만 세상의 불유쾌한 점액질 기류를 뒤집어쓰고 수치와의 전쟁에 골몰하던 여름 내내 나는 그녀를 단 한 번도 눈여겨본 적이 없었다. 길을 걸을 때나 일정한 장소에 머물러 있을 때, 특정한 사물을 눈여겨보지 않는 이상한 버릇에 나는 이미 오래전부터 길들어 있었다. 전체를 동시에 보는 것 같지만 사실은 아무것도 보지 않는 상태. 세상에 대한 깊은 무관심이 나로 하여금 그런 관망법을 절로 터득하게 만든 것이었다.

아무튼 그녀를 눈에 익힌 뒤부터 나는 묘한 집중력을 느끼며 그녀를 훔쳐보기 시작했다. 수치에 대한 공포감에 시달리며 레포츠 매장으로 올라가기 직전, 심리적인 긴장감이 한껏 고조될 때라서 다른 건 아무것도 생각할 수 없었다. 5층의 매장과 어제의 판매 수치, 그리고 그녀에 대한 집중력이 나의 내면에서 격렬한 전면전을 치르는 것 같았을 뿐이었다. 하지만 며칠이 지난 뒤부터 그와 같은 혼돈은 씻긴 듯 사라져버렸다. 5층의 매장도 수치에 대한 공포감도 까맣게 잊은 채 오직 그녀를 훔쳐보기 위해 백화점 입구를 서성거리는 나 자신을 발견한 때문이었다.

안내/INFORMATION

그녀는 백화점을 찾아온 고객들이 필요로 하는 정보를 제공해주는 안내 직원이었다. 하지만 내가 그녀를 훔쳐보는 동안 그녀에게 다가가 뭔가를 문의하는 사람을 나는 별로 본 적이 없었다. 그래서 화사한 제복과 모자를 착용하고 출입구 안쪽에 앉아 있는 그녀가 때로는 전시된 마네킹이나 인형처럼 보일 때도 있었다. 꿈을 꾸듯 몽롱한 표정과 눈빛, 그리고 주변의 모든 것으로부터 자신을 스스로 유폐시키고 있는 듯한 깊은 정지감. 예컨대 미감을 자극하는 인물화가 아니라 고적한 풍경화의 이미지에 사로잡혀 나는 서서히 감정의 균형을 잃어가고 있었다.

물질로 구현된 꿈의 성전.

백화점에서 특정한 무엇인가에 대해 집중력을 발휘한다는 건 결코 쉬운 일이 아니다. 인간의 시선과 의식을 끊임없이 유혹하는 물질의 성채가 사방에서 빛을 발하는 공간——백화점은 인간의 꿈이 물질로 구현된 거대한 성전이다. 물질에 대한 숭배심 때문인가, 성전 안으로 들어선 사람들은 동경과 선망이 가득한 순례자의 눈빛으로 연신 사방을 두리번거린다. 요컨대 젖과 꿀이 흐르는 현대판 가나안, 무한대의 물질적 유혹이 정신을 혼미하게 만드는 공간에서 기적 같은 집중력을 경험하는 것이다. 그녀는 꿈에 굶주린 사람들을 성전으로 인도하는 아름다운 안내자. 그녀가 물질이 아니라 사람이라는 사실이 나에게 얼마나 놀라운 은총으로 받아들여졌겠는가.

가을을 재촉하는 가랑비가 내리던 어느 날 오후, 나는 오랜 망설임을 떨쳐버리고 고적한 풍경화 속으로 걸어 들어갔다. 사람들이 북적거리는 화사한 물질의 바다, 나의 귀에는 아무런 소음도 들려오지 않았다. 업무용 다이어리와 납품 내역서 따위가 들어 있는 검은 손가방을 나는 그녀에게 내밀었다. 그리고 다소 놀란 표정으로 고개를 든 그녀에게 잠깐만 보관해 주세요, 하고 짧게 말했다. 단 몇 초 동안이었지만 그 순간 나는 처음으로 그녀의 눈빛을 아주 가까이서 확인할 수 있었다. 깊은 몽롱 상태에서 갑작스럽게 깨어났을 때처럼 그녀의 동공은 한껏 열려 있었다. 하지만 애초에 마음먹은 대로 나는 그녀의 반응을 기다리지 않고 그대로 5층으로 올라가 버렸다.

무슨 작심을 했던 것일까.

5층의 매장으로 올라갔다 내려온 뒤에 나는 그녀에게서 손가방을 돌려받았다. 내가 고맙다고 말하자 비로소 안도하는 표정으로 아뇨, 하고 그녀는 고개를 가로저었다. 하지만 스물넷이나 다섯, 얼핏 그녀의 나이를 가늠해 보다가 나는 황급히 등을 돌려 백화점을 빠져나왔다. 다시 몽환적인 눈빛으로 돌아간 그녀에게 울컥, 나의 진실은 가방에 있었던 게 아니라는 말을 고백하고 싶어진 때문이었다.

그다음 날부터 나는 더 이상 그녀를 훔쳐보지 않았다. 훔쳐보는 대신 잠시 가방을 맡겼던 걸 빌미 삼아 그녀에게 가벼운 인사를 하며 백화점을 들락거렸다. 내가 가볍게 고개를 숙이며 입구를 지나칠 때마다 깊은 침잠에서 퍼뜩퍼뜩 깨어나는 표정으로 그녀는 얼결에 나의 인사를 받아주곤 했다. 하지만 그때까지만 해도 그녀는 나에게 막연한 존재에 불과했다. 뿐만 아니라 그녀가 나에게 특별한 존재가 될 수 있을 거라는 생각도 해본 적이 없었다. 그런 의미에서 내가 그녀에게 돌발적으로 가방을 맡긴 것이나 인사를 하고 다닌 짓거리는 일종의 객기였는지도 모를 일이었다.

한심한 청춘.

어느 날 새벽, 술을 마시고 돌아와 곯아떨어진 나를 형이 흔들어 깨웠다. 잠에서 깨어나 보니 형은 불도 밝히지 않은 어둠 속에 우두커니 서서 나를 내려다보고 있었다. 지금 몇 시나 됐냐고, 손을 들어 지끈거리는 이마를 짚으며 나는 형에게 물었다. 하지만 시간 따위는 알 필요도 없다는 듯 형은 냉랭한 어조로 이렇게 입을 열었다.

"내 말, 오해하지 말고 들어라. 네 형수한테 시달려서 이런 말 하는 거라는 생각도 할 필요 없다. 아버지가 작년에 중풍으로 쓰러진 뒤에도 똑같은 말을 했었다만…… 다른 거 다 접어두고 너도 이제 그만 가정을 꾸렸으면 좋겠구나. 너 결혼하는 거 보고 눈감는 게 아버지의 마지막 소원이라는 건 너도 잘 알고 있지 않느냐. 그러니까 아버지를 위해서라도……."

형이 거기까지 말했을 때, 알았어요, 하고 나는 잘라 말했다. 하지만 형의 요구에 응하겠다는 뜻으로 내가 알았다는 대답을 한 건 아니었다. 형이 왜 그런 말을 하는지 나로서는 그 배경을 넉넉히 짐작할 수 있었다. 아버지의 마지막 소원이 나의 결혼을 보고 눈을 감는 거라는 건 나도 잘 알고 있었지만 형은 아버지의 마지막 소원을 들어드리기 위해 나에게 결혼을 권하는 게 아니었다. 잠시 사이를 두었다가 형은 쓸데없는 말까지 덧붙이며 내 기분을 더욱 참담하게 만들었다.

"혹시 여자가 없다면 내가 중매를 주선해 보마. 데리고 살아보면 알겠지만, 이 세상에 특별한 여자 있는 거 아니다. 결혼하고 애 낳고 살다 보면 여자란 누구나……."

형이 거기까지 말했을 때, 알았어요, 하고 나는 다시 한 번 말했다. 그리고 내 인생 당신에게 헌납할 테니 당신 마음대로 처분하시고 지금은 제발 잠 좀 자게 해달라는 빌악석인 언사를 억누르기 위해 이금니를 다져 물었다. 잠시 말없이 서 있던 형, 길게 한숨을 내쉬고 나서 슬그머니 방을 빠져나갔다. 하지만 형이 방을 빠져나간 뒤부터 나는 더 이상 잠을 이룰 수 없었다. 아버지의 마지막 소원 때문도 아니고, 형의 권유 때문도 아니고, 형수에 대한 야속함 때문도 아니었다. 기회 있을 때마다 내가 훔쳐보던 한 여자, 그녀가 어둠 속으로 떠올라 나에게 깊은 위로가 된 때문이었다.

다음 날 밤, 나는 아주 우연히 백화점 앞의 버스 정류장에서 그녀를 만났다. 전날 밤 형이 내 방을 빠져나간 뒤부터 날이 훤하게 밝아올 때까지 온갖 상상력을 동원해 내가 창작한 연극 대본에 그녀와 나의 만남은 분명 '우연' 이라고 지시돼 있었다. 하지만 극의 전

개를 위해 어쩔 수 없이 동원한 것이었으니 엄밀한 의미에서 그것
은 우연일 수 없었다. 그것을 눈치 채기라도 한 듯 그녀는 나의 연
기를 무척이나 탐탁잖은 눈빛으로 지켜보았다.

"음, 무슨 특별한 뜻이 있어서 이러는 건 아니고⋯⋯."

그냥, 지난번 가방을 보관해 준 일에 대한 답례로 저녁을 대접하
고 싶다고 나는 그녀에게 말했다. 그러자 그건 답례를 받을 만한 일
이 아니라고 그녀는 분명한 어조로 말했다. 순간, 대본은 엉망이 되
어버렸다. 즉흥연기를 할 자신이 없어 대본을 만든 것인데 그것이
엉망이 되었으니 나로서는 눈앞이 캄캄할 수밖에 없었다. 젠장, 글
러버렸구나 하고 모든 걸 체념하며 나는 아무런 대사도 떠올리지
못한 채 난감한 눈빛으로 그녀를 바라보았다. 그러다 도무지 대책
이 없겠단 생각이 들어 그럼, 다음에⋯⋯ 하고 아주 조금 고개를 숙
이며 무안한 표정을 감추기 위해 재빨리 등을 돌렸다. 그러자 저기
요, 하고 아주 낮은 어조로 그녀가 나를 불렀다.

"⋯⋯저녁 대신 커피를 마시면 안 될까요?"

*

그녀가 자신의 옥탑방을 나에게 공개한 건 구월 말경의 어느 날
밤이었다. 그녀에게 커피를 대접하던 날로부터 한 달쯤 지난 뒤였
다. 그녀에게 커피를 대접한 뒤부터 가끔 만나 저녁을 먹거나 술을
마시기도 했지만 안타깝게도 그녀와 나 사이에는 별다른 감정적 진

전이 없었다. 그녀와 나 사이의 감정적 거리를 좁히기 위해 내 나름
대로는 최선을 다했지만 그녀는 매번 그것을 저지하기 위해 깊은
관망의 눈빛으로 나를 무안하게 만들곤 했다. 꿈을 꾸는 듯한 표정
에서 도무지 깨어날 줄 몰랐던 것이다.

혹처럼 형네 집에 얹혀사는 나의 처지, 도무지 적성에 맞지 않는
직업에 대한 불만, 수치와 층수에 대한 불안감, 그녀를 훔쳐보며 느
낀 은밀한 감정, 내가 그녀를 만나기 위해 창작한 연극 대본 등등
그녀에게 나는 아무것도 숨기지 않았다. 하지만 나의 적극적인 개
방에도 불구하고 그녀는 집요하게 자신을 닫고 있었다. 그래서 그
녀의 나이가 스물여섯이고 이름이 노희주라는 것 이외 그녀에 대해
나는 거의 아는 것이 없었다. 그런 의미에서 그녀가 자신의 옥탑방
을 나에게 공개한다는 건 실로 파격적인 일이 아닐 수 없었다.

"희주에게 난 뭐지?"

옥탑방으로 가기 전, 술을 마시던 포장마차에서 나는 그녀에게
물었다. 꿈을 꾸듯 몽롱한 표정, 그리고 자신에 대해 거의 아무것도
말하지 않으려는 그녀의 일방적 무관심에 지쳐 결별을 염두에 두고
건넨 질문이었다. 나는 그녀를 만났지만 그녀는 나를 만나지 않았
다는 허망한 결론. 그래서 지난 한 달 동안 내가 겪었던 감정적 당
혹감을 나는 그녀에게 솔직하게 털어놓고 또한 그것을 정리했다.
나, 이제 더 이상 그대의 빗장 질러진 가슴 앞에서 상처 받고 싶지
않노라.

그때로부터 삼십 분 정도, 그녀와 나는 아무런 대화도 주고받지

않았다. 포장마차에서 나와 버스 정류장으로 가는 동안에도 마찬가지, 결별을 목전에 둔 사람들처럼 그녀와 나는 깊은 침묵으로 일관했다. 그녀가 버스를 타고 떠나면 다시 포장마차로 돌아가 술을 더 마셔야겠다는 생각을 하고 있을 때, 등을 보이고 서 있던 그녀가 차도로 내려가 택시를 잡았다. 그리고 택시가 정차하자 돌연 등을 돌리고 내게 다가와 거칠게 손목을 낚아챘다.

"가요!"

삼십 분쯤 지난 뒤, 그녀는 도로와 인접한 주유소 앞에서 택시를 세워달라고 했다. 택시 안에서 입 한 번 열지 않고 내내 딴생각에 사로잡혀 있었기 때문에 정차한 뒤에도 나는 그곳이 어디인지를 선뜻 알아차릴 수 없었다. 한강을 건넜다는 것, 강북과 강남의 경계지점인 것 같다는 생각을 막연하게 했을 뿐이었다. 하지만 그녀는 가타부타 말 한마디 없이 여전히 화가 난 듯한 기세로 곧게 뻗어나간 주유소 옆길로 접어들어 저만큼 앞서 걷기 시작했다.

20여 미터쯤 걸어가자 좌측에 시장이 나타났다. 10여 미터쯤 더 걸어가자 지금껏 걸어온 길이 두 갈래의 좁은 골목으로 양분되는 지점에 커다란 교회 건물이 나타났다. 우측의 경사진 골목으로 접어들어 다시 10여 미터쯤 걸어간 뒤에 그녀는 다시 한 번 우측으로 방향을 꺾었다. 그러자 믿어지지 않을 정도로 가팔진 언덕길이 나타났다. 하지만 경사각이 사십 도를 상회할 것 같은 그 언덕길을 그녀는 아무런 망설임도 없이 내처 걸어 오르기 시작했다. 고난스러운 오르막이 절정을 이루는 지점, 놀랍게도 그녀의 거처는 그 언덕 꼭대기에 있었다. 오르막이 끝나는 지점의 평지에 지어진 3층 양옥, 그것도 옥상 위.

지상의 방인가, 천상의 방인가.

그녀의 난폭한 초대로 난생처음 방문하게 된 옥탑방은 이십오 평 정도의 옥상에 뿌리를 내리고 있었다. 옥탑방이 십오 평 정도의 공간을 점하고 있었으니 옥상 넓이에서 옥탑방의 넓이를 제한 십여 평 정도의 면적은 고스란히 콘크리트 마당이랄 수 있었다. 하지만 가파른 언덕 위에 자리 잡은 3층 건물 옥상, 거기서 내려다보는 지상의 밤풍경은 결코 아름답지 않았다. 경사진 비탈을 따라 조성된 달동네와 실핏줄처럼 뒤엉킨 좁은 골목, 그리고 강 건너편으로 내다보이는 고층 건물과 즐비한 차량의 행렬…… 그것은 보면 볼수록 연민을 자아내는 가련한 고난의 세계가 아닐 수 없었다. 높은 곳에서 내려다보니 한없이 가소로운 미물의 세계처럼 보이기도 했다. 줄지어 이동하는 개미 행렬을 향해 오줌을 갈겨대던 어린 시절이 떠오를 정도였다. 인간의 미물스러움, 그것은 내가 공포감을 느끼던 5층이나 6층, 11층이나 17층 같은 곳에서는 전혀 느껴보지 못한 감정이었다.

옥탑방의 내부는 반으로 나뉘어 왼편에는 방, 오른편에는 주방과 화장실이 있었다. 엷은 화장품 냄새가 밴 방에는 작은 화장대와 상(床), 그리고 옷장이 놓여 있었다. 몇 가지의 취사도구가 눈에 띄는 주방을 먼저 보고 곧이어 주방을 통해 방으로 들어간 뒤에 나는 그녀가 가슴에 빗장을 지른 이유가 무엇인지를 이해할 수 있었다. 젖과 꿀이 흐르는 현대판 가나안, 풍요로운 물질의 바다와 같은 백화점에서 가장 화려한 제복을 입고 가장 눈에 띄는 자리에 앉아 근무하는 상징적인 존재가 이렇게 옹색한 옥탑방에다 둥지를 틀고 있으리라 어느 누가 상상할 수 있으랴.

　할 말을 잃은 표정으로 그녀는 벽에 등을 기대고 물끄러미 나를 바라보았다. 그녀와 마찬가지, 나도 할 말이 없어 반쯤 고개를 들고 망연한 눈빛으로 맞은편 벽면을 바라보았다. 그것이 그녀와 내가 교감할 수 있는 유일한 방식일지도 모르겠다는 생각이 나에게는 오히려 위안이 되었다. 그녀를 만난 이후 처음으로 온전하게 교감하고 있다는 생각까지 들었다. 하지만 그때 나의 기분을 깨트려 버리듯 냉랭한 어조로 그녀가 말했다.

　"옷을 갈아입어야 하니까 나가줘요."

　십 분쯤 지난 뒤, 그녀는 옷을 갈아입고 콘크리트 마당으로 나왔다. 그때 나는 옥상을 둘러싼 낮은 에움벽 앞에 서서 담배를 피우며 지상을 내려다보고 있었다. 내 옆으로 다가와 무슨 생각을 하느냐고 그녀가 물었다. 그래서 한없이 미물스러운 인간의 세계, 가련하고 가소롭기 짝이 없는 인간들의 자만심을 되새김질하고 있다고 대답했다. 그러자 팔짱을 끼고 지상을 내려다보던 그녀, 나와는 견해가 다르다는 듯 천천히 머리를 가로저으며 이렇게 입을 열었다.

　"지금 민수 씨가 한 말은 신들에게나 어울리는 거예요. 여기 서서 그런 시선으로 세상을 굽어보면…… 저 낮은 곳으로 두 번 다시 내려가기가 싫어져요. 저 가파른 언덕길을 하루에 두 번씩 힘겹게 오르내리며 내가 무엇을 꿈꾸는지 아세요? 지금 민수 씨가 말한 저 가련한 고난의 세계, 저곳이 아무리 미물스럽고 속물스럽다고 해도…… 그래도 저곳으로 내려가 살고 싶다는 생각을 나는 날마다 해요. 저곳의 주민이 되고, 저곳의 주민들처럼 미물스럽고 속물스럽게 사는 거…… 그게 나에게 남겨진 마지막 꿈이라구요."

"가난에서 벗어나는 꿈?"

"그런 건 아무래도 상관없어요. 지상의 주민이 되어 미물스럽고 속물스러운 세계에 안주한다는 거…… 어쩌면 인간적인 타락을 뜻하는 것일 수도 있겠죠. 하지만 그렇게 살아야 하는 게 인간의 속성이라면…… 어떤 식으로도 난 그걸 부정하고 싶지 않아요. 세상을 착하고 올바르게 산다는 게 도대체 무슨 의미가 있죠?"

"무슨 의미가 있는지는 나도 잘 모르겠지만…… 어쨌거나 그건 신들이 노여워할 만한 꿈이로군."

"그래요. 신 같은 건 믿어본 적도 없으니까, 설령 내 꿈이 사악하다고 해도 상관없어요. 누가 뭐라든 그것이 나에게는 살아갈 힘이 되고, 그걸 실현하기 위해 난 꿈을 꾸듯 현실을 견디고 있어요. 아침마다 이곳을 내려가 세상에 머무는 동안, 내가 불완전한 지상의 주민이라는 사실이 얼마나 나를 슬프게 하는지 아세요? 그래서 하루 일을 끝내고 이곳으로 올라오면 여기가 마치 내 꿈이 자라는 온상처럼 느껴질 때가 많아요. 내 사악한 꿈이 자라는 비밀스러운 온상…… 내가 이곳을 민수 씨에게 보여준 이유가 뭐라고 생각하죠?"

"글쎄, 따뜻한 배려는 아닌 것 같군."

"민수 씨가 나에게 커피를 사주던 날…… 백화점의 5층 매장으로 올라가는 게 두려워서 나를 훔쳐보기 시작했다는 말을 듣고, 아주 잠시 나는 내 꿈을 잊고 있었어요. 회사가 있는 11층과 형네 집이 있는 17층으로 올라가는 일이 죽기보다 싫다는 얘기까지 듣고 나서…… 어쩌면 이 사람도 나처럼 지상의 주민이 되지 못해 고통스러운 날들을 보내고 있나 보구나 하는 생각을 했던 거예요. 하지만 내가 민수 씨를 아무리 이해한다고 해도…… 그래도 나는 내 꿈을 포기할 수 없어요. 나는 민수 씨처럼 착하지도 않고…… 그렇게 착하게 살고 싶은 생각도 별로 없거든요. 나를 만나는 건 상관없지만 나의 꿈 때문에 민수 씨가 상처 받게 될까 봐…… 그래서 오늘 민수 씨에게 내 꿈의 온상을 보여주는 거예요. 보세요, 민수 씨가 훔쳐보던 그 여자가 아직도 나라고 생각되나요?"

묻고 나서 그녀는 천천히 내 쪽으로 돌아섰다. 상대를 올바르게 직시하라는 말을 그녀는 몸으로 대신하고 있었다. 꿈에서 완전히 깨어난 듯한 표정, 그리고 세상을 가감 없이 직시하는 듯한 눈빛이었다. 언제나 꿈을 꾸듯 몽롱한 표정을 짓고 있던 그녀에게 이토록 뚜렷한 주관이 있었던가. 자신의 의사를 표현하는 냉철한 말솜씨까지 되새겨져 나로서는 어떤 방식으로도 선뜻 응대를 할 수 없었다. 낯선 이방이나 낯선 별에서 전혀 다른 삶의 방식을 접하게 된 것처럼 그때부터는 그녀가 아니라 내 표정이 사뭇 몽롱해지기 시작했다. 한동안 막막하게 서 있던 끝, 그녀가 아니라 나 자신을 이해시키기 위해 나는 이렇게 입을 열었다.

"희주가 날 이해할 필요도 없고, 내가 희주를 이해할 필요도 없어. 다만 한 가지, 내가 희주의 꿈을 이해하면 되는 거야. 간단하잖아."

*

그해 시월 한 달은 내 인생에서 가장 행복한 기간이었다. 그것은 물론 내가 그녀의 꿈을 이해하겠다고 말한 데서 생겨난 일종의 묵계가 반영된 결과였다. 그녀의 꿈을 이해하겠다는 말이 그녀와 나를 사뭇 이상스러운 관계로 몰고 간 건 사실이지만 남녀의 모든 만남이 사랑을 전제로 지속되는 게 아니라는 점에서 나는 그녀의 꿈을 얼마든지 존중할 수 있다고 생각했다. 어떤 식으로도 규정할 수 없는 관계, 그것이 혹이 되는 것보다 훨씬 나은 선택이라고 생각한 때문이었다.

특별하지 않은 그녀와 나의 관계, 그것이 두 사람 사이를 의외로 편안하게 만들어주었다. 서로에게 특별한 사람이 될 수 없다는 것보다 서로가 원할 때 부담 없이 만날 수 있다는 걸 두 사람은 훨씬 소중하게 생각했다. 애인보다 못하지만 애인보다 낫고, 친구보다 못하지만 친구보다 나은 관계가 뭔 줄 아냐고 어느 날 그녀가 나에게 퀴즈를 낸 적이 있었다. 그래서 나는 정답 대신 그녀와 나를 손가락으로 가리켰다.

우리.

시월 초순경, 나는 그녀의 옥탑방 밖에다 아담한 별장을 만들어주었다. 회사 창고에 쌓여 있는 레저 용품 한 세트를 가져가 옥상의 콘크리트 마당을 근사한 공간으로 다시 태어나게 한 것이었다. 이삼인용 텐트를 치고, 텐트 옆에는 파라솔이 곁들여진 레저 테이블을 설치했다. 레저 테이블 옆에는 휴대용 바비큐 그릴을 놓고, 텐트 바닥에는 에어 매트까지 깔았다. 버너와 코펠, 도마와 식칼, 양념통과 바람막이까지 있었으니 달리 뭐가 더 필요하랴.

내가 만들어준 별장을 그녀는 진심으로 마음에 들어 했다. 퇴근

할 때마다 백화점 지하 식품부에 들러 먹거리를 사왔고, 그것을 조리해 레저 테이블에 앉아 먹으며 이를 데 없이 행복한 표정을 짓곤 했다. 날씨가 맑은 밤에는 알루미늄 판지를 바닥에 깔고 옥상에 누워 밤하늘의 별자리를 올려다보기도 하고, 비가 내리는 밤에는 텐트 안에 누워 음악을 감상하듯 빗소리를 듣기도 했다. 그리고 기온이 떨어지는 깊은 밤에는 바비큐 그릴에다 숯불을 피워놓고 마주 앉아 오징어나 햄을 구워 소주를 마시기도 했다.

내가 대학 때 즐겨 읽던 책 한 권을 그녀에게 선사한 것은 그 무렵의 어느 날이었다. 처음 옥탑방을 방문했을 때, 그리고 그녀의 꿈에 관한 얘기를 들었을 때부터 뇌리를 맴돌던 어떤 기억이 불현 듯 그 책의 내용과 맞물려 나도 모르게 탄성을 자아내게 한 때문이었다. 가련한 고난의 세계가 아무리 미물스럽고 속물스럽다고 해도 그것이 인간의 속성이라면 어떤 식으로도 그것을 부정하고 싶지 않다던 그녀의 말이 '인간적인 모든 것은 완전히 인간적인 근원을 가지고 있음'을 확신하는 신화 속의 한 인물을 불쑥 떠오르게 한 것이었다.

『시지프 신화』를 선사하던 날, 나는 텐트 안에 매달아 둔 가스등 아래 누워 그녀에게 책을 읽어주었다. 끊임없이 굴러 떨어지는 바위를 끊임없이 산꼭대기로 밀어 올리는 끔찍스런 형벌에 처한 인간의 이야기. 내가 책을 덮자 반듯하게 누워 있던 그녀가 몸을 뒤집으며 다시 한 번만 읽어달라고 했다. 그리고 다시 읽어나갈 때, 그녀는 내용을 음미하듯 부분적인 재독을 원하기까지 했다. 간신히 재독을 끝내자 그녀는 내 손에 들려 있던 책을 받아 들고 여기가 가장 마음에 들어, 하고 말하며 특정한 부분을 손가락으로 짚어 보였다.

무력하고도 반항적인 시지프는 그의 비참한 조건의 전모를 알고 있다. 그가 산에서 내려올 때 생각하는 것은 바로 이 조건이다. 그의 고뇌를 이루었을 명찰이 동시에 그의 승리를 완성시킨다. 멸시로써 극복되지 않는 운명이란 존재하지 않는 것이다.

내가 그녀에게 책을 선사하던 그날 밤, 나는 처음으로 그녀의 옥탑방에서 잠을 잤다. 하지만 특별한 관계가 아니었으니 색다른 일이 생겨날 리 없었다. 한 번만 안아봤으면 좋겠다고 내가 어둠 속에서 말했을 때, 젖은 한숨을 길게 내쉬며 그녀는 내게 등을 보이고 돌아누웠다. 그리고 사마귀처럼 안아줘, 하고 속삭이듯 말했다. 사마귀처럼 안아달라는 말, 그게 무슨 뜻인지를 선뜻 알아차리지 못해 나는 잠시 어린 시절의 기억을 더듬었다. 그런 뒤에 비로소 그것의 중의적인 의미를 알아차리고 허전한 심정으로 그녀의 등을 껴안았다. 자신의 꿈을 포기하지 않기 위해 내 쪽으로 돌아눕지 못하는 그녀, 그리고 그녀의 꿈을 존중하기 위해 사마귀처럼 등을 껴안아야 하는 나. 그것도 '한 쌍'이라고 할 수 있는 생물의 행태였을까.

그날 이후 나는 이틀 걸러 한 번씩 그녀의 옥탑방에서 잠을 잤다. 사마귀처럼 등 뒤에서 그녀를 껴안고 함께 잠들기도 하고 그녀의 요구로 『시지프 신화』를 읽어주다가 내가 먼저 곯아떨어지기도 했다. 하지만 나의 잦은 외박에 대해 형과 형수는 아무런 질책도 하지 않았다. 질책은커녕 은근한 기대감이 어른거리는 눈빛으로 그들 부부는 내가 먼저 무슨 말인가를 꺼내주기를 학수고대하고 있는 눈치였다. 하지만 그들의 기대감과 나의 옥탑방 출입은 전혀 별개의 문제였기 때문에 나로서는 침묵으로 일관할 수밖에 없었다.

"도련님, 어디 숨겨놓은 애인이라도 있나 보죠? 이렇게 자주 외박을 할 정도면 보나 마나 그렇고 그런 사이일 텐데…… 우선 동기부터 시작하고 나중에 식을 올려도 괜찮은 거 아닌가요? 내 친구 중에도 그런 애가 있었는데, 사 년 만에 식 올리고 이젠 아주 잘살고 있어요. 그러니까 우선 저질러놓고 나중에…….”

시월 마지막 날 아침, 식사를 하던 자리에서 형수가 꺼낸 말이었다. 우선 저질러놓고 나중에 어쩌란 것인지 모르겠지만 거기까지 듣고 나서 나는 말없이 숟가락을 놓고 형네 집을 빠져나왔다. 하지만 회사로 가는 동안 나는 형수의 말을 까맣게 잊어버리고 말았다. 나의 외박을 자기 편할 대로 확대해석하고 그것도 모자라 교사범 같은 표정으로 뭔가를 저지르라고 부추기던 형수의 저의를 훤히 꿰뚫고 있어서가 아니었다. 그날이 바로 월말 정산을 하는 날이라서 아침부터 지레 겁을 집어먹고 있었기 때문이었다. 수치로 환산되는 인간의 가치, 그것이 곧 월말 정산을 의미하는 것 아닌가.

"자넨 도대체 무슨 생각을 하면서 세상을 사나? 영업사원이 아니라 벌레가 꿈틀거리고 다녀도 이보다는 실적이 나을 거야. 한두 달도 아니고 벌써 석 달째 이 지경이니 자네 형이 내 친구가 아니라 내 할아버지라고 해도 분통이 터질 일 아닌가. 형은 또랑또랑한데 도대체 아우는 왜 이 모양이지? 남의 집안 문제를 놓고 내가 가타부타 떠들 입장은 못 되지만…… 대학 공부까지 시켜준 형한테 얹혀 사니까 아직 등 시려운 줄 모르는 모양이지? 자네에게 말은 못 해도, 자네 형도 자네 때문에 꽤나 골머리를 썩고 있다는 것쯤은 알아두라구. 형이나 내가 자네에게 봉사하기 위해 태어난 자선사업가가 아닌데…… 기생충이 아니고 사람이라면 양심이 있어야 할 거 아냐, 양심!"

　내가 작성한 정산서를 휙, 사장은 허공에다 집어던졌다. 그리고 공중에서 두어 번 너울거리던 그것이 미처 바닥으로 떨어지기도 전에 사뭇 짜증스럽다는 표정으로 손을 홰홰 내저으며 그만 나가보라는 시늉을 했다. 하지만 아예 의자까지 돌려 앉은 사장의 등 뒤에서 나는 잠시 망설이지 않을 수 없었다. 지난달까지만 해도 무능한 인간으로 취급하던 나를 이제는 벌레와 기생충으로 취급하느냐, 그런 걸 따지기 위해서가 아니었다. 내가 알고 있는 옥탑방의 주인, 그녀도 또한 나를 벌레나 기생충으로 생각하고 있을까 하는 의구심이 아뜩하게 뇌리를 스쳐간 때문이었다.

　불완전한 지상의 주민.

　행복한 시월이 막을 내리던 그날, 나는 세상의 어느 곳에도 실질적으로 편재되지 못한 나의 초상을 분명하게 확인할 수 있었다. 그래서 퇴근을 하고 회사를 빠져나온 직후부터 서편 하늘에 번진 석양빛을 이마로 맞받으며 무작정 걸음을 옮겨놓기 시작했다. 이 세상의 모든 길이 끝나는 마지막 지점, 지상의 온갖 미물스러움과 속물스러움이 영원히 소멸되는 극단적인 지점이 매 순간 나의 발에 밟히는 것 같았다. 배회하며 지나치는 지상의 모든 풍경에 이미 죽음의 그림자가 깃들여 있는 것 같았다. 다만 한 가지, 신화 속의 시지프처럼 신들의 멸시를 오히려 멸시함으로써 자신의 운명을 스스로 극복할 수 있는 부단한 용기가 나에겐 없을 뿐이었다.

　누구를 위한 멸시인가.

밤 10시 반경부터 나는 지친 몸을 이끌고 포장마차로 들어가 소주를 마시기 시작했다. 벌레와 기생충을 안주 삼아 쓰디쓴 비관의 술을 들이켜는 멸시의 시간이 되어서야 비로소 나의 정신은 명징해지기 시작했다. 뿐만 아니라 나와 무관하게 느껴지는 세상, 아직 일말의 가능성이 남아 있을지도 모른다는 기대감으로 나는 서서히 가슴이 따뜻해지기 시작했다. 아, 친구도 아니고 애인도 아닌 존재에 대한 기대감…… 그것이 설령 멸시받아 마땅한 그리움이라 해도 나로서는 더 이상 물러서고 싶지 않았다. 물러설 곳도 없었지만 시월 한 달 동안 내가 옥탑방에서 느꼈던 내밀한 행복감까지 벌레나 기생충의 몫으로 양보하고 싶지는 않았다.

소주를 마시고 밖으로 나와 허공을 올려다보았다. 지금 내가 올라가고자 하는 저 가파른 언덕 위, 그곳에 지상으로 내려오는 꿈을 고수하고 사는 여자가 있다는 사실이 참으로 다행스럽게 여겨졌다. 올라가고자 하는 나의 꿈과 내려오고자 하는 그녀의 꿈, 그것이 지극히 대조적이라는 아이러니 같은 건 생각하고 싶지도 않았다. 그녀의 꿈을 이해하고 존중하기 위해 억눌렀던 나의 진실, 그리고 운명을 멸시하고 그것에 저항하고 싶은 격렬한 용기가 번개처럼 뇌리를 스쳐갔을 뿐이었다. 행복했던 시월 한 달, 나는 그녀에게 무엇이었던가.

가라.

옥탑방으로 들어섰을 때, 그녀는 깊은 어둠 속에 누워 있었다. 자는 걸 깨운 거냐고 나는 어둠 속에 서서 조심스럽게 물었다. 그러자 천천히 자리에서 일어나 앉으며, 그냥…… 하고 그녀는 차분하게 가라앉은 어조로 입을 열었다.

"잠이 오지 않아서 왜 잠이 오지 않는지를 생각하고 있었는데…… 생각해 보니까 여기, 내 옥탑방에다 민수 씨가 보이지 않는 흔적을 참 많이 남긴 것 같다는 생각이 들었어. 그래서 몸을 뒤치락거리기도 하고, 한숨을 내쉬기도 하고…… 그러면서 혹시나 오지 않을까…… 나도 모르게 기다리고 있었어, 민수 씨."

자신을 스스로 원망하는 사람처럼 그녀는 말했다. 그녀의 말을 듣고 나는 길게 한숨을 내쉬며 무너지듯 벽에 등을 기댔다. 그리고 양 무릎을 세워 거기에 턱을 얹고 앉아 있는 그녀를 내려다보며, 여기 말고는 도무지 갈 데가 없었어, 하고 모든 걸 체념한 어조로 낮게 중얼거렸다. 그때로부터 몇 분, 그녀와 나 사이에는 숨 막히는 침묵이 흘렀다. 하지만 그녀와 내가 공중에 떠 있는 것 같다는 막막한 체공감이 느껴질 무렵, 어둠 속에서 양팔을 벌리고 그녀가 나를 향해 이상한 동작을 취하기 시작했다.

"괜찮아, 민수 씨…… 괜찮으니까 이리 와."

그것은 사마귀가 사마귀에게 나타내는 미물스러운 구애의 동작이 아니었다. 하지만 사마귀처럼 등을 보인 게 아니라 사람답게 가슴을 열고 나를 부르는 그녀의 동작을 확인하고 나서도 나는 선뜻 몸을 움직일 수 없었다. 그녀가 나에게 처음으로 가슴을 열어주었다는 것, 그리고 사람으로서의 포옹을 최초로 허락했다는 것에 감동해서가 아니었다. 오히려 그것이 너무 위태롭고 아슬아슬하게 느껴져 몸을 움직일 수 없었다. 나에게 가슴을 연 대가로 그녀의 목숨

같은 희망이 나락으로 떨어지면 어쩌나.

*

그녀가 현실에서 갑작스럽게 모습을 감춘 건 십일월 초순경의 어느 날이었다. 내가 그녀를 마지막으로 만난 건 토요일 밤이었고, 그녀가 사라졌다는 걸 알게 된 건 월요일 오후였다. 매장을 돌기 위해 그녀가 근무하는 백화점 입구에 당도한 월요일 오후, 그녀가 앉아 있어야 할 안내석에 한 번도 본 적 없는 여자가 무척이나 밝은 표정으로 앉아 있는 걸 확인하고 나는 얼핏 근무처 변경 같은 걸 연상했다. 하지만 5층 매장으로 올라가 볼일을 보고 내려오는 길에 혹시나 하는 심정으로 나는 안내 데스크 앞으로 다가가 그녀의 소재를 물었다. 그러자 안내석에 앉아 있던 여자가 반짝 웃음을 지어 보이며 아, 희주 씨는 지금 휴가중이에요, 하고 붙임성 있게 말했다.

오 일 동안의 휴가.

이유가 뭐냐고 다시 묻자 그건 저도 모르죠, 하고 새로운 안내원은 여전히 생글거리는 표정으로 말했다. 토요일 밤에도 휴가에 관한 얘기가 없었는데 갑자기 오일씩이나 휴가를 받은 이유가 뭘까. 도무지 영문을 모르겠다는 생각이 들어 나는 오후 내내 마음이 편치 않았다. 그래서 퇴근을 하자마자 곧바로 그녀의 옥탑방으로 가보았다. 하지만 그곳에서도 휴가의 근거가 될 만한 단서는 발견할 수 없었다.

어디로 사라진 걸까.

그녀가 없는 옥탑방의 정적을 감내하기 어려워 나는 비탈진 언덕길을 내려가 몇 병의 소주와 안주를 사 들고 올라왔다. 그리고 주인 없는 빈방을 지키며 혼자 소주를 마시고, 담배를 피우고, 가끔 옥상으로 나가 레저 테이블에도 앉아보고, 에움벽 앞에 서서 막막한 눈빛으로 지상의 밤풍경을 내려다보기도 했다. 하지만 아무런 디딤판도 없이 홀로 공중에 떠 있는 듯한 느낌에서 나는 좀체 벗어날 수 없었다. 낮의 숙명이 밤이고 빛의 숙명이 그림자라는 말, 오직 그녀의 부재를 강조하기 위해 만들어진 말인 것 같다는 생각까지 들었다. 밤이 없는 낮과 그림자 없는 빛의 끔찍스러움, 상상해 보라.

금요일 밤, 자정 무렵이 거의 다 되어서야 그녀는 옥탑방으로 돌아왔다. 월요일 밤부터 시작된 나의 막막한 기다림을 아는지 모르는지 그녀는 어깨에 멘 가방을 방바닥에 내려놓자마자 벽에 등을 기대고 힘없이 미끄러져 내렸다. 하지만 움푹하게 가라앉은 두 눈과 피곤에 지쳐 늘어진 그녀의 어깨를 보면서도 나는 선뜻 말문을 열 수 없었다. 숙명의 전모를 간파하지 못하는 인생의 장님을 향해 그녀가 먼저 입을 열었다.

"……일요일에 엄마가 돌아가셨어. 그래서 시골로 내려가 장례를 치르고…… 소아마비로 다리를 저는 여동생을 이모네 집에 맡기고 왔어. 하지만 전생의 일처럼…… 지난 며칠 동안 나에게 일어났던 일들이 벌써 까마득하게 느껴져. 정말 그런 일들이 일어나기나 했던 건지…… 지금도 여전히 꿈을 꾸고 있는 것 같애."

"내가 누구인지는 알겠어?"

그 순간, 내가 무엇 때문에 그런 질문을 건넸는지 모를 일이었다. 막막한 기다림에 나도 또한 지칠 대로 지쳐 있었기 때문에 울컥, 나도 모를 역겨움이 치밀어 오른 것인가. 나의 말에 그녀는 벽에 기댔던 머리를 들고 물끄러미 나를 보았다. 굳은 표정으로 내가 담배를 피워 물 때, 초점을 상실한 듯하던 그녀의 두 눈에는 맑은 눈물이 그렁거리고 있었다.

"민수 씨, 도대체 나한테 왜 이러는 거야? 어째서 민수 씨가 나에게 뭐라도 되는 것처럼 행동하냔 말야. 민수 씨가 누구인지 그런 걸 내가 왜 알아야 하지? 난 민수 씨가 누구인지 알아야 할 필요도 없고…… 정말, 진심으로 그런 건 알고 싶지도 않아. 그러니까……."

"그러니까, 뭐?"

"그러니까 이제 그만 돌아가. 그리고…… 이제 다신 내 앞에 나타나지 마. 민수 씬 나에게 필요한 사람이 아니고…… 나도 민수 씨에게 하등 도움이 안 되는 여자야. 그러니까, 제발……."

"제발, 어쩌라는 거지? 저 낮은 지상의 주민이 되어 편안하게 안주하고 싶어 하는 희주의 꿈을 방해하지 말고 이제 그만 눈앞에서 꺼져달라, 이건가? 진실도 없고 감정도 없고, 오직 목적만을 위해 수단과 방법을 가리지 않겠다는 그 파렴치한 꿈 말인가? 그걸 위해 자신을 헌신짝처럼 버릴 수 있는 용기가 있어서 정말 행복하겠군. 하지만 말야, 이것 한 가지는 분명하게 알아둬. 그런 꿈을 실현하기 위해 자신을 철저하게 기만하고 사느니, 차라리 꿈이 없이 사는 게 훨씬 나을 거라는 게 내 생각이야. 꿈을 위해 현실을 깡그리 부정하겠다는 거, 이미 꿈의 노예가 되었다는 뜻 아닌가?"

그녀가 오랫동안 공들여 쌓아 올린 탑을 허물어뜨리는 심정으로 나는 정신없이 지껄여 대고 밖으로 뛰쳐나왔다. 옥탑방에 대해 일말의 미련도 남기지 않기 위해, 그리고 뒤돌아서서 아쉬워하지 않기 위해 내 스스로 무너지는 탑이 되고자 한 것이었다. 꿈꾸는 자를 꿈꾸는 어리석음을 되풀이하느니 차라리 잔혹한 파괴자가 되어 꿈의 가능성까지 짓밟아 버리는 게 훨씬 현명한 일 아니겠는가.

그날 이후 나는 그녀를 만나지 않았다. 업무를 위해 백화점으로 들어갈 때도 그녀를 피하기 위해 정문 대신 건물 오른편의 옆문을 이용했다. 뿐만 아니라 먼 거리에서 시선을 맞닥뜨리는 일이 생길지도 모른다는 생각에 매장 중앙에 있는 에스컬레이터를 이용하지 않고 뒤쪽에 있는 엘리베이터를 이용해 5층으로 올라가곤 했다. 하루 이틀 사흘, 그리고 일주일이 지나도록 내 마음에는 별다른 동요의 조짐이 일어나지 않았다. 겨울로 가는 가을의 막바지, 낙엽이 바람에 나뒹구는 을씨년스러운 거리 풍경이 위안이 되는 것 같아 자주 창밖으로 눈길을 돌렸을 뿐이었다.

십일월.

조락이 끝나가는 세상의 풍경을 내다보며 나는 가끔 『시지프 신화』를 떠올렸다. 신화가 아니라, 산정에서 끊임없이 굴러 내리는 바위가 아니라, 되풀이되는 시지프의 절망이 아니라, 그것의 영원한 재현을 생각했는지도 모를 일이었다. 날마다 지상과 옥탑방을 오르내리는 희주나 높이에 대해 공포감을 지닌 나처럼 현실을 살아가는 우리 모두의 모습이 시지프의 초상에는 겹쳐져 있었다. 하지만 인간적인 숙명으로 뭉타주된 시지프들의 육체에서 나는 더 이상 신화 속에서와 같은 육체적 긴장을 발견할 수 없었다. 멸시로써 운명을 극복하려는 불굴의 의지가 사라진 시지프들이 인생의 주변인이 되어 세상을 배회하고 있을 뿐이었다. 바위를 멈추기 위해 터질 듯 부풀어 오른 다리, 천근 무게의 바위를 부둥켜안는 가슴, 살갗이 벗겨져 붉은 속살이 드러난 팔, 바위에 긁혀 선혈이 흐르는 뺨, 굳은살이 박인 흙투성이의 손을 여전히 간직한 시지프는 어디 있는가.

우리는 모두 거세당한 시지프, 산정을 향해 바위를 밀어 올리는 불굴의 의지를 상실한 인간이 되어 있었다. 운명을 극복하려는 반항적인 분투가 사라지고, 이제 지상에는 인간에 의한 인간의 멸시가 범람하고 있을 뿐이었다. 어느 누구도 희망 없는 노동을 투자하여 산정으로 올라가지 않고, 어느 누구도 도로(徒勞)의 절망을 숙연하게 받아들이지 않았다. 숙명적인 형벌을 통해 완성되는 인간의 가치는 빛을 잃은 지 오래였다. 오직 지상에 안주하기 위해 불굴의 의지를 포기한 가련한 시지프들의 지옥.

내가 무슨 근거로 그녀의 꿈을 멸시했던가.

그때가 되어서야 나는 비로소 알아차릴 수 있었다. 그녀가 나보다 먼저 신화나 관념이 아니라 순수한 삶을 통해 지상의 불모를 간파하고 있었다는 것. 뿐만 아니라 체념과 비관으로 뒤틀린 시지프들의 세계에 동화되지 않기 위해 자신의 꿈에 집착했을지도 모른다는 것. 그런 의미에서 지상의 주민으로 편재되고 싶다는 그녀의 꿈은 영원히 실현 불가능한 것일 수도 있다는 결론에 이르러 나는 슬그머니 수치심을 느꼈다. 미물스럽고 속물스러운 세계로의 편재가 아니라 인간적인 전략과 절망이 바로 그녀가 말하는 꿈의 요체라는 걸 비로소 깨닫게 된 때문이었다. 그녀가 자기 형벌의 바위를 밀고 올라간 산정, 그곳이 바로 그녀의 옥탑방이 아니겠는가.

그날 밤, 나는 거세당한 시지프의 심정으로 포장마차에서 술을 마셨다. 그리고 밤 10시경, 처음으로 행복한 시지프를 꿈꾸며 비탈진 언덕길을 올라갔다. 하지만 그녀의 옥탑방에는 불이 꺼져 있었다. 방으로 들어가서 기다릴까, 잠시 망설였지만 왠지 그래서는 안 될 것 같다는 생각이 들었다. 그래서 언덕길을 내려와 한동안 주변을 배회하다가 11시경에 형네 집으로 돌아와 버렸다.

다음 날, 나는 백화점 1층의 먼발치에서 그녀를 훔쳐보았다. 똑같은 자리에 똑같은 자세로 그녀는 앉아 있었지만 외모에서 풍겨나오는 전체적인 분위기는 내가 그녀를 처음 훔쳐보던 무렵보다 훨씬 비현실적인 상태로 변해 있는 것 같았다. 그 비현실적인 분위기가 오히려 현실에 대한 단호함처럼 여겨져 나는 그녀에 대한 나의 감정을 다시 한번 추스르지 않을 수 없었다. 어느 누구도 그녀 앞으로 선뜻 다가오지 못하게 하는 서늘한 거부의 기운 같은 것. 안내가 아니라 뭔가를 철저하게 은폐하기 위해 그녀는 그 자리를 지키고 있는 것 같았다.

며칠 동안, 참으로 견디기 어려운 심정으로 나는 그녀의 주변을 맴돌았다. 밤이면 옥탑방 근처를 배회하며 불이 켜지거나 꺼진 방을 올려다보았고, 낮이면 백화점 매장의 먼발치에서 안타까운 눈빛으로 그녀를 훔쳐보았다. 일정하던 그녀의 귀가 시간은 종잡을 수 없을 정도로 불규칙해지고 있었고, 낮 동안 훔쳐보는 그녀의 모습은 심해선 밖의 한 점 섬처럼 막막한 단절의 기운에 사로잡혀 있었다. 그리고 십일월이 막바지로 접어들던 어느 날, 그녀는 드디어 자기 운명의 나락을 맞이한 사람처럼 밤이 새도록 옥탑방으로 돌아오지 않았다.

그녀가 외박한 다음 날, 나는 처음으로 회사에 출근하지 않았다. 출근을 하기 싫어서가 아니라 동이 틀 무렵까지 밖에서 그녀를 기다리다 새벽 냉기를 견디기 어려워 그녀의 옥탑방으로 들어가 잠시 몸을 녹이려 한 게 화근이었다. 눈을 떴을 때는 어느 덧 오전 11시가 지난 뒤였고 밖에는 추적추적 초겨울 비가 내리고 있었다. 하지만 회사 출근 시간을 놓쳤다는 것도, 밖에 비가 내리고 있다는 것도 잊은 채 나는 주검처럼 자리에 누워 꼼짝도 하지 않았다. 옥탑방이 아니라 옥탑방의 흔적 위에 누워 있는 것 같다는 상실감, 그리고 심신을 빈틈없이 뒤덮어 오는 그녀의 존재감을 떨쳐버릴 수 없어서였다.

그날 어둠이 내릴 때까지 나는 그녀의 옥탑방에 누워 있었다. 전화도 없고, 냉장고도 없고, 보일러도 작동되지 않는 을씨년스러운 옥탑방에 어둠이 밀려들자 사람이 살지 않는 폐가와 같은 적막감이 사방에서 밀려나오기 시작했다. 그래서 다리가 후들거리는 걸 느끼면서도 나는 서둘러 지상으로 내려왔다. 따뜻한 정감이 느껴지던 방이 아니라 궁핍이 독기처럼 번져 있는 방에서 황망스럽게 쫓겨나온 것 같다는 생각이 들었다. 그래서 언덕길을 내려오며 나는 몇 번씩이나 고개를 쳐들고 옥탑방을 올려다보았다. 그녀의 거처가 아니라 그녀의 배경을 이루는 가난, 그것의 실체를 그날 처음으로 목격하고 또한 실감한 것이었다.

언덕 밑의 포장마차에서 나는 우동 한 그릇을 시켜 먹고 소주를 마셨다. 하지만 인내심을 발휘할 만한 상황이 아니라 그곳에 오래 눌러앉아 있지는 못했다. 인줏빛 포장을 두들겨대는 빗소리가 종말감을 자극하는 것 같아 간신히 소주 한 병을 비우고 밖으로 나왔다. 그리고 인근의 구멍가게로 들어가 비닐우산과 소주 두 병을 사들고 다시 비탈진 언덕길을 올라갔다. 하지만 그녀의 옥탑방으로 들어가지는 않았다. 비닐우산을 받쳐 들고 3층 양옥 맞은편 담벼락에 붙어 간간이 소주병을 기울이며 추위를 잊으려 했을 뿐이었다. 다행스럽게도 비는 이십 분쯤 지난 뒤부터 슬그머니 멎었지만 촌각을 다투듯 기온은 빠르게 낮아지고 있었다. 햇살 따사롭던 시월이 절로 그리워지는 시간이었다.

밤 10시 반경부터 다시 비가 내리기 시작했다. 비닐우산을 펼쳐 들고 주머니에서 담뱃갑을 꺼내 들 때, 한없이 굼뜬 동작으로 그녀가 비탈진 언덕길을 올라오는 게 보였다. 골목 중간 지점에 세워진 보안등빛을 사선으로 지나친 비가 고스란히 그녀의 정수리로 내려앉고 있었다. 하지만 나는 언덕 위의 어둠 속에 서서 꼼짝 않고 그녀를 내려다보았다. 술을 마신 것인가, 가끔 그녀는 돌로 쌓아 올린 축대를 손으로 짚으며 걸음을 멈추기도 했다.

그녀가 언덕 위로 올라왔을 때, 나는 비닐우산을 받쳐 들고 천천히 그녀 앞으로 걸어나갔다. 그러자 그녀가 우뚝 걸음을 멈추고 나를 노려보았다. 주변의 주택가에서 밀려나온 희미한 불빛으로 그녀는 길을 가로막은 사람의 정체를 단박 알아차렸다. 자신이 서 있던 우측 담벼락에다 등을 기대고 하아, 그녀는 소리 나게 한숨을 내뿜었다. 술을 꽤나 많이 마신 모양 담벼락에다 등을 기댔음에도 불구하고 그녀의 상체는 연신 흔들리고 있었다.

"자…… 써."

한 발 앞으로 나서며 나는 손에 들고 있던 비닐우산을 그녀에게 건넸다. 하지만 그녀는 그것을 건네받지 않고 몽롱한 눈빛으로 히죽이 웃음을 지어 보였다. 그녀의 손에다 강제로 우산을 쥐어주고 나서 나는 다시 한 발 뒤로 물러났다. 그리고 부슬거리는 비를 맞으며 조심스럽게 입을 열기 시작했다.

"나, 어젯밤부터 이곳에 있었어. 날이 밝을 때까지 기다리다가 너무 추워서 새벽에 옥탑방으로 들어갔는데…… 그만 잠이 들어버리고 말았어. 그래서 오늘 하루 결근하고 다시 이곳에서 희주를 기다리고 있었어. 어제 오늘만 그랬던 게 아니고…… 며칠 전부터 이곳을 배회하며 희주를 만나고 싶다는 생각을 했던 거야. 다시 만난다고 해도 달라질 게 없다는 거…… 물론 알고 있어. 다만 한 가지…… 내가 설령 사마귀였다고 해도…… 그래, 부담스럽게 들린다면 지금부터 내가 하는 말을 사마귀가 하는 말이라고 무시해도 괜찮아."

"……."

"나, 희주를 만나던 모든 순간에 희주를 사랑했어. 희주를 사랑하지 않은 순간이 단 한순간도 없다는 거…… 그 말을 하고 싶었던 거야. 희주의 꿈을 이해하지 못한 게 아니라 그것을 실현할 수 없는 나의 현실을 아파하고 있다는 거…… 알겠어?"

"……."

그 순간, 그녀의 손에서 비닐우산이 떨어졌다. 그녀가 고개를 떨구자 비에 젖은 긴 머릿결이 무겁게 그녀의 얼굴을 덮었다. 하지만 그녀는 담벼락에 기댔던 등을 떼고 세차게 머리를 들어 올렸다. 그리고 사뭇 위태로운 표정으로 내게 다가와 와락 목을 끌어안고 격하게 오열을 터뜨리기 시작했다.

"민수 씨, 이러지 마…… 제발, 이제 더 이상 나를 흔들리게 하지 마."

*

그해 십이월은 나에게 기이한 인내와 체념을 동시에 가르쳤다. 십이월이 가르친 게 아니라 십이월을 관통하며 나 자신에게 스스로 배우게 된 게 바로 그것이었다. 사랑한다는 말과 사랑하는 행위가 별개의 문제로 대두될 때, 인간이 스스로에게 내릴 수 있는 처방이 달리 무엇이랴.

십이월로 접어든 뒤부터 그녀의 외박은 더욱 잦아졌다. 비 내리던 그날 밤, 그녀와 나 사이에 있었던 뜨거운 재회는 이미 효력을 상실한 지 오래였다. 그날 밤 내가 그녀에게 예견했던 것처럼 결국 달라진 건 아무것도 없었다. 굳이 말을 하자면 내가 그녀의 옥탑방에서 혼자 밤을 보내는 날이 점점 더 많아졌다는 것도 변화라면 변화랄 수 있을 터였다. 하지만 외관상의 안정에도 불구하고 많은 것들이 보이지 않게 변해 가고 있었다. 그해 십이월에 변하지 않은 것, 오직 그해 십이월뿐이었으리라.

그녀의 잦은 외박에도 불구하고 내가 옥탑방을 자주 찾게 된 이유는 전혀 다른 데 있었다. 나의 잦은 외박을 독립의 전조로 생각하던 형네 부부, 그것이 아니라는 걸 눈치 챈 뒤부터 노골적으로 나를 멀리하기 시작한 때문이었다. 어쩌다 한 번씩 형네 집으로 들어가면, 밖에도 잘 데가 있는데 굳이 남의 집으로 들어와 가정의 평화를 깨는 이유가 뭐냐 하는 듯한 눈빛으로 노골적으로 나를 내치기 시작한 것이었다. 그래서 퇴근을 하고 나면 오늘은 어디로 갈까, 황혼병 환자처럼 마음의 정처를 정하지 못하고 오래오래 거리를 배회하거나 술을 마시곤 했다. 이리 갈까 저리 갈까, 마지막 순간까지 망설이다 결국 옥탑방으로 발길을 돌리곤 한 것이었다.

"이젠 이 방의 주인이 민수 씨인 것 같애. 하지만 내가 민수 씨 방에 잠시 들렀다 가는 것 같아서 오히려 마음은 편안해. 여기가 내 방이라고 생각하면…… 그래, 외박을 했다는 것 때문에 이런 순간에 마음이 무척 불편하게 느껴질 거야. 그러니까 민수 씨도 이젠 이 방을 자기 거라고 생각해. 누가 주인이건 그런 건 아무래도 상관없으니까."

어느 날 이른 아침, 출근하기 위해 옷을 갈아입으러 집으로 들어온 그녀가 한 말이었다. 내가 느끼던 것과 너무나도 흡사한 말이라 일견 신기하다는 생각까지 들었다. 하지만 그녀가 옥탑방에 머무는 시간보다 내가 그곳에 머무는 시간이 실제로 많았기 때문에 그런 공감대가 형성되는 것도 결코 무리는 아닐 터였다.

그녀가 외박하고 들어오는 아침마다 나는 그녀의 몸에서 타인의 체취를 맡았다. 물론 막연한 추측과 불온한 상상이 빚어낸 불유쾌한 욕망의 그림자였다. 하지만 어디서 누구와 무엇을 하며 밤을 보내고 왔는지에 대해 나는 단 한 번도 그녀에게 물어본 적이 없었다. 끈덕진 인내심이나 너그러운 포용력 때문이 아니었다. 온전한 지상의 주민이 되고 싶어 하는 그녀의 꿈을 물질적으로 해결할 수 없는 나의 처지, 그것에 대한 속 깊은 체념이 용기와 분노와 열정을 빈틈없이 마취시켜 버린 때문이었다. 사랑의 감정에 스스로 마취제를 투여하는 비루한 청춘의 초상.

이게 도대체 무슨 관계일까.

그녀가 집으로 돌아오지 않는 밤, 나는 어둠 속에 누워 어떤 식으로든 나 자신을 이해시키기 위해 수도 없이 몸을 뒤치락거렸다. 하지만 사랑의 이름으로도 증오의 이름으로도 나는 끝끝내 나 자신을 설득할 수 없었다. 오직 한 가지, 내가 나를 설득할 수 있는 유일한 방법은 나 자신을 진짜 기생충으로 단정하는 것뿐이었다. 하지만 기생충을 떠올릴 때마다 나도 모르게 진저리가 쳐지고 욕지기가 치밀어 발작적으로 몸을 일으키지 않을 수 없었다.

나를 죽이고 싶다!

크리스마스가 가까워질 무렵부터 그녀는 아예 집으로 들어오지 않았다. 어째서 집으로 들어오지 않는지 나로서는 이유를 알 수 없었다. 그럼에도 불구하고 그녀가 온전한 지상의 주민으로 전입하기 위한 절차를 밟고 있을 거라는 생각이 거부할 수 없는 확신처럼 나를 사로잡았다. 그녀의 꿈을 물질적으로 해결해 줄 수 있는 사람의 출현.

백화점에 여전히 근무하고 있었지만 그곳에서 근무하는 그녀와 집으로 돌아오지 않는 그녀가 완전히 별개의 인물처럼 느껴져서 나는 여전히 정문 출입을 삼가고 있었다. 하지만 크리스마스가 이틀 앞으로 다가왔을 때, 이제 쓰디쓴 인내의 시간이 막을 내렸다는 걸 알리기 위해 나는 어쩔 수 없이 그녀 앞에 모습을 드러냈다. 그것 이외 달리 방도가 없었으니까.

"내일 집으로 올 수 있어?"
"왜?"
"그냥, 할 말도 있고…… 크리스마스이브잖아."
"모르겠어."
"……가능하면 와."
"기다리지 마."

그것이 그녀와 내가 이 세상에서 주고받은 마지막 대화였다. 크리스마스이브였던 다음 날 밤 작은 케이크와 술, 그리고 그녀에게 선물할 털장갑을 준비하고 나는 새벽까지 기다렸지만 그녀는 끝내 옥탑방으로 돌아오지 않았다. 반드시 오리라고 기대했던 건 아니지만 마지막 이별 의식까지 무산되었다는 게 못내 허전하고 아쉽게 느껴졌다. 그래서 그녀에게 하고 싶었던 말을 최대한 축약한 짧은 편지 한 장을 남겨놓고 나는 조용히 옥탑방을 떠났다.

지상을 꿈꾸게 하는 옥탑방
몸이 떠나도 영혼이 이곳에 머물 수 있다면
사랑의 깊이가 높이로 깃들여 있는 곳
행복하라고, 부디

흐린 날빛 속에서 신기루를 바라보듯
오래오래 그대 이름 잊지 않으리

*

그녀가 백화점을 그만두었다는 걸 내가 알게 된 건 다음 해 일월, 신정 연휴를 끝내고 첫 출근을 하던 날 오후였다. 백화점 옆문을 통해 매장으로 올라갔을 때, 매장의 판매 직원 아가씨가 서랍에서 편지 봉투 하나를 꺼내 나에게 내밀며 야릇한 표정으로 물었다.

"안내로 근무하던 아가씨하고 잘 아는 사인가요?"
"왜 묻죠?"
"그 아가씨가 연말에 백화점을 그만두면서 이걸 남기고 갔으니까 하는 말이죠. 보통 사이라면 이런 걸 남기겠어요?"
"보통 사이가 아니라면 직접 만나면 되지 이런 걸 뭐 하러 여기다 맡기겠어요?"
"그래도……."
"혹시 왜 그만뒀는지 아세요?"
"흠, 안내 직원이 백화점의 꽃이니까 어디 좋은 데로 팔려 갔나 보죠 뭐. 그런 걸 내가 무슨 수로 알겠어요?"

5층에서 내려와 정문 근처로 다가가자 안내석에 앉아 있는 직원이 바뀌어 있었다. 언제나 꿈을 꾸듯 몽롱한 표정으로 그 자리에 앉아 있던 그녀, 이제 두 번 다시 볼 수 없게 됐다는 사실이 무척이나 허전하게 느껴져 나는 뜻 없는 눈길로 주변을 두리번거렸다. 화려

한 물질의 바다, 젖과 꿀이 흐르는 현대판 가나안에서 그녀처럼 깊은 단절감을 느끼게 하는 사람은 좀체 발견할 수 없었다. 그래서 가뭇없이 사라져버린 그녀의 족적을 찾아가듯 백화점을 빠져나와 나는 정신없이 택시를 잡았다.

무엇을 확인하고 싶어 한 것일까.

그녀의 옥탑방에는 아무것도 남아 있지 않았다. 불완전한 지상의 주민이 살던 터전, 햇살 한 점 밀려들지 않는 방에서 내가 확인한 것이라곤 깊은 정적과 냉기뿐이었다. 그녀의 흔적으로 남겨진 게 아무것도 없어서 그녀가 정말 이곳에 살았던 것일까, 기억을 의심하지 않을 수 없었다. 서로를 사랑했기 때문에 오히려 등을 돌릴 수밖에 없었던 한 쌍의 사마귀 이야기…… 누가 만들어낸 동화였을까.

그녀의 흔적이 남아 있지 않은 을씨년스러운 공간을 나는 더 이상 옥탑방으로 생각할 수 없었다. 하지만 그곳에서 내가 경험한 기억은 어느 것 한 가지도 망각의 늪으로 밀어 넣고 싶지 않았다. 그래서 그녀와 함께 했던 시간을 되새기며 나는 또 다른 방 한 칸을 설계하기 시작했다. 그녀의 옥탑방에 아로새겨진 수다한 추억을 온전하게 보존할 수 있는 방법——내 마음에 또 다른 옥탑방을 만드는 일 말고 달리 무엇이랴.

그녀가 어둠 속에서 팔을 벌려 최초로 포옹을 허락하던 밤의 기억이 묵연하게 뇌리를 스쳐갔다. 멸시로써 극복되지 않는 운명이 존재하지 않는다면, 그녀가 나에게 처음으로 팔을 벌리던 그날 밤에 나는 그녀의 가슴에다 운명의 비수를 꽂는 게 옳았으리라. 왜 그러지 못했던 것일까. 때늦은 절박함으로 진저리를 치며 초점이 한껏 흐려진 눈빛으로 나는 허공을 올려다보았다. 하지만 숙명의 전모를 간파하지 못하는 가련한 인생의 장님에게는 아무것도 보이지 않았다. 점자(點字)를 더듬듯 나는 비로소 그녀의 편지를 꺼내 읽기 시작했다.

죄스러운 마음으로 당신이 남기고 간 시를 읽었습니다. 짐을 정리하다 말고 한참을 주저앉아 울었지만 내가 당신에게 진실을 말할 수 있는 기회는 이미 사라지고 없었습니다. 그래서 몇 번을 망설이다 이렇게 펜을 들었습니다.

당신에게 아픔과 절망만 경험하게 한 옥탑방을 이제 나도 떠나게 되었습니다. 하지만 이것이 내가 꿈꾸던 것이었던가, 나는 아무것도 자신할 수 없습니다. 어쩌면 옥탑방에서 보낸 시간들이 훨씬 진실했었다고 아프게 추억하는 일이 생기거나, 지상에서의 삶을 허망하게 끝내고 또다시 옥탑방으로 올라가는 일이 생겨날지도 모릅니다. 돌아가신 엄마는 인생이 서천의 구름 같다는 말을 자주 했지만, 그러면서도 자신의 찌든 가난에는 끝끝내 초연하지 못했습니다.

하지만 미래가 어떻게 변하든 지금 내가 당신에게 분명하게 말할 수 있는 진실은 있습니다. 나의 옥탑방에 발을 들여놓았던 유일무이한 사람, 그리고 나의 찌든 가난을 속속들이 들여다본 첫 번째 남자가 바로 당신이었습니다. 많은 면에서 당신은 나에게 첫 번째였지만 첫 번째라는 이유만으로 당신의 인생을 나의 옥탑방에다 가두고 싶지 않았습니다. 평생 옥탑방에서 벗어나지 못하는 당신과 나의 인생, 상상해 본 적 있나요?

 이렇게 헤어질 수 있기 때문에 옥탑방은 당신과 나의 기억에서 영원히 사라지지 않을 겁니다. 이렇게 헤어질 수 있기 때문에 당신은 나에게 영원히 첫 번째 남자로 남겨질 수 있을 겁니다. 그렇게 나도 또한 당신에게 오래오래 잊혀지지 않는 여자로 남고 싶습니다. 당신이 설령 나를 원망한다고 해도 나도 또한 당신을 사랑했기 때문에 이런 바람은 좀체 수그러들지 않을 겁니다.

 당신이 내게 선물한 『시지프 신화』, 당신이 생각날 때마다 읽고 또 읽겠습니다. 그리고 우리들의 추억이 아로새겨진 옥탑방, 오래오래 세상에 남아 있기를 간절히 빌겠습니다. 어쩌다 그 부근을 지나치게 될지라도 아름다운 추억의 성전으로 그곳을 올려다보고 싶기 때문입니다.

 마지막으로, 당신에게 행복한 미래가 도래하길 진심으로 기도하겠습니다. 그리하여 아주 우연히 지상에서 다시 마주치게 될지라도, 부디 행복한 시지프의 표정을 당신의 얼굴에서 발견할 수 있었으면 좋겠습니다.

 내가 사랑했던 시지프여, 안녕!

*

 그해 가을, 나는 형의 중매로 결혼을 했다. 형이 근무하는 은행

여직원이었는데, 형의 말처럼 여자로서는 별달리 나무랄 데가 없는 성품의 소유자였다. 아이 낳고 살다 보면 세상 여자가 다 그렇고 그렇게 느껴진다던 형의 주관을 수긍해서 결혼을 결심한 건 물론 아니었다. 아이 낳고 살아보지 않아도 세상만사가 다 그렇고 그렇게 느껴지던 무렵이었으니 결혼 문제를 놓고 심각하게 고민할 필요도 없었다. 결혼을 안 하고 버텨봤자 달리 대안도 없었고, 대안이 있다고 해도 옥탑방의 추억은 지워지지 않을 터였다. 아니면 그녀보다 강렬한 존재감을 느끼게 하는 상대를 지상에서 두 번 다시 만날 수 없을 거라고 모든 걸 단념해 버린 탓.

그해 가을, 나는 대기업 홍보실로 직장을 옮겼다. 그리고 그것이 나의 평생 밥줄이 될 것 같다는 생각을 하며 하루하루 특별할 것도 없는 나날을 무감하게 살아가기 시작했다. 관성으로 살아가고, 관성으로 나이가 들고, 관성으로 세상을 견디는 가련한 시지프의 초상.

지난 십 년 동안 나는 인생의 주변인으로 전락한 시지프들의 세계에 안주하고 있었다. 획일화된 몽타주로 재현되는 무수한 시지프들의 세계, 산정을 향해 바위를 밀어 올리는 불굴의 의지를 상실한 시지프들의 세계, 희망 없는 노동을 죄악시하고 도로(徒勞)를 무능의 결과로 치부하는 시지프들의 세계, 신을 향한 멸시를 두려워하고 운명을 극복하려는 반항적인 분투를 상실한 시지프들의 세계——그곳에 안주하며 하루하루 종말적인 인간의 시간을 살아온 것이었다.

아주 가끔, 신화 속의 시지프가 기억에서 되살아날 때가 있었다. 늦은 밤 술에 취해 집으로 돌아가다가 문득 형네 집에 얹혀살던 시절을 떠올리게 될 때, 새벽에 뜻하잖게 잠에서 깨어 하늘을 올려다보게 될 때…… 그럴 때마다 바위를 멈추기 위해 터질 듯 부풀어 오른 다리, 천근 무게의 바위를 부둥켜안는 가슴, 살갗이 벗겨져 붉은 속살이 드러난 팔, 바위에 긁혀 선혈이 흐르는 뺨, 굳은살이 박인 흙투성이의 손이 생생하게 되살아나곤 한 것이었다.

인간에 의한
인간의 멸시가 범람하는 세상에서
너는 지금 무엇을 하고 있는가.

시지프가 깊이 잠든 오관을 후려칠 때마다 쩡, 쩡, 어디선가 빙벽을 깨는 듯한 소리가 날카롭게 귓전으로 밀려들었다. 문득 정신을 차리면 나는 낯선 지상에 서 있었고, 손가락을 헤아려보면 나도 모를 나이가 되어 있었다. 옥탑방으로부터 현재까지의 거리, 그리고 옥탑방을 떠나던 때로부터 지금까지의 세월.

십 년 세월이 지난 지금, 그녀를 생각할 때마다 나는 남겨진 시간에 대해 깊은 두려움을 느끼곤 한다. 지나간 시간보다 남겨진 시간이 두려운 건 변화가 아니라 불변하는 것에 대해 느끼는 끈끈한 채무감 때문이리라. 오로지 지상에 안주하기 위해 인간의 숙명을 부정하는 가련한 시지프들의 지옥…… 무슨 이유 때문인가, 추억이 망각의 늪으로 잦아들 때가 되었는데도 내 마음의 옥탑방에는 불이 꺼지지 않는다. 그곳에서 살았던 한 여자의 존재감 때문이 아니라 옥탑, 그것이 하나의 생명체가 되어 스스로 빛을 발하고 있기 때문인지도 모르리라. 불완전한 지상의 주민, 숙명의 전모를 간파하지 못하는 인생의 장님들에게 그 빛은 무엇을 일깨우고 싶어 하는 것일까.

—아주 우연히 지상에서 다시 마주치게 될지라도, 부디 행복한 시지프의 표정을 당신의 얼굴에서 발견할 수 있었으면 좋겠습니다.

오랜 시간의 흐름에도 불구하고 그녀의 편지는 주시(注視)의 언어처럼 여전히 나의 기억에서 살아 숨 쉬고 있다. 언젠가, 우연을 가장하고 찾아올지도 모를 필연의 시간에 나는 어떤 시지프의 얼굴을 하고 있을까. 서로를 알아보지 못하고 무심히 지나치게 될지라도, 편견과 모순과 아집에 사로잡힌 불행한 시지프의 얼굴이 아니라 자기 운명에 당당하게 맞설 줄 아는 행복한 시지프의 얼굴을 나는 그녀에게 보여주고 싶다. 내가 그녀를 알아보거나 그녀가 나를 알아보는 순간, 혹은 내가 당신을 알아보거나 당신이 나를 알아보는 순간을 상상해 보라. 그러면 옥탑방에서 밀려나오는 불빛의 의미가 준비된 자세로 항상 깨어 있으라는 준엄한 경고의 메시지라는 걸 알 수 있으리라.

지금, 당신의 옥탑방에 불을 밝혀야 할 때.

화성

화성 탐사 로봇 스피릿, 화성 착륙 성공!

나는 소파에 비스듬하게 누워 있다가 반사적으로 몸을 일으킨다. 명상을 할 때처럼 꼿꼿하게 등을 세우고 텔레비전 화면에서 흘러나오는 첫 번째 뉴스에 집중한다. 화성 착륙 상황을 설명하기 위한 자료 화면이 흐른다. 탐사 로봇이 화성 대기권으로 진입한 후 방열 장치, 낙하산, 역분사 로켓 등을 차례로 사용하며 하강하는 그림이다. 착륙 팔 초 전, 대형 에어백을 터뜨려 선체를 감싸며 화성 적도 남쪽의 구세브 분화구(Gusev Crater)에 스피릿은 착륙한다.

2004년 1월 4일 오후 1시 35분.

역사적인 순간이다. 1997년 7월 패스파인더호를 화성에 착륙시킨 뒤 두 번의 실패를 거쳐 오 년 육 개월 만에 다시 화성 착륙에 성공했다고 기자는 사뭇 고조된 어조로 말한다. 칠 개월에 걸친 머나먼 우주여행 끝에 화성에 착륙한 탐사 로봇은 구세브 분화구를 출발해 구십 일 동안 하루 수십 미터의 속력으로 옮겨 다니며 다양한 탐사 작업을 펼친다고 한다. 아울러 지난해 7월에 발사된 쌍둥이 탐사 로봇 오퍼튜니티도 오는 25일 스피릿의 착륙 지점과 정반대인 메리디아니 고원에 착륙해 탐사에 들어간다고 한다.

한편 스피릿이 화성에 성공적으로 착륙한 어제 이후 미항공우주국(NASA) 인터넷 포털 사이트의 접속 건수가 무려 10억 회를 상회해 지구인들 사이에 화성 신드롬이 나타나고 있다고 기자는 덧붙인다. NASA의 지난해 접속 건수가 28억 회로서 화성 신드롬은 이미 예견된 것이라는 분석. NASA는 스피릿이 전송하는 화성 표면 사진을 위시하여 화성에 관한 각종 자료의 다운로딩 시간을 줄이기 위해 전 세계 1,300개 컴퓨터에 NASA 사이트의 웹 콘텐츠를 복사해 놓았다고 한다. 아무튼 스피릿의 착륙 성공은 삼십여 년 간 축적해 온 화성 탐사 경험과 기술, 그리고 8억 2000만 달러라는 천문학적 자금을 투입해 일궈낸 대단한 개가라는 평가를 끝으로 화성 착륙에 관한 뉴스는 종료된다.

뉴스가 종료된 뒤에도 나는 몸을 움직이지 못한다. 드디어, 드디어…… 하는 공허한 울림이 이명처럼 들려온다. 시간과 공간이 찰나처럼 맞물려 까마득한 우주 공간을 한순간에 가로지르는 느낌이다. 속이 울렁거린다. 뭔가 아주 끝장나거나 새롭게 시작될 때 느껴지는 깊은 내부의 진동이다. 탐사 로봇이 아니라 내 자신이 화성에 착륙한 느낌…… 감정이입이 너무 자연스러워 나 자신도 놀랄 지경이다.

나는 탐사 로봇이 아니라 인간으로서 화성에 첫발을 내딛는다. 지평선 위에 떠 있는 핑크 빛 하늘, 바람에 날리는 황토색 먼지의 실루엣, 푸른빛이 감도는 바위들…… 나는 영상 오 도와 영하 십오 도 사이를 오르내리는 화성의 붉은 지표면에 첫발을 내딛는다. 긴장과 두려움이 극에 달해 금방이라도 펑 소리를 내며 심장이 공중분해될 것 같다. 나는 더 이상 앞으로 나아가지 못한다. 무엇을 찾으러 여기까지 왔는가, 기억이 나지 않기 때문이다. 무엇을 찾으러 화성까지 왔는가.

퍼뜩 정신을 차리자 오래 갇혀 있던 날숨이 터진다. 팽팽하게 긴장을 견딘 척추도 한순간에 휘어버린다. 화성에서 지구로 추락하니 사방이 살풍경이다. 좁은 거실 곳곳에 널브러진 양말과 속옷, 바지와 남방, 신문과 잡지, 소주병과 맥주병 따위들…… 부랑자 합숙소처럼 낯설다. 하지만 저것이 나의 생존을 반영하는 극사실화이다. 화성까지 드넓어졌던 우주적 공간감이 한순간에 바늘귀처럼 좁아진다. 그래, 나는 아직 지구에 갇혀 있구나.

─화성인이 아직 살아 있단다. 시간 나면 한번 찾아가 봐라. 자신의 소재가 노출되었다 싶으면 또다시 사라질 테니 가능하면 소리 소문 없이 찾아가라. 그놈 사라진 게 벌써 이십 년 전이니 그놈 입장에서는 널 만나고 싶어 하지 않을지도 모를 일 아니냐. 나이 사십이 되니 모든 일이 왜 이리 무감각하게 느껴지는지 모르겠다. 이 정도 일이라면 천지가 떠들썩하게 떠들어대도 시원찮을 텐데…… 너한테도 알릴까 말까 몇 번이나 망설이다 전화하는 거다. 네 형편이 안 좋아졌다는 거 다 아니까 하는 말이다. 나는 연말에 홍콩 지사로 나갔다가 내년 여름이나 돼야 돌아올 테니 화성인 만나게 되면 나

중에 뒷얘기나 들려줘라.

오후 1시경, 나는 화성인에 관한 정보를 제공한 첩보원의 말을 떠올리며 집을 나선다. 지난 연말부터 시작된 망설임에 드디어 종지부를 찍겠다는 작심을 한 것이다. 하지만 그것은 내가 찍은 게 아니라 화성 탐사 로봇이 찍은 셈이다. 정오 뉴스를 통해 그것을 접하지 않았다면 오늘 하루도 나는 또다시 거실에 널브러져 있었을 것이다. 라면을 끓여 먹거나 중국집에 볶음밥을 시켜 먹고 오후에는 소주를 마시며 막막한 시간을 견디려 했을 것이다. 어쩌면 음식은 입에 대지도 않고 아예 소주를 주식으로 삼았을지도 모를 일. 이른 아침, 잠에서 깨자마자 아들 녀석이 보내온 이메일을 읽었기 때문이다. 캐나다의 토론토에서 보내온 열 살짜리의 이메일이 어째서 지척의 육성처럼 그토록 아프게 들린 것일까.

아빠, 난 이곳에 친구가 하나도 없어요. 학교에서도 동네에서도 똑같아요. 한국에서 같이 놀던 친구들 생각만 나고, 예전에 우리가 기르던 뽀삐 생각도 나고…… 어제는 꿈에서 한국 친구들하고 개를 봤어요. 학교 미끄럼틀에서 신나게 놀았는데, 갑자기 엄마가 나타나서 부르는 바람에 내가 미끄럼틀에서 떨어지는 꿈이었어요. 깨고 나서 혼자 울었어요. 아빠, 나 다시 한국에 가고 싶어요. 아빠가 와서 엄마하고 얘기해서 나 데려가면 안 돼요?

햇살은 청명하나 대기는 얼음장처럼 차다. 뿐만 아니라 스악스악 소리를 내며 얼굴을 스쳐가는 바람도 면도칼처럼 예리하다. 작년 십이월 파주로 이사 올 때 들었던 부동산업자의 말이 생각난다. 한강과 임진강과 한탄강에 에워싸인 곳이라 안개도 많고 바람도 많죠. 평균기온이 서울보다 훨씬 낮으니 여기서 몇 년 살다 보면 살갗이 두꺼워질 겁니다. 신도시가 된다니 기다려보긴 하겠지만 신도시보다 통일이 되는 게 훨씬 낫지 않겠습니까? 솔직히 말해 입주하시는 집이 예전에 지어진 임대 아파트라 시설은 형편없습니다. 하지만 그 가격에 십육 평형 전세라도 얻은 걸 다행으로 생각하세요. 집주인을 내가 아니까 그나마 가능했지 아니면 어림도 없는 일이에요. 여기도 신도시 된다고 땅값과 아파트값이 미친년 널뛰듯 하는걸요.

서울에 남아 있던 아파트 전세금을 빼 파주로 이사한 건 캐나다로 이민을 가버린 아내와 아들을 위한 나의 마지막 배려였다. 서울에서 파주까지 멀어지는 조건, 삼십이 평형 아파트가 십육 평으로 줄어드는 조건으로 만들어진 차액. 따지자면 배려가 아니라 요구에 응한 것이었다. 전셋집을 정리해 가능한 빨리 송금해 준다는 게 이혼 합의 사항에 포함돼 있었다. 전세금이라도 건진 게 그나마 다행이었다. 함께 퇴사했던 다른 동료는 거리로 나앉아야 할 처지가 되었으니 말이다.

얼마나 꿈같은 불행인가.

따져보니 단 칠 개월 만에 모든 게 끝장나 버린 셈이었다. 세계로 진출하자던 원대한 포부 대신 남겨진 건 오직 파산과 파탄뿐이었다. 어쩌면 위성통신 장비업체를 만들어 동업하자며 전에 근무하던 회사에서 셋이 모여 모의를 꾸밀 때부터 이미 불행은 시작되고 있었는지도 모를 일이었다. 영업을 담당하던 이사가 주축이 된 일이라 국내 거래선은 물론 해외 영업망까지 이미 확보된 상태인 줄 알았는데 현실은 '문서와 말의 차이'가 얼마나 무서운 것인지를 가혹하게 일깨워 주었을 뿐이다. 영업이사가 장담하던 대부분의 일들이 황당한 흰소리였지 문서화된 서류가 아니라는 게 뒤늦게 밝혀진 때문이었다.

—이 아파트 잘못되면 우리 결혼생활 끝장날 줄 알아!

현실적인 문제에 관한 한 아내는 나보다 민감하고 직관적인 사람이었다. 회사 설립에 필요한 자금을 마련하기 위해 소유하고 있던 아파트를 은행에 저당 잡힐 때부터 그녀는 극구 반대했었다. 결국 그녀의 예언은 맞아떨어졌고 나는 입에 재갈이 물리고 말았다. 나는 아내에게 따귀까지 맞았다. 그녀가 원하는 대로 이혼을 해주고, 그녀가 원하는 대로 모든 권한을 포기했다. 하지만 이 땅을 떠나 마지막 날까지 그녀는 나에게 마음을 풀지 않았다. 이다음에, 이다음에 혹시 말이야…… 하고 나는 미래의 가능성을 열어두고 싶었지만 그녀는 끝내 나에게 기회를 주지 않았다. 도리 없이 나는 허공으로 이륙하는 비행기를 올려다보며 혼잣말을 중얼거렸다.

—혹시 이다음에 형편이 좋아지면 그때 만나서 함께 살자.

현실이 나로부터 멀어지는 동안 비현실적인 것들이 가까워지고 있었다. 파산과 파탄의 와중에서도 아주 희미하게 나는 그것을 예감하고 있었다. 작년 여름 어느 날, 아파트 단지의 공원에 나가 담배를 피우다 우연히 하늘을 올려다본 적이 있었다. 회사 설립 문제가 물거품이 된 뒤라 그때 이미 나와 아내의 불화는 극을 향해 치닫고 있었다. 아내와 함께 있는 시간이 힘들어 슬그머니 밖으로 나와

공원을 어슬렁거리던 중이었다. 8시가 지났지만 세상은 아직 빛의 기운이 완연했다. 담배를 피우다 무심코 올려다본 하늘에 유난스레 빛을 발하는 물체가 떠 있었다. 희미한 낮달 옆에서 오렌지 빛으로 반짝이는 그것이 일종의 비행 물체인 줄 알고 나는 시선을 고정시켰다. 하지만 그것은 움직이지도 않고 사라지지도 않았다. 오래잖아 어둠이 내리자 그것은 더욱 밝은 빛을 발하기 시작했다. 웬만한 별들과는 비교도 할 수 없을 정도로 밝고 가깝게 느껴져 나는 도무지 그것에서 시선을 뗄 수 없었다. 끝끝내 움직이지 않았으니 미확인 비행 물체가 아니라 미확인 발광 물체라고 해야 할 터였다. 아무러나 그것을 올려다보는 동안 나는 현실의 고뇌를 말끔히 망각할 수 있었다. 나의 관심이 우주로 뻗어 나가자 지상의 고뇌가 거짓말처럼 스러져버린 것이었다.

그날 밤 나는 집으로 돌아와 아들과 함께 미확인 발광 물체를 다시 보았다. 베란다에 서서 그것을 보라고 하자 아들은 단박 그것이 뭐냐고 나에게 물었다. 아빠도 모른다, 하고 말하자 비행접시 아니냐고 녀석은 호기심이 가득한 표정으로 나를 올려다보았다. 아홉 살, 초등학교 2학년인 그에게 우주는 온통 신비가 가득한 공간일 터였다. 지금 빛을 발하는 저것의 정체가 무엇인지 몰라도 나는 그것이 아들의 기억에 오래오래 남아 있기를 기원했다. '미확인 발광 물체를 보던 그해 여름 나의 아버지는 파산했다.' 라고 각인해도 나쁠 건 없었다. 어차피 이혼하기로 아내와 합의한 뒤였으므로 녀석이 나를 망각하고 미확인 발광 물체만 기억한다 해도 도리 없는 노릇 아닌가.

미확인 발광 물체의 정체를 내가 알게 된 건 다음 날 텔레비전 뉴스를 통해서였다. 이틀 뒤인 8월 27일 오후 6시 51분, 태양계의 네 번째 행성인 화성이 5만 9000여 년 만에 지구에 가장 가까이 접근, 동쪽 하늘에서 미확인 비행 물체처럼 육안으로도 관측할 수 있다고 뉴스는 전하고 있었다. 밝기는 지구에서 볼 수 있는 가장 밝은 별인 시리우스보다 무려 3.6배나 밝다는 것. 뉴스를 보며 나는 화성……하고 몽유병자 같은 표정으로 중얼거렸다. 지구로부터 무려 1억 7000만 킬로미터나 떨어진 화성이 5600만 킬로미터까지 가까워진 다는 게 참으로 믿어지지 않았다. 하지만 나는 그 사실을 아들에게 알려주지 않았다. 하루 전에 보았던 것이 화성이라는 것도 알려주지 않았고, 그것이 왜 그렇게 밝게 보였는지도 말해 주지 않았다. 그 아이가 나이가 들어 스스로 가까워지는 것과 멀어지는 것의 차이를 배웠으면 좋겠다고 생각한 때문이었다. 태어나 자라는 동안에는 세상 모든 것들을 향해 다가가지만, 나이가 들면 모든 것들로부터 절로 멀어지는 인생에 대하여.

문제의 8월 27일, 서울에는 폭우가 내렸다. 당연히 지구와 가장 가까워진 오렌지 빛 행성은 확인할 수 없었다. 하지만 나는 화성이 지구에 가까워졌다는 뉴스를 접한 뒤부터 줄곧 화성인을 생각했다. 화성이 지구와 그토록 가까워졌다는 게 나로서는 예사롭게 여겨지지 않았다. 혹시나 하는 마음에 나는 자주 밤하늘을 올려다보았다. 올려다보며 오랫동안 망각하고 살아온 친구를 그리워했다. 화성 때문이 아니라 지구에서의 내 삶이 너무 고달프게 여겨진 때문이었다. 서로 위로하고 위로받을 수 있는 단 한 사람이 나에겐 절실했다. 하지만 아무리 기억을 더듬어봐도 나에겐 그런 사람이 없었다. 갓 스물, 아무런 이유도 밝히지 않고 화성인이 내 곁에서 사라진 이후 나는 늘 혼자라는 생각에 시달리며 살았다. 이십여 년 동안 그의 부재를 원망하며 살았으니 화성이 그토록 지구와 가까워졌다는 게 어찌 예사롭게 여겨졌겠는가.

내가 화성인에 관한 소식을 접한 건 그로부터 석 달쯤 뒤인 십이월 초순경이었다. 지금으로부터 한 달쯤 전, 내가 서울의 전셋집을 빼 파주로 이사를 서두르던 무렵이었다. 내게 전화를 걸어온 인물은 원단 수출 회사에서 영업부장 노릇을 하고 있는 초중고 동창이었다. 그 친구처럼 초등학교부터 고등학교까지 내리 동창인 인물들이 서울에는 꽤 많이 살고 있었다. 학교 다닐 때 별명이 '첩보원'이었던 그가 전화를 걸어온 건 어찌 보면 당연한 일이었다. 교사들의 신상 정보를 비롯 친구들의 집안 내막까지 꿰뚫고 다니는 정보통이었던 그가 세월이 흐른 뒤에도 자신의 정보 수집 능력을 유감없이 발휘한 셈이었다. 아무려나 그는 지극히 현실적인 어조로 화성인에 관한 소식을 내게 전해 주었다. 놀라지 마라, 성준이가 살아 있다, 하고 그는 말문을 열었다. 나는 잠시 사이를 두었다가 누가 그래? 하고 짧게 반문했다. 갑자기 아랫배가 팽팽하게 당겨지는 것 같았다. 친척한테 확인한 거다, 하고 그가 대꾸했다. 나는 수화기를 바꿔 들고 오른손으로 아랫배를 지그시 눌렀다.

—도대체 그 친구가 어디 살고 있다는 거야?
—화성인이 어디 살고 있을 것 같으냐.
—화성인은 화성에 살아야 제격이지.
—그래, 정답이다. 그 친구 지금 화성에 살고 있단다.

나는 타임머신을 타고 과거의 행성으로 자주 날아갔다. 거실에 널브러져 술이 깨지 않은 상태로 갈 때도 있었고, 꿈에서 갈 때도 있었고, 잠에서 깨어나기 직전에 갈 때도 있었다. 멍하니 햇살 속에 앉아 있다가 돌발적으로 공간 이동을 경험하는 경우도 더러 있었다. 고스란히 재현되는 과거의 공간에서 나는 자주 그를 만났다. 언제나 그와 함께 나타나는 초등학생인 나, 중학생인 나, 고등학생인 나…… 거기, 세상 모든 것을 향해 다가가고자 하는 낯선 내가 있었다. 하지만 내 옆에 머물던 화성인은 지구상의 어느 곳으로도 더 이상 나아가고 싶어 하지 않았다. 그는 처음부터 끝까지 오직 화성에만 머물고 싶어 했다. 그는 자신이 화성인의 후예라고 믿고 있었고, 언젠가 다시 화성으로 가게 될 거라고 믿고 있었다. 현실에서 못 가면 나중에 죽어서라도 가게 될 거라는 믿음을 지니고 있었다.

―화성이 지구 같았던 시절이 있었을 거야. 그러니까 지구가 화성 같아질 날이 올지도 몰라. 화성을 생각하는 건 지구를 생각하는 것과 같아. 화성과 지구 사이에는 이상한 공분모가 있어. 하루가 이십사 시간에 가깝고, 사계절이 있고, 극지방에 얼음 층이 있고, 강물이 흘렀던 흔적을 알려주는 침식지형이 있다는 것 정도는 문제도 아냐. 태양계 안에서 일어난 생명체의 우주적 공간 이동…… 그런 게 화성과 지구 사이에서 느껴진단 말이야. 38억 년 전, 바다가 끓어오르고 황산이 가득한 대기 속에서 지구에 생명체가 탄생했다는 학설을 난 도저히 믿을 수 없어. 그건 그야말로 설이지, 단지 설일 뿐이야. 진화론적 탄생으로도 설명할 수 없고 종교적인 창조론으로도 설명할 수 없는 무엇인가가 화성과 지구 사이에는 있어. 나는 언제나 그런 걸 생각해. 지구가 있기 때문에 화성을 생각하고, 화성이 있기 때문에 지구를 생각하는 거야.

고등학교 1학년 때 성준에게서 들은 말이었다. 초등학교 시절부터 시작된 화성에 대한 그의 관심은 중고등학교를 거치며 일종의 신앙처럼 변해 갔다. 하지만 그가 광기를 드러내거나 헛소리로 화성을 신봉한 건 결코 아니었다. 그는 웬만해선 전교 1등 자리를 내놓지 않는 수재였기 때문에 그의 내면에서 익어간 화성은 과학적 근거와 독창적 해석력으로 재구성된 또 하나의 행성이라고 해도 무방할 터였다. 그는 화성을 지구인들의 '수구초심 행성'이라고 불렀다. 고향을 찾아가고 싶어 하는 지구인들의 유전적 본능이 시간이 지날수록 강렬해져 화성에 대한 탐사가 앞으로 더욱 활발해질 거라는 해석이었다. 그는 세월이 지나면 화성으로의 여행은 물론 이민까지 가능해질 거라는 예언도 서슴지 않았다.

—지구인들이 갈 수 있는 태양계의 행성 중에 가장 매력적인 곳이 화성이야. 지구인들에게 화성에 대한 무의식적인 향수가 있기 때문이지. 화성에 인간이 발을 딛는 건 문제도 아냐. 지구를 중심으로 한 태양계 내에서는 그런 일이 얼마든지 가능해. 왜냐하면 지구인들의 신경 다발 조직인 뉴런이 10의 14승이고, 그것을 속도 개념으로 환산하면 태양계의 마지막 기권까지 얼마든지 갈 수 있기 때문이야. 다만 태양계를 벗어나지 못할 뿐이지. 인간은 태양계에 갇혀 살게 되어 있고, 그래서 화성에 대한 탐사에 더욱 박차를 가하게 될 거라고.

성준의 신상에 대해 내가 아는 건 고작 몇 가지뿐이었다. 그것도 그의 입을 통해 직접 들은 게 아니라 첩보원 같은 친구들의 전언을 통해 알게 된 것이었다. 아버지가 이발사라는 것, 중학교 3학년 때 엄마가 위암으로 세상을 떠났다는 것, 초등학교 5학년인 남동생이 있다는 것 정도. 나는 그의 집을 방문해 본 적이 없었다. 그도 나의 집을 방문한 적이 없었다. 우리 집으로 놀러가자고 하거나 시험공부를 함께 하자는 나의 제안을 그가 매번 거절한 때문이었다. 집안 형편이 그리 넉넉한 것 같진 않았지만 그의 성격이 워낙 깔끔해서 구겨지거나 더러워진 옷을 입고 있는 걸 본 적이 없었다. 뿐만 아니라 남 앞에서 공부에 관한 얘기를 꺼내는 것도 본 적이 없었고 참고서나 자습서 같은 걸 가지고 다니는 것도 본 적이 없었다. 그런데도 그는 웬만해선 전교 수석을 놓치지 않았다. 그러니 그에게 장래 화성을 연구할 우주 과학자라거나 미항공우주국에서 근무할 수재라는 수식어가 따라붙는 것도 결코 무리는 아닐 터였다.

좌석버스가 서울로 접어든다. 서울은 화성으로 가기 위해 반드시 거쳐야 할 행성 정거장이다. 지금 화성에는 먼지 폭풍이 일고 유성비가 내릴지도 모른다. 어쩌면 그곳의 자연조건은 내가 알고 있는 것보다 훨씬 가혹할지도 모른다. 하지만 화성을 거치지 않고 나는 다시 현실로 복귀하지 못할 것이다. 그러니까 화성은 내가 지구에 발붙이고 살아남기 위해 필연적으로 관통해야 할 관문인 것이다. 그것이 내가 지금 화성으로 가는 이유이고 또한 가야 하는 이유이다.

"내가 자란 고아원은 어둡고 춥고 외로웠다. 나는 자라면서 밤이면 별이 반짝이는 하늘을 올려다보며 그 별에 날아갈 수 있게 되는 꿈을 꾸곤 했다. 미국에서 나의 이 꿈은 실현됐다. 나에게 그 같은 '정신(spirit)'과 '기회(opportunity)'가 주어진 데 대해 감사한다."

쌍둥이 화성 탐사선 스피릿과 오퍼튜니티의 이름을 지은 아홉 살짜리 러시아 출신의 입양아가 쓴 글이다. 시베리아 북부에서 태어난 그녀는 입양 당시 건강이 무척 악화돼 시야가 잘 보이지 않았으나 엄마가 생긴 뒤 건강과 자신감을 회복, NASA가 미국 전역의 초중고교생을 대상으로 실시한 화성 탐사선 이름 공모전에서 1만 명에 가까운 응모자를 물리치고 당당히 대상을 차지했다고 한다. 자신이 살아온 불행에서 건져 올린 희망의 언어를 화성 탐사선의 이름에 새겨 넣은 것이다. 그 소녀처럼 나도 화성을 꿈꾸며 다시 한번 삶에 대한 정신과 기회를 얻고 싶다. 내 마음도 지금 몹시 어둡고 춥고 외롭기 때문이다.

*

서울역 광장으로 들어간다. 택시 정류장에 운집한 택시가 백여 대는 족히 될 것 같다. 날씨가 추운 탓인가, 광장에 사람이 별로 없다. 몇몇이 포장마차 앞에 서서 오뎅을 먹는 게 보인다. 헌혈 차량 앞에 유니폼을 입고 선 자원 봉사자들이 발을 동동 구르며 좌우를 살핀다. 좀 더 걸어가자 역사 입구의 햇살 아래 서너 명의 부랑자가 모여 앉아 소주를 마시고 있다. 땟국이 흐르는 옷과 머리카락, 여러 날 세수를 하지 않은 모습인데도 얼굴이 불콰해져 의기양양해 보인다. 모자를 쓰고 목도리까지 한 사내는 맞은편의 깡마른 사내에게 삿대질을 해대고 있다. 언뜻 지구에서 추방당한 사람들처럼 보인다. 지구에 불시착했으나 자신들의 행성으로 돌아갈 방도를 몰라 거리를 배회하는 외계인들.

나는 전철을 타기 위해 지하도 입구로 접어든다. 입구의 드넓은 좌판에 불법 복제 DVD가 깔려 있다. 「살인의 추억」을 위시하여 최근의 개봉 영화들까지 단돈 오천 원이라고 턱수염을 기른 사내가 박수를 치며 연신 외친다. 계단 입구에 전경 둘이 서 있는데도 전혀 아랑곳하지 않는다. 아무려나 나는 낯선 행성에 불시착한 사람처럼 걸음을 재촉한다. 왜 이렇게 모든 것이 어설프고 어색하게 느껴지는지 모를 일이다. 도대체 지구에서 몇 년이나 더 살아야 친숙함이 느껴질까.

—화성이 어디인지 모른다고? 나이 사십이나 된 놈이, 그것도 서울에서 이십 년 가까이 살아온 놈이 화성이 어디인지 모른다니 말이나 되냐. 너「살인의 추억」도 안 봤냐? 화성 연쇄 살인 사건이 일어난 화성을 모르냐고!

성준의 소재를 알려주기 위해 내게 전화를 걸어온 첩보원은 어이가 없다는 듯 혀를 찼다. 그래, 나는 화성이 어디 붙어 있는지도 모르고 그런 영화도 보지 못했다, 하고 나는 퉁명스럽게 응대했다. 보고 싶어도 볼 수 없었으니까.「살인의 추억」이라는 영화가 세상을 떠들썩하게 할 때 나는 파산과 파탄의 곤욕을 치르느라 비루먹은 개처럼 혀를 늘어뜨리고 있었다. 뿐만 아니라 지난 이십여 년 동안 나는 서울에 살면서도 어찌된 셈인지 그쪽 방면으로는 도무지 가볼 기회가 없었다. 꼭 한 번, 회사에서 영종도로 야유회를 간 적이 있었지만 그것도 단체로 관광버스를 이용해 다녀왔으니 개인적 경험과는 거리가 멀다. 이래저래 부천 부평 인천 수원 안양 안산 같은 지명에 대해 나는 무감각하다. 지리적으로나 정서적으로나 마찬가지. 그 방면에 대해 누가 무슨 말을 해도 별다른 이미지가 떠오르지 않는다. 가감 없이 말하자면 지구상의 화성보다 우주상의 화성이 나에겐 훨씬 가깝게 느껴진다는 것이다. 그런데「살인의 추억」

이라니!

 나는 매표소 앞에서 수원행 티켓을 달라고 말한다. 첩보원이 나에게 확실하게 알려준 곳은 거기까지이다. 그러니 내 수첩에 기록된 '화성시 서신면'은 아직 나에게 미지의 행성일 뿐이다. 수원역 앞에 내려 제부도 방면으로 가는 좌석버스를 타라는 말까지 첩보원은 덧붙였지만 거기서부터는 자신도 가보지 않아 잘 모르겠다는 어투였다. 첩보원이 제공하는 정보가 그렇게 어설프면 신빙성이 떨어지는 것 아니냐고 내가 말하자 그는 어처구니없다는 듯 이렇게 대꾸했다.

 ─이런 젠장, 뭐 주고 뺨 맞는다더니 영락없이 그 꼴이로군. 내가 첩보원 노릇 그만둔 지가 언젠데 그런 소릴 하냐. 이 정보는 고향에 있는 성준이 외숙모한테서 우리 집사람이 직접 캐낸 거다. 지난 십일월에 고향에서 장인 장모 유골 모셔 이장을 했거든. 여자들끼리 주고받은 말이라 상세 정보로서는 가치가 떨어진다만 그래도 이게 어디냐. 거기 화성시 서신면이라는 데가 손바닥만 하다니 서점 하나 찾는 건 그리 어려운 일도 아닐 거다. 길을 모르겠거든 무조건 제부도 방면으로 가면 된다더라. 제부도 당도하기 직전이라니 달리 빠져나갈 길이 없는 거 아니냐.

 나는 성준의 공소시효에 대해 물을까 하다가 그만두었다. 그가 사라진 지 어느덧 이십 년이니 어떤 경우이건 만료되지 않을 시효가 없을 터였다. 형사법상 가장 중형인 사형에 해당하는 범죄의 공소시효가 십오 년이라는 것도 나는 알고 있었다. 물론 그의 행방이 묘연해진 뒤에 알게 된 법적 상식들이었다. 하지만 곰곰 따져보면 그는 공소시효와 아무런 상관이 없는 인물이었다. 애초부터 그에 관한 공소가 제기되지도 않았는데 무슨 시효가 필요하겠는가.

—법적인 문제는 우리가 생각하는 것보다 훨씬 복잡할 수도 있어. 그 친구가 나타나는 것 자체가 죄가 될 수 있다는 거다.
—나타나는 것 자체가 죄가 된다고?
—그렇지. 나타나면 안 되는 죄.
—그런 죄가 어디 있어?
—그래서 화성인 아니냐. 법적으로 그 친구는 지구인이 아니야.
—그럼 뭐냐.
—뭐긴 뭐야. 지구에 불법체류하는 외계인이지.

고등학교 졸업반이 되었을 때부터 성준은 화성과 결별하고 있었다. 더 이상 화성에 대해 언급하지 않았고, 더 이상 화성에 대해 묻지도 못하게 했다. 그는 아예 말문을 닫고 침묵의 성자처럼 살았다. 주변에서는 그것을 타고난 성품으로 치부하고 있었으므로 별달리 문제가 되지는 않았다. 하지만 대학 입시 원서를 쓸 무렵, 그로 인해서 학교가 발칵 뒤집히는 일이 발생했다. 전교 수석인 그가 엉뚱하게도 인근 도시의 수산전문대학을 지망하겠다고 선언한 때문이었다. 담임은 물론 학년주임과 교장까지 나서서 그를 설득했지만 결과는 달라지지 않았다. 그를 서울의 명문대학교로 보내 학교의 자랑으로 내세우고 싶어 했던 선생들이 그대로 물러설 리 없었다. 담임이 그의 집을 방문하고 그의 아버지도 학교에 와서 상담을 받았다. 그래도 결과는 달라지지 않았다. 어느 날, 그의 속내를 알고 싶어 내가 물었다.

―무슨 변태 심보냐?
―그냥 바다로 가고 싶어졌어. 별다른 뜻은 없어.
―화성은?
―너무 비현실적이잖아. 이젠 구체적인 대상을 찾아야지.
―그게 바다야?
―그래, 바다에도 화성이 있어. 아무도 안 믿겠지만 수심 1만 미터가 넘는 곳에서도 생명체가 살고 있고, 바다 속에서 뿜어져 나오는 섭씨 백 도 가까운 열수 분화구 주변에서도 생명체가 떼 지어 살아. 거기에도 화성이 있고, 화성의 흔적이 있는 거지.
―알량한 핑계 아냐?
―지구는 어느 곳으로 가나 마찬가지야. 어차피 지구이고, 결국 지구잖아.
―그래서?
―그래서 바다로 가겠다는 거야. 우주와 가장 가깝고 우주와 가장 닮았잖아.

결국 그는 인근 도시의 수산전문대학으로 진학했다. 지방의 소도시에서 함께 자란 오랜 죽마고우들도 이제 각자의 진로를 선택하는 무렵이라 모든 것이 어수선했다. 누가 어디에 응시해 붙고, 누가 어디에 응시해 떨어졌다는 말들이 한동안 무성했다. 그 와중에 나는 서울에 있는 대학에 응시해 합격하고 한동안 친척집에 머물다 내려왔다. 물론 내려오자마자 성준을 찾았다. 하지만 전화를 건 나에게 그는 다짜고짜 폭탄선언을 했다.

―나, 보름 뒤에 해병대 입대한다.

너무 어이가 없어서 말이 나오지 않았다. 그것이 네가 말하던 바다냐, 하고 나는 반문했다. 하지만 그는 아무런 응대도 하지 않았다. 만나서 얘기하자고 내가 제안하자 정리할 게 많다며 그것마저 단호하게 거절했다. 잠시 사이를 두었다가 내가 다시 물었다.

―너 혹시 무슨 문제 있는 거 아니냐.
―문제없어.
―그럼 갓 스물에 해병대 입대를 왜 해.
―그럼 서른에 하나.
―학교 입학식도 안 하고 간단 말이야?
―넌 입학식 하기 위해 대학 진학했냐.
―비꼬지 말고 진실을 말해.
―진실은 화성에 있어. 갈 수 있으면 가서 찾아봐.

그것이 성준과 내가 지구에서 나눈 마지막 대화였다. 그로부터 보름쯤 뒤, 그러니까 이월 초순경에 그의 아버지가 핏발 선 눈으로 나를 찾아왔다. 오전 8시경, 자다가 날벼락 맞은 기분으로 나는 그의 아버지와 대면했다. 그것이 첫 대면이었다. 그는 격앙된 어조로 다짜고짜 나를 다그쳤다.

―말해. 성준이 어디 있냐!
―성준이가 어디 있냐니…… 성준이가 왜요? 무슨 일이 생겼나요?
―너 이런 식으로 나오면 곤란하다. 자칫 잘못하면 우리 집이나 너네 집이나 아주 쑥대밭이 될 수도 있단 말이다. 나야 별 볼일 없는 이발사지만 너의 아버지는 공무원이니까 나보다 훨씬 더 피해를 볼 수도 있어. 그러니까 어서 사실대로 말해. 지금 성준이 어디 있어?

―아저씨, 전 정말 몰라요. 도대체 성준이한테 무슨 일이 생긴 건가요?

나는 세상에 태어나 갓 스물이 될 때까지 그렇게 소름 돋는 아침을 경험해 본 적이 없었다. 어느 날 갑자기 누군가 아무런 예고도 없이 현실에서 사라져버린다는 건 책에나 있는 일인 줄 알았는데 하물며 그 대상이 성준이라니…… 나는 마치 내가 성준이 있는 곳을 알면서도 시치미를 떼는 것 같아 지레 가슴이 옥죄였다. 그래서 모른다고, 정말 모른다고 몇십 번을 되풀이 말했다. 그러자 그의 아버지가 날카로운 눈빛으로 나를 노려보며 협박조로 말했다.

―너, 세상이 얼마나 무서운지 알기나 하냐? 말 한마디만 잘못해도 잡혀가 쥐도 새도 모르게 죽을 수 있는 세상이다. 그런데 병역을 기피하고 사라지면 어떻게 되겠어? 어제가 입대일인데 그저께 밤부디 그 자식이 사라졌다. 이 미친 자식이 세상 무서운 줄 모르고 병역기피자가 되었단 말이다. 병무청 직원하고 헌병대에 통사정해서 앞으로 삼 일 시한을 얻었는데, 그때까지 자진 출두하지 않으면 사전 영장을 발부받아 곧바로 체포조를 가동한단다. 그러니 제발 그 자식에게 연락이 오거나 있는 곳을 알게 되거든 무조건 나에게 전화해라. 알겠냐?

그는 몇 번씩이나 나에게 다짐을 받고 갔다. 하지만 나는 끝내 성준의 아버지에게 전화하지 못했다. 성준에게서 연락이 온 적도 없었고 그가 있는 곳을 내가 알아내지도 못한 때문이었다. 이리저리 친구들에게 연락해 수소문을 해보았으나 그들은 하나같이 어투로 내게 이렇게 되물었을 뿐이었다.

—웃기네. 성준이 행방을 네가 모르면 누가 알겠냐?

성준에 관한 소문은 도시 전체로 들불처럼 번져 나갔다. 내용은 병역기피였지만 소문은 기피의 배경 쪽으로 터무니없이 증식하고 있었다. 원래 사상이 불순한 놈이었다느니, 고정간첩과 함께 월북했다느니, 머리가 너무 좋아 미쳤다느니…… 참으로 황당무계하고 어처구니없는 얘기가 흉흉하게 떠돌았다. 성준에 관한 문제가 아니라 갖가지 어른 세계의 뒤틀린 속내를 한꺼번에 드러내는 것 같아 나로서는 곤혹스럽기 그지없었다. 가장 터무니없는 억측은 성준이 불순한 세력과 연계되었을 거라는 주장이었다. 이제 고등학교를 갓 졸업한 아이에게 아무렇지도 않게 사상의 올가미를 씌운 것이었다. 어릴 때부터 내가 지켜본 어른들의 세계는 늘 그런 식이었다. 누군가 긴급조치 위반으로 잡혀갔을 때도 그랬고, 누군가 삼청교육대에 잡혀갔을 때도 그랬다. 아니 땐 굴뚝에 연기 나랴 하는 식이었다.

대학 입학을 위해 서울로 올라오기 며칠 전, 나는 성준의 아버지를 찾아갔다. 그동안 일이 어떻게 처리되었는지 궁금해서 견딜 수가 없었다. 성준이 나타났다는 소식도 없고 그가 잡혔다는 소식도 없었다. 성준의 아버지를 직접 찾아가 묻는 것 이외 달리 소식을 접할 방도가 없었다. 시장 뒤편의 좁은 골목 안에 위치한 옹색한 이발관으로 들어서자 그의 아버지가 대낮인데도 소주를 마시고 있었다. 나를 쳐다보는 그 표정을 마주 보자 등골이 서늘해졌다. 입 언저리를 일그러뜨리고 흘긋한 눈빛으로 나를 올려다보는 얼굴이 지난번 집으로 찾아왔던 그 사람이 아닌 것 같았다. 나는 아랫배에 힘을 주고 가까스로 입을 열었다.

―성준이 소식이 궁금해서 왔습니다.
―네가 궁금할 게 뭐가 있어.
―저는 성준이와 가장 친하게 지낸 친구입니다.
―소용없다. 다 끝난 일이니 신경 쓰지 말고 가라.
―뭐가 다 끝났다는 거죠?
―죽었으니 다 끝난 거지.
―죽어…… 요?
―그래, 어제 내 손으로 사망신고까지 했다.
―도대체 어디서 어떻게 죽었다는 거죠?
―병역을 기피한 놈에게 무슨 사연이 필요해. 죽었으면 그냥 죽은 거지.

나는 성준의 아버지 말을 믿지 않았다. 성준이 죽었다는 말도 믿지 않았고 사망신고를 했다는 말도 믿지 않았다. 술김에 홧김에 되는 대로 마구 지껄인 말이라고 생각했다. 시신이 발견된 것도 아니고 사망 원인이 밝혀진 것도 아닌데 죽었다는 단정은 뭐고 사망신고는 또 뭐란 말인가. 성준의 아버지가 내게 보인 태도가 너무 기막혀 나로서는 더 이상 입을 열 수 없었다. 자식이 행방불명되었는데 '군부정권이 나를 칠까 봐 겁난다.'라고 말할 수 있는 아비가 세상에 몇이나 될까.

나는 성준의 아버지를 욕하며 집으로 돌아왔다. 자식 걱정은 털끝만큼도 하지 않고 비굴하게 자신이 다칠까 봐 겁을 질질 내는 한심한 인간…… 그에게 침을 뱉어주지 못하고 돌아선 걸 나는 후회했다. 하지만 그날 그 주정뱅이 같은 인간이 나에게 뱉어낸 말이 모두 사실이라는 걸 내가 알게 된 건 그로부터도 며칠이 더 지난 뒤였다.

화성 333

서울로 떠나던 날 아침, 나는 아버지를 통해 성준이 사망 처리됐다는 걸 알았다. 시청 공무원인 아버지가 그 사실을 모르고 있을 리 없었다. 뿐만 아니라 성준이 나와 가장 친한 친구였다는 걸 알고 있는 아버지가 그걸 간과하고 있을 리도 없었다. 아버지는 다만 시간을 기다리고 있었을 뿐이었다. 내가 고향을 떠나는 날 그것을 알려줌으로써 그 문제를 서울까지 옮겨 가지 말고 이곳에서 있었던 일로 묻어두고 가라는 의미인 것 같았다.

나는 그런 일이 어떻게 가능하냐고 아버지에게 따져 물었다. 하지만 아버지는 더 이상 언급을 회피했다. 그저 그러려니 해라, 하는 말을 덧붙인 게 고작이었다. 아버지의 입에서 흘러나온 그 한마디 말에 나는 고스란히 얼어붙고 말았다. 하지만 그로부터 몇 년이 지나는 동안 나는 그런 일이 얼마든지 가능한 세상이라는 걸 차근차근 배워나갈 수 있었다. 죽었다는 걸 증명할 시신이 없어도 사망 처리할 수 있고, 피멍 든 주검이 나타났는데도 안 죽였다고 우길 수 있는 시대…… 탁 하고 치니까 억 하고 죽었다고 우기던 눈물겨운 개그 시대가 아니었던가.

전철 차창 밖으로 스산한 겨울 풍경이 스쳐간다. 즐비하게 늘어선 아파트, 도로, 차량, 다갈색으로 가라앉은 야산과 들판…… 빠르게 지나치는 물상을 한눈에 내다보니 지구의 풍경이 너무 단조롭다는 생각이 든다. 색상이 단조롭고, 형상이 단조롭고, 분위기가 단조롭다. 하지만 관통하는 역 이름에서는 하나같이 외계 행성의 분위기가 느껴진다. 노량진, 대방, 신길, 영등포, 신도림, 구로, 가리봉, 독산…… 정말 신기한 일이다. 전동차에 타고 있는 사람들의 표정도 예사롭게 보이지 않는다. 지구에서의 삶에 지칠 대로 지친 표정이 역력하다. 머리를 뒤로 젖힌 채 입을 벌리고 자는 사람, 고심거리가 가득한 표정으로 전동차 바닥을 내려다보는 사람, 팔짱을 끼고 앉아 적의가 가득한 눈빛으로 정면을 노려보는 사람, 세상 모든 일에 무관심하다는 표정으로 껌을 질겅거리는 사람…… 왠지 그들도 나처럼 화성으로 가고 있는 것 같다는 생각이 든다. 지구의 삶에 지치거나 적응하지 못해 화성으로 이주당하는 사람들. 1호선 전철이 아니라 화성으로 가는 행성 열차인가.

—진실은 화성에 있어. 갈 수 있으면 가서 찾아봐.

이십 년 전 성준과 나눈 마지막 대화가 문득 되살아난다. 미래에 일어날 일을 예견하기라도 한 것처럼 그가 내뱉은 한마디 말이 이십 년 뒤의 오늘 나의 고단한 행로가 되고 있다. 화성의 행로가 아니라면 나는 더 이상 갈 곳이 없다. 캐나다로 갈 수도 없고 현실로 복귀할 수도 없다. 나에게 남겨진 건 과거를 통해 현실로 복귀하는 일, 그리고 행운이 따라준다면 미래의 발판을 만드는 일이다. 그 지난한 과정을 압축하고 있는 한 단어가 화성이다. 진실이 화성에 있다고, 갈 수 있으면 가서 찾아보라고……. 아무려나 나는 지금 진실과 대면하러 그곳으로 가는 중이다. 지난 이십 년 동안 나를 괴롭혀온 진실 한 가지, 지난 이십 년 동안 내가 확인받고 싶었던 진실 한 가지. 나는 그것을 아주 또렷한 어조로 그에게 묻고 싶다.

나는 너에게 무엇이었는가.

대학 시절, 나는 방학 때마다 고향으로 내려갔다. 혹시 성준에 관한 소식이 없었나 고향 친구들에게 묻고 또 물었다. 하지만 어느 누구도 그에 관한 얘기를 들었다는 친구는 없었다. 자살했을 거라고 말하는 친구, 밀항했을 거라고 말하는 친구, 절간 같은 곳에 붙박여 살고 있을 거라고 말하는 친구…… 남겨진 건 근거 없는 추리뿐이었다. 시간이 흐르면서 나는 깨달았다. 그들에게 그런 걸 물어서는 안 된다는 것. 다만 기다리고 또한 기다려야 한다는 것. 나는 그가 화성 탐사를 떠난 거라고 생각했다. 자기 꿈을 실현하기 위한 인내의 시간, 힘들고 험난한 여정이 되겠지만 살아 있다면 반드시 돌아올 거라고.

몇 년이 지난 뒤부터 성준은 완전히 잊혀진 인물로 치부되었다. 고향을 찾아가도 더 이상 그에 대해 말하는 친구가 없었고, 그에 대해 궁금해하는 친구도 없었다. 하지만 그들은 만날 때마다 화성에 대한 얘기를 자주 했다. 성준이 말하던 화성이 아니라 경기도 화성이었다. 같은 화성인데도 불구하고 그들은 성준의 화성을 까마득하게 망각하고 있었다. 경기도 화성에서 일어나고 있는 연쇄 살인 사건에 대해 그들은 때마다 침을 튀기고 고함을 지르고 핏대를 올리곤 했다. 화성과 화성 사이의 거리가 얼마나 멀고 아득한지 그때 나는 새삼 깨달을 수 있었다. 그래서 그들이 경기도 화성을 놓고 왈가왈부할 때마다 나는 스페이스 셔틀버스를 타고 머나먼 태양계의 화성으로 여행을 떠나곤 했다.

―그건 절대 정신병자의 짓이 아니야. 머리가 좋은 변태성욕자의 짓이지. 그렇지 않고서야 그렇게 침착하게 사람을 묶고 강간하고 살해하고 사체를 훼손하겠어?
―야, 변태성욕이 목적이라면 살해된 사람들의 나이가 그렇게 널뛰듯 하겠냐. 일흔하나, 스물다섯, 스물여섯, 스물셋, 열여덟, 스

물아홉, 쉰넷, 열넷…… 도무지 살해 대상에 일관성이 없잖아. 변태성욕자는 자신의 성적 취향이 너무 강해서 변태가 되는 거 아냐? 그렇다면 나이가 일정해야지.
―새꺄, 만약 나이를 바꿔가면서 하는 게 성적 취향이라면 어쩔래?

화성 연쇄 살인 사건을 나는 처음부터 주시하고 있었다. 화성에서 엽기적인 살인 사건이 잇달아 일어나고 있다는 보도가 있고 난 직후부터 나도 모르게 촉각이 곤두섰다. 성준의 화성과 그의 행방불명에 대한 관심이 일종의 신경증으로 전이된 결과였다. 그가 사라진 뒤부터 나는 '화성'이라는 말만 들으면 무조건 하던 일을 멈추곤 했다. 피해망상증 환자와 아무것도 다를 게 없었다. 하다못해 전라남도 영광에 있는 '화성연쇄점'에 불이 나 세 명이 타 죽었다는 뉴스가 나와도 화들짝 놀라 촉각을 곤두세울 정도였다. 그러니 화성에서 연쇄 살인 사건이 일어나고 있다는데 어찌 무심할 수 있겠는가.

결국 화성 연쇄 살인 사건은 미궁에 빠졌다. 수사를 위해 연인원 200만 명의 병력을 투입하고, 의심스러운 인물 1만 8000여 명을 수사하고, 지문과 유전자 감식 의뢰가 4만여 건을 넘었는데도 범인을 잡지 못했다. 아울러 연쇄 살인도 1991년 4월을 끝으로 더 이상 일어나지 않았다. 어찌된 셈인지 그것도 1980년대와 함께 막을 내린 것이다. 연쇄 살인 사건의 무대는 고작 화성군 태안읍의 반경 2킬로미터 이내 지역이었다. 거기서 육 년 동안 불특정 다수의 여성을 상대로 십여 차례의 엽기적 연쇄 강간 살인 사건이 일어난 것이다. 한 나라 전체를 범죄 대상지역으로 설정하고 연쇄 살인을 저지른 인물들도 잡아들이는 외국의 사례에 비추어 본다면 참으로 어처구니없는 일이 아닐 수 없었다. 안 잡는 것이냐, 안 잡은 것이냐, 안 잡힌 것이냐.

나는 화성 연쇄 살인 사건을 처음부터 전혀 다른 각도에서 보았다. 물론 성준의 사망신고에서 비롯된 나름대로의 주관 때문이었다. 화성 연쇄 살인 사건의 범인이 잡히지 않는다는 건 시사하는 바가 의외로 컸다. 이 나라의 한구석에서 엽기적인 범죄 행각이 벌어져도 범인이 잡히지 않는다는 건 엽기적 범죄 행각의 일상화를 의미하는 것이었다. 그것이 국민의 정서에 알게 모르게 미친 효과는 누구에게 가장 큰 이득으로 돌아갔을까.

나는 그것이 총과 칼로 정권을 잡은 부류들이라고 믿고 있었다. 그들은 정권의 기반을 다지기 위해 집권을 한 뒤에도 엽기적인 살인 행각을 계속하고 있었다. 연쇄 살인 사건이 화성에서만 일어나는 것처럼 떠들어댔지만 사실은 정권 유지 차원에서 전국 곳곳에서 자행되고 있었다. 시국 사범 사냥과 살해가 숱한 의문사를 몰고 왔지만 그것들은 물리적 힘에 의해 철저하게 은폐되거나 은닉되었다. 반대로 화성 연쇄 살인 사건은 더욱 부각되고 집중적인 여론 몰이의 대상이 되었다. 범인이 안 잡혔는데 어째서 사건은 더 이상 일어나지 않은 것일까.

1. 짧은 머리
2. 165~170cm 사이의 신장
3. 저음
4. 갸름한 얼굴, 오뚝한 콧날, 날카로운 눈매
5. 약 245mm의 발 사이즈

6. 보통 체격
7. 24~27세 정도의 나이
8. 혈액형 B

세 명 이상에 의해 목격된 용의자의 인상착의이다. 덧붙이자면 왼쪽 손목 부근에 밤알 크기의 문신 혹은 점이 있었다는 목격자의 진술도 있다. 7차 살인 사건 후 용의자가 사건 현장 주변에서 수원이 종점인 마지막 버스를 탔다는 기사와 안내양의 진술도 있다. 대부분의 사건 현장이 도로변과 인접해 있고 버스를 이용한다는 점을 감안한다면 범인이 화성 주민이 아닐 가능성이 매우 높다. 뿐만 아니라 머리가 짧다면 군인일 가능성도 배제할 수 없다. 영외에 거주하는 하사관이나 장교 혹은 방위병. 하지만 1만 8000명 이상의 민간인을 수사하면서도 군인이나 인근의 군부대를 수사 대상에 올려놓았다는 말을 나는 들어본 적이 없다. 요즘 같으면 '머리가 짧다'는 목격자의 진술만 있으면 무조건 군 수사기관과 공조 수사를 했을 것이다. 하지만 당시에는 감히 상상도 못할 일.

나는 지금도 가끔 화성 연쇄 살인 사건의 범인에 대해 생각한다. 그 시대는 갔지만 더욱 끔찍하고 소름 끼치는 문제가 남아 있다는 걸 절로 깨닫게 된다. 목격자들의 진술처럼 그때 범인이 이십 대였다면 지금쯤 사십 대가 되었을 것이다. 결혼을 하거나 혼자 살거나 아무튼 멀쩡하게 살아 있을 가능성이 높다. 어쩌면 결혼을 해서 한두 명의 아이를 가진 가장이 되었을지도 모른다. 주말이면 가족과 함께 에버랜드나 롯데월드로 놀러 갈지도 모른다. 용감한 시민상을 받거나 자원 봉사를 하거나 청소년 선도 위원이 되거나 정치인이 되었을지도 모른다. 범인은 언제나 우리와 함께 살고 있는 것이다.

우리가 관람하는 「살인의 추억」도 옆자리에 앉아 함께 볼 수 있는 것이다. 얼마나 끔찍스러운 엽기인가.

 —지난 이십 년 동안 숨어 살면서 이루 말로 할 수 없는 고생을 했나 보더라. 지상의 명부에서는 이미 죽은 존재인데, 죽은 존재가 산 존재로 버티려니 얼마나 힘들었겠냐. 별의별 짓을 다 하고, 정말 안 한 게 없나 보더라. 구걸도 하고, 도둑질도 하고, 남의 주민등록증 위조해서 방위산업체에 근무하기도 하고, 아파트 경비원 노릇도 하고, 병원에서 나오는 시체를 수거하러 다니기도 하고, 산에 들어가 기도원 머슴살이도 하고…… 한쪽 귀가 멀었다나 어쨌다나, 아무튼 몸도 이미 만신창이가 된 모양이더라. 그러니 혹여 만나러 가게 되더라도 예전의 성준이 생각을 하고 가지는 마라. 그동안 흘러간 세월이 벌써 이십 년 아니냐.

 첩보원은 성준이 아니라 오히려 내가 걱정된다는 투로 말했다. 말하지 않아도 안다, 하고 나는 대꾸했다. 지나간 이십 년 동안 그가 겪었을 '죽은 자로서의 삶'이 어떤 것인지도 알고, 이제 더 이상 그를 어린 시절의 감상과 치기로 만날 수 없다는 것도 안다고. 내가 정녕 걱정된 것은 과거의 성준이 아니라 이십 년의 시공을 건너뛰어 만나야 하는 현재의 성준이었다. 어쩌면 과거의 그와 현재의 그를 연결하려는 시도 자체가 어리석은 짓일 수도 있었다. 이십 년이라는 시공은 그런 것이었다. 경기도 화성과 태양계 화성 사이의 거리, 화성에서 범죄를 저지르던 이십 대와 사십 대가 된 현재의 범인 모습…… 그런 걸 누가 상상할 수 있겠는가.

 「살인의 추억」이라는 영화가 세상을 휩쓸던 지난여름, 나는 이십 년이라는 시공이 은밀하게 마찰을 일으킬 준비를 하고 있다는 생각을 했다. 그것은 마치 지구의 화성과 우주의 화성이 일으키는 행성 충돌을 방불케 했다. 지구의 화성에서 십칠 년 전에 일어난 연쇄 살인 사건을 소재로 한 영화가 관객 500만을 돌파하고 있을 때 우주의 화성은 5만 9000년 만에 지구와 가장 가까운 거리로 접근하고 있었다. 그것이 무엇을 예비하는 조짐인지 나로서는 알 수 없었다. 그저 「살인의 추억」이 과거의 불쾌한 느낌을 자극하는 것 같아 영화를 보지 않으면서도 내내 마음이 불편했다. 1980년대가 만들어낸 화성이라는 상처가 흥행의 대상으로 둔갑해 21세기의 문화 속으로 잠입한 듯한 느낌. 범인이 극장에 앉아 「살인의 추억」을 보며 지었을 미소를 생각하니 정말 소름이 돋을 지경이었다. 그 영화 제목, 이 세상에서 오직 한 사람만 향유할 수 있는 것 아닌가.

행성 열차가 종착역으로 진입한다. 수원역이라는 안내 방송이 나오자 사람들이 자리에서 일어나 선반의 짐을 꺼내고 옷매무새를 고친다. 여전히 낯선 풍경이다. 살아생전 처음 발을 디뎌보는 곳이니 이방감이 느껴지는 것도 무리가 아니다. 나는 다소 긴장한 표정으로 밖을 내다본다. 공간 이동을 위해 적잖은 사람들이 이쪽저쪽의 플랫폼에 서 있다. 전동차 출입문이 열리자 사람들이 썰물처럼 밖으로 빠져나간다. 진짜 화성으로 가야 할 시간이다. 나는 플랫폼을 빠져나오며 우주의 화성도 아니고 지구의 화성도 아닌 제3의 화성을 떠올린다. 가까워지는 것과 멀어지는 것 사이에 숨어버린 인생의 진실을 찾아야 하기 때문이다. 햇살이 이마를 덮자 암호 같은 말이 다시 한 번 뇌리를 스쳐간다.

―진실은 화성에 있어. 갈 수 있으면 가서 찾아봐.

오후 3시 40분, 바람이 세차다. 우주기지를 방불케 하는 신축 수원역사 앞에 적잖은 사람들이 운집해 있다. 버스 정류장이 광장 앞에 있기 때문이다. 맞은편 백화점 건물과 역 사이에 구름다리가 연결돼 있다. 왼편의 로터리 광장에는 차량과 햇살이 가득하다. 수원역, 백화점, 로터리 광장이 삼각주 형세를 이루고 있다. 그곳으로 사람과 차량의 행렬이 끊임없이 밀려들고 끊임없이 빠져나간다. 모든 것이 부산하게 움직이지만 기이하게도 생동감이나 에너지는 느껴지지 않는다. 가깝지도 않고 멀지도 않은 중립지대에 나는 서 있는 것 같다. 하지만 저곳으로 들어가야 한다고 나는 나를 다그친다. 저곳으로 들어가지 않으면 내가 원하는 곳으로 갈 수 없다는 마음의 채질이다.

역 광장에 있는 관광 안내소로 서둘러 걸음을 옮긴다. 수원 화성 일대의 문화재와 관광지를 안내하기 위해 만들어놓은 그곳에는 작은 책자와 지도가 구비돼 있다. 창구 앞에 서자 산뜻한 감색 제복과 모자를 쓴 안내원이 무엇을 도와드릴까요, 하고 묻는다. 나는 버스 정류장을 내다보며 제부도, 아니 서신면 방면으로 가려면 어떤 버스를 타야 하나요? 하고 묻는다. 그러자 안내원이 여기는…… 하고 뭔가 망설이는 표정으로 서 있다가 돌연 490번 좌석버스를 타세요, 하고 말한다. 나는 안내 센터 내부에 걸려 있는 몇 점의 사진을 눈여겨본다. 수원 화성(水原華城), 화성 행궁(華城行宮), 융건릉(隆健陵)의 설경…… 안내 창구 옆에 비치된 관광 지도 한 장을 뽑아 들고 나는 다시 버스 정류장으로 간다.

십여 분쯤 지난 뒤에 490번 좌석버스가 들어온다. 버스 상단의 운행 노선표에 '화성(시청/성지) 제부 입구'라고 쓰여 있다. 나는 버스에 오르며 머리가 짧은 기사에게 서신면으로 가느냐고 묻는다. 귀에 이어폰을 꽂고 통화를 하던 기사가 건성으로 고개를 끄덕인다. 비로소 안도하며 나는 통로 우측의 두 번째 창쪽 좌석에 앉는다. 파주를 출발할 때처럼 다시 햇살이 따갑게 밀려든다. 나도 모르게 한숨이 밀려 나오고 어깨가 늘어진다. 하지만 이젠 돌아가기도 힘든 거리라는 생각을 하며 슬그머니 커튼을 당겨 햇살을 차단한다.

고개를 숙이고 손에 들고 있던 관광 지도를 들여다본다. 안내 센터 내부에 걸려 있던 사진들이 다시 나타난다. 수원 화성의 성곽 사진과 화성 행궁, 화성 팔경 사진들이다. 화성에서 내세울 만한 여덟 개의 경치 중 으뜸으로 꼽힌 것이 융건백설(隆健白雪)이다. 정조대왕의 생부인 장헌세자(일명 사도세자)와 경의왕후로 추존된 혜경궁 홍씨의 합장릉이 융릉(隆陵), 정조대왕과 효의왕후의 합장릉이 건릉(健陵)이다. 좌우의 두 능을 합해 융건릉이라 부르는데 주변에 빽빽하게 들어선 노송에 백설이 뒤덮이면 세인들의 미음을 무아의 지경으로 빠지게 한다고 관광 지도에는 쓰여 있다. 그래, 그토록 한 많은 부자(父子)가 한곳에 묻혔으니 백설이 뒤덮일 만도 하겠지.

버스가 유턴한 뒤 커튼을 걷는다. 더 이상 햇살이 밀려들지 않는다. 버스는 서서히 수원 시내를 빠져나간다. 오래잖아 공사 중인 도로와 포클레인과 파헤쳐진 논밭이 나타난다. 을씨년스런 풍경이다. 공사 현장은 있는데 일하는 사람은 없다. 곧이어 교회 신축 부지가 나타난다. 그곳도 역시 현장만 있고 인부의 모습은 보이지 않는다. 파헤쳐진 붉은 황토가 얼어붙어 옹골찬 민둥산처럼 보인다. 화성, 화성 하고 읊조리며 나는 계속 뭔가를 기다리는 눈빛으로 창밖을 주시한다. 어디까지가 수원이고, 어디서부터 화성인가.

— 혹시 성준이를 만나더라도 왜 병역기피를 했느냐고 묻거나 그동안 어디서 무슨 일을 하며 살아왔는지 구차스럽게 묻지 마라. 이제는 그런 걸 묻지 않고 설명하지 않아도 얼마든지 알 수 있는 나이 잖아. 결국 그 친구는 자기 인생의 화성을 찾아 간 거야. 현실에서 사라지고, 사망자로 처리되고, 그것 때문에 살아서도 죽은 자로 견뎌야 하는 인생…… 그런 걸 보면 인생이란 정말 신기한 거야. 난 집사람한테 그 친구 사연을 전해 듣고 그런 생각을 했어. 그 친구가 학창 시절에 그렇게 몰두하던 화성이 결국 인생을 비유한 거였구나 하는 생각이 들더라고. 온갖 고생을 했을 테니 이젠 그 친구도 깨달았겠지. 자신이 찾고자 하는 화성이 결국 인생이었구나 하는 거 말이야.

성준이 몰두하던 화성이 결국 그의 인생이 되었다는 해석—그것이 그날 첩보원이 내게 했던 얘기 중에 가장 공감할 만한 부분이었다. 정작 중요한 건 병역기피가 아니라 자기 삶을 살고자 하는 그의 몸부림이었다는 것. 그의 얘기를 듣는 동안 나는 성준의 아버지를 떠올렸다. 행방불명된 자식 걱정보다 자신이 다칠까 봐 더욱 겁내던 기이한 아버지, 자식의 생사도 모르면서 후환이 두려워 사망 신고까지 해버린 아버지…… 그 이해할 수 없던 아버지가 세상을 떠난 건 성준이 사라지고 몇 해가 지난 뒤였다. 화성 연쇄 살인 사건으로 세상이 떠들썩하던 그해 겨울방학 때 고향으로 내려가 나는 그의 부음을 접했다. 자식인 성준이 나타나지 않아 동생 혼자 상주 노릇을 했다는 얘기, 친척들은 그래도 성준이 은밀하게 나타나지 않을까 밤을 지새우며 기다렸다는 얘기를 나는 이를 데 없이 착잡한 심정으로 전해 들었다. 특히 그 아버지가 화병으로 죽었다는 얘기는 나에게 돌이킬 수 없는 죄책감을 심어주었다. 내가 아무리 친구를 걱정한다고 해도 화병이 생겨 세상 떠난 아비 심정만 하랴 싶어서였다.

그날 밤 나는 성준을 꿈에 보았다. 어두운 밤, 그는 내가 모르는 낯선 장소에 앉아 있었다. 논두렁인지 숲길인지 언뜻 분간이 가지 않았다. 반가운 마음에 나는 그를 불렀다. 하지만 그는 뭔가에 깊이 몰입한 모양 나의 부름에도 도무지 뒤를 돌아보지 않았다. 개구리들이 떼 지어 합창하는 소리를 들으며 나는 그에게 다가갔다. 그는 여전히 나의 기척을 느끼지 못하고 있었다. 내가 어깨에 손을 대자 그가 반사적으로 뒤를 돌아보았다. 그의 입에 피가 뚝뚝 떨어지는 여고생의 유부(乳部)가 물려 있었다. 난자당한 시체와 흡혈귀처럼 끔찍한 그의 얼굴, 그악스러운 개구리 떼의 울음소리가 한꺼번에 나를 후려쳤다.

꿈에서 깼을 때 나의 두 눈에는 눈물이 흐르고 있었나. 탈진한 것처럼 온몸이 느즈러져 꼼짝도 할 수 없었다. 꿈에 본 장면과 현실 사이에 아무런 연관성도 느껴지지 않았지만 눈물은 계속 흘러내렸다. 슬픈 감정은 조금도 느껴지지 않았다. 그런데도 눈물은 좀체 멈추지 않았다. 성준에 대한 원망 때문인가, 성준의 아버지에 대한 죄책감 때문인가.

정조는 1800년 6월 28일, 고질적인 악성 종기에 시달리다 세상을 떠났다. 그때 그의 나이 마흔아홉이었다. 할아버지 영조의 명으로 아버지 사도세자가 뒤주에 갇혀 여드레 만에 죽음을 맞이하는 것을 지켜본 충격 때문에 정조는 어릴 때부터 울화증에 시달렸다. 뿐만 아니라 왕이 된 뒤에도 신료들을 능가해야 한다는 정신적 강박에 시달렸고, 아버지 사도세자에 관한 얘기만 나오면 갑작스럽게 마음의 평정을 잃고 비탄에 빠지곤 했다. 사도세자가 죽음을 맞이한 5월 13일이 되면 사도세자의 사당인 경모궁(景慕宮)에 나가 열흘씩 모든 일을 전폐하고 비통함에 사로잡혀 있을 정도였다. 아버지의 한이 자식에게 덧씌워진 격이었다. 그러니 울화증에 신경증, 강박적 사고에 시달리며 평생을 보낸 불행한 군왕이었다고 해도 결코 과언이 아닐 터였다.

정조는 1789년 10월 7일, 사도세자의 무덤을 수원 읍치 자리로 이장했다. 수원 읍치는 팔백 개의 연봉이 꽃잎처럼 둘러싼 형국, 또는 용이 여의주를 희롱하는 형국으로 국중제일(國中第一)의 명당자리로 알려져 있었다. 아울러 사도세자의 새 묘소를 현륭원(顯隆園)이라 개칭하고 국왕의 위격에 준하는 치장을 하였다. 그로부터 오 년이 지난 1794년 정월, 정조는 무슨 이유에서인가 1804년 갑자년을 목표로 화성 신도시 건설을 시작했다. 그리하여 화성에는 육백여 칸에 달하는 대규모 행궁이 설치되고 도시 외곽으로는 거의 6킬로미터에 달하는 웅대한 성곽이 건설되었다.

'화성(華城)'이라는 지명은 정조에 의해 명명되었다. 화성성역(華城城役)에 착수하기 일 년 전인 1793년 정월, 정조는 팔달산에 올라 수원을 내려다보며 이곳에 건설할 새로운 성곽도시의 이름을 지었다. 하지만 화성 신도시의 꿈이 이루어지기 사 년 전, 안타깝게도 정조는 세상을 떠나고 말았다. 갑자년이 되면 십오 세로 성년이 되는 왕세자에게 왕위를 물려주고 자신은 칠순을 맞는 어머님 혜경궁 홍씨를 모시고 화성 신도시로 내려가 상왕으로서 노후를 보내려던 구상이 수포로 돌아가고 만 것이었다. 결국 정조가 죽은 뒤, 그가 모든 걸 걸었던 화성 신도시는 사라져버렸다. 살아생전 정조가 화성에 걸었던 꿈과 기대는 이루 말로 할 수 없는 것이었다. 하지만 무엇 때문에 그가 그토록 화성에 집착했었는가에 대해서는 후세 사람들의 온갖 유추와 억측이 난무할 뿐 정작 정조 자신에 의해 술회된 적은 없었다. 과연 화성은 정조에게 무엇이었을까.

―성준이 언제부터 화성에서 살게 되었는지는 나도 모른다. 설마하니 처음부터 그곳에서 살기야 했겠냐. 정말 중요한 것은 그 친구가 왜 화성에 살게 되었는지가 아니라 왜 집을 떠나게 되었는가 하는 거다. 아무려나 우리가 세상을 떠나기 전에라도 진실을 알게 됐으니 얼마나 다행스런 일이냐. 그 친구가 어떤 처지에 있었는지도 모르고 밀항선을 탔을 거라는 둥, 월북했을 거라는 둥 떠들어댔으니…… 그 시절의 무지를 생각하면 지금도 등골이 오싹해진다. 아무튼 인간이란 게 이렇게도 간사한 것 아니냐.

나는 성준이 화성에 당도하기 위해 거쳐갔을 숱한 인생의 기착지를 생각한다. 멀쩡한 사람도 감내하기 힘든 인생행로를 그는 바람처럼 구름처럼 그림자처럼 흘러가며 살았을 것이다. 그것을 통해 무엇을 얻고 잃었는지 나로서는 알 수 없다. 지금 머물러 살고 있는 화성이 그에게 어떤 의미로 각인되었는지도 또한 알 수 없다. 태양계의 화성과 지구상의 화성, 그리고 정조의 화성과 성준의 화성 사이에 내재된 차별성은 도대체 뭔가.

정조 즉위 초에 나돌던 팔자흉언(八字凶言, 여덟 글자로 된 흉악한 말)이 있었다. 죄인지자 불위군왕.(罪人之子 不爲君王, 아버지로부터도 버림받은 패륜 죄인의 아들은 국왕이 될 자격이 없다.) 요컨대 그것이 정조에게 씌워진 숙명의 굴레였다. 그는 임금이 되었지만 자신의 할아버지에 의해 죽음을 당한 아버지 사도세자에게 씌워진 '패륜 죄인'이라는 굴레에서 한시도 벗어난 적이 없었다. 그것으로 신료들과 쟁투하고, 그것 때문에 신료들을 능가하려 과로를 일삼으며 일에 몰두하였다. 즉위 초에는 적대 세력들이 정조의 침실에 자객을 넣기까지 했다. 결국 정조가 지속한 평생의 업은 패륜 죄인으로 죽음을 당한 아버지 사도세자에게서 죄인의 허물을 벗겨내고 국왕의 지위에까지 추존하는 일이었다. 그것은 곧 할아버지 영조를 극단적으로 욕되게 하는 일이었지만 결국 정조는 왕위에 오르자마자 자신이 사도세자의 아들임을 천명하고 사도세자를 장헌세자로 추존하여 부자 관계를 현실적으로 복원하였다. 그리고 천하의 명당자리로 사도세자의 묘지를 옮기고 신도시 건설에 착수하였다. 아버지의 한을 풀어주는 지난한 과정에서 정조에게 싹튼 것이 바로 화성이었다. 아버지를 죽게 만든 정치적 환멸에 대한 출구로서의 화성, 모든 걸 벗어던지고 자연인으로 돌아가 살고 싶은 마지막 이상향으로서의 화성…… 화성이 정조에게는 그런 공간이 아니었을까.

버스가 오르막을 넘어서자 수목농원이 나타난다. 남양 입구 교차로를 지나 남양농협 앞에서 잠시 정차, 빨간 모자를 쓴 오십 대 여자를 내려주고 다시 출발한다. 곧이어 화성 시청 없으세요? 하고 기사가 룸미러로 뒤를 본다. 아무도 자리에서 일어나지 않는다. 나는 화성 시청이 어디 있는가 하고 놀란 표정으로 밖을 내다본다. 가도 가도 내가 기다리는 화성은 나타나지 않는데 갑자기 시청이라니! 버스가 유턴하자 우측 야산 기슭에 우주 전진 기지처럼 거대한 화성 시청이 자태를 드러낸다. 주변에 시가지도 없고 단독주택도 없고 아파트도 없다. 오직 화성 시청만 야산 중턱에 황당무계한 위용을 과시하며 앉아 있다. 문득 화성이 실체는 없고 행정 지명만 있는 공간인 것 같다는 생각이 든다. 시청 앞을 통과하자 주변 개발에 뛰어든 온갖 업소의 난립상이 한눈에 드러난다. 건축 사무소, 컨테이너, 목재, 간판, 광고, 부동산, 공인중개사, 공구 백화점, 화물…… 그곳을 빠져나오자 남양농협 삼거리가 나타난다. 멀리, 도로 건너편의 들판에 늦은 오후의 잔광이 낮게 깔려 있다. 그 순간, 화성은 없다 하는 생각이 아뜩한 깨침처럼 뇌리를 스쳐간다.

화성은 없다!

샘터 교차로에서 다시 제부도 방면으로 가는 대로로 접어든다. 잠시 뒤 마도 교차로를 지나자 삼존리 입구가 나타난다. 그때 뒤쪽에서 돼지고개 내립시다! 하고 나이 든 할머니가 기사에게 소리친다. 곧이어 좌우로 포장마차 횟집이 즐비한 송산면 사강시장을 거쳐 다시 제부도 방면의 대로로 빠져나간다. 화성은 없다 하는 생각에 나는 왠지 마음이 조급해진다. 석양이 뉘엿뉘엿 엿가락 같은 잔광을 늘어뜨리며 서쪽 산마루에 걸려 있다. 마음이 더욱 조급해진다. 오르막길을 넘어가자 좌우로 계단식 논이 나타나고 과수원과 비닐하우스가 잇따라 나타난다. 나는 마지막 잔광이 어른거리는 차창을 손바닥으로 짚으며 절박한 심정으로 밖을 내다본다.

─우리 중에 성준이 아버지가 의붓아버지라는 걸 알고 있었던 사람이 누구였냐. 내가 장담하는데 아무도 없었어. 성준이가 자기 고통을 얼마나 철저하게 위장하며 살았는지 이제 알겠지? 그 친구는 자신이 노출되는 게 싫어서 세상을 침묵으로 일관하며 살았던 거야. 그리고 자기 고통을 정신적으로 모면하기 위해 화성에 빠져

있었던 거라고. 그 친구 모친이 세상을 떠난 뒤부터 그 해병대 출신의 의붓아버지가 공부 오래 할 생각 말라고 조석으로 다짐을 받았단다. 그런 와중에도 꼬박꼬박 전교 수석한 거 보면 정말 신기해. 의붓아버지가 자기 친자식 공부시켜야 한다고, 자기가 이발소를 해가지고는 둘 공부시키기 힘드니 애초부터 대학 갈 생각일랑 접으라고 했다니 얼마나 괴로웠겠냐. 결국 해병대 지원해 놓고 그 친구는 가지도 않을 수산전문대를 응시한 거였어. 그리고 입대 전날 조용히 자기 화성을 찾아 지구를 떠난 거라고. 그런 사연을 듣고 나니 정말…… 지금 그 친구가 살고 있는 화성이 우주의 화성보다 더 먼 것 같다는 생각이 들더라. 도대체 얼마나 힘든 시간을 견디며 거기까지 흘러갔을까.

그날 첩보원의 말을 들으며 나는 방바닥에다 불혹, 불혹 하는 글자를 수도 없이 쓰고 또 지웠다. 병신 같은 자식, 한심한 새끼…… 울음이 아니라 웃음이 나와 견딜 수가 없을 지경이었다. 그 순간 나의 뇌리에 정조가 떠올랐다. 정조는 죽어 화성에 묻혔는데, 화성에 뼈를 묻음으로써 뼈에 사무친 한을 풀었는데, 도대체 너는 화성에 남아 무엇을 풀려 하는가.

성림 쉼터에서 버스가 멈춘다. 지팡이를 짚고 붉은 배낭을 멘 할머니가 내린다. 허리가 몹시 휘어 상체와 하체가 거의 직각에 가깝다. 나는 황량한 주변 풍경을 내다보며 거의 절망적인 기분으로 화성은 없다, 화성은 없다 하는 말을 연해 되뇐다. 이제나저제나 화성에 당도하기를 기다렸는데 아무리 기다려도 그것은 나타나지 않는다. 내가 꿈꾸던 화성이 모호한 것인지 현실의 화성이 허무맹랑한 것인지 도무지 분간을 할 수 없다. 지금껏 내가 지나쳐 온 어느 공간에 화성이 있다는 것인가.

"제부도에 들어갈 사람은 여기서 내려서 버스 갈아타세요. 종점입니다."

시골 면 소재지 같은 곳에다 차를 세우고 기사가 소리친다. 나는 화들짝 놀라 창밖을 내다본다. 인도도 없는 협소한 도로 옆에 단층 상가가 다닥다닥 어깨를 겯듯 붙어 있다. 어째서 여기가 종점이라고 하는지, 어째서 여기서 내리라고 하는지 나로서는 도무지 이해를 할 수가 없다. 아직 시작되지도 않았는데 벌써 끝났다고 말하는 형국이라 황당한 표정으로 나는 기사를 돌아본다.

"여기가 어디죠?"

서신면입니다, 서신면, 하고 기사가 귀찮다는 표정으로 대답한다. 종점이니까 다 내리라고 그가 다시 한 번 룸미러를 보며 소리치자 뒤쪽에 앉아 있던 젊은 아가씨 둘이 서둘러 앞쪽으로 걸어 나온다. 그녀들이 내 곁을 지나친 뒤에 나는 고개를 갸웃거리며 천천히 의자에서 일어난다. 뭔가, 선뜻 정리가 되지 않는다. 어디서부터 화성이고 어디까지 화성인가.

*

칼날처럼 예리한 바람이 면상에 빗금을 긋는다. 나는 정류장 옆에 서서 상가 건물이 즐비한 도로를 한눈에 내다본다. 인형의 나라처럼 모든 구조물이 턱없이 낮고 단조롭다. 밖으로 나와 걸어 다니는 사람도 거의 눈에 띄지 않는다. 일자로 뻗어 나간 도로 양옆으로 200미터쯤 상가가 형성돼 있을 뿐이다. 상가가 끝나는 마지막 지점에서 좌측으로 꺾어져 다시 50미터쯤 상가가 형성돼 있다. 정말 손바닥만 한 면이다. 이런 곳에서 서점 하나 찾는 것은 일도 아닐 것 같다. 이렇게 허망하게 당도하고, 이렇게 쉽사리 만나게 되다니…… 갑자기 견딜 수 없을 정도로 허기가 느껴진다. 생각해 보니 아침에 라면 하나 끓여 먹고 지금껏 아무것도 먹지 않았다. 하지만 지금 뭔가를 먹는다는 건 아무래도 순서가 아닌 것 같다. 성준을 만나게 되면 어차피 뭔가를 먹고 마셔야 할 것 아닌가.

나는 파카의 깃을 세우고 천천히 서신면으로 걸음을 옮겨놓는다. 바람이 정면에서 불어와 얼굴을 들고 걷기가 힘들다. 차라리 바람을 등지고 걸을 수 있다면…… 비행기처럼 팔을 벌리고 바람을 등진 채 앞으로 내달리던 어린 시절이 떠오른다. 성준이 알려준 지구 탈출 속도도 생각난다. 초속 11.9킬로미터로 달리면 지구를 탈출할 수 있다고 말하던 그의 표정도 생생하게 기억난다. 바람을 타던 시절, 바람에 실리던 시절…… 하지만 나는 지금 바람과 맞서서 걷고 있다. 세찬 맞바람에서 격렬한 저항감이 느껴진다. 그것을 견디며 걷노라니 내가 지나쳐 온 세월의 부피가 한꺼번에 느껴진다. 참으로 많은 것들이 흘러가고, 참으로 많은 것들이 달라졌다. 하지만 오래잖아 이 지긋지긋한 인내에도 종지부를 찍을 수 있으리라.

면 거리를 관통하며 좌우를 살핀다. 구멍가게, 정육점, 다방, 통닭집, 만화가게, 분식집, 이발소, 철물점, 약국, 빵집, 미용실, 문구점…… 상가의 외관이 하나같이 가건물처럼 보인다. 대외 선전용이

나 촬영을 위해 급조된 세트, 어쩌면 사람들이 떠나버린 폐허의 공간인지도 모를 일이다. 상가가 끝나는 마지막 지점에 당도하지만 서점은 보이지 않는다. 잠시 망설이다가 왼편의 경사진 길로 접어든다. 실제로 당도해 보니 50미터가 아니라 30미터도 채 되지 않을 것 같다. 그곳을 빠져나가면 더 이상 서신면이 아니다.

경사진 길로 접어들자 왼편으로 작은 다리가 나타난다. 다리 건너편에 비디오와 도서를 함께 취급하는 대여점이 나타난다. 대여점 앞에 몇 명의 인부들이 모여 땅을 파고 있다. 배관 공사를 하는 것인지 모닥불까지 피우고 곡괭이와 삽으로 땅을 파헤치고 있다. 넷 중에 둘은 일을 하고 나머지 둘은 앉아서 소주를 마시고 있다. 곡괭이를 든 사람은 계속 땅을 찍지만 삽을 든 사람은 벌겋게 상기된 얼굴로 단단하게 얼어버린 땅을 들여다보기만 한다. 귀마개가 달린 검은 모자를 쓰고 앉아 소주를 마시던 사내가 곡괭이질 하는 사람에게 연해 핀잔을 준다. 씨부랄, 계집질하느라 힘을 탕진했으니 구멍이 뚫리겠는감! 옆에 앉아 있던 대머리 중늙은이가 히 하고 바보처럼 웃는다. 이빨이 빠져 흉물스럽게 보인다. 그가 소주병을 들고 덜덜 덜 손을 떨며 검은 모자에게 술을 따른다. 검은 모자가 술을 받으며 세차게 어깻짓을 해댄다. 아, 날씨 드럽게 춥네, 정말! 이런 날은 따뜻한 구들장에 자빠져 진종일 오입질이나 해야 하는 건데, 젠장!

인부들을 피해 나는 대여점 출입문을 열고 안으로 들어간다. 형광등이 켜진 협소한 공간이 과장되게 부각돼 사뭇 비현실적으로 보인다. 실내 중앙에 연탄난로가 설치돼 있고 카운터에 열다섯이나 열여섯쯤 돼 보이는 소녀가 앉아 있다. 벽 쪽의 의자에 형제로 보이는 예닐곱 살 정도의 아이들 둘이 앉아 키득거리며 만화를 보고 있다. 내가 안으로 들어서자 카운터에 앉아 있던 얼굴이 둥글납작한 소녀가 의아하다는 표정으로 나를 올려다본다. 나는 허리를 굽히고 낮은 목소리로 소녀에게 묻는다.

"여기 혹시 민성준이란 사람 안 사니?"
소녀는 눈을 말똥거리며 아무런 대꾸도 하지 않는다. 나는 다시 한 번 묻는다.
"주인아저씨 안 계셔?"

나의 입을 빤히 쳐다보던 소녀가 양손을 빠르게 움직이며 뭔가 시늉을 한다. 무슨 뜻인가, 소녀를 보다가 아차 하는 표정으로 나는 입을 벌린다. 소녀의 손짓이 수화라는 걸 알아차린 때문이다. 잠시 망설이다가 나는 카운터에 놓인 볼펜과 메모지로 나의 의사를 전달한다.

─여기 주인아저씨 안 계시니?
─우리 엄마가 주인인데요.
─엄마는 어디 가셨어?
─수원 고모네요. 저녁에 오신대요.
─아빠는 안 계셔?
─네.
─아빠 성함이 뭐야?
─조인구.
─근데 아빠는 왜 안 계시니?

나의 물음에 소녀는 더 이상 응답하지 않는다. 나는 뭔가 질문을 잘못 던진 것 같다는 생각이 들어 어깨를 으쓱해 보인다. 서점도 아닌 곳에 들어와 이게 뭐 하는 짓인가 싶어 소녀에게 손을 들어 보이고 서둘러 밖으로 나온다. 좀 전까지 공사를 하던 인부들이 보이지 않는다. 추위 때문에 공사고 뭐고 다 걷어치우고 따뜻한 구들장 찾아 오입질하러 간 건가. 피식, 나도 모르게 헛웃음이 나온다.

다리를 건너 다시 경사진 길을 올라간다. 선 자리에서도 남겨진 상가를 한눈에 살펴볼 수 있지만 혹시나 하는 마음에 끝까지 올라가 본다. 하지만 내가 찾는 서점은 마지막 순간까지 나타나지 않는다. 상가가 끝나는 지점에 서서 서신면 밖으로 빠져나가는 좁은 길을 물끄러미 내다본다. 도리 없이 오던 길로 되돌아가야 할 판국이다.

나는 등을 돌리고 다시 걸음을 옮겨놓는다. 경사진 길을 내려가 직선 도로로 접어들사 바람에 실려 가는 느낌이 든다. 바람이 더 이상 얼굴을 후려치지도 않고 보행을 방해하지도 않는다. 걸음을 멈추지 말고 곧장 이곳을 떠나라는 암시처럼 느껴진다. 버스에서 내린 지점까지 되짚어 올라가지만 서점은 끝내 나타나지 않는다. 이상하다는 생각이 들어 정류장 주변을 살피다 뒤쪽의 약국으로 들어간다. 오십 대쯤으로 보이는 깡마른 약사가 돋보기를 끼고 앉아 신문을 보다가 고개를 반쯤 숙이고 나를 본다. 쌍화탕을 받아 들고 나서 나는 약사에게 묻는다.

"혹시 여기 서신면에 서점은 없나요?"
"서점……? 꼭 하나 있었는데 작년 여름쯤 주인이 수원으로 이사 갔죠."
"그럼 아주 없어진 건가요?"

"그 자리에서 지금도 뭐 비슷한 거 하잖아요. 비디오도 빌려주고 책도 빌려주고…… 그게 그 자리예요. 주인이 나가면서 팔고 갔는지 세를 주고 갔는지는 잘 모르겠는데…… 아무튼 그 자리가 그 자리예요."

"혹시 수원으로 간 서점 주인 이름을 알고 계신가요?"

"이름……? 아마 장석원일 거예요. 나보다 나이가 많죠. 근데 그건 왜요?"

"아뇨, 아닙니다. 그럼 혹시 지금 대여점을 하고 있는 주인에 대해서는 모르시나요?"

"글쎄요, 그건 나도 잘 모르겠어요. 바닥이 좁아도 내왕을 하지 않으면 바다 속처럼 캄캄하니 알 도리가 없죠."

나는 빈속에 따뜻한 쌍화탕을 들이붓고 서둘러 밖으로 나온다. 이미 왕복한 직선 도로를 따라 뛰듯이 걷는다. 마음이 다급해져 주변을 살필 겨를도 없다. 직선 도로가 끝나는 지점에서 좌측으로 꺾어져 경사진 길을 다시 올라간다. 다리를 건너자 파다 만 구덩이 주변에 곡괭이와 삽, 가스 토치와 술병 같은 것들이 그대로 널려 있다. 나는 바짝 긴장한 표정으로 대여점 출입문을 당긴다. 그러나 문은 열리지 않는다. 두 번, 세 번 당기고 두들겨보아도 그것은 끝내 열리지 않는다. 출입문 틈 사이로 안을 들여다보지만 형광등도 꺼지고 소녀의 모습도 보이지 않는다. 나는 출입문에 이마를 기대고 잠시 꼼짝도 하지 않는다. 바람이 나의 등을 낚아채며 돌아서, 돌아서 하고 은밀하게 윽박지르는 것 같다.

어쩌라는 것인가.

나는 바람이 떠미는 대로 무작정 걸음을 옮겨놓는다. 뉘엿뉘엿 해가 떨어지는 서쪽으로 길이 열려 있다. 푸른 보리밭을 지나자 왼편으로 넓은 개활지가 나타난다. 그곳으로 은빛 석양이 내려앉고 있다. 물이 빠져나간 펄 너머로 언뜻언뜻 작은 돌섬이 고개를 내민다. 화성으로 가면 화성이 사라진다, 화성으로 가면 화성이 사라진다……. 나는 정신 나간 인간처럼 연신 중얼거리며 걷는다. 내 말이 바람에 실려 쏜살같이 지구를 빠져나가는 것 같다.

이윽고 길이 끝나는 지점에 이르자 차량 통제소가 나타난다. 때마침 관리인이 바리케이드를 치고 있다. 그곳이 제부도로 들어가는 길이라는 걸 확인하고 나는 우두커니 섬을 건너다본다. 갈 수 없냐고 내가 묻자 밤 9시 이후에나 바닷길이 열린다고 관리인은 말한다. 나는 행로를 잃어버린 사람처럼 우두커니 서 있다가 개펄 쪽으로 돌아선다. 스러지기 직전의 낙조가 찬연한 빛을 내뿜어 펄이 온통 은 쟁반처럼 반짝인다. 나는 주변에 밀집한 횟집과 바지락 칼국수 집을 지나치며 낙조에서 내내 눈길을 떼지 못한다. 그때 누군가 다가와 대찬 동작으로 나의 팔을 낚아챈다.

"아저씨, 너무 춥고 외로워 보인다. 이 얼굴 좀 봐. 그냥 두면 금방이라도 얼어 죽을 것 같아. 우리 집에서 나하고 소주 한잔하자. 2층에 바다 쪽으로 난 따뜻한 민박도 있어. 가자, 응?"

나는 낙조를 등지고 선 여자의 얼굴을 정확하게 식별하지 못한다. 단지 가녀리게 갈라지는 음성과 검은 실루엣에 이끌려 낯선 공간으로 이끌려 갈 뿐이다. 하지만 그렇게 해서라도 화성을 볼 수 있다면, 그렇게 해서라도 화성에 다다를 수만 있다면 다른 건 아무래도 상관없다는 생각이 든다.

나는 펄이 내다보이는 창쪽 자리에 앉아 소주를 마신다. 주인인지 종업원인지 알 수 없는 삼십 대 중반쯤의 여자가 내 옆에 앉아 시종 술시중을 든다. 술시중을 드는 게 아니라 술을 따라주고 자신도 함께 마신다. 혹한의 평일이라 손님이라곤 개미 새끼 한 마리도 찾아볼 수 없다. 오직 나만 바람에 떠밀려 그곳까지 온 모양이다.

낙조는 빠르게 떨어지고 이내 어스름이 몰려온다. 주변의 다른 횟집에 하나 둘 불이 밝혀진다. 하지만 그녀는 실내의 불을 밝히지 않고 앉아 찔끔찔끔 눈물을 짜기 시작한다. 남편인가 애인인가, 아무튼 남자 얘기를 하는 것 같지만 나는 귓등으로 흘려듣는다. 흘려듣는 게 아니라 그녀의 말이 나에게 접수되지 않는다. 함께 앉아 있어도 서로가 서로에게 그렇게 먼 행성일 수 있다는 게 참으로 신기하게 여겨질 정도이다. 얼마간 시간이 지난 뒤부터 여자는 웃음이 헤퍼져 제가 말하고 제가 웃어대는 모노드라마를 연출한다. 그사이 여섯 병째의 소주가 비워진다. 일곱 병째의 소주가 반쯤 비워졌을 때 그녀는 나의 허벅지에 손을 얹고 허무에 찌든 목소리로 말한다.

"겨울에는 차라리 몸을 파는 게 나아. 바다가 갈라지고 닫히는 걸 지켜보는 것도 이젠 지긋지긋해. 차라리 여길 떠나 바다처럼 가랑이를 벌렸다 닫았다 하며 사는 게 나을지도 몰라. 정말이지 이렇게 사는 건 사는 것도 아니라고······."

그녀가 고개를 숙이고 길게 한숨을 내쉴 때 나는 어둠 속에 가라앉은 심연의 섬을 본다. 그 섬을 향해 나는 처음으로 입을 연다. 하지만 아무리 중얼거려도 그녀는 나의 말을 듣지 않는다. 그녀와 나 사이의 우주적 거리가 안타까워 나는 어깨를 흔들어보지만 달라지는 건 아무것도 없다. 그녀와 내가 가까워지는 것보다 지구와 화성이 가까워지는 게 훨씬 빠를 것 같다. 하지만 나는 5만 9000년을 다시 기다릴 자신이 없다. 그래서 손을 내저으며 안간힘을 다해 말한다.

"나는 화성으로 가야 해. 거기까지 가야 내 인생으로 복귀할 수 있어. 그런데 화성은 어디로 사라진 거야. 여기가 화성의 끝이라고 해서 왔는데…… 아직도 나는 화성을 보지 못했어. 당신들이 감추고 있는 화성은 도대체 어디 있는 거지……? 이젠 나도 지쳤으니까 제발 좀 보여줘. 제발 좀……."

한없이 깊은 적요 속에 나는 누워 있다. 티끌이 움직이는 소리도 들릴 정도로 적막한 공간이다. 사방이 완벽한 어둠에 파묻혀 아무것도 식별할 수 없다. 나는 반듯하게 누워 허공을 올려다본다. 어둠을 바탕 삼아 지워진 기억을 더듬어본다. 낙조, 소주, 여자, 눈물, 웃음…… 나는 손을 내밀어 옆을 더듬어본다. 아무도 없다. 내 몸을 만져보자 나도 옷을 입은 채 누워 있다.

여기가 어딘가.

나는 어둠 속에서 일어나 마음이 기우는 쪽으로 걸음을 옮겨놓는다. 방 안의 어둠보다 다소 푸른 기운이 느껴지는 작은 공간으로 손을 뻗는다. 차가운 유리의 감촉이 느껴진다. 나는 손을 더듬어 창을 연다. 차가운 공기가 밀물처럼 방 안으로 밀려든다. 너무 냉랭하고 신선해서 폐부가 말끔히 씻겨 나가는 것 같다. 나는 그것을 깊이

흡입하며 창가로 바투 다가선다. 푸른 별이 수도 없이 반짝이는 어둠의 공간이 끝도 없이 펼쳐져 있다. 언뜻 여자가 말한 바다가 보이는 쪽의 2층 민박이 떠오른다. 하지만 파도 소리도 들리지 않고 개펄도 보이지 않는다. 보이는 거라곤 오직 어둠이 가득 들어찬 우주공간과 별뿐이다.

몸과 마음이 이를 데 없이 맑고 상쾌하다. 벅찬 가슴속으로 우주공간이 가득 밀려드는 것 같다. 형언할 수 없는 감동에 사로잡혀 나는 한껏 심호흡을 한다. 우주의 기슭에 내가 발을 딛고 서 있다고 생각하는 순간, 명멸하는 불꽃처럼 별똥별이 눈앞을 스쳐간다. 아, 입을 벌리고 탄성을 터뜨리며 나는 두 주먹을 불끈 쥔다. 내가 비로소 화성의 중심에 서 있다는 확신이 벼락처럼 나를 후려친 때문이다. 내가 그토록 당도하고 싶어 한 화성, 내가 그토록 만나고 싶어 한 화성…… 오, 내 마음의 중심!

순간, 선명하게 되살아나는 얼굴이 있다. 언뜻 지나친 인물이 어째서 그 순간 되살아나는지 모를 일이다. 나도 모르게 편집된 기억이 미립자의 움직임처럼 극도로 섬세하게 복원된다. 나는 눈앞에 펼쳐진 우주의 별 밭을 내다보며 편집된 기억의 한 장면 한 장면을 놓치지 않고 주시한다. 이윽고 그것들이 파노라마처럼 연결돼 빠르게 돌아가기 시작한다.

……귀마개가 달린 검은 모자를 쓰고 앉아 소주를 마시던 사내가 곡괭이질 하는 사람에게 연해 핀잔을 주고 있다. 씨부랄, 계집질 하느라 힘을 탕진했으니 구멍이 뚫리겠는감. 옆에 앉아 있던 대머리 중늙은이가 히 하고 바보처럼 웃는다. 이빨이 빠져 흉물스럽게

보인다. 그가 소주병을 들고 덜덜덜 손을 떨며 검은 모자에게 술을 따른다. 검은 모자가 술을 받으며 세차게 어깻짓을 해댄다. 아, 날씨 드럽게 춥네, 정말! 이런 날은 따뜻한 구들장에 자빠져 진종일 오입질이나 해야 하는 건데, 젠장!

내 기억의 카메라가 대머리 중늙은이에게 고정돼 있다. 이빨이 빠져 바보처럼 웃던 그 사람, 알코올 중독자처럼 손을 덜덜 떨며 검은 모자에게 소주를 따라주던 사내의 얼굴이 차츰 선명하게 부각된다. 머리카락이 빠지고 이빨까지 빠진 얼굴 위로 해맑은 성준의 얼굴이 중첩된다. 이십 년의 세월이 겹치고, 경기도 화성과 우주의 화성이 겹치고, 1억 7000만 킬로미터가 겹치고, 5만 9000년의 세월이 겹친다. 오직 하나, 그와 나만 겹치지 않는다. 나는 그것이 안타까워 오열을 어금니로 짓이기며 양손으로 머리를 감싼다. 내가 그를 외면했다는 걸 더 이상 부정할 자신이 없다. 보고도 못 보고, 보고도 안 보는 현실의 거리를 어떻게 메워야 하나.

명상을 하듯 눈을 감고 시간을 견딘다. 모든 걸 잊고 어둠에 몰입하는 동안 서서히 내가 지워진다. 내가 지워지자 무한 우주 공간이 내 몸처럼 느껴진다. 무한 우주 공간의 중심에 화성이 있다. 내가 화성으로 눈을 뜨자 내가 알고 있던 모든 화성이 허망하게 스러진다. 비로소 타인처럼 내가 보인다. 가깝지도 않고 멀지도 않은 거리에 나는 서 있다. 경계를 따라가면 얼마든지 현실로 복귀할 수 있을 것 같다. 뿐만 아니라 화성으로 인해 더 이상 흔들리지 않을 것 같다. 내일 이곳을 떠나 다시 서신면을 지나간다 해도 나는 결코 그곳에 내리지 않을 것이다. 그의 화성을 방해하지 않고 나의 화성을 강요하고 싶지 않기 때문이다. 사람과 사람 사이에 머무는 화성……. 그것이 내가 현실로 돌아갈 수 있는 유일한 통로이다. 사랑하기 때문에 버려야 하는 것, 그것이 누구에게나 주어진 운명의 화성이 아닌가.

지구로 돌아가야 할 시간.

작품 해설

삶과 운명의 수평적 길찾기
—— 박상우 소설의 원천과 지향

김성수

1 문학적 이력과 소설의 도정

1980년대 후반(1988)에 등단하여, 1990년대를 거쳐 2000년대의 오늘(2005)에 이르기까지 열일곱 해 동안 쌓아온 박상우 문학의 성과가 「화성」을 표제작으로 한 이번 선집에 수록되어 있다. 지금까지 박상우는 창작집, 수상 작품집, 선집 형태의 소설집 등을 포함하여 모두 여덟 권의 작품집과 아홉 권의 장편소설, 그리고 세 권의 산문집을 출간하였다. 산출된 작품량에서 알 수 있듯이 박상우는 작가로서 자기 성실성을 바탕으로 쉼 없는 창작의 행보를 거듭해 오고 있는데, 이번 선집 『화성』에 수록된 다섯 편의 작품들은 박상우가 추구해 온 견결한 문학 세계의 위치를 자리매김하고 평가받는 결산서라는 점에서 각별한 의미를 지닌다.

잘 알려져 있다시피 박상우는 1980년대의 정치적 열정과 연대감이 해체된 1990년대의 탈정치적 현실 위에서 본격적으로 작가 생활을 시작한다. 등단 초기 1980년대적 정치 현실의 허위의식에 대한 '환멸의 낭만주의'(「샤갈의 마을에 내리는 눈」)에 뿌리를 둔 그의 작품들은 "90년대의 시공에 몸담고 있으면서 철저하게 80년대적 주제의식에 복무하고 있었던"(「幻/他/知/我」,『내 영혼은 길 위에 있다』) 자의식을 창작의 부표 삼아 "자본이라는 이름의 파시스트"에 들린 "가공할 만한 가속력의 시대"(「독산동 천사의 詩」)를 살아가는 인물들의 이야기를 주요 테마로 삼고 있다. 그러나 이 시기에 산출된 여러 작품들에서 박상우는 오히려 삶의 영역에서 발생하는 실존적 조건의 국면을 미세하게 탐구하여 소설로 완성해 내려는 자기와의 치열한 미학적 고투를 벌이게 되는데, 그 정점을 이루는 일련의 작품들이 『화성』에 실려 있다.

1990년대의 십 년 세월 동안 박상우는 『샤갈의 마을에 내리는 눈』(1991)을 시작으로 『독산동 천사의 詩』(1995), 『사탄의 마을에 내리는 비』(2000)에 이르는 문학적 도정에서 자본의 논리가 범람하는 물신(物神)의 신전을 향하여 반항적 운명의 바위를 밀어 올리는 시지프적 투쟁(「내 마음의 옥탑방」, 1999년 이상문학상 수상작)을 감행하는 한편, 반유토피아적 사유와 묵시록적 상황의 극점에서 인간의 존엄성을 지켜내기 위해 분투하는 인물들의 의식을 정밀하게 포착해 낸다.(「사탄의 마을에 내리는 비」) 그리하여 삶의 근거나 희망조차 봉쇄당한 익명의 존재들이 어둠의 지하 세계에 유폐된 채 무의미한 삶을 소비하는 묵시록적 종말 의식(『까마귀떼그림자』)은 이윽고 삶의 구원을 향한 희망의 가능성을 잉태하고 있는 장편소설 『가시면류관 초상』을 전환점으로 『사랑보다 낯선』(2004)에 이르러 사람들의 삶에서 구원의 빛을 발견하고 사랑의 가능성을 타진하는 단계로 나아간다. 마침내 박상우의 문학은 스스로도 정리했듯이 "샤갈의 마을, 사탄의 마을, 그리고 사람의 마을"(「작가의 말」, 『사랑보다 낯선』)을 경유하여 이 선집에 이르고 있으며, 이 지점에서 그는 자신의 문학적 여정의 한 시기를 매듭짓고 있다.

2 '수평'의 공간 시학

박상우의 소설을 형성하는 어떤 의식이랄까 방법을 찾을 수 있다면, 그 주요 특징 가운데 가장 선명한 것 하나는 '수평'의 이미지를 작품 구성의 핵심 원리로 활용하고 있다는 점이다. 이 점은 『사탄의 마을에 내리는 비』의 작품 세계를 압축하여 논하면서 박상우 소설의 핵심 모티프를 현실에 대한 초월에의 의지(한기)로 파악해 내거나, '집'을 찾기 위한 '길'로 이루어진 공간의 시학(김미현)으로 정리해 내고 있는 평가와도 긴밀하게 연결된다. 또는 『사랑보다 낯선』에 구현되어 있듯이, 수직적인 천상의 매혹이 깊을수록 수평적인 지상의 현실을 결여된 세계로 인식하는 양가적 아이러니와 역설적 자의식(김민수)을 거론할 수 있을 것이다. 기왕의 이런 평가들은 '지금 여기'의 현실 좌표 위에서 인간들이 경험하는 고통스러운 삶의 보행과 그 초월적 의지 사이에서 방황과 좌절을 거듭하며 분투하는 이야기가 박상우 소설의 미학적 자의식으로서 수평 지향적 의식과 깊이 조응하고 있음을 포착한 것으로 받아들여진다.

박상우의 소설을 구성하는 형식적 특징으로 두드러지게 나타나는 이런 수평 지향적 의식은 모더니즘 예술 일반에서 찾을 수 있는 '미학적 자의식'의 개념을 적용하여 분석할 수 있는 근거를 제공해 주고 있다. 작품을 정교한 구성물로 구축하려는 작가의 내면 의식을 미학적 자의식이라는 개념으로 설명할 수 있다면, 박상우의 소설을 조성해 내는 의식의 동인(動因)으로서 수평의 이미지는 작가

특유의 미학적 자의식을 형성한다. 박상우의 여러 작품들 가운데에서 이번 선집에 수록된 「말무리반도」, 「마천야록」, 「매미는 이제 이곳에 살지 않는다」, 「내 마음의 옥탑방」, 「화성」 등은 작품 형성의 골간을 이루는 미학적 질료로서 수평에 관한 내면 의식의 지향을 발현해 낸 대표적인 사례들이라고 할 수 있다. 근원적으로 가장 안정된 상태를 유지하고 있는 '수평의 이미지'를 기저로 박상우는 현실 세계의 모더니티가 부과하는 '수직의 이미지'와의 교점(交點)을 적절히 조절하여 작품의 구조를 만들고, 그 짜임 위에 "새로운 시대가 제공해 준 욕망의 에스컬레이터"(「독산동 천사의 詩」)의 무한 상승과 자본의 광기에 상처 받고 좌절하는 1990년대의 일상적 삶에 대한 미시적 성찰을 감행한다. 『화성』에 수록된 작품들은 지금까지 창작된 그의 중단편 소설 가운데에서도 이와 같은 소설적 방법론과 미학적 자의식이 가장 견고하게 구축된 결과물이라고 할 수 있다.

그러나 박상우의 소설에서 수평의 이미지는 수직의 이미지와 맞서는 이항 대립의 구도가 아니라 작가 의식의 원점이라는 차원에서 좀 더 섬세한 탐색을 요청한다. 다시 말해 수평의 이미지로부터 생성되는 박상우 소설의 미학적 자의식은 작가 자신의 삶의 원점으로부터 자연스럽게 분출되고 있는데, 수평의 이미지로부터 형성된 미학적 자의식과 작품 구성의 원리는 궁극적으로 박상우 문학의 주제와 맞물려 하나의 방법론으로까지 고양된다. 그런 만큼 수평의 자의식과 그로부터 발원하는 방법론의 조응 양상을 박상우의 소설에서 찾아 정리해 보는 일은 『화성』의 작품 세계에 대한 이해는 물론, 그가 추구해 온 문학적 지향의 요체를 한층 입체적으로 조명할 수 있는 계기를 마련해 준다. 작가의 다음과 같은 발언은 이 점을 잘 보여준다.

바다가 보이지 않는다. 보이지 않으니 바다가 느껴진다. 처음으로, 수평적인 느낌이다. 어둠도 바다이고 세상도 바다이다. 우주에 바다 아닌 것이 없다. 들여다보고 있노라니 내가 자연 바다가 된다. 바다가 아니면 나를 지킬 도리가 없다. 숨 막히는 바다…… 내가 물결치고, 우주가 물결친다. 그대 자궁이 살아 숨 쉬는 풍경.(『반짝이는 것은 모두 혼자다』, 130쪽)

"열 살 이후, 나에게 바다는 수평의 이미지로 굳어 있다"(『반짝이는 것은 모두 혼자다』, 113쪽)고 작가 자신이 고백하고 있듯이, 수평의 이미지로 기억되는 '바다'는 "자궁이 살아 숨 쉬는 풍경"으로서 박상우의 소설을 지탱하는 미학적 상관물이자 의식의 근원적 지향점을 표상한다. 그래서 '바다'가 품고 있는 수평의 이미지는 곧바로 박상우 소설 전반의 주제와 문제의식을 포괄하는 특별한 모멘트이면서 자의식의 원점을 형성한다. 바다를 수평 이미지로 응축하는 의식의 지향성은 초기작인 「적도기단」에서 그 단초를 발견할 수 있다.

그건 바다가 인간들이 바라볼 수 있는 가장 드넓은 수평이기 때문이야. 수평은 편안하고 안온한 것, 그리고 가장 안정된 상태를 뜻하는 것이지. 수직 상태로 서서 만들어낸 모든 문제들이 극에 달할 때, 그때 인간들은 몸져눕게 되지. 수평은 가장 편안한 상태에서의 근원적인 휴식을 뜻하는 거야. 하루 종일 선 채로 돌아치다가 잠자리에 눕게 될 때, 그때에도 인간들은 마음의 평정을 되찾게 되지. 수직으로 살다가 수평으로 돌아간다는 것. 그리고 수직의 자궁이 바로 수평이라는 것. 바다는 그런 상징을 생각하게 해.(『샤갈의 마을에 내리는 눈』, 55쪽)

수평에 관한 의식의 근원으로부터 형성되는 작가의 미학적 자의식은 인간들이 바라볼 수 있는 가장 드넓은 공간의 실체로서 바다가 상징하는 수평적 지향성에 닻을 내리고 있다. 인간들이 마음의 평정을 찾을 수 있는 '수직의 자궁'으로서 수평은 편안하고 안온하며 가장 안정된 상태에서의 근원적 실체를 상징한다. "차갑고 견고한 수직", "눈물겨운 수직의 세상"(「적도기단」)을 견제하며 포용하는 수평의 이미지는 박상우 소설의 방법론이 이미 초기부터 뚜렷한 미학적 자의식을 토대로 하고 있음을 보여주는 근거가 된다. 수직 상태에서 만들어지는 현실적 욕망의 가혹한 억압과 충돌을 흡수하고 포용하는 수평의 원형적 이미지로서 '바다'는 박상우의 소설에서 "방황과 동경, 갈망과 향수로 얼룩진 모든 인간들에게, 발길 닿을 때마다 영원한 생명의 상징처럼 숨 쉬며 밀려오곤 하던"(『샤갈의 마을에 내리는 눈』, 57쪽) 근원을 향한 기억을 지속적으로 불러낸다.

수직을 지향하는 인간의 욕망은 수평에 뿌리내린 자연으로 귀의하게 되어 있다. 그것을 일찍 깨우치는 사람이 있는가 하면 뒤늦게 깨우치는 사람이 있고, 더러는 죽을 때까지 깨우치지 못하는 사람도 있다. 수직적인 하루 생활의 마감은 수평적인 잠이고, 수직적인 인생살이의 마감은 수평적인 죽음이다. 그러므로 인간은 수평과 수직이 만나는 지점을 겸허한 자기반성의 공간으로 삼아야 한다. 수평과 수직이 교차하는 지점, 그곳이 바로 구원의 출발점이 되기 때문이다. (『반짝이는 것은 모두 혼자다』, 35쪽)

그러나 박상우의 소설에서 수평과 수직의 이미지는 어느 한쪽이 다른 한쪽을 일방적으로 흡수하거나 배제하지 않고 상호 교섭하며 팽팽한 긴장 관계를 조성하는 구도 안에서 작품의 의미 형성에 개입한다. 그의 소설들은 "수직이 끝날 때 수평을 꿈꾸고, 수평이 끝날 때 수직을 생각하는, 그것이 바로 인간의 본능적인 지향성(志向性)"(「적도기단」, 『샤갈의 마을에 내리는 눈』, 57쪽)임을 수용하면서 "불안정한 수직과 안정적인 수평이 교차하는 지점"을 자기반성의 공간으로 삼아 지상의 삶과 운명의 힘에 의해 연출되는 욕망의 관계적 양상들을 탐색해 나간다. 자본주의의 모더니티가 부과하는 삶의 현실과 운명 사이의 관계적 양상에 의식의 내시경을 비추는 박상우의 소설은 궁극적으로 '구원의 출발점'을 모색해 가는 수평적 길찾기의 도정이라고 할 수 있을 것이다.

이런 점에 비추어볼 때 수평과 수직에 관한 박상우의 미학적 자의식은 "비상과 추락, 희망과 절망, 종말과 구원을 오가는"(『반짝이는 것은 모두 혼자다』, 58쪽) 교점의 공간을 확장하면서, 동시에 '지금 여기'의 거주민들이 삶과 운명의 진실을 찾는 과정에서 끝내 포기하지 않는 시지프적 고뇌의 현실적 좌표 구축에 지속적으로 관여한다. 요컨대 『화성』에 수록된 각각의 작품들을 수평과 수직의 공간적 이미지로 도상화하여 이해할 수 있다면 작가 박상우가 짊어지고 걸어온, 걸어 나가야 할 삶과 운명에 관한 이야기들은 수직적 초월이나 수평적인 안주 어느 한쪽에 의해서가 아니라 "수평과 수직이 교차하는 지점"인 교점 공간의 확장, 다시 말해 '지금 여기'에서의 고뇌와 분투, 끊임없는 교섭과 투쟁임을 깊이 응시하는 심미적 과정의 산물이라고 할 수 있다.

3 삶과 운명의 수평적 지향

앞서 살펴보았듯이 박상우 소설의 미적 자의식을 형성하는 '수평의 이미지' 혹은 '수평 지향성'이란 "가장 편안한 상태에서의 근원적인 휴식"(「적도기단」)을 의미한다. 여기서 수평 지향성을 강조하는 의식은 자본주의 사회의 모더니티가 추구해 온 '수직 지향성'에 의문을 제기하는 대항의 태도로, 박상우 소설의 미학적 자의식을 구성하는 수평 지향성은 『화성』에 수록된 작품들 전반의 의미 형성에 깊이 관여하고 있다. 박상우의 소설이 추구하는 이런 수평 지향성은 모더니티의 수직 지향성이 초래하는 욕망의 생산 과정과 현실적 삶의 좌표에 안착하지 못하고 부유하는 존재들에 대한 작가의 깊은 관심에서 비롯되고 있는 것으로 보인다. 아울러 이 시대를 살아가며 내밀한 삶의 의미화 과정에 전 존재를 던져온 작가로서 박상우는 그런 인물들의 삶과 운명의 문제를 심미적 인식의 지평에서 재구성해 내는 일에 뚜렷한 소명 의식을 가지고 있음을 『화성』의 작품들을 통해 확인할 수 있다.

『화성』의 각 작품에 등장하는 여러 인물들은 누구 하나 삶의 수평적 안정성을 확보하지 못한 채 사라지거나 소멸해 간다. 『화성』에 수록된 작품에서 중심 인물들은 파산과 이혼을 하고(「말무리반도」, 「화성」), 사랑을 성취하지 못하고 이별을 하며(「내 마음의 옥탑방」), 타인들의 폭력과 무관심에 의해 죽음에 이르고(「마천야록」), 삶의 정처를 잃어버린 채 존재적 방황을 한다.(「매미는 이제 이곳에 살지 않는다」) 뿐만 아니라 주변 인물들도 대부분 알 수 없는 곳으로 사라지거나, 자살이라는 극단적 방식으로 삶을 마감한다. 그런데 『화성』의 인물들이 짊어지고 있는 존재의 고뇌와 방황, 현실적 삶이 부과하는 일상의 비극성은 모더니티의 현실 혹은 수직 지향의 자본주의 논리에 적응하지 못하는 데에서 발생한다.

그러나 작품 속의 주요 인물들은 대부분 현실의 삶에서 실패와 좌절을 경험하면서도 결코 그 상황에만 머물러 있지 않는다는 데에 주목을 해야 한다. 그들은 모두 존재의 방황을 거듭하면서도 '차갑고 견고하고 눈물겨운' 수직의 세상이 뿜어내는 욕망과 폭력과 무관심에 좌절하지 않고, 모더니티가 뚫어놓은 악무한의 터널을 벗어나기 위한 존재적 성찰과 길찾기의 행보를 멈추지 않는다. 이와 함께, 삶의 새로운 지향점을 찾기 위해 분투하는 주요 인물들의 자기 탐구와 성찰의 공간으로 설정된 '말무리반도'(「말무리반도」), '옥탑방'(「내 마음의 옥탑방」), '갈보리교회'(「마천야록」), '짐바브웨'(「매미는 이제 이곳에 살지 않는다」), '화성'(「화성」) 등은 모두 수직의 위계적 질서가 곤추선 세상에서 실패하고 좌절하며 궤도를 이탈한 인물들의 상처를 치유하고 새로운 삶의 가능성을 모색하는 수평적 지평을 지향해 나간다.

「말무리반도」에서 '나'는 현실의 생활 논리에 사로잡혀 평생 그림만 그리며 살겠다는 꿈을 유보한 채 살아온 십 년의 생활을 아내와의 이혼으로 정리한 다음 친구가 제공해 준 강원도 바다 근처의 별장으로 여행을 떠난다. 여행지에서 '나'는 "말무리가 되어 바다를 달리는"(77쪽) '말무리반도'의 수평적 형상을 통해 "스스로 절망의 주체가 되어 빛과 무관한 삶을 고수했었는지도 모를"(78쪽) 지난 십 년 세월을 반추하며 새로운 삶의 지향점을 발견한다. 「말무리반도」의 핵심 공간인 '말무리반도'는 수평을 달리는 말들의 역동적 이미지와 "원점으로서의 바다"(18쪽)가 지니고 있는 수평의 이미지와 어울려 '나'에게 삶의 새로운 출발을 모색하는 계기를 제공해 준다.

그래, 현석에게 별장 키를 건네받은 다음 날부터 내가 꿈꾸어 온 것은 오직 바다뿐이었다. 그날 술을 마시고 부풀렸던 턱없는 동화적 세계로서의 바다가 아니라 열린 출구로서의 바다, 아니면 그것을 내

스스로 예감하거나 구상할 수 있는 원점으로서의 바다를 나는 갈망하고 있었다.(중략)

바다로 가면 어떤 식으로든 길이 열릴 거야.(18쪽)

작품의 마지막 장면은 '나'의 자각의 실체가 무엇인지 분명하게 보여주고 있다.

더 이상 견딜 수 없는 심정이 되어 나는 운전석 문을 열고 바깥으로 나섰다. 산과 바다와 지상에서 다투어 피어오른 안개가 지상의 모든 윤곽선을 지워버린 공간에 서자 문득 내가 깊고 깊은 환상 속에 갇혀 있는 것 같다는 생각이 들었다. 뿐만 아니라 지난 며칠 동안 경험한 모든 일들이 말짱 허구의 세계에서 일어난 일인 것 같다는 생각까지 들었다. 사물의 윤곽선뿐 아니라 현실과 환상의 경계까지 고스란히 무너져 버린 세상, 그녀와 만나기로 약속한 버스 정류장 앞이 환상과 현실의 마지막 접경지대인 것 같다는 자각이 아뜩하게 뇌리를 스쳐갔다. 그녀가 아니라 오랫동안 갈망해 오던 본래의 나를 만나야 하는 장소…… 여기가 원점이 아닐까.(81~82쪽)

말무리반도가 형상하는 수평의 이미지로부터 '나'가 찾아낸 어떤 '원점'이란 "현실과 환상의 경계까지 고스란히 무너져 버린 세상"을 뜻한다. 그리고, "그녀와 만나기로 약속한 버스 정류장 앞이 환상과 현실의 마지막 접경지대"이며, 바로 이곳이 "오랫동안 갈망해 오던 본래의 나를 만나야 하는 장소", 즉 '지금 여기'에서의 원점이라는 깨달음을 얻게 된다. 그 깨달음의 정체는 말무리반도가 보여주는 수평의 이미지를 통해 "십 년 세월 저쪽, 꿈과 무관한 길

을 떠나던 시절의 기억은 부정이나 타파의 대상이 될 수 없"(40쪽)
다는 것, 따라서 '나'에게 가장 필요한 것은 새로운 길을 찾기 위한
준비이거나 출발일 뿐이라는 다짐이다.

『화성』에 수록된 작품 가운데 수평과 수직의 이미지가 만들어내
는 공간의 대비와 그 사이의 교점 조절이 가장 효과적으로 이루어
진 작품은 「내 마음의 옥탑방」이다. '백화점'이라는 공간의 수직
지향적 욕망과 초라한 '옥탑방'의 수평 지향적 이미지와의 대비를
통해서 작가는 미약한 한 영혼이 일상의 삶과 운명의 문제를 어떻
게 수용하고 처리해야 하는지 '시지프 신화'의 모티프를 활용하여
탐구한다.

모더니티의 상징 공간으로서 '물질로 구현된 거대한 성전'이자
"인간의 시선과 의식을 끊임없이 유혹하는 물질의 성채가 사방에
서 빛을 발하는 공간"이며, "젖과 꿀이 흐르는 현대판 가나안, 무한
대의 물질적 유혹이 정신을 혼미하게 만드는 공간"(272쪽)으로 작
가에 의해 정의되는 백화점의 수직 지향성과 옥탑방이라는 기이한
공간에서 벌어지는 사랑과 운명의 팽팽한 줄다리기는 결국 '나'와
'그녀'(노희주) 사이에 아무런 접점을 찾지 못한 채 "사마귀처럼 등
을 껴안아야 하는"(285쪽) 상황에 머물다 헤어질 뿐이다. 여기서 백
화점과 고층 건물로 표상되는 자본주의의 수직 지향성에 대비된 수
평 지향성의 '옥탑방'은 그녀가 "자기 형벌의 바위를 밀고 올라간
산정"(295쪽)의 역설적 표상 공간이며, "인간들이 북적되는 지상으
로부터 아득하게 유배된 공간, 요컨대 공간 자체에 이미 깊은 절망
과 고뇌가 배어 있는 것처럼 되새겨지는"(266쪽) 곳으로, "푸른 해
원을 향해 갈기를 휘날리며 달리는"(61쪽) '말무리반도'의 이미지
와 연결될 수 있는 원점으로서 수평 지향적 공간성(Spatiality)을 함
축하고 있다. 백화점과 극명하게 대비되는 공간으로, 모더니티 세

계의 거주민인 '나'에게 "기이한 충격감"(263쪽)을 주었던 옥탑방의 이미지는 '나'가 그녀에게 남겨놓은 한 장의 편지 속에 고스란히 담겨 있다.

  지상을 꿈꾸게 하는 옥탑방
  몸이 떠나도 영혼이 이곳에 머물 수 있다면
  사랑의 깊이가 높이로 깃들여 있는 곳
  행복하라고, 부디
  흐린 날빛 속에서 신기루를 바라보듯
  오래오래 그대 이름 잊지 않으리(302~303쪽)

「매미는 이제 이곳에 살지 않는다」에는 수직 지향적 현실 공간에 거주하지 못하고 사라져버린 인물들이 가득하다. 형과 마린, 지은과 가오리, 선배 강사와 뮤의 여자 모두 어느 날 갑자기 '나'의 주변에서 사라져간다. 터키의 이스탄불에서 아프리카 대륙의 짐바브웨로 수직 하강한 형의 행적을 찾는 과정에서 '나'와 접촉하는 존재들은 "발악적으로 울어대다가 사라져버린 지난여름의 매미와 다르지 않은 존재들"(190쪽)로, "결국 현실에 남겨지는 건 울고 싶어도 울지 못하는 인간들과 말라 죽은 매미 형상뿐"(196쪽)이지만, '나'는 "어쩌면 하루 종일 내가 찾아다닌 게 매미 울음소리가 아니라 나의 존재 좌표였는지도 모르겠다"(211쪽)고 생각한다. 삶의 방향성을 상실하고 정처 없이 떠도는 존재로서 '나'는 "지상에 없는 무엇, 인간이 만든 지도로는 갈 수 없는 곳"(222쪽), "서북쪽 어디, 지상의 지도에는 표기되지 않은 또 다른 차원의 세계"(223쪽)를 꿈꾸는데, 그것은 작품 안에서 두 가지 방향으로 진행된다. 하나는 형의 애인으로 생각하는 '마린'에 대한 일종의 근친상간적 사랑의 감정이며, 다른 하나는 짐바브웨로 사라져버린 형을 찾기 위한 과정이다.

'나'는 지상에서 나를 구원해 줄 수 있는 유일한 존재라고 생각하는 마린에게 "죄악에 순응함으로써 구원에 이를 수 있는 이율배반적인 섭리"(240쪽)를 말하면서 사랑의 감정을 피력하지만 그녀는 끝내 침묵으로 일관할 뿐이다. 마린을 통해 어떤 구원의 가능성을 찾으려고 한 '나'의 의지는 결국 그녀가 사라져버림으로써 좌절되는데, 그녀에게 보낸 이메일 속에는 '나'의 심정이 잘 나타나 있다.

당신을 통해 나는 죄악의 불구덩이를 관통하고 싶습니다. 그것을 통해 또한 구원에 이르고 싶습니다. 지상의 방식을 거부하는 게 아니라 지상의 방식으로는 도달할 수 없는 구원을 내가 꿈꾸고 있기 때문입니다. 죄악의 덫이 구원의 빛이 될 수 있는 통로, 그곳에 당신의 감추어신 언어가 있습니다. 그래서 당신의 침묵이 나에게는 너무 가혹한 형벌입니다.(241쪽)

짐바브웨로 사라져버린 형을 찾기 위한 여행은 동시에 '나'와 관계를 맺다가 어느 날 사라져버린 존재들을 찾기 위한 여행이기도 하다. 또한 '나'는 그것이 "나를 찾기 위한 여행"(259쪽)에 다름 아니었다는 것, 그리고 형과 사라져버린 주변 사람들의 행로를 찾아가는 일이 비록 '나'에게는 미지의 길일지라도, 거기에는 미지를 꿈꿀 수 없는 현실의 삶보다 "삶을 지탱하게 만드는"(260쪽) 희망이 있기 때문에 여행을 떠날 수 있다고 판단한다. 「매미는 이제 이곳에 살지 않는다」에서는 이처럼 가혹한 수직적 현실에 머물지 않고 미지의 길을 찾아 나서는 '나'의 수평적 보행에서 어떤 희망의 가능성을 찾으려는 의지를 발견하게 된다.

구원을 향한 '나'의 의지가 가장 높은 수직적 지향의 언어로 형상화된 작품은 「화성」이다. 화성 탐사 로봇 스피릿의 화성 착륙 성공 뉴스로부터 촉발된 '화성'에 대한 '나'의 관심은 '지구'라는 공간, 다시 말해 현실에서의 삶이 너무 고달픈 나머지 우주에 관심을 갖게 되자 지상의 고뇌가 거짓말처럼 사라져버렸다는 데에서 이야기가 시작된다. 고등학교 학창 시절의 친구였던 민성준이 그랬듯이 '나'도 "화성을 꿈꾸며 다시 한 번 삶에 대한 정신과 기회를 얻고 싶다"(325쪽)는 각오를 다진다. 비록 그 친구가 현실에서는 사라져 사망자로 처리되고, 그로 인해 살아 있으면서도 죽은 자로 인생을 살아가지만, 그를 통해 '나'는 "태양계의 화성과 지구상의 화성, 그리고 정조의 화성과 성준의 화성 사이에 내재된 차별성"(347쪽)이 이들 사이에는 아무것도 없다는 사실을 발견한다. 또한 '나'가 현실로 돌아갈 수 있는 유일한 통로이자 그토록 당도하고 싶어 했고, 만나고 싶어 했던 것은 "마음의 중심!"(360쪽)으로서 '화성'이라는 본체이다. '나'는 결국 "화성은 없다!"(349쪽)는 깨침을 통해서 '나'가 지상에서 해야 할 일이란 어떤 우주상의 화성을 찾는 '수직적 초월'의 방식이 아니라 누구에게나 자신에게 주어진 "운명의 화성"(362쪽)을 걷기 위해 지구로 다시 돌아와야 한다는 것이다.

박상우 소설의 새로운 방법론이 유감없이 발휘된 「마천야록」은 인터넷 쇼핑몰 상무이사(남상필), 룸살롱 접대부(정아영), 마천동 파출소 경찰(노정석), 택시 기사(방인철), 윤소진의 여동생인 극장 매표원(윤인애) 등의 다섯 인물이 마천동 주변의 어느 교회 마당에서 동사체로 발견된 룸살롱 접대부 윤소진의 죽음에 대해 진술하는 내용으로 구성된 작품이다. 이 작품의 주요 인물인 윤소진은 「독산동 천사의 詩」의 '나미수'처럼 역설적인 의미에서 자본주의 시대의 '천사'로 이름 붙일 수 있는 인물이다. 그리고 그녀의 죽음과 관련된 인물들 또한 자본주의 세계에서 나날의 삶을 소비하는 비속한 일상인들로, 그들은 어느 겨울밤 같은 시기에 시차를 두고 한 여자와 접촉하면서 벌어진 사건을 각자의 입장에서 진술한다.

이 작품에서 초점을 맞추어야 하는 것은 윤소진의 죽음이 어느 한 사람만의 폭력에 의해 발생한 것이 아니라, 그녀를 둘러싼 여러 인물들의 행위가 복합적으로 작용하여 이루어진 것이라는 데에 있다. 아울러 이 작품에서 주목해야 할 부분은 마지막 장면으로, 윤소진이 동생인 윤인애의 꿈에 나타나 은밀하게 속삭이는 다음과 같은 말이다.

과거의 상처가 덧나기 전에 서둘러 집으로 돌아온다. 언 몸을 녹이기 위해 이불 속으로 들어간다. 나의 호흡에 귀를 기울이는 동안 온몸이 나른하게 가라앉는다. 신경세포가 해체되듯 정신까지 혼미해진다. 어느 순간 깜빡 정신을 놓자 사박사박 발자국 소리가 들린다. 그 소리를 듣고 나서야 나는 비로소 희미한 미소를 지으며 깊은 잠의 나락으로 빠져 든다. 모든 게 하얗게 변하는 꿈, 그래서 아무것도 안 보이는 꿈…… 표백제처럼 하얗게 탈색된 언니가 내 손을 잡으며 은밀하게 속삭인다.

―조금만 참아, 조금만 참아.(171~172쪽)

작가는 십자가를 들여다보며 떠오른 발상을 십자가 밑에다 "수평과 수직이 교차되는 지점, 그곳이 구원의 출구가 되게 하소서!"라고 기록했다는 고백을 하고 있는데(『반짝이는 것은 모두 혼자다』, 129쪽), 작가의 고백처럼 「마천야록」은 서로에 대해 타인으로 살아가며 삶의 진실을 간과하는 자본주의 삶의 비극성을 수평과 수직이 교차되는 지점의 상징이라고 할 수 있는 교회의 십자가 이미지를 통해 통찰해 내고 있다.

4 『화성』과 박상우 소설의 좌표

박상우는 소설 작업 과정에서 얻어진 사유의 이삭들을 기록한 글모음집에서 "절대적 미학을 추구하던 심성으로 이제는 세상을 찍고, 그것으로 인생의 질감이 느껴지는 소설을 짓는 데 몰두할 참(「작가 후기」, 『반짝이는 것은 모두 혼자다』, 196쪽)이라고 밝힌 바 있다. 그가 작가로서 열일곱 해 동안 뒤돌아보지 않고 자신의 '소설혼(魂)'을 작품에 한결같이 구현해 올 수 있었던 것은 작품을 통해 세상을 바꾸고 싶어 하는 예술가나, 명예와 돈을 동시에 거머쥐고 싶어 하는 예술가가 아니라 자신의 인생을 한 편의 예술품으로 만들고 싶어 하는 예술가(「아흔아홉 개의 단상」, 『내 영혼은 길 위에 있다』, 206쪽)가 되고 싶었던 초심을 내내 견지하고 있었기 때문이다. 다시 말해, 그가 지향한 소설가의 자화상은 기술자(技術者)로서의 소설가가 아니라 예술가(藝術家)로서의 소설가에 있다는 데에 주목한다면 『화성』 이전의 작품들은 물론이거니와, 이번 선집 『화성』에 실린 여러 작품들은 그의 문학과 삶을 향한 작가로서의 견결한 태도를 엿볼 수 있게 해준다. 아울러 작가로서 과학기술과 대중문화의 복제가 만연한 시대에서도 자기만의 소설 미학을 견지하며 예술가로서의 작가적 자존심을 견지해 오고 있다는 점을 박상우의 이번 선집은 보여주고 있다. 그것은 아마도 박상우의 문학이 오늘날 만연하고 있는 문화의 저속한 취미로부터 스스로를 방어하고 시장의 법칙에 복종하기를 거부할 줄 아는 데(이스마일 카다레, 「문학과 삶의 관계」,『경계를 넘어 글쓰기』)에서 나오는 내면의 힘을 갖추고 있기 때문에 가능한 일이라고 할 수 있다. 사실 이 점은 오늘의 시대를 살아가는 작가에게 현실적으로 매우 고통스러운 인내를 요구하는 일일 수도 있겠지만, 그럼에도 작가들 스스로 지켜내야 할 소명 의식이라고 할 수 있을 것이다.

『화성』을 통해 읽을 수 있듯이, 박상우의 문학은 분명한 자기 미학의 의식을 바탕으로 자본주의 현실의 수직 지향적 욕망에 대항하여 수평 지향적 의지를 지닌 인물들이 사람들의 삶의 과정에서 구원의 빛을 포기하지 않고 희망의 가능성을 타진해 나가고 있는데, 이 점은 이미 장편『가시면류관 초상』이나 단편「사랑보다 낯선」등에서도 확인할 수 있었다. 『화성』에 실린 다섯 편의 작품들이 보여주는 의미도 이런 맥락에서 크게 벗어나 있지 않은 것으로 보인다. 그리고 아마도 그의 이런 작품 세계가 앞으로 더욱 심화되어 나갈 수 있으리라는 예측도 조심스럽게 해본다.

현실의 질서에 적응하지 못하고 좌절과 실패와 방황을 거듭하지만 그러는 가운데에서도 자기 삶과 운명의 길을 찾아 나서는 인물들의 의지는『화성』전체를 통해 깊은 울림을 주기에 충분하다. 아울러 이것은 박상우의 소설이 "타인을 나의 그림자로 오해하는 행복한 질병"(「아흔아홉 개의 단상」,『내 영혼은 길 위에 있다』, 228쪽)으로서 "타인을 자기화하는 게 아니라 자신을 타인화하는"(『까마귀떼 그림자』, 108쪽) 진정한 사랑의 문법(文法)을 본격적으로 구사하기 시작했다는 점에서 향후 그의 문학이 지향하는 방향을 어느 정도는 가늠케 해준다. 「말무리반도」, 「마천야록」, 「매미는 이제 이곳에 살지 않는다」, 「내 마음의 옥탑방」, 「화성」의 인물들로부터 그런 징후의 일단을 느낄 수 있는 것이다. 그런 의미에서 흔히 박상우 문학의 도정을 샤갈의 마을→사탄의 마을→사람의 마을로 설명하고 있지만, 엄밀하게 말하면 그의 문학은 언제나 '사람의 마을' 안에서의 이야기를 다루어왔다고 할 수 있다. 사람의 마을에서의 삶의 양상과 운명에 관한 수평적 길찾기의 이야기에 박상우가 지속적으로 관심을 기울이고 있음을 이번 선집 속의 작품들은 일관되게 보여주고 있다.

(연세대 교수·문학평론가)

작가 연보

1958년   경기도 광주 출생. 직업군인이었던 아버지를 따라 잦은 이사. 경기도 포천군 청산면 법수동과 초성리 일대에서 유년시절 보냄.
1965년   초성초등학교 입학.
1966년   아버지의 제대와 귀향. 강원도 명주군 행정면으로 이사. 행정초등학교 전학.
1967년   주문진으로 이사. 주문초등학교 전학.
1971년   주문진중학교 입학.
1974년   춘천고등학교 입학.
1977년   중앙대학교 예술대학 문예창작학과 입학.
1981년   대학졸업. 강원도 인제군 기린면 기린중고등학교 교사 발령.
1982년   군 입대. 육군사관학교 복무.
1984년   제대. 강원도 황지중학교 발령.
1988년   『문예중앙』 신인문학상에 중편소설 「스러지지 않는 빛」 당선. 교직 사표.
1991년   소설집 『샤갈의 마을에 내리는 눈』 출간.
1992년   장편소설 『시인 마태오』 출간.
1995년   소설집 『독산동 천사의 詩』 출간.
1996년   연작 장편소설 『호텔 캘리포니아』 출간.
1999년   중편소설 「내 마음의 옥탑방」으로 이상문학상 수상. 이상문학상 수상작품집 『내 마음의 옥탑방』 출간. 장편소설 『청춘의 동쪽』

출간.
2000년 소설집 『사탄의 마을에 내리는 비』 출간. 산문집 『내 영혼은 길 위에 있다』 출간.
2001년 장편소설 『까마귀떼그림자』 출간. 2인 소설집 『눈물의 이중주』 (하성란 공저) 출간.
2003년 장편소설 『가시면류관 초상』 출간. 작가수첩 『반짝이는 것은 모두 혼자다』 출간.
2004년 소설집 『사랑보다 낯선』 출간.
2005년 장편소설 『지붕』 출간. 장편소설 『칼』 출간. 소설선집 『화성』 출간.

오늘의 작가총서 25

화성

1판 1쇄 찍음 2005년 10월 10일
1판 1쇄 펴냄 2005년 10월 15일

지은이 · 박상우
편집인 · 박상순
발행인 · 박맹호, 박근섭
펴낸곳 · (주) 민음사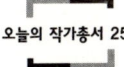

출판등록 1966. 5. 19. 제16-490호
서울 강남구 신사동 506번지 강남출판문화센터 5층 (135-887)
대표전화 515-2000 팩시밀리 515-2007
값 10,000원

ⓒ 박상우, 2005. Printed in Seoul, Korea

ISBN 89-374-2025-2 04810
ISBN 89-374-2000-7 (세트)